四洲 著

剑

九

琊

广东旅游出版社
GUANGDONG TRAVEL & TOURISM PRESS
悦读书·悦旅行·悦享人生

中国·广州

目录

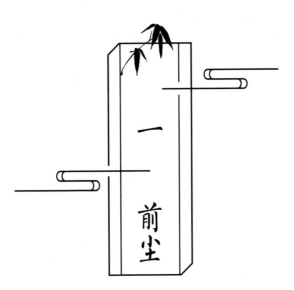

一

前尘

天阴得很，沉沉压在崖顶上，映着连绵的涛声。

山路上有两道人影，声音遥遥传来："公子，咱们放着好好的花楼不逛，来这么个荒郊野岭遭瘟的破地方做什么？"

是个眉清目秀的小厮，可惜语调和神情皆十分不客气，非得配上一副直来直去的公鸭嗓才算契合。

锦衣华服的俊俏公子合上手中画着听涛观澜图的扇面，拿鎏金扇柄照着小厮的头就要打去——可惜被小厮歪头躲过，公子细皮嫩肉的手腕却无辜受到牵连，被沉甸甸的扇坠拍了一下。

"没见识的小东西，"他倒是不见怒，竟还挂几分不怎么正经的微微笑意，"自然是有好东西。阿回，公子可害过你不成？"

"害过，"温回如实回答，"可怜阿回我自小就给公子背锅，被夫人和小姐轮番教训，任劳任怨，公子您悄悄溜来沧浪崖，我也二话不说跟来。这里可正闹着灾，要出人命的！"

"那你可知这里为何有灾患？"

阿回摇头："我不知。"

公子压低了声音，神神秘秘道："我听说，是因为有海妖作乱。"

"吓！"阿回被他唬了一跳，连连摆手，作势要转身离开，"那您可自去找死吧！我先回月城了，小桃我还没娶到手呢，惜命得很！"

"说的什么话。"扇柄这下打到了实处，公子打完那一下，"唰"的一声将扇子展开，继续向前走。他身姿挺拔，腰悬白玉，广袖流云，一头黑发披散，和着天地四野苍苍茫茫的山色，贵气之外倒还多了几分飘飘然的仙气。

阿回在心里"唉"了一声。自家的公子可是整个月城闻名的疯公子，倒不是脑袋有毛病，而是行事总透着那么点儿不问人间事的疯癫，为此不少被他双亲和大哥、二姐揪着耳朵教训，按在房间里梳头穿衣，训诫礼仪。

可他自幼跟公子一起长大，也不知道眼睛得了什么奇怪的毛病，非但不觉得公子疯，还觉得这人生来有一股与尘世格格不入的仙气，像是随时都会飘上天去一般。

公子笑意盈盈地开口："可我还听说，这沧浪崖底下的沧浪村苦于海妖之患，用了古法唤来仙人，不日即到。"

阿回心中正漫无边际地想着"仙气"云云，乍闻这句话，心里打了个突，也无心讥讽他道听途说、满口胡言了。

"那……公子，您是想？"

"当然是等仙人到来，三跪九叩，死活赖下，求他收我为徒，四海云游去也。"公子这话说得成竹在胸、趾高气扬，仿佛已成了某位仙人门下高徒一般，可惜片刻后便被打回原形，脚下一个趔趄，还得靠小厮扶着。

阿回听了这话，不敢再出声了。他家的公子天生走霉运，喝水呛嗓，吃肉咬嘴，平地崴脚，猫嫌狗憎，而自己则从小就有个奇特之处，预感好成真——大多用在跟公子一起无辜被狗追时判断哪条路好走上，往往被家里的夫人戏称"正冲抵了这不知好歹、跟什么都犯克的小孽畜的霉气"。

这主仆二人在沧浪村找了户人家歇脚，一歇就是三天。

沧浪崖位于此洲边缘，毗邻汪洋大海，沧浪村村民以捕鱼为生，个个都有一把子力气，连这户人家未出阁的姑娘都比城里来的两人壮实许多。

阿回看着那姑娘抡着膀子在院里砍柴，手中的刀锋利异常、银光发亮，气势汹汹，砍柴犹如切菜，悚然道："她能找到夫家吗？我可招惹不了这般壮士，还是小桃那样的才娶得！"

"非也非也，"公子慢悠悠反驳，"此处人家靠天吃饭，姑娘既贤且惠，洗衣做饭样样皆精，说不得打鱼也是一把好手，沧浪村中人，说不得还得踏破门槛来求亲。"

他后几句话故意提高了音量，那姑娘撩起额边发，朝窗户笑了笑，倒也五官齐整，透出朴素的娇憨来。

"姑娘，你许了人不曾？"公子问她。

那姑娘低头笑了笑："已许了。"

"人好不好？我以后再来沧浪村，若他欺负你，只管告诉哥哥，必定帮你打回来！"公子摇着扇子道。

阿回看他家公子这副德行，即便到了荒村野镇也如此不要脸皮、不拘美丑、空口无凭地调戏良家女子，不由得撇了撇嘴。

"人好。"那姑娘仍低着头小声答，不一会儿又抬起头来，"今晚是海妖出来的时候，陈公子当心，不要往海边走。"

公子接了她的话头，开始问起海妖来，得知这大半年来，每月初一与十五海妖必会现身，掀起险恶风波。海水只涨不退，不知毁了多少人家的生计。

"我们村长请了仙长来，约莫就是这几日了。"姑娘砍完柴，把柴拢在怀里离开了。

"公子，厉害哪，"阿回向自家公子跷了根拇指，"您说得还真准，在哪里打听的？"

"街角算命的老瘸子，上回算错了被王屠户拿着刀追出八条街的那个。"公子煞有介事地答道。

阿回："……"

这位陈姓公子搬了张椅子在庭院树底坐下，闭上眼不知是睡是醒，再睁开来已是近暮时分。

天际透出一点殷红，残阳不情不愿地在要落时才露出脸来，海风渐凉而涛声涌起，大浪一个接一个拍在礁石上，溅起丈高练一样的白浪。

"我的乖乖，"阿回张大了嘴，看着海面上翻腾着、一下拍碎礁石的粗大触手，"这就是海妖？可真恶心。"

东边不知哪一家传来了小孩尖厉的啼哭，瘆人得很。

这会儿，家家门户紧闭，灯火通明，惴惴不安地期盼平安换过，也盼着村长口中的"仙长"早日到来。

"公子，您说仙长管不管这些事儿？我听说仙长们自己的世道也乱得很！"

公子慢悠悠摇着扇，斜睨了阿回一眼："你这又是在哪里道听途说的？"

"十四坊里的说书先生，您最近老是跟着那老瘸子，许久没去听先生说书了。"阿回"嘿嘿"笑道，"那天大小姐打发我去买珠钗，正听了一段'浮天宫无人称帝王，阑珊君意欲取代之'，说的是他们仙道群龙无首，但凡有点能耐的纷纷占地称霸，你方唱罢我登场——周先生嘴皮子可利索了！"

公子看样子生出几分兴味来："这倒是有意思，你跟我仔细讲一讲。"

阿回便学那说书先生茶板一敲，手舞足蹈地滔滔不绝起来。

"先生是这样说的：'古来仙道与人道，各不相干，各自不同。走过捭阖道，是人间君主；登上通天路，是仙家帝君——纵观八荒宇内，登顶不过此二人。'"

"这个先生早已讲过，"公子道，"所以呢？"

"先生说：'诸君皆知，五百年来，人间裂地已久，各洲各国各自拥帝，群雄盘踞，竟再无一人可一呼而天下应，捭阖道自然无人踏足。仙道则不然，自那焱帝十年之内连败三君十四侯，上通天路，登幻荡山，便一派太平清宁，再无神魔宵小作乱。'"

温回继续道："而后先生话锋一转，'可现在境况则大大不同——幻荡山上浮天宫，焱帝所居之所，竟十余年没有一丝动静！仙道中人纷纷揣测，皆言焱帝纵然是绝世天才，然而或根基不稳，或横遭天妒，已然走火入魔，身陷幻荡山上。'"

小厮正说到高兴处，忽然见他家公子望着远处海面，略微出神的样子："公子？"

"阿回，"公子的眼都要直了，连那装模作样用的扇子都忘了摇，"它朝着咱们来了。"

温回这才抬头，只见那巨大触手自海面上高高伸出，恶狠狠拍下，海风裹着冰凉的腥气。

公子使出多年在街头巷尾被恶狗追赶时练出的毕生绝学，一只手拉起自家的小厮，朝着院外跑去，一路带起腰间环佩叮叮当当一片乱响："不能让它砸了姑娘家的房子！"

"您还有心思想着姑娘——"温回的声音回荡在小村里，"夫人说得对，您这种瘟神就该锁在房里，一天都不能放出去！"

"那我家就该走水了！"公子不遗余力地反驳。

阿回用惊惶之下仅剩的一丝冷静想了想——是这个道理。

盖因自家公子是天下第一倒霉人，方圆一里若有恶犬，必引狂吠；若有蚊虫，必来叮咬；若出远门，多逢大雨。以致月城诸位公子相约赏花观柳时常调侃："万不能让陈家二公子来看，否则三天之内，繁花必谢，绿柳必枯啊。"

所幸这户人家就在村子边缘，两人刚刚跑出村舍，那触手就毫不留情地当头而下，温回立刻把公子扑在地上，滚了几滚，勉强没有被拍到。

他们站起身来，又立刻换了个方向逃窜，而海妖本体已渐渐向海边移来，身边的触手横卷，另外几条触手已经高高举起，蓄势待发。

那触手粗若老木，在月下黏腻生光，沾了岸上的沙砾泥土，弯起来，眼看又要对两人拍下。

温回眼一闭——这下真要完了。

却听见赶过来的姑娘一声喊："快跑！"她抡起砍柴的利斧，寒芒一闪，与触手硬抗，那声响竟像兵戈相击，火花迸溅，未能伤得海妖分毫。

公子却是放开了小厮，自己朝海边去送死："冲我来的，你们先跑。"

纠结的触手尽数被他引了去，漫天卷下，转眼吞没了那锦衣华服的影子。

"陈微尘——"温回气极痛极，连敬称都顾不得，从姑娘手中夺过斧子要上去以卵击石。

就在此刻，却见远方一道湛然剑光破开沉沉天际，遥遥落下，带着如风若雪的凛冽肃杀，转瞬间掠至滩旁横斩而下。

海妖僵了片刻，被剑气穿身而过，几条触手被齐齐削断，颓然落地，露出中央还未被缠紧的公子来。这位名唤陈微尘的公子站在原地，抬手拭去方才脸颊上被地上尖石划伤而流出的鲜血，遥望着天边人影，喃喃自语："终究是走了一次好运……"

海妖猝不及防为剑气所伤，剩余的触手朝天边那人攻去——它显然不是凡间海兽，触手挥动时，掀起滔天海浪，海面动荡，巨浪一波接一波涌起。

一时之间，海面剑光冷彻，风声呼啸，一道白影立于海上，天边一轮圆月，清辉照遍。

陈微尘却往汹涌海面走了几步，海浪把一样莹白的东西浮浮沉沉送到他手上。

那东西有手掌大小，外表温润如凝脂，有淡淡的灰纹，异香袭人。

他回到温回身边。

小厮提着斧子嗷嗷叫着要弑主："有你这样送死的吗？"

到底是力有不济，心有不忍，温回斧子抢到一半，又原路放了下去。

海上怪物忽然狂躁起来，大浪高高涌起，朝岸边两人拍下，如排山倒海，饕餮巨口要吞没整座山崖。

——这下当真是灭顶之灾了。

却见一泓剑光飒然穿过，森白寒气从海浪根部泛起。

"今晚大约要把我一辈子的好运都用光了，"此情此景，公子仍有闲暇展开画扇，掩脸叹息，"不知以后要倒多少霉才能抵过来。"

他看向那边，只见浪渐高，白气渐盛，海水成冰，*丝丝缕缕的寒气逸散过来*。

到最高处，海浪生生凝住，不得上，不得下。

一剑之下，滔天海浪竟凝为霜雪。

陈微尘正站在浪花将落未落之处，抬头便是泼天冰雪，寒意直侵肌骨。

雪滩上落下一人来，白衣翩然，锵然一声收剑归鞘，向这边走来。

"今夕何夕，见此仙君，"公子合上画扇，继续叹息，"一辈子的好运气已经不够，要把下辈子的也预先付了。"

却没人应和，公子往身边一瞧，见自家小厮呆呆地望着海滩上那人的凛凛风华，已然是眼都不会眨了，只能把扇柄往他头上一敲："快回神。"

说话间，那人已经走到眼前。

皑如山上雪，皎若云间月。①

陈微尘想，只有一点不好，那眼、那剑、那身姿、那神韵里尽是冷冷肃杀，可惜了这样一副出尘绝艳、钟灵毓秀的皮相。

他笑道："多谢仙君救命之恩，在下一介凡躯，无以为报，不知……"

话未说完，便被打断。

"拿来。"

嗓音也如其人，如冰若霜，将梅花惊作黄昏雪——陈微尘满脑子不合时宜的风月，只顾回味琢磨声音，醒过神来时才发觉根本不知仙君说了什么。

"我一时恍惚，未能听清。仙君能否……再说一遍？"他羞涩道。

一旁的温回几乎想把自己埋进沙滩里——他跟着公子，大大小小丢过不少人，如今境况，堪称所丢的脸皮最大的一次。

"拿来。"那人倒真是又说一遍，似有不悦，目光停在陈微尘手中那团温润莹白的东西上。

当温回以为自家公子如今仙君当前，会将东西乖乖双手奉上时，却见陈微尘一改之前的模样，活像地痞无赖。

"不给，"他语气理所当然，"这是我捡到的。"

那人语气冷冷："它为我所有。"

"我明明见它从海上来，是无主的东西。"

"此物名为'寂灭香'，"那人对陈微尘道，"若长久傍身，必被扰乱气运，

---

① 引自西汉卓文君的《白头吟》。

厄运缠身，不得好死。"

"不好意思，"陈微尘眉眼微弯，哂然一笑，"我自小就厄运傍身，不差这一点。"

那人看着他，微微蹙眉："你……"

话未说完，只见一道黑影向陈微尘掠过，带着煞气。

陈微尘惨叫一声，闭上眼。

却没预想中一般受伤，是眼前的白衣人用剑鞘挡了一下，那东西在地上滚了几滚——是只颇为肥胖的黑猫，朝着陈微尘高高竖起了尾巴，尾毛奓起。

陈微尘："……"

远处传来一道声音："清圆，谢清圆——你跑那么快做什么，为兄要跟不上了！"

看来喊的是猫的名字。

"清圆——白瞎了这个名字，"陈微尘仗着一身寒气的仙君在旁，那猫不敢再次袭击，对它品头论足，"腿短、体胖、颈不显，该叫黑圆。"

远处跌跌撞撞跑来一个穿银灰袍、拿拂尘的道士打扮的人，来到近前，看见水面，"啊"了一声。

"使方圆十里海水成冰，这妖物极有可能已是二重天境界！小道是无法压制了。"

他看见一旁村民打扮的姑娘，恭敬一揖："姑娘，实在是过意不去，这妖物已非小道所能对付，劳烦转告村长，小道这就去寻二重天高手……"

——原来这才是村里人用古法唤来的仙长。

"……仙长，"姑娘指了指海边，"有人已经把妖物杀了。"

陈微尘往姑娘那里看了看，道士面相年轻得很，清清秀秀。

——不会是猫妖吧？他嘀咕着，想起那句"为兄"来。

道士狐疑地向海边走了几步，奇道："咦——为何冰中有剑意？"

再抬头，看见冰下三人、一只猫。

这年轻道士看见白衣人，僵住了。

陈微尘狐假虎威地展开扇子，边摇边看事态发展。

"叶、叶、叶……"

一个"叶"字哆嗦了许久，硬是没有下文。

陈微尘毫不忌讳地拿手肘碰了碰那人胳膊："欸，仙君，你姓叶？莫非就是传说中的——"

这一幕似乎刺激了道士，终于把那人的名号叫了出来。

"叶剑主！"

那人神情未动，淡淡道："琅然侯。"

"剑主，您竟然还记得我！"道士大喜过望，从地上拿起黑猫来放在怀里，狠狠顺了几下毛平复心绪，"您来这里做什么？"

"公子，"温回凑上来，木然道，"我听见他说，琅然侯。"

"我听到了，"公子点头，"我还听到了叶剑主。"

"公子，完了，下辈子也不够用了，"温回拍拍胸脯顺气，"您今晚把接下来八辈子的运气都用完了。"

"老瘸子说，观我命格，一年后横竖是个'死'字，倒是在今夜沧浪崖有一段仙缘，果然不错。"公子道，"回去告诉我爹，把老瘸接到家里，好吃好喝供上一辈子。"

他们正在窃窃私语，那白衣人却转向了陈微尘："你想要什么？"

陈微尘似是思索一番，道："叶九琊，你教我修仙，我就给你寂灭香。"

叶九琊一双眼好似寒潭："你知我名？"

"当然，"他笑了笑，"你们仙家，一帝三君十四侯。除此之外，还有一个叶九琊，人称'剑阁之主，非君之君'，无人不知，无人不晓——凡间哪个说书先生不会讲你的故事？"

"这位公子，"道士谢琅安抚好望着陈微尘一脸凶恶的黑猫，对他道，"恕我直言，我妹子对气运最是敏感。寂灭香关气运、夺造化，连我都不敢触碰，你若拿在手中，早晚横死。还是早日交给叶剑主为好。"

陈微尘仍是笑，那一双眼波光潋滟，竟有万般奢华风流之感。

"这位道长，您这话我已听过一次了，"他道，"不如您亲自来算算我的气运？"

谢琅要了他的生辰，将他来回打量了几下，再闭上眼，口中喃喃，不知在念什么，睁开眼时犹疑道："怎会如此？"

陈微尘含笑："我？"

谢琅满目复杂地摇了摇头。

陈微尘神情仍然轻松："从小到大，但凡请来算命先生，都只有一个结果。"

说着，他拿着寂灭香在叶九琊面前晃了晃："叶剑主，你带我修仙，一年就好，不会祸害你太久。我姓陈，名微尘，'巍巍昆仑，渺渺微尘'那个'微尘'。算命先生说我无论怎样，活不过二十岁——我今年十九岁，在死之前想去见见世面。一年之后，我就把这东西还你，绝不食言。"

道士见他自己毫无悲伤，也收了方才的神情，搔着怀中黑猫的耳根，笑嘻嘻道："你这公子倒是有趣，大限将至，不在家里吃好喝好，温香软玉，非要去走最寒最苦的路子。"

"道长，不瞒你说。"公子把扇一合，扇柄上鎏金纹样精美至极，不显一分粗制滥造的俗气，为他平添了些许潇洒俊逸。

"人间富贵，实在是没有什么意思，我上有兄姐，父母无须奉养，便只剩下一点念想——从小到大听说书先生讲神魔妖佛，便想去仙道看看。"他在月下把玩着那块莹润皎洁的寂灭香，眉眼添了一分狡黠，"正想着，这东西就自己送到手上，又见了两位故事中才有的人物，委实是时也，命也，不得不做这一回无理取闹的泼皮。两位，见谅啦。"

仙道、人道，各不相干——这话说得绝，实际也绝。

正统仙门弟子，信气运，尊天道，只一心斩妖除魔，不可涉人间俗务，尤其不得伤及凡人性命。

若陈微尘一心将东西据为己有，叶九琊是无可奈何的，除非等这人自己没命——可这位泼皮公子万一死前将东西传给其他什么人，便又是一桩麻烦。

"今日遇见谢琅，是你有仙缘，"叶九琊淡淡道，"我修剑，不算仙道之人，无法引你。"

他看向谢琅："琅然侯，有劳。"

谢琅眼珠转了转，喜上眉梢道："能让叶剑主欠我一份人情，实在是求也求不得的好事。这位陈公子生死通透，是有慧根的模样——实在是不亏。"

温回眼睛一眨不眨地看着，见谢琅放下猫，右手五指抵在陈微尘额头。

陈微尘目光立时空茫起来。

谢琅开始问。

开始的问题，都是诸如"何谓虚无""何谓守一""何谓尚柔"之类，小厮在一旁站着，自忖能够听懂，还能答出一些来。往后却又加了些"道生法""柔者道之刚也"之类，这下是一个字都听不懂了。

但谢琅那一指似乎有别样的效果，每当问话落下，他家公子便开始答，几近于不假思索。

等到谢琅问了有上百问，才放下手来，陈微尘眼中清明渐复。

他看见谢琅以一种古怪的眼神打量着自己。

"陈公子，我有句话不知当讲不当讲。"

一旁的温回无奈，以手扶额，一听这话，他就知道，自家公子今晚绝无仅有的好运气恐怕是到头了。

陈微尘："……请讲。"

"你既有仙缘，又不乏根骨，却没有一丝一毫慧根悟性，毕生是无法证道了。"谢琅皱着眉，面有难色，看向叶九琊："叶剑主，这该如何是好？"

"道长，我有点不明白，"小厮开始为自家公子辩解，"您既说公子有根骨，又怎能说他没有慧根呢？"

"你们凡人常说，美人在骨不在皮。骨为形体之根本，发诸面上，方有皮相。"谢琅不必除妖，便有一下没一下地挠着怀里的黑猫，向他讲解，"气入骨，为仙骨，是好根骨。

"慧根与根骨同是天生，却无关形体，乃是悟性。慧根有三：杀心，莲心，灵犀心。灵犀入道，莲心悟佛，杀心成魔——不过眼下仙魔相隔，有杀心也未必成魔，比如叶剑主以杀心入剑道，再如三君之一的陆岚山持莲心守证道……"

"所以，公子这三心哪一个都没有？"小厮感到十分生气，恨铁不成钢地瞪了陈微尘一眼，却见那人只是笑吟吟地看着这边，一把扇子摇来摇去，扇面上听涛图意境高远，倒像是能摇出花来。

"非也，非也，这便是麻烦之处了。此三心人人皆有，只是深浅不一。凡人三心驳杂，故而混混沌沌，随波逐流。灵犀聪慧，莲心行善，杀心行恶——便有天性不一之说。修仙人专养一心，心境澄明，由是得以证道。"若是谢琅有胡子，他现下一定是在苦恼地捻来捻去，"你家公子三心却生得不偏不倚，同深同浅，其必定不善不恶，非智非愚，不论去修哪种道法都艰难重重——实在是再庸常不过的资质了。"

道士想了想，又认真地补了一句："庸常得……都有些不寻常了。"

陈微尘却没再听，转头看向身侧的叶九琊。那人霜雪一般的神色里，此时却平白有了一分若有所思的味道。

他谁也没有看，只是看着海上一轮圆月。月色是冷的，清辉洒下，落在眼底，漫漫荡漾开。

——竟是淡淡惘然之态。

一旁的谢琅还在与温回喋喋不休，活像学堂里散学后对学生爹娘控告纨绔子弟恶劣行径的老夫子。

"这是天要绝他修仙之途，怨不得我，怨不得叶剑主，还是将那寂灭香早日归还为好。"

温回正待死缠烂打，却听得叶九琊声音清冷，如这夜的月色："琅然侯，不必多言。"

喋喋不休就此打住，道士悄悄瞧了一下叶九琊的脸色，立时从老夫子变作受训的学生，拿拂尘掩了脸："是，叶剑主。"

叶九琊道："手。"

陈微尘将右手递上去，心想——果然惜字如金。

一股朔寒自相接处泛起，顺经脉流转全身，带来丝丝痛楚。

叶九琊收回手："你愿意跟着我？"

谢琅从拂尘后探头探脑问："剑主，此种慧根莫非还能有办法修仙？"

叶九琊这次没有无视他，答："曾有先例。"

陈微尘便得意扬扬讥讽道士："琅然侯，不是我说，三君十四侯，果然侯不如君，君不如叶剑主，啧。"

谢琅刚刚断言他绝无可能修仙，就吃了一个天大的瘪，"哼"了一声。

叶九琊又道："此法不易，机会渺茫。"

"无妨，"陈微尘只一笑，"既无所求，亦无所失。若不成，只当蹉跎了一年——左右我之前那十余年也是白白蹉跎，不差什么。"

那道士上下打量他几眼，又忍不住多话，连说了三声"有趣"。

陈微尘便斜睨着他："无能者无所求，饱食而遨游，泛若不系之舟——这原是你们道门的东西，怎么被我一介凡人说出，就觉得稀奇了？"

谢琅怔了怔，真心实意向他作了个揖："受教了。"

陈微尘只是笑，画扇轻收，一身流转不尽的朗朗日月风华，若不看那轻裘缓带、美服华饰，倒比眼前道士更像仙人。

说话间，得到消息的村长已率众前来，拿着火把相迎。

一时间人声喧闹，全是"感激不尽""欢喜不尽""不知该如何报答"之语。叶九琊一身气息冷若冰霜，村民们不敢凑上前，见旁边年轻道士拂尘在手，纷纷感恩戴德。

那边灭了海妖的正主不言不语，目睹全程的姑娘见此情此景也没有澄清事实，谢琅只得苦着脸背了这个光滑锃亮的锅，左边一躬"谬赞谬赞"，右边一揖"不敢不敢",再加一句"小道修行微末道行浅",终究还是没能逃过,被村民盛情留下来,供神一般款待。

安顿好仙长,村中人散去,已然夜深。

秋日已无蝉鸣,亦无蟋蟀声。西家的孩子不知怎的,小声闹着,女人细细哄,待到声音渐停,四野苍茫,唯余涛声。

陈微尘向姑娘讨了埋在桂花树下的一坛酒,提了白瓷盏与灯笼,"吱呀"一声推开木门,向着海边去了。

剑气入海成冰,结得快,化得也快,方才热闹那一会儿,已然渐融渐没。海水卷着浪花拍打石滩与崖壁,又是一幅海上花如雪的景色。

月华照着岸边礁石上一人,海风吹起雪白的衣与乌黑的发,为那修长背影无端添上三分寥落。

陈微尘到他身边,摆下酒,席地而坐。

"今日八月十五,恰逢中秋,凡间讲究团圆,我看叶剑主身边也无人做伴,不如陪我过这一夜。"

"如何陪?"

"陪我喝酒。"

酒入空杯,斟满十分,白瓷映着澄澄微黄的酒酿,月光的柔色里波光潋潋,待酒气逸散,色越美,香越浓。他动作雅极,将粗酒与瓷杯硬生生斟出了点儿琼浆满泛琉璃盏的味道。

这锦衣公子先饮了一口。

村中自酿的酒,辛辣极了,烧起一片烟霞烈火来。

他即使不在笑,眼里似乎也总带着笑意。

过了一会儿,那笑意却渐渐收了,眉头微蹙起来,是在压着痛楚的模样。

叶九琊看向他,见他周身气息皆无大碍,问:"怎么了?"

陈微尘仰头灌下一大口酒,深深呼吸几下,看着海面一轮明月,良久,才像是好了些。

"没什么事,生来带着个恼人的毛病,"他眼睫略垂着,"诸般喜怒哀乐、贪痴嗔妄,一旦生出,便心头绞痛,愈演愈烈,不到心绪平复,不会止息。"

"长恨我心不如水,平地起波澜……"月下的公子念了句掐头去尾的古人诗,似在自嘲,"大概是你们说的那个'天道'当真厌弃我,不仅送了我一身的霉气,连俗世悲喜都不愿分我一份。方才觉得你好看,刚想高兴,又疼了起来，只好把那高兴收一收——这辈子还没有尝过真正高兴的滋味。"

"可修太上忘情道。"叶九琊淡淡答。

陈微尘将酒碗递给他："叶九琊，你实在不解风情。我正感伤身世，你却要我修个听起来就无聊至极的什么鬼道。"

叶九琊倒没有拒绝，接过酒，也饮了。

"太上忘情，无悲无喜，便不会被此病扰心。"

陈微尘摇头："我不修。叶九琊，你大概不知道凡间有个词叫'饮鸩止渴'。"

叶九琊："我只知'正本清源'。"

陈微尘笑："你这人——"

却没了下文，两人不再说话。

他们该是素昧平生，这月夜却坐在一块礁石上，各自饮着酒，既不碰杯，也不再交谈。

今年今日，月下十丈红尘，茫茫人海，不知几人悲几人喜，几人无悲无喜，又有几人不得悲亦不得喜。

也不知过了多久，陈微尘觉出叶九琊渐渐停了动作。

他啜了一口酒，这酒即使在凡间诸酒里，也是甚烈的那一种，清静淡泊的仙道里不会有这样的东西——更何况，叶九琊一看就不是常饮酒的那种人。

他偏过头去看，果然见这人看着海上月，半晌未动。

陈微尘笑了笑，唤："叶九琊？"

叶九琊转头看他。

陈微尘问他："在想什么？"

叶九琊淡淡道："无所想。"

"无所想，为何有伤怀之色？"陈微尘似乎起了玩心，伸手在他眼前一晃，"这是哪儿？"

"沧浪崖。"

"你今天做了什么？"

叶九琊长眉微蹙，没回答，确实有那么点儿不甚清明的意思。

陈微尘替他答："叶剑主今天答应带我修仙呢。"

说到这里，他笑了笑，温声问："叶剑主，为何之前你不想收，琅然侯一说我三心同深同浅，就收了？"

叶九琊仍未答，只是看着他，眼中霜雪漫漫，竟像看着水中花。

陈微尘靠近了，一眼不眨与他对视："在想谁？"

只听叶九琊缓缓道一声，声音极轻，几不可闻。

他说："焱君。"

陈微尘怔了一怔，应道："在。"

叶九琊看向他，方才一点醉意无影无踪，仍是冰冷清醒："陈微尘。"

陈微尘又没心没肺地笑起来："还想趁醉诓你一诓——你方才可是喊了个名字，燕君？哪个字？不会是梦中情人吧——你这种人还会有梦中情人？"

叶九琊语气平淡："不是。"

陈微尘为自己添酒，倒出了坛中的最后一滴来。他咂了那仅剩的一点儿，看着叶九琊。

"叶剑主，往者不可谏^①，满目山河空念远，"他仍是笑，问，"不如怜取眼前人^②？"

说罢，陈微尘似是又想起了什么，摇头："不好，我想错了——你这人大概是修了那什么'太上忘情道'的，这下不但往日不可追，来日也未必可期了。"

随着那一句"来日未必可期"落下，他来时提的灯笼烛火燃至末尾，光芒跳了几跳，彻底熄了。

——真正是酒阑灯烬人散后，良辰美景奈何天。

便散了，各自回去，独留天上朗月。

温回却被陈微尘回房的动静弄醒。

他家公子扶着门框，脸色苍白，肩膀微微颤着。

他几乎是跳着从床上起来，把陈微尘弄回去，吵吵嚷嚷："公子，你那老毛病又犯了？多少年没有犯过了——不就是跟仙君喝个酒，至于这样高兴吗？"

公子忍着痛，没好气地回他："高兴个鬼——我难受着呢。"

"难受？"

可惜任他如何询问，也问不出为何难受。只听得公子临睡着前终于耐不住他问来问去，小声嘀咕了一句："大抵是前尘旧事。"

---

① 引自《论语·微子》。

② 引自宋代晏殊《浣溪沙·一向年光有限身》，原句为："满目山河空念远，落花风雨更伤春。不如怜取眼前人。"

二

镜花

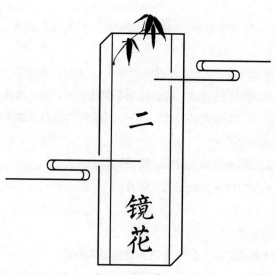

陈微尘离开时海上正逢日升，云霞满映。

他走在雾气初散的林间山路上，与叶九琊一道。谢琅和温回在后面，这两个人发展出了一段可喜的友情，大概是因为都爱说话。

——只听后面时不时传来窃窃私语。

"我说，琅然侯，你怎么跟着我们？"

"那可是叶剑主，我既然遇到了，必然一路追随。"

"你倒是跟我家公子一样，是属狗皮膏药的——真有那么好？"

"叶剑主是何等人物，我就在一旁静静看着，即使一无所获，也能饱一路眼福。假如看见剑主出剑，有所感悟，那更是天大的好运，比背一百年《南华经》都要值得！"

——原来是觊觎人家的武功。

"叶剑主，"陈微尘便忍不住出言撩拨，"您在仙道实在是受人爱戴。"

那人神情分毫不变，像是没有听到一般。

又听温回在后面接着说悄悄话："真那么厉害？"

谢琅的声音压得更低："叶剑主年少成名，我道中人赞为'集剑技之大成，开剑意之宗风'。且这剑意还与别家不同，无情道斩一切牵绊，是可以破心魔的！心魔是修仙路上最大的险阻，原本只能自己硬扛，可无情剑意一出，喷，那真是势不可当。"

"那……叶剑主如今多大年岁？"

陈微尘眼睛一亮，边看叶九琊神色，边竖起耳朵。

"这……"谢琅羞涩道，"只比我大几岁吧。"

见温回眼生嫌弃，谢琅补救道："修仙一途，实在是看重慧根悟性。叶剑主少年时便能以一己之力重振剑阁。而我们那位如今不知是死是活的帝君，初入仙道便一剑挽天河，声名天下知，其后更是连败三君十四侯，上幻荡山通天路，登临仙道绝巅，也真是天纵风华。"

"那你们帝君与叶剑主相比如何？"

"这却不能知，两人不是同时。那一位在幻荡山浮天宫封帝时，叶剑主尚且年少，未下剑阁山，其后更没听说二人曾照面。"谢琅一腔叹息许是还没有抒够，又说回方才的话题，"可见修仙此事，关天命，非人力，像你家公子那种……唉。"

"……"陈微尘无端又遭到讥讽，实在是不知该作何反应。

恰逢山路潮气未退，他平地尚能摔跤，现在更是心惊胆战、举步维艰——身旁叶九琊置若罔闻，毫无要相助的样子，只回头凉凉地看了温回一眼。

小厮只得中断了与道士的叽叽咕咕，上前看着自家公子，免得他运气太糟，不慎坠下山崖一命呜呼。

陈微尘问叶九琊："剑主，你下山后，要往哪里去？"

"凡间。"

温回闻言，眼疾手快地抢下陈微尘手中折扇来，以免他摇起来忘了看路。

但即使没了此等装模作样的利器，陈公子一派地头蛇气度也无损："凡间哪里？中洲我倒是很熟悉。"

"中洲旧都。"

"锦绣鬼城？"

叶九琊淡淡"嗯"了一声。

谢琅晃一晃拂尘："正好——小道可以在那里练习捉鬼。"

温回瑟瑟发抖。

此间天下分十四洲——亦是十四侯之名来历。

中洲为大，其余十三洲皆为依附，以海相隔。

若有人间皇帝收中洲于囊中，坐拥天下，过掉阃道，龙庭封帝指日可待。

可正如那说书的周先生所说，人间裂地已久，各自拥帝，竟再无那一呼天下应的人物。战火四起，尤以中洲为最——除去退守边缘的南朝是最后的烟柳繁华地外，再无一处有太平景象。

"我爹我娘把我看得紧，除了南朝属地，倒是哪里都没去过。"陈微尘道，"如今有了叶剑主在旁，想必会顺顺利利放行了。"

四人下了山，由于陈微尘只带了小厮悄悄溜出，并无车马接待，一路冷冷清清回城。

——临走陈家夫人还训斥了他一顿，再嘱咐"万不可给仙长添麻烦""不必思家"，最后拉过温回的手："看好这个小孽畜。"

门口树下倚了个少女，侍女打扮，清凌凌一双眼在温回身上看来看去，待人走近了，又冷哼一声，扬长而去。

温回便笑嘻嘻地喊一句："小桃——等我回来娶你！"

姑娘隔着墙啐了一声，过了一会儿，却有个绣桃花的粉帕子裹了石头从墙内丢出来。

温回捡了，看那神情，高兴得似要飞到天上去。

陈微尘摇着画扇在一旁酸溜溜地看着。他回家一趟，换了扇子，绘的是盛世山水里的锦绣楼台，背面却题了首哀哀戚戚的赋。扇面掩了半边脸，他捏着嗓子道："纵然你，佳人在怀，可怜我，无人疼爱，奴去也，莫牵连——"

被叶九琊淡淡看一眼，陈微尘乖乖住了嘴，跟上去。

经过城门时，陈微尘正看见算命的老瘸子靠着墙角，摇头晃脑地晒太阳。

他觑了一眼叶九琊，觉得这人似乎没有不耐烦的样子，便上前："老瘸、老瘸！"

老瘸子眼睛张开一条缝："是陈公子。"

"到我家去，好吃好喝，你肯不肯？"

"不肯。"老瘸子慢悠悠道，"哪有外面快活。"

"猜你也不肯，"陈微尘道，"我要走啦，临走前求一卦。"

老瘸子拿起破竹筒，随便晃了一晃，递到他面前："懒得解，你带走就是。"

陈微尘便真笑眯眯地抽了一签，并不看，塞进小厮肩上的包袱里。他也不道别，溜溜达达地转身走了。

"我说，"谢琅碰了碰温回的胳膊，"不问如何修仙，也不问叶剑主要去做什么，就跟上了——临别不悲，连卦签都不看，你家公子这算是什么性子？"

"疯性子，"温回道，"我俩同年同月同日生，没有一天分开过——他从小就是这个鬼德行，改不了。"

"同年同月同日啊……"谢琅琢磨着。

陈微尘回头，挑了挑眉："算命的道士，我看你也只会在生辰上做文章，不如算算我家阿回？"

本事被看轻，道士生气反驳："命格！命格可不止生辰！"

陈微尘见这人如此好逗，笑得极开心，一不小心又牵出了老毛病，顿时气焰灭了一大半，乖乖行路。

叶九琊这人说到做到，当真开始教陈微尘修仙。

朔寒之气在骨里横冲直撞，陈微尘疼得几乎要嗷嗷叫出来，一抬头又看见客栈窗户上露出两颗看热闹的脑袋，觉得这世道实在可气。

"叶……叶剑主，"他哆哆嗦嗦道，"差不多就行了——我虽想修仙，可也不急这一时。"

"此为开端，"叶九琊面无表情，"换全身骨骼为仙骨，是你日后悟道的根基。"

"我要悟什么道？"

"忘，"那人声音如同容颜，清冷薄凉如若霜雪，连说的内容也是一样，"忘慧根命数，忘往昔来日，唯凭虚而生，方不为天理定数所拘。"

"说到底，还是要我忘情，"陈微尘额上出了细细汗水，声音发颤，却仍负隅顽抗道，"你说此事有先例，可我实在不想循这个先例。谢琅说我三心同深同浅，那便修遍仙、佛、魔道——又如何？"

一阵剧烈百倍的痛楚自骨髓深处而起，他眼前一片漆黑空茫，汗湿重衣。

待叶九琊终于放手，陈微尘才算是又活了过来。

陈微尘睁开眼，正对上叶九琊的目光。

"道由心，随你。"那人淡淡道，"我只为你七日换骨，此后路途纵有艰难险阻，各不相干。"

陈微尘扯出一个笑容来。"当真无情，"他缓了缓，似是自嘲道，"也对，你我原本就只有一块寂灭香强扯上的交情。"

等这段疼过去，陈微尘始终是半死不活的模样。

温回给他按着肩膀："公子，方才我让谢琅给我测了慧根，竟然说我有什么灵犀心，可以拜入道家门下，还给了我一本《南华经》！"

陈微尘十分妒忌。"……出去。"说罢，他又改了主意，"算了，别出去，把那经书拿给我看。"

"您也想修道？"

"嗯，"陈微尘答了一声，"那叶九琊大概是有什么魔障，成日惦记着太上忘情。"

"我偏不顺着他。"

出月城，途经三四繁华地，而后渐至荒凉。

楼阁倾倒，池台蒙尘，飞檐折泥中。

待到过天险，出关隘，到了南朝属地外，更是荒野凄凄，百里无人。

路边偶有瘦如柴的野狗，叼一块不知从哪里刨出的光秃秃白骨，在枯树根旁坐下，不知疲倦地咬着。

再向北，有座荒城，格局阔大，可惜护城河早已干涸，火燎的痕迹涂黑了屋舍，路边有零星人骨。

陈微尘放下手中的《南华经》，看着马车窗外景象，对自家小厮卖弄学识道："此处应是上锦城，皇朝极盛时，繁荣可与月城相较，可惜焚于战火。古人云，'白骨如山忘姓氏，无非公子与红妆'①——一年之后，公子我就要下黄泉与这些仁兄做伴了，到时皮囊一去，谁也不认得谁，极好，极好。"

温回摆手，表示不想搭理他这些疯话，悄悄附到他耳边，换了话题："公子，都说仙长斩妖除魔，替天行道。可咱们人间，战乱苦尤胜妖魔难，为何他们却不管不顾呢？"说着，还悄悄瞅了瞅专心致志逗猫的谢琅和正缓缓拭剑的叶九琊。

陈微尘慢悠悠赞赏："你问得也极好，没有白听十几年周先生说书。"

他的声音不大不小，在马车中荡着："悲悯百姓的，是圣人，不是仙人。他们仙人眼中无苍生，唯有天道，唯有长生。怎会过多参与人间杂务？"

谢琅看了看外面的白骨与暮鸦，抚着怀中猫儿："天地终无情。"

陈微尘便继续道："斩妖除魔是为气运，不插手人间事也是为气运。周先生最爱讲当年焱帝如何一剑挽天河，守住仙魔壁障，救天下苍生……可究其原因，还是出于自保，为使妖魔浊气好好待在该待的地方，不去污仙家的太清之气——可见他纵然是仙家帝君，放到人间，也不是什么好东西。"

"仙道与人间到底有别，"谢琅与他认真辩了起来，"我辈中人弃世而去，参天地，求长生，是为了证道，怎能以凡人之理揣度？"

两人便各自有理有据，你来我往，唇枪舌剑了一番。陈微尘被拘在家时无事可做，平日看了不少读书人的怪论，此时又兼有被誉为道家根底的《南华

_____

① 引自清代曹雪芹《嘲顽石幻相》。

经》在手，对敌手有了充足了解，倒还占了上风。

待最后一句落下，辩无可辩，谢琅将拂尘拢在怀里："陈公子，除却慧根不提，我大概明白你为何不宜修仙了，你终究尘心太重，难以超脱。"

陈微尘也展了扇，只笑不语，继续看窗外。

从上锦城向北，遗城更少，到夕日斜沉、暮色四合时，众人才到了一处有人的村落。

炊烟袅袅散开，有女人的声音喊着自家的孩子归家，为这荒野上的黄昏缀了人间烟火气。

陈微尘上前敲开一家门询问能否借宿，开门的汉子见到外人，一脸紧绷地戒备，挥了挥手，道："村北头教书的那里，有空房。"

于是一行人被打发走，到了北头。

"这乱世中还有人教书，实在是怪事。"陈微尘边嘀咕边走近了屋舍。

穿过菜畦，透过漏风的窗子，看到一个面目温俊而衣着寒酸的书生，正给几个孩子讲"博爱之谓仁，行而宜之之谓义，由是而之焉之谓道"云云。

稀稀落落三四个面黄肌瘦的孩子待他讲完今日的圣贤书，一哄而散，拖着鼻涕奔向自家锅里的稀粥。

书生叹口气，掩了手中卷，不期然与窗外的陈微尘打了个照面。

他微微一愣，随即问："这位公子，您是……"

待知道了这前来借宿的几人是从南朝来，书生眼中升起一股憧憬来："待到开春，我便去南国都求官，如今群狼环伺，正是朝廷需要我们这些读书人的时候。"

陈微尘不言语。

院子里应是厨房的一处飘起炊烟来，有女子半推柴门，看见外客，一时间不知道是该出还是该避。

"阿书。"书生喊她过来，倒也不拘什么。

"奇怪，"谢琅在陈微尘身旁小声道，"我妹子清圆自见到他就不太乖巧，我便看了看此人气运，极盛，却又带些血气。"

饭桌上谈话间，众人得知了这书生名为庄白函，家中本来富足，年少时在城中书院进学，娶得先生的女儿为妻，奈何遭逢战乱，流落至此。

他面对一见便知不凡的几人，着实不卑不亢，谈吐气度过人，是胸有丘壑之辈。

　　用过晚饭，便要收拾房间住宿——两间空房，微妙得很。陈微尘打发温回去与谢琅和猫一间，自己悠悠然去跟叶九琊共处一室。

　　"刚与谢琅辩了仙凡有别，这下又遇见一心要做圣人的书生，实在是机缘巧合。"陈微尘颇为兴奋，也不管叶九琊理不理他，"只是南朝人沉湎酒色，不思复兴，他去了，未免失望。"

　　话音未落，剑鞘横过颈，带着冷冷寒气将他困于墙角方寸地。

　　"陈微尘，"叶九琊念了他的名字，眼中一片深寒，"你是何人？"

　　方才还高谈阔论的公子面对性命威胁，一下子蔫了。

　　"叶剑主，少安毋躁。"他讪讪笑。

　　剑鞘离颈更近。

　　"我说，我说，"他一副老实交代的模样，"陈微尘，月城人氏，父亲是此州郡守，母亲是月城富商赵泉长女。我今年十九岁，尚未娶妻，亦无婚约……"

　　抬头对上叶九琊冰冷的目光，陈微尘继续讪笑："……就这些，您要是不信——州牧处有人头簿，白纸黑字，清清白白！"

　　"为何修仙？"

　　他眼神暧昧，躲躲闪闪："只因为叶剑主的绝代风华所摄，一时间迷了心窍——啊！"

　　刹那间，剑出鞘，锋芒直抵喉口。

　　他收了微带调笑的神情，略垂头，笑了笑。

　　"不过一个将死之人，叶剑主不必如此挂怀。能与琅然侯论道，不过是读过些歪书，素日喜欢乱想的缘故。"他声音淡淡，带着一分寥落，"总归对剑主没有一丝恶意。"

　　屋子简陋，声音透过墙壁轻而易举。

　　另一间房里的温回捂住脸，为自家公子的厚脸皮叹服。谢琅气得几乎要跳起来："迷了心窍——迷了心窍！叶剑主何等人物，你家公子怎能这样胡言乱语！"

　　温回拉住他："胡言乱语，不要介怀……"

　　叶九琊定定地看了陈微尘几眼，收剑归鞘，朝床处去了。

　　陈微尘立时不知死活地跟上去铺床展被，嘘寒问暖，自讨了好一番冷冷淡淡的没趣后才去收拾自己的睡处。

　　当然，是睡在地上的。

他未免又使了些小心机，地铺打在门口处，与床离得远，可远也有远的好处——月光入窗，转头便能看见床上情形。

那人枕边放着剑，剑上刻着剑名——"九琊"二字，铁画银钩，冰凉凛冽。

陈微尘看着那剑，看着那字。

剑是好剑，字也是好字。

从极北、极寒的雪川里取了玄铁，再往极南、极炎的深谷里寻了世代铸兵的名匠。剑铸成时或许有七日大火不熄，淬了极北带来的冰水，有气煌煌冲霄，成此无双宝剑。

而后名匠问此剑何名。

便随了它主人的名字——九琊。

月光透过窗棂，在他眼睫下投下淡淡阴影，掩去了神情，恍惚间依稀似是而非的、温柔的颜色。

夏夜凉如水，秋宵冷如霜，床上那人自然知觉不到，而陈微尘毕竟是凡胎肉体——还是高门大户、锦绣堆金玉榻里娇生惯养出的凡胎肉体。

寒气透过地面一丝丝泛上，那老毛病有一下没一下地在心头刺着。他没有睡着，便起了身，看月上中天，清辉浸中庭——夜色抹去了白日的萧条，倒是一幅寂静好景。

目光慢慢移到庭院中窗前还未长成的小树这里。

正和树下藏着的小娘子对了眼。

陈微尘："……"

以陈公子的性格，此时必定是要温文有礼地问一句"姑娘星夜前来，所为何事"，然而身后尚有人不知睡了没有——若睡了，他出声，扰了安眠，实在不美。

于是两相对望，气氛实在尴尬。

陈微尘于是悄悄溜出门，姑娘果然也跟了上来。

小娘子道："这位……仙长。"

陈公子："阿书姑娘，在下不是仙长。"

庄家娘子轻出一口气："我想也不是。"

陈微尘便微微笑起来，他生得好看，一笑有如桃花点水、月上柳梢，要让人迷了心神："姑娘如何得知？"

阿书难为情地低下头："我不是人。"

陈微尘赞叹："书生与妖魅，好故事——庄公子不是说娶了先生之女为妻？"

"未出阁的少女，怎能让男子看见——相公不知那小姐相貌，而先生一家尽数死于兵祸。我在城外救下相公，谎称自己也是逃亡出来，是先生之女，偶在高楼上见过他的模样。"阿书小声道，"我族就在书院后山世代居住，识得字，会些经书诗赋，故而相公深信不疑。"

"星夜相约，不知姑娘所为何事？"

姑娘咬着俏丽的嘴唇："我不敢找另一个人。"

陈微尘点头："在下也不敢。"

姑娘忽然跪下了。

陈微尘未扶她，只是看着。

"公子，阿书想求一件东西。"

"何物？"

"我不知。"

陈微尘："……"

姑娘继续道："但我知就在那人身上——妖物亦能窥得一丝天机，他身上必定携带气运极盛之物。我相公命格后半，极煞极凶，若能得此等物件傍身，或可相抵。"

辩解似的，她又道："那位仙长所携之物，气运几可冲霄，只有上古异兽、瑞兽的心头精血才会如此。阿书只需一滴半滴即可，不会妨碍仙长任何。"

陈微尘眼中泛起兴味来："你如何得知那是他身上携带之物，而不是他自身气运？"

"妖物本为兽，那东西出自兽类，是能看出来的——我亦能看出公子身上有气运极厄之物。"

陈微尘便问她："有何酬谢？"

妖魅一字一句，认真又决绝："我不过是寻常精怪，唯有族中所传镜花鉴一面、涂山笛一支，现在即可交与公子。性命一条，公子何时有难，阿书虽修为微薄，必定以命相报。"

"阿书姑娘，"陈微尘没有说答不答应，而是问，"若遇不到我，或我不愿，将你提去捉妖的道士那里，你该如何？"

"以我之力，无论如何取不到那种东西，遇不到公子，只好认命，"她低下头，"我未曾作恶，没有诛杀我的道理，假使真的要斩妖除魔，我打不过……

只求死得离村子远些，莫使我相公知道。"

她声音有些颤："只教他当我……是为兵匪所掳。"

陈微尘定定地看着她，道："镜和笛子给我，命倒是不必了。"

阿书抽噎一声，竟然落下泪来："阿书谢过公子，贱命留在此，公子何时要，何时给。"

——是喜极而泣。

"命，我用不着，倒是姑娘你，"陈微尘对她道，"他读圣贤书，要做圣人，身上有儒道浩然清气，妖邪不侵——你为妖魅，失去宝物傍身，可想好了？"

"想好了，"阿书朝他叩了一个头，"用我短命，换相公一生顺遂，自然是值得的。"

姑娘抬头对他道："涂山笛可驭狐，镜花鉴观心、破幻……"

"我知道。"陈微尘眼中微有笑意，修长手指按住她的红唇，看向院中房里点起的烛火，"回房吧，他要来寻你了。"

果真传来书生的声音："娘子——你去哪儿了？怎的这么久？"

姑娘匆匆起身，向他一拜，朝着房中去了。

陈微尘依稀听见温言软语："只是起夜，又看见花好月圆，在院中多待了一会儿。"

书生便笑："娘子，这倒是你的不对，良辰美景，该喊为夫共赏才好。"

又是款款情意："你睡得熟。"

窗下种着几丛绣球，天边挂着一轮银月，万籁俱寂，倒真是花好月圆、良辰美景。

凡间的纷纷扰扰、红尘辗转，最平安、最喜乐的，不过是喜婆的梳梳过新娘的发、月下的小娘子偎进夫君的怀。

陈微尘手中拿着一面铜镜，看着。

镜花鉴，月下观之，见心上人。

许久，月光落在眼底，渲出无端惘然来。

"名字取得极好，"他对自己道，"可不就是镜中花、水中月、心上人吗？"

然后看那房里窃窃私语歇下，灯火已熄，自己房里则一直毫无动静，两相对比，公子叹了口气——人家小娘子出房不回，有夫君等着，同是悄悄溜出来，候着自己的可就只有地板上冰冰凉凉的铺盖了。

他戚戚然推开门，呆了一呆："呃，叶剑主……"

只见一身白衣的叶剑主在房中立着，冷冷地看着自己。

他于是效仿晚归的小娘子道："只是起夜，看见院里花好月圆……多待了一会儿。"

——然后幻想了一下眼前人带着笑意道"共赏花好月圆"的样子。

然而，事实往往是不遂陈公子心意的。

"陈微尘，下次说这种话前，"叶九琊眼中是冷冷淡淡的不悦，"记得把东西收起来。"

陈微尘长出一口气，还好，还有下次——不会被弄死了。

"叶剑主耳聪目明，瞒不过你。"他收起手中镜花鉴，带着笑意道，"开阳血分我一滴，如何？"

"扰人间气运。"

"你给我，是你所为；我给妖，是我所为——若果真乱了人世，因果归我，不归你。"他忽然收了总带些漫不经心的神情，直视叶九琊，一字一句道，"再者，叶剑主于沃野凤巢取新凤心头开阳血，再于东海斩鲸鲵、杀蛟龙，得寂灭香，如今还要往中洲旧都寻锦绣灰，就不怕扰乱气运，沾染因果，业障缠身，永世不得超生？"

"你如何得知开阳血与锦绣灰？"

"猜的，"陈微尘道，"那妖魅说出气运极盛之物，再想到我身上的寂灭香，便知道八成是开阳血。那么你往旧都去，大抵也是为了关气运之物——锦绣鬼城所有，除了锦绣灰，还能是什么？"

叶九琊神色不变，手中多了一个剔透玉瓶，瓶中殷殷红血透着灼灼焰色，几乎要将整个房间映红。

"陈微尘，开阳血一滴，再答我一次，"他声音冷彻，"你是谁？"

并未刻意压低的声音惊醒了隔壁的温回与谢琅，两人凑近墙壁，心惊胆战地听着。

谢琅小声道："我就知道——你家公子果然是有底细的。"

温回挠挠头："我跟公子自小一起长大，他除了倒霉一点儿，也没什么稀奇之处。"

黑猫扒着温回的衣领，睡得一脸满足。谢琅很是不满，把猫捞回来抱在自己怀里，小声道："他那样的气运，几乎是为天地所不容，岂是寻常人能有的？寻常人若有——早就横死当场。"

"我不管，"温回嘀咕，"反正公子不是恶人。"

那厢叶九琊问："你是谁？"

陈微尘与叶九琊离得极近，被那霜雪一样寒凉的目光逼视着。

"故人。"他轻轻道，"不能再说了，再说你便要杀死我了。"

叶九琊与他对视，见他眼中意味不似作伪。

"我无故人，"叶九琊道，"亦无欲杀之人。"

"我惜命得很，"陈微尘望着他，"叶九琊，一年之后，等我要死了，就告诉你。"

"以寂灭香要挟，不过是想赖着叶剑主一年——一年春夏秋冬三百六十五天，短得很。"

叶九琊淡淡道："当真？"

"当真。"陈微尘道，"但凡我对你所言，不论昔时、现下、来日，无一字为假，若有……"

他顿了顿，接着道："便让星河倾泻，日月倒转，天道碎我魂魄，永世不得入轮回。"

叶九琊没有再问下去，或许是因为那眼神如春日时一汪碧水，那誓言毒若淬了鸩饮的针尖，而眼前人如此不可捉摸。

一年三百六十几日于他，的确转瞬即逝。

陈微尘看着他，眉梢眼角有淡淡温柔的笑意，一垄杏花烟雨，晴川历历，芳草萋萋。

叶九琊眼前浮现出仙道诸人身影来。

一帝三君十四侯，各门各派各族，不下千人。

其中能够逆转轮回、重天改命、再世为人者，不过两三人。

能有此气度胸襟，以星河倾泻、日月倒转为誓者，亦不过两三人。

却无一人能有这样的笑意。

这样的人，是修不得仙的。

仙道容不得这样的多情。

窗外月华淡淡，深夜万籁俱寂。

明朝日升，又是一片荒烟烽火凄凉地。

披上细绸精绣的袍，执起丝绢描金的扇，又是红尘锦绣里走出来的风流公子。

温回拿犀角梳子梳着那流水一样的青丝，忽地被晃了眼，小心从中拣出一根来："公子，白了。"

公子摇着扇，漫不经心地笑："一夕秋风白发生，它亦知我短命，极好，极妥帖。"

那扇仍是他从家里走时拿的，正面是盛世山河，背面题了凄哀的赋。

温回跟自家公子上学堂，识得字。

他先是看了看四周，屋里谢琅捧着经书，摸着猫；叶九琊在窗边，看着漫天烟霞，秋日风飒飒，凉得很。

小厮隐约惴惴不安，偷眼瞄着扇上的赋。

秋风萧萧愁杀人，出亦愁，入亦愁。

座中何人，谁不怀忧？

令我白头。[1]

那边房里教书已经开始，书生的声音远远传来，说的是"三年不为礼，礼必坏，三年不为乐，乐必崩""子生三年，然后免于父母之怀，夫三年之丧，天下之通丧也"[2]云云。

孩子也不知听没听懂，无一人出声，只有书生自己说着。

小厮心里忽然生出一股彻骨哀凉，握着那雪白发丝，要落下泪来。

圣贤道理，他不懂得，只听见那"三年""坏""崩""丧"，觉得心如针扎。

我家的公子——多好的公子，今年十九岁，明年二十岁，后年不知。

"公子，"他小心问，"拔不拔？"

"不必了，拔时还要疼一下，不好。"公子似乎没怎么在意。

辞了书生，便再上路。

临走时，陈微尘送了书生一枚佩玉，殷红殷红的，像由鲜血凝成。

小娘子在窗棂间悄悄看，笑着抹了抹眼泪，继续洗手做羹汤。

---

① 引自汉乐府民歌《古歌》。

② 引自《论语·阳货》。

"叶九琊，那小娘子愿意用余生短命久病换自家夫君的顺遂，"马车上，陈微尘忽地问，"你踏遍十四洲，寻这几样关气运的宝物，又是为了什么？"

叶九琊答："受人所托。"

"我不信，你这人无情得很，谁能托你行这种违逆天道因果的大事？"

"我亦有恩要报。"

"何恩？"

"一剑之恩。"

叶九琊淡淡地看向陈微尘，似是要观他反应。

陈微尘却没什么特别的动作，只是眼底泛出些许笑意来。

于是一路无话，中途有人家则借宿，荒野则星夜奔驰，三天后到了中洲旧都——所谓"锦绣鬼城"是也。

锦绣城里万鬼哭，锦绣城外白骨枯。

南朝原不是南朝，是正统中洲皇朝，定鼎以来，极繁极盛，都城中金铺银户，珠玉泼天，衣则绸缎饰绫罗，食则水陆罗八珍。奈何百余年后逐渐衰落，运终数尽不可挽回。兵祸起，强敌铁骑南下，踏破城门，屠尽人家，掠尽金银，一把火烧透半边富贵不夜天。

正所谓"内库烧为锦绣灰，天街踏尽公卿骨"[①]。

后来，城中被屠之人尽数化身怨魂厉鬼，夜夜号哭，高僧老道皆无法超度。锦绣城池变作锦绣鬼城，凶煞冲天，无人敢入。

他们到时恰是黄昏，西边一线血色触目惊心，暮霭掩映幽诡城门，纵使肉体凡胎开不得天眼，也能觉出沉沉黑气来。

谢琅怀中黑猫"嗷"的一声叫出来，凄凄厉厉。

年轻道士便柔声哄着它："清圆，大哥在这儿，不怕，不怕。"

陈微尘疑了很久，终于问出来："你俩果真是同胞兄妹？"

谢琅瞪了他一眼。

"家里从小把我送到山上道观拜师修道，"谢琅道，"有次下山探望，家人尽数在兵祸里死绝，只剩一只没断奶的小黑猫，抱了它回山上，从此它就是我妹子。"

温回瞪了自家公子一眼，谴责他问起了人家的伤心事。

---

① 引自唐代韦庄《秦妇吟》。

"无妨，"谢琅安抚着名为谢清圆的黑猫，淡淡道，"算不得伤心事，早就超脱了——不然也到不了一重天境界。"

再近些，众人忽然见城门口站着个穿大红衣服的姑娘，头发黑极了，身形纤细，乍一看像厉鬼。再看，神态正常，是活人。

姑娘脸上戴着金色的面具，提一把漆黑重剑，像是专程在等他们。

她看见叶九琊，道："叶剑主。"

谢琅正下着马车，惊得几乎要跌下来："碎昆仑，骖、骖……"

看他又犯了见到大人物便说不出话的毛病，陈微尘没好气地在他脑袋上敲了一下："舌头呢——骖龙君？！"

叶九琊道："骖龙君。"

姑娘朝他颔首，转身，腾空跃起，裙摆飞扬。

漫天剑影映着红衣飒飒，金红天际似有龙吟。

她的剑势大开大合，剑锋之下风云鼓荡，一剑有天下山川河岳重。

霍如羿射九日落，矫如群帝骖龙翔。

待到漫天剑光红影收起，姑娘缓缓落在城门下，乌发之下一点红印格外显眼。

城门出现裂缝，逐渐扩大，一声巨响，城门分崩离析。

与此同时被破的似乎还有一道无形屏障，鬼哭声瞬间传出，千万道声音嘈杂汇聚，尖锐刺耳。黑气弥漫，城门洞开如长满獠牙的凶恶巨兽，要择人而噬。

姑娘利落收剑，古朴黑鞘上书三字"碎昆仑"。

她瞧着叶九琊身后三人："你们是谁？"

谢琅正了正道袍衣襟："小道名谢琅。"

"琅然侯。"姑娘客气地点了点头，看向陈微尘。

"陈微尘，叶剑主在凡间收的跟班。"陈微尘语气颇为扬扬自得，"这是我的小厮。"

姑娘"嚯"了一声："一无修为，二无境界，叶九琊会收你做跟班？"

陈公子眨了眨眼："毕竟我有不薄的脸皮。"

姑娘丢下一句"我叫陆红颜"，便跟叶九琊径直向门内去了。

"我想起来了——开阳血，却不是叶剑主一人所取。"谢琅皱眉道。

陈微尘挑眉："你消息倒灵通。"

"我清净观弟子遍布十四洲，当然灵通，"谢琅对他嘀咕道，"东海斩尽鲸蛟之事，确实是叶剑主一人所为。新凤涅槃时，沃野凤巢之战却是他和骖龙君两个。"

"那么，这个受人所托，是受陆姑娘所托了。"陈微尘悠悠道。

"小道实在想不出，何等人物能让叶剑主和骖龙君这样报答……"谢琅苦着脸向前走。

陈微尘不言语。

红衣姑娘率先进门，刹那间万鬼齐哭，积聚百年的一腔亡国哀气、怨气化作幽冥浊气向她扑去。

叶九琊看向谢琅："守住城门。"

道士点点头，把清圆交给温回抱着，一把雪白拂尘握在手上，倒真有了几分仙风道骨。

陈微尘看着叶九琊。

叶九琊对他道："会用剑？"

这人已知晓他一点底细，陈微尘便没有再隐瞒："会一点。"

清冽银光一闪，一柄长剑被叶九琊抛出，正被陈微尘接住。

他掂了掂，换到左手使用。

谢琅挑眉。

叶九琊目光凝了凝，却也只是道一句"你留在这里"，然后转身离开。

陈微尘端详那剑，剑光清澈，冰晶剔透，剑名"折竹"。

"夜雪折竹，是把好剑。"他赞叹。

"折竹——这可是叶剑主少年时所用之剑，不知为何后来换了那一柄。"谢琅一边布下法术，以防怨魂流窜到城外，一边道，"陈公子，我倒是好奇了，你到底是何方人物，为何连拿剑也要换了左手，遮遮掩掩怕人认出？"

陈微尘拭着剑，笑道："我现在不过一介凡人，见了我用剑，你便能认出是谁？"

谢琅颇为自得道："那可是，两大用剑门派，北地剑阁剑招简练干脆，南海剑台剑招变幻繁丽。再加诸位用剑君侯——万钧侯沉着、流波侯轻灵、飞霜侯迅捷、骖龙君重剑撼昆仑、阑珊君清正端肃……但凡你使出剑招，我便能瞧出端倪来，知道你是哪家门下。"

他像是想起了什么，又道："只有焱帝一人，我却不知道，那时我还不是琅然侯。仙道只知他曾一剑挽天河，而罕有人见他出手——不过你这样子，自然不是帝君。"

"也是，"陈微尘指尖滑过剑锋，声音极低、极轻，"我自然比不得他。"

"不对，不对，等等，"谢琅念念叨叨的声音忽然重了起来，"我看见叶剑主所配之剑名为'九琊'，九琊，九琊剑……"

陈微尘漫不经心地一笑，却将折竹剑递给温回："我走了。姓谢的小道士武功稀松寻常，你拿着这剑防身。"

然后，陈微尘展了扇，头也不回地朝城内走去。

谢琅忽然想透了什么似的，几乎要从地上跳起来："是了，九琊剑！是焱帝当年的剑——只是过于久远，已经无人记起！为什么会在叶剑主手里？不对，如果是焱帝的剑，为何又要叫'九琊'？"

"公子，你去哪儿？"温回顾不得谢琅在惊讶什么，对着即将消失在城门里的陈微尘喊道。

就当他以为自家总是做些找死事情的疯公子这就要被凶魂厉鬼活活吞噬时，却见那一袭锦衣华服的身影悠悠然走进群魔乱舞中，竟然毫发无伤。

周围怨魂完全没有像叶九琊和陆红颜踏入时那样群起而攻之，而是像没看到似的，依然在街道小巷中漫无目的地飘荡着。即使陈微尘与它们照面也毫无所觉，仿佛穿过它们躯体的不是活人，而是一粒缥缥缈缈的尘埃，或是一个同样飘飘荡荡的鬼魂。

过了宽阔的通衢，转一个弯，陈微尘消失在与叶九琊所走不同的方向——那身影无端有几分萧索落寞。

温回眼睁睁看着公子消失在万鬼丛中、冥火堆里，犹如从阳间踏入黄泉。

街道两旁的高大房舍飞檐翘起，若在熙熙攘攘的承平盛世，必是宏伟气派的景象。可此时天边最后一点残阳落尽，如殷红的血滴进漆黑的土，了无声息，街道便只剩黑影幢幢、冥火幽幽，狰狞诡异。

越往城中，怨气越浓，鬼魂也不再是之前飘忽的浊气。过两条长街，便到了城中百姓曾居住的街坊。

衰草枯杨，曾为歌舞场。

有人影动着，执念深重，凝成了实体，除却茫然无知的眼神、褴褛的衣衫、迟钝的步伐，与真人无异。

年逾花甲的老者，在街角残垣断壁里站立，一只手悬空，另一只手不停地转。

似乎这里还是在他盛世繁华里摆着的馄饨摊，夜里点着暖黄的风灯，背后桌凳上的客人边说话，边等着一碗热气腾腾的汤面。

临街的房子里传来歌女凄哑的唱调。

唱的是"眼看他起朱楼，眼看他宴宾客，眼看他楼塌了"[1]。

道路中央的公子执着描金画扇，环佩叮当，夜风刮起衣袂与广袖。

他面前走过一个穿灰白衣服的女子，脚步沉重，拎一个亮着幽幽磷光的灯笼。

"公子，"那浑浊的眼忽然转向了陈微尘，口中低喃，"李郎，你见到李郎了吗？他久未曾归家了。"

陈微尘便回她："哪位李郎？"

"我家的李郎，他长得高……"游魂闭了眼，声音迷茫，"穿着……黑衣服，还是红衣服……"

"李夫人。"陈微尘道。

游魂欣喜地睁开眼："是我，你认得我？我以为已经没人认得我。"

"李夫人，我想问，上阳皇城里最大的一把火，是从哪里烧起？"

"火，火……"游魂倒退了几步，声音嘶哑惊惧地抖着，"火，大火，天要烧起来了，好烫，李郎，李郎——"

"夫人，别怕。"公子修长的手指抚了抚她的发丝，声音温和。

那游魂愣怔了一下。

陈微尘拿出手掌大的镜花鉴来，递到她眼前："李郎在这里。"

游魂接过铜镜，呆望着，喃喃念："李郎，我的李郎……"

一行泪从她灰白的脸颊滑下，带走了眼珠中的迷茫，现出一丝清明来。

"公子，"她看向陈微尘，语气凄怨，"你既知李郎已不在，我则为亡魂怨鬼，为何要让我与这幻象短暂相会？"

她又道："我寻了百年，终于见李郎一面，却是梦幻泡影。你收回镜时，我与李郎便再生离死别一次——不是更苦、更痛吗？"

"夫人，最苦不过相思，若能与他重逢一次，了却执念，再苦、再痛，也

---

[1] 引自清代孔尚任的《桃花扇》。

是不怕的。"公子眼睫微垂，声音里有淡淡温柔。

游魂抽泣一声："是，奴家谢过公子。"

她朝陈微尘盈盈一拜："公子，火从南边来。"

说罢，身影渐渐淡薄透明，执念已了，实体便失，化作一缕轻烟逝去，归于青冥高天，再无喜怒哀乐、贪痴嗔妄。

镜花鉴"当啷"一声落地，在地上滚了几滚，发出沉闷声响，一下下叩在人心上。

陈微尘向前几步，收起铜镜，向南面去了。

亭台楼阁，鬼气森森。

穿过一条巷子，忽听得一下一下敲击声。

那声音空然明湛，带着无边静气，与整座鬼城格格不入。

是慈悲声。

陈微尘循声走去，看见一处高台，高台上坐着个白袍和尚，敲着木鱼。除却拿着梵锤敲击的右手，和尚身上其余地方皆一动不动，有如泥胎石塑。

似乎听见了他的脚步声，和尚睁开眼来，缓缓起身："施主。"

和尚约莫在中年，慈眉善目。

陈微尘有一下没一下地摇着画扇，语气像极了凡间的纨绔子弟："和尚，你在这儿待了多少年？"

"一百三十五年，"和尚声音澄空，"纵我耗尽全力，亦无法超度此处怨魂，于是坐禅在此，魂不得出，我亦不出。"

"如今可帮你的人就要来了，你助不助？"

"自然要助。"和尚一步步走下高塔，抖落灰尘，宝相庄严，"不知施主前来，又是为何事？"

陈微尘继续向南走，答和尚道："我来拿锦绣灰。"

"施主身上已有宿世因果、滔天业障，若再取锦绣灰，便要万劫不复。"

"偏有人要和我争这一个万劫不复，"陈微尘眼角露出一点笑意，"我只得早一步赶过去，先取了锦绣灰，替他担下这因果。"

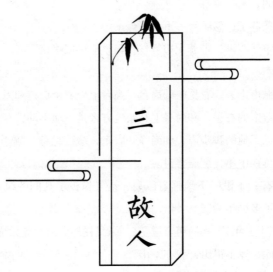

三

故人

寂静长街上，起初只闻得脚步声，若放空心神，便能听见遥遥传来的鬼哭声，还有远处杀伐声、剑气破风声。

陈微尘便问："和尚，你听到没有？"

这白袍的僧人既能坐镇在此百余年，用佛家的话来讲，便是有大法力与大神通的。

和尚的声音温润如水。"听到了，"他接着缓缓道，"那两位施主以兵戈杀伐气对亡魂怨气，是要硬闯入内城。"

"再听。"

和尚便依言闭了眼，认真谛听。

良久，和尚睁开眼来。"我拘于此城中，百年不出，未想天下竟出了这样的人物。大抵是我未入城时，仙道那个刚刚崭露头角的年轻人。"和尚又径自摇了摇头，"不对……他走太上忘情的路子，这个与之虽然极像，本源却不同。若真是那人，现在怕是早已到了三重天境界——这一个还在二重天的巅峰。"

陈微尘笑得弯起双眼来："江山代有才人出，和尚，你老啦。"

和尚不在意，只道："确实是老了。"

"和尚，我肉体凡胎，看不清他那无情剑意，你能否帮我一看？"

和尚却缓缓摇了头："佛与仙尚可相通，但涉及剑一道，是贫僧所不能。"

陈微尘却难得微微蹙了一次眉："你是说，他果真是以剑入道，与仙道毫不相干，境界全在无情剑意上？"

"确实如此，"和尚眼中一片平和，"世间万物，皆可为道，施主不必如此挂怀。"

陈微尘却把目光放在了自己白绢细织的扇面上。雪白的扇面上用松烟墨写着"座中何人，谁不怀忧"。

"天地之大，"他眼中有一丝稍纵即逝的无奈笑意，"原来尽是执迷不悟之人。"

于是不再说话，脚步声在长街上越传越远。

过一道城门，进了内城。

鬼气盛极，喃喃低语。

慈悲为怀的僧人便对前面的锦衣公子道："前方是锦绣灰所在，执念汇集，成万千虚妄幻境，一步入魔，施主小心。"

陈微尘只踏出一步，便觉周围景色骤变，身在虚妄幻境之中。

陈微尘抬眼看，是极北的一座山，山上落着雪，天地茫茫，静得很。

山上有人练剑，一身白衣胜雪，剑舞风回，宛若惊鸿。

他心知是幻，闭了眼继续前行，一行脚印要通到天边去，新雪渐渐融化，片刻又被遮盖。

也不知走了多久，待扑面而来的不再是凛冽寒风，睁开眼，看见天边一轮圆月，松树梢头覆着旧雪，树下设着石桌，桌上有酒。

是中秋，该是人间团圆，对饮的时候。

片刻，只是片刻，他知道自己还是不能再看。

若看了，一步入魔。

幻境中闭眼，实则是摒却妄念。

可他知道，这一生最割舍不下的，是贪痴嗔妄。

在他心头一刻不停的绞开般的痛，此时倒成了好事，吊着一丝清明，又兼隐约梵唱，清正庄严，他终于闭了眼，万般繁华如雪纷纷落，归于一片漆黑空旷的静寂，直到伸出手触到冰凉的门。

府库的门在风中半开着，雕纹生锈，铜环落灰。

皇朝于都城被破时，仓皇南迁。

盛世堆下的无数锦绣金银，那时，打开门就要晃了人眼。

一边是敌军在城中各处纵火，一边是先帝亲自下令，燃起熊熊大火，烧尽国库。

有离乱中侥幸逃出的百姓说，那火是红的，烧了几天几夜，鲜红鲜红，血一般。时而又有些别的色彩——是翡翠红玉，良材烧透、珍宝成灰时放出的光。

皇城成鬼城，生人不得入内，新朝于西北另定都城——然而一则兵戈戾气过重，二则只有名将开疆，无大儒安邦，群狼环伺下，终究未成气候，至今已零落成一处小王国。

原朝君主封帝于大龙庭，上承龙气，下接地脉。一夕之间，皇都血流成河，皇朝由盛而衰，正统覆灭。那气运便寄在了库中残灰上，其灾厄之气可与无数鲸鲵蛟龙、海中异兽盛年而死后凝成的寂灭香相比，甚至略高一筹。

公子的手，未沾过阳春水的、只翻书抚琴弄锦绣的手，无疑好看，无疑精致，带着娇生惯养出的白，与幽幽淡淡、风雅缠绵的香。

那手触了漆黑的灰，指尖收拢，将其收进随身的锦囊里，与寂灭香一处。

乱气运，天道不容，因果起，灾厄加身。

寒风刮入铜门，鬼哭声忽盛。

公子总是带笑的唇边渗出一丝血来。

像是被无形力道重击，他脸色苍白，一时眼前恍惚，几乎要站不住。

他眼前幻境又现，陷入无边沉浮苦海，挣扎不得脱身。

有利刃剜骨之痛。

"施主，你原非此界之人。"

"大师既然慧眼识破，"他声音中压着痛极的喘息，"可要斩妖除魔？"

"苦海无边，"和尚宣一声佛号，"只可自渡。"

"多谢……大师慈悲，"他声音断断续续，"我渡不得。"

"勘破情障。"

"我不勘。"

"不勘，不能活。"

"不勘。"

"凡胎肉体，已承不得因果重压。"

公子唇角翘起一个有气无力的笑来："若悟道又如何？"

"道行越高，心魔越重，因果越大，纵然暂活，不过苟延残喘。"

"我无心魔。"

"天道不容，仍是苟延残喘。"

"那就……喘吧。"他犹自笑着，抹去唇边血迹，背靠着墙壁，"和尚，你既说，世间万物皆可为道，那我非要做此事，执念就是我的道。"

生死一线间，灵台空明。

纷纷红尘，滔滔西江。

浮沉世事，贪痴嗔妄。

不勘，不忘。

他再睁开眼时，呼吸渐平，不复方才垂死之态。

"一重天境界，"和尚看着他，"贫僧冒犯，敢问施主所悟何道？"

公子语气淡淡："邪魔外道。"

他倚着墙，望着门外，等人来。

待剑光剑影渐近，先进门的是穿鲜艳红衣、戴耀金面具的姑娘。

姑娘一把重剑碎昆仑，斩鬼魂，一场恶战后，气息紊乱。

重剑拄地，她环顾了四周："你——"

和尚双手合十，对她微微一躬："施主。"

角落阴影里的陈微尘第二个被发现。

姑娘声音冷厉："你为何在这里？"

陈微尘有气无力地晃了晃手中的锦囊："听说这里有好东西，我一介凡夫俗子，未免起了贪念，与和尚兄一拍即合，抢在你们前面拿到。"

"你！"姑娘气极，一把重剑就要当头砍下来，"锦绣灰给我——不然必取你狗命！"

只听金石相击声，竟是公子以扇柄相对，挡下这一击。

姑娘冷笑："不过一重天境界，也来卖弄。"

说着，气机灌注剑中，带万丈罡气劈下。

陈微尘自知不敌，懒洋洋地靠在墙上等死。

或许有人来救——说不准的。

果然一声剑气清鸣，长剑九琊挡下重剑碎昆仑。

姑娘不解质问："为何救他？"

叶九琊微蹙了眉，对她道："我们的人，寂灭香也在他手上。"

"不敢当，在下实在不算是你们的人，"角落里的公子不知死活地笑了起来，"只想追随叶剑主一个人，光是想想就要喜悦而死了。"

姑娘看着他一副上气不接下气，就要气绝而死的样子，嫌恶道："叶剑主凭什么要你？"

"大约是……"他咳了几声，声音虚弱，唇边又有血渗出来，"看我三心同深同浅，是千年难得一遇的庸常人吧。"

"三心，你——"姑娘蓦地睁大了眼，连声音都微抖了起来，"你……"

一时之间，竟是怔怔惘然之色。

叶九琊的手按在她额上："守心，回神。"

为时已晚。

她大约是一路踏过心魔幻境至此，心境本就动摇，被陈微尘那句话一激，一步入魔，双目紧闭，气息凝滞，软软跌了下去，如一朵委顿的血色霜花。

枝头跌落的霜花被叶九瑶托住，白衣衬着红衣，相配得很。

只听得姑娘迷幻中喃喃唤："焱君……"

公子语气大不高兴："一个两个，都记挂着——可见这位焱君实在造下不少孽。"

一旁的和尚取了碎昆仑，割破姑娘的洁白手腕取血来施法："谁入幻境救她？"

"我，"陈微尘上前，递上自己的手，"她是为我所害。"

"我来，"叶九瑶道，"你心境不稳。"

"我虽心境不稳，但即便迷失在幻境中，纵然那里万般繁华，只要叶剑主亲身来找我，我必定被迷了心窍，乖乖跟回，"陈微尘淡淡笑着，"可若是叶剑主救人不成，自己也身陷幻境，这里没有你们心心念念的焱君在，可是谁都找不回了。"

叶九瑶冷冷看着他，目光近乎逼视。

"陈微尘，"他一字一句冷声道，"你既言此处没有焱君，又为何有把握将骖龙君救回？"

"人间的风月，我总归比叶剑主见得多，"那描金的画扇又展开来，露出正面的锦绣河山、滚滚红尘，"我看陆姑娘不过双十年华，少女心性，想来是好哄的。"

"像叶剑主这种，无欲无情，心如霜雪，才是真正无计可施。"陈微尘又道。

"她一心向道，焱帝此事是经年执念，与风月无关。"叶九瑶道。

"这样一说，反倒该让和尚过去，劝她四大皆空才好，"公子的眼睫微微垂下来，"虽然无关风月，可一旦执念生出，是劝不回来的，若是自己挣不脱，便无法了结。即使叶剑主进去，也是别无他法，唯有我进去才有一线生机。"

"法本从心生，还是从心灭，"和尚慈眉善目，"叶施主，随他去吧。"

陈微尘得了大师首肯，笑眯眯地提起碎昆仑，割破手腕，将自己的鲜血滴上。

宝剑连主人心神，以血为引，可引他人入幻境。

"叶剑主，放心。"陈微尘对他道。

"你故意扰乱骖龙君心境，引她入幻境，何来要我放心？"叶九瑶淡淡道。

"不过是一些上不得台面的小盘算，叶剑主见笑，总归不会做什么对你不利的事情来。"

陈微尘说着，便放了心神，意识入幻境。

鬼魂既执念于倏忽而逝的盛世，幻境所呈现的亦是入幻之人最怀念、最深刻的记忆。

姑娘的幻境却不是盛世喧嚣，亦不是清宁淡和。

既无如画风景，又无万里河山。

是火，绵延不绝，屋宇倾塌。

尖叫声与痛呼声已经渐渐没了，只剩下风刮着大火的猎猎声。

还是豆蔻少女的姑娘在房间里蜷着身子，倔强又不甘地咬着嘴唇，眼里除了绝望，还有恨意。

她半边脸被灼伤，露着伤口，挣扎着要从窗子里爬出来。却不想横梁着了火，烧透了连着屋壁的榫卯，沉重梁木迸溅着火星砸下，正挡住往窗边去的路。

又一根屋梁松动，要砸向她。

她无处可逃，绝望地闭上眼，发着抖。

却有一道剑气劈开火梁，硬生生为她留了方寸容身之地。

姑娘抬头望，看见一只向自己递过来的好看的手。

她眼里燃起绝处逢生的火来，拉住那只手，被一股力道带出火海。

惊惶间看见，是个容色俊美的男人，穿着黑衣，衣袖有暗金的纹。

那人把她放在一处大榕树下，不言也不语，转身便离开了。

明月远，夜风起，不似尘世中人。

姑娘跌跌撞撞跟上去，要牵那人的衣角，却怎么也够不着。

"你是谁？为何救我？"她忍着痛，一边艰难小跑着跟上，一边问。

那人不回答她。

姑娘也不管，她就像溺水人抓住浮木一般，跟着这人出了火海中的庄子。他翻山，她便翻山；他涉水，她便涉水。

她得以看见，这人容颜冷漠，不论看往何处，都是一片冷淡的寂静，高高在上如天边月。

她害怕看见这人的眼神，因为在那眼里，她像一只蚂蚁，或是一粒尘埃，总之和路旁一棵草、一块石头没有什么差别。

也不知走了多久，终于停下来休息的时候，她靠着树坐下，揉着泛瘀青的脚踝，不敢就这样脱掉鞋袜，害怕磨出的水泡化成血水，粘住布料，揭也揭不下来。

"你是修仙人，对不对？我家也有修仙人，我看得出。"她与男人说着话，虽然一直不被理睬。

她半是倔强半是乞求道："仙君，你带我修仙好不好？"

那人一双无波无澜的眼睛终于望向了她。

"为何修仙？"

"求长生，得法力，报我陆家灭门之仇！"姑娘一字一句，锵然落地。

"执念过重，"那人的声音与为人一样冷漠，说的内容也一样，"非道中人。"

姑娘咬了牙，问："那你为何救我——既不度我，为何救我？"

"救便救了。"

一句"救便救了"轻描淡写，姑娘被他噎得无话可说，一瘸一拐地走到月下溪边，脱下绣花鞋，把双足泡进去，开始小心脱掉沾了血的罗袜。

她疼得咝咝抽气，还要小心翼翼看向一边的树下，免得那人走掉，把自己落在荒郊野岭，再跟不上。

那人倚着树，合了眼，被月光映着，不看那周身漠然之气，像在画里一样。

她偷眼瞧着，猝不及防回头，旁边不知何时坐了个人，被吓得差点叫出声来。

是个锦衣公子，尘世的打扮，将饰金的扇放在秋日深绿的溪边草地上。公子握过她纤细洁白、带着瘀痕与烫伤的脚踝，揭着白锦质地的、带着血色的罗袜，动作轻柔，比她自己弄时的痛楚减轻不少。

"你……"她犹疑地问。

公子眉梢点染了一丝笑意："跟我走？"

她警惕地从他手里挣出来："你是谁？"

"过路人。"他答道，"跟我回家，当我妹子，还过富贵平安的日子——不好吗？"

姑娘咬着下唇，摇了摇头："我要修仙。"

"修仙寒苦。"

"那我也不跟你回去！"姑娘性子倔强，"他救了我，我就跟着他。他厉害，我要跟他学，我要报仇。"

"跟着他有什么好，"公子的声音是在淡淡叹息，"那是天下第一薄情人。"

"他救我。"姑娘重复着这句话。

"他虽救你，可也不搭理你。"公子为姑娘理了额上的乱发，"他这人，看什么都是蚂蚁虫豸、浮云尘埃——只不过路上抬脚救了一只蚂蚁，难道还要管那蚂蚁被救后会走回到哪个窝巢去吗？"

"我没家了，"姑娘道，"他不管蚂蚁死活，可也管不了蚂蚁要跟着他——何况他看着让人害怕，实际心善，不然早就走开，把我扔在这里了！"

"他们修仙人，最爱讲命数气运，"公子给她解释，犹如一盆凉水泼下来，"他一时意动搭救了你，是你命不该绝。你的命就此背在了他身上，若把你丢下，让你被这山里的恶狗野狼分食，就欠下了因果——故而才允你一路跟着。"

他又笑："不过到了他这个境界，早不惧这点人命扯出来的小小因果，兴许是懒得理你罢了。"

"我不信，"姑娘梗着脖子道，"他不理我，我理他，他把我看成蚂蚁，我就练一身功夫，和他一样厉害——我不信他还会这样看我。"

姑娘看着水里自己的倒影，半边脸容颜尽毁，尖刻道："我也不是大户人家娇生惯养的女儿，只不过识几个字，会绣个花，没了父母，除了他，又有谁会要我？就算卖去青楼——也只怕我吓跑了客人！"

"为何不跟我？"

"我家做生意，是要看人的。他虽不近人情，却没有坏心思，也懒得害我。"姑娘牙尖嘴利，"你笑得好看，却不知有什么暗地里的盘算。"

陈微尘猝不及防被戳破心思，一时间很是拿她没有办法。

他忽然问："你很高兴？"

"当然高兴——我起先被困在房子里，只能等着被活活烧死，却被路过的仙君搭救，不仅保住了命，还有望修仙，查出真相为全家报仇，为什么不高兴？"

"若他怎么也不教你修仙呢？"

"我就跟着他，他总会走到些有关修仙的地方。我把他的恩情记在心里，另择他路，等有了大法力，自然能够报答他的恩情，找到我哥哥，为家人报仇。"

"你哥哥？"陈微尘颇有些意外。

"他自小就被仙人带走，也不知到哪里去了，只要我能修仙，他没有死，总有一天能团聚。"

"陆姑娘，计划周密，精打细算——你实在聪明得很。"公子在秋夜里摇着那毫无作用的扇子。

姑娘诧异："你知道我姓陆？"

"当然知道，"月下溪边的公子神神秘秘道，"我还知道那个人姓陈，是仙道的帝君。"

"你也是仙人吗？"

"不是。"

"那你是什么人？"

"我是梦外人。"

"梦外人？"

"陆姑娘做了一场梦，梦见自己最欢喜、最怀念的时候，一时之间竟然醒不来，我们外面人别无他法，只好让我入你梦来，把你带回去。"

"我不信，"姑娘道，"我平生最好的事，莫非就是这荒郊野岭里苦不堪言的一路不成？那人又不给我好脸色看，为何不梦到我爹妈和我哥在时？"

"大约是有什么事情不愿忆起，再或者此处执念过于深重——不然你为何敢那样对他说话？为何敢跟着他？那人十分不招人喜欢，就连仙道中人，也是不敢这样对待他、这样与他说话的。"

"我想修仙，我想报仇，有何不可？"

"若执意修仙，翻山越岭时，途经清净观，为何不入？"

"那里都是些道姑道士……"

"既着急于报仇，当然不择手段，哪管仙佛道魔。说到底，你就是想跟着他，你怕跟丢了他。到底为什么这么担心——他怎么了，让你这样执念？"公子看着她。

"他……"姑娘张了张嘴，眼中一片迷茫。

"我不管，"姑娘拼命摇头，"他救了我，怎么能不要我？"

"萍水相逢，救命之恩，不敬不畏，反倒怨他不要你。陆姑娘，你说自己会识人，这像是凡间少女所为？你也说这翻山越岭苦不堪言，可仍然梦见，可见实在是怕极了他丢下你的时候。"

"我偏要跟着他。"

"那便跟，"公子也不见恼，"你上前去问他，他要去何处，要做什么。若他答，去北地剑阁见一个人，便可证明我是梦外人无疑了。"

姑娘狐疑地看了他一眼，没说什么。她有些畏惧那人，自然也没敢去问。

陈微尘却毫无顾忌地走到那人旁边。

他不知死活地拿扇子打算去挑那合着眼的人的下巴，活像调戏良家子的纨绔，果不其然收获了一个冷淡的眼神。

有词曰"不怒自威"，却无法描述那眼神之万一。

因为那不是威势。

那是某种不沾半点凡尘的漠然，是高高在上的超脱。

仿佛日月倒转，天为之崩，地为之裂，在他眼中，不过一粒尘埃的飘落、一条小溪的断流。

"太上忘情，寂焉不动情，"锦衣华服的公子合了扇，唇角噙着一丝意味不明的笑容，"焱君，久仰大名。在下陈微尘。"

再上路时，便多了陈微尘一个。

高高在上的那位自然是不理凡尘事的，一应事务都归了陈公子。

公子在雪山脚下的裁缝铺里裁了红裙裳，绣花虽不精细，却是用心，好看得很。

公子笑眯眯地拿着逗姑娘："喊我一句'兄长'，裙子给你。"

姑娘已经与他熟悉了许多，但仍是气得转过身去："不喊。"

"还是不待见我。"陈微尘从背后把衣服给她披上，叹息的声音非常装模作样，"照理来说，本公子论相貌、论才学，都好过你那个冷冰冰的焱君，怎么不见你对我又惧又爱？"

姑娘到底拿人手短，只"哼"了一声："自然比你好。"

正听得客栈里邻桌道："再往北百余里，是剑阁地界，那可是仙人的门派，凡人毕生都难以踏进的地方！"

姑娘一下子沉默下来。

她自己回房间待了一会儿，脑袋里乱糟糟地想着事情，出客栈门时迎面看见门口结了冰凌的雪树下站着的两个人。

陈微尘手中一支玉色长笛，吹着首不知名的曲子。

漫天雪飘飘摇摇落下来，落在旁边焱君黑色的衣袍上。

她心中纠结起不可名状的悲伤来，不知从何而来，蹊跷极了。

陈微尘看她过来，收了笛声："收拾好了？"

姑娘"嗯"了一声。

公子用手肘碰了碰身旁人："焱君，都走了一路，你到底是要去哪儿？"

"剑阁。"

陈微尘向姑娘挑了挑眉。

姑娘低下头一言不发地跟上他们。

于是一路往北，幻境中不计时日，过无数艰难险阻，到了峭壁雪崖下。

一道长阶入云，通往那绝巅积雪处的接天楼台。

寒风中有凛冽剑意，直插云霄，六把飞剑在上空盘旋，是人间绝无可能见到的景象。

是曰剑阁，壁立千仞。

穷地之险，极路之峻。[①]

石阶旁站着两个蓝衣弟子，对黑衣帝君恭敬一礼。

那人拾级而上，陈微尘和姑娘两人却被拦在外面。

陈微尘伸手遮住姑娘的眼睛："走了，别看了。"

有眼泪在他手心里落下。

姑娘声音哽咽："陈微尘，你骗我。"

"何处骗你？"

"你说这是幻境，说这里有我最好、最想要的东西……为什么他还是走了？"

一句"走了"落下，像是一道涟漪荡开，那人身影消失在茫茫雪雾云气中，再也不见。

陈微尘为她擦去脸上的泪水："因为你虽想就这样一路跟随，却知道终究留不住，他终究会走。"

他顿了顿，接着一字一句落下："贪痴嗔妄，骗得过自己，却骗不过心魔幻境。"

姑娘发出一声呜咽，片刻，眼中倔强的火又烧了起来："那又如何？"

"待我修成仙人，便打上去，看他拿不拿正眼看我！"

周边暴雪忽骤，山崖动荡，虚幻如镜花水月。

"待你终于修得大道，一览众山小，剑可撼昆仑，"陈微尘的声音忽然透出几分寒凉，"他在哪儿？"

"他……"姑娘崩溃摇头，后退几步。

---

① 引自西晋张载《剑阁铭》。

幻境层层崩落。

"我们凡间常唱曲子，说是，君生我未生，我生君已……"锦衣公子的眼中泛起温柔笑意，看在姑娘眼里，却是惊心的凉薄。

"你别说了！"姑娘声音近乎尖叫。

"他求死，有人偏偏不让他死！"姑娘眼中泛起血丝，"此去踏遍十四洲，纵然……纵然十死无生！"

"十死无生，"陈微尘把这词来回念了几遍，在她耳畔轻轻道，"取开阳血，得寂灭香，拿锦绣灰，你们是要……"

"一年之后，天地气机，盛极衰，衰极盛，"姑娘声音有些颤，身形忽然拔高，脸庞长开，金色面具覆上脸庞，黑发披散恍若疯魔，手中重剑碎昆仑，变为骖龙君的样子，"开生生造化台，迎他回来！"

"原来如此。"陈微尘垂下眼，低笑一声，手中拿起镜花鉴，背面对着陆红颜，镜背镶着一颗灰白眼石，当真如一只看遍红尘的冷冷眼眸，"想起来了，就回去吧。"

镜花鉴，观心，破幻。

姑娘与那眼对视，一时怔住。

幻境坍落忽地加快，从四面八方向两人所在之处崩塌。几息过后，四处全是虚空，唯余此处孤岛。

她闭上眼，喃喃那几句："我生君已，君已……"

终于想起前尘，她嘴角牵出一个似喜似悲的笑，仰头向后倒下。

那红影在寒风雪色中翻飞，没入无边虚空，迷雾散去，回归清明。

"终究没有看破。"陈微尘自言自语，环视四周，看见又是峭壁雪崖，长阶入云。

"看不破便看不破……"他低低道，"你不是也没有看破？"

他收了镜花鉴，像之前那人一样，沿着长长石阶向上，走入云气中。

山巅有棵约有千年的雪松，新雪覆上梢头，下面设着石桌、石椅，质地润泽，有玉色。

桌上一壶酒，一对杯。

他坐下自斟自饮，不知过了多久，夜色落下，天边几处疏星，朗月辉映。

背后响起脚步声，他回头，看见白衣人踏雪而来，一轮银月下，寒风吹起衣袂。

一时恍若置身于广寒仙宫，看见画中仙。

"叶剑主，"他笑着向那人招呼，"你来找我回去？"

叶九琊微微蹙眉："你没有陷入幻境？"

"我无心魔，自然不会为幻境所惑。"

"你分明身处幻境。"

陈微尘望着他，答非所问："叶九琊，你眼里有雪。"

"八月十五松风台，"叶九琊闭了眼，似是深吸了一口气，再睁开来，眼中无悲无喜，缓缓道，"陈微尘，还说你不是他。"

陈微尘为另一盏杯斟满酒，示意叶九琊来共饮："叶剑主明察秋毫，在下实在有口难言。"

"要说我不是他，你是定然不信的，"他啜一口杯中酒，低头笑了笑，"那就当我是了吧。"

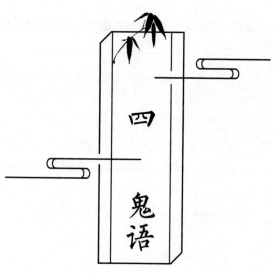

四

鬼语

陈微尘抬头对上叶九琊的目光。

"别看我，"他拿扇子遮了脸，"叶剑主该体谅有病之人。"

"此扇何名？"叶九琊忽然问。

"扇？"陈微尘莫名其妙，"没名字。"

片刻后，他忽然像是想起什么非常不妙的事情一样，抬头，露出两只眼睛来，迟疑道："莫非你……"

叶九琊道："嗯。"

陈微尘翻来覆去看着扇面，很是惆怅。

不过片刻，这惆怅也就烟消云散了："也不算丢人。"

叶九琊道："镜花鉴与涂山笛过于妖邪，府库中兵器锈蚀已久，唯有此扇。"

"时也，命也，左右我还是个公子，提不得刀剑，"陈微尘想来想去，不仅不惆怅，还多了几分扬扬得意，"以后就不能离身了，就叫'怀忧'吧。"

进入幻境，要有一样与原主精血相连之物为引，比如陈微尘进入陆红颜的心魔幻境，就是借了碎昆仑与主人的联系。

但是陆红颜从幻境中清醒，陈微尘却迟迟没有回来——这时候外面的叶九琊与大师就要想方设法把他也带出去了。

陈公子刚刚入了仙道，不像仙道诸人一般，有精血相连的兵器，锦绣鬼城中境况又比较恶劣，并没有合适的神兵利器来给他认主。

"我家的扇子，自然要用最精细的绢面、最好的扇骨，"公子在冰天雪地里展着扇，"画与字倒是自己涂的，不过我生来对这些东西有些天赋，这扇子常被人夸赞有灵气，也不知是真是假——总之，是把好扇子。"

误打误撞，扇子合了仙家的眼，连了他的精血。以后若要打架，别人刀光剑影打得激烈，他就在旁边摇扇看热闹。假使非要与人交手，扇子一合，也能当个不长不短的兵器——那是极风雅的。

陈公子对此十分满意，他的扇子本就时常拿着，还被那姓谢的小道士讥讽是凡尘俗物，这下可以理所应当不离手了。

叶九琊问他："习过武？"

"招式是会的，只是吃不得苦，因而基本功十分寻常，"陈微尘并不在意，"不过跟在叶剑主身边，自然不怕丢掉性命，你可不要逼我习武。"

叶九琊看着他嘴角漫不经心的一点笑意。

若是，何以性情大变至此。

若不是——

他只淡淡道："不习也好。"

陈微尘把酒喝完，笑眯眯道："走？"

幻境如先前一般层层崩落，恍惚间却又换了一方天地。

说书先生的楼里，公子和小厮坐在一桌上，面前摆着茶水点心，正乐此不疲地你来我往斗嘴，先生手里惊堂木一拍："上一回讲到那叶剑主……"

那两人不约而同地停下来开始听。

陈微尘："哎呀，错了错了。"

酒楼的喧嚣刹那间远去，场景又变。

这次还是和叶九琊有关，月光映着雪花白浪，岸上有人正过来。

陈微尘声音十分苦恼："还是没有出去。"

叶九琊不说话。

陈微尘只好垂死挣扎："叶剑主，再信我一次，就一次。"

他闭上眼，不看岸上的白衣剑君，也不看身边的正主。

涛声越来越大，海水潮气扑面而来。

他睁开眼，看见沧海四处奔流，漫过整个天地。

陈公子试探着伸手握住了叶九琊的手腕，所幸没有被那仙道传说中的无情剑意弹开，很是窃喜。

"走了。"话音落下，他拉着叶九琊向前一个纵身，没入冰凉海水中，整个人似乎成了一叶飘摇的小舟，在汪洋中浮浮沉沉。

他静下来，越沉越深，在一片寂静中回归了清明。

再睁开眼时已经回到了旧都的府库中，墙面漆黑，铜门锈蚀。

陆红颜拄剑站在一旁，抬头看了他一眼，也不知道幻境中事记住了几分。

和尚见他们清醒，慈眉善目地宣一声佛号。

叶九琊道："谢上师护法。"

和尚微微一笑，不言其他。

"我们要尽快出去，"陆红颜道，"鬼魂现下都围在门外，是有了大师的法术才没有进来。"

"且慢，我观叶施主剑中无情意，可镇鬼魂心魔怨气。若叶施主与贫僧联手，或可将城中鬼魂尽数超度。"和尚看向叶九琊，"叶施主可愿助我？"

叶九琊点头："好。"

几人步出府库大门，天色暗红，阴风中万鬼嘶叫，黑黢黢的废楼荒阁里鬼影幢幢，压得人心头发闷。

和尚问："外面可有人把门？"

叶九琊："有清净观此代传人。"

和尚点头："那便好。"

他便席地而坐，口中梵音清亮庄严，鬼气阴森的半空中隐约浮现千万朵金色的辉煌佛莲。

九琊剑出鞘，剑气冲霄起，带着冷冷彻寒之意。

剑气越来越盛，最后几乎凝作实体，霜雪样的白冷极了，并不是刺骨，而是带着无边无际的湛然静寂，是天边雪川，境极高，意极远。

无佛家慈悲，亦无道人玄妙。

若仔细体味，甚至是空无一物。

是高高俯瞰众生的天道。

所谓无情，所谓太上忘情，皆因近天道。

如那道士谢琅所言。

仙道绵延千百年，出世拔俗不染尘，无非源于一句"天地终无情"。

无情剑意横亘高天，所有执念心魔被它一镇，竟然显得那样微不足道，连鬼魂嘶叫都为此凝滞。

城门外的谢琅见识到这番景象，定然大呼得偿所愿，窥得天机有望。

这两人一个超度亡魂，一个布下剑阵，都分不得心。陆红颜起初还提剑为他们护法——后来看两人之力不仅足够，还绰绰有余，也就没了动作。

陈微尘帮不上忙，因此只拿着自己的"怀忧"锦扇在一旁屋檐下看热闹。

姑娘走到他身边，别别扭扭待了半天，终于憋出一声"多谢"来。

陈公子笑道："陆姑娘，不谢——不，还是要谢一点儿的，若没有本公子，你仅凭自己，实在是凶多吉少。"

姑娘瞪他一眼："要不是你，我怎会跌入幻境？！"

陈微尘样子十分无辜："我只是实话实说，谁料你这点话也听不得。"

姑娘不与他多话。

——没有追问幻境中事，看来是陷得太深，记不清始末。

他觉得两人境况实在冷清，出言道："不去参悟你们叶剑主的无情道？"

"参过，参不了。"姑娘回答的语气十分生硬。

"那陆姑娘又是参的什么道？"

"寻常的以武入道，"陆红颜大概是看他勉强进了一重天的境界，没有闭口不答，"只不过比那些不愿活动筋骨，只想悟道炼丹、白日飞升的道士能吃苦头，才有了一点修为。"

"陆姑娘已然是三君之一，不能说是'一点修为'了。"

"只不过比十四侯能打一些，可三君里也排在最末。"姑娘道，"万俟君没见过，不知道。阑珊君在南海见过一面，我境界比不上，也打不过。"

"叶九琊有无情剑道，这道以前从来没有过，可看情形迟早能入三重天境界，仙道这么多年，三重天也只有——"

姑娘的话戛然而止，别过头去不说话，忽然动作一顿。

她喝一声"当心"，向前掠去。

重剑嗡鸣，出来横挡。

旁边极近的房舍洞开的窗户里，一道漆黑长影忽地蹿出，眨眼间到了他们面前。

剑身罡气织成一张巨网，几近密不透风。

那黑影却猛地拉长，折过一个刁钻的方向，越过巨网，直向陈微尘而去。

陆红颜飞身后退，终究差了那非人的东西一步，诡谲的浓重浊气、邪气已然扑至陈微尘面前。

千钧一发之际，她只顾得急促道一声："护好锦绣灰！"

画扇展开，"唰"的一声激荡出罡气来，那东西的来势被稍稍一阻。

这一下的停滞使人看清了那东西的形状。

旧都之中魑魅魍魉无数，除去如同灰雾的鬼气，孤魂化形好似生人，怨鬼面目狰狞……到底有个形状。

这东西却只像是一团浑浊的浓浓黑气，中间似是个凹凸不平的扭曲的人脸形状，两道黑气展开，似是被当成了手，在惨白月光下显得幽怖森寒。

陆红颜自然不会放过这片刻的时机，碎昆仑挟万钧之势当空劈下。

这姑娘走的是以力、以武入道的路子，又使着一把与纤细身形完全不符的厚重宽阔大剑，一击之下，有如泰山乔岳，沉重难当。

陈微尘错身避过，重剑竖劈，黑气连带着中间的人脸被一分为二。

陆红颜轻出一口气。

陈微尘道："继续。"

她眼神一冷，再横劈过去，黑气成四块，隐隐有再次凝结的兆头。

她一边继续劈砍，一边快速问："这是什么东西？"

陈微尘没有回答，那东西却发出一声沉重的"呵呵"，像是怪笑。

成百块碎片互相伸出上千条漆黑的触手，刹那间聚合在一起，向陈微尘扑过去。陈微尘背后是一扇失修锈蚀的屋门，他似乎早有预料，在那一瞬撞开门，待那东西一时收不住势进了屋子，自己却也一个利落的动作转进屋中，"砰"的一声关门。

"别进来。"他道。

陆红颜被关在门外，听得门内物件倒塌声，极脆的一声碎响，大抵是打翻了未被大火烧尽的瓷瓶，还有几声怪物沉重的嘶吼。

墙壁与门拦不住她，她手中剑随时可以将其破开——可她心底却有一丝直觉般的犹豫，叫她不去违逆这人的话。

明明是个人间的公子，误打误撞不知道悟了哪家的歪道，连入道之人皆能激发出的天地罡气都弱得几乎没有——她强行掐灭心中那点犹豫，要破门进去救人时，却忽然停了动作，听见怪物低沉粗粝的声音，带着牛一样的喘气声。

"原来也不过是披了张人皮的……"

——怪物竟然是会说话的。披了人皮的什么？

要再听，却只有一声被扼住脖子般的咳喘，没了下文。

她抬脚就要踹门，却有一道冷白剑气抢先了一步。

陆红颜回头，看见叶九琊从半空中来，脸色略有一点苍白。

是看见这边情况凶险，强行逆转气机，中止了剑阵。

她跟着叶九琊进入房中，借着月色，看见陈微尘正压着那怪物在墙角，左手握着扇，右手全数没入黑气中央，看不清情形。那里原是人脸在的地方，此时却是一片乌黑的混沌。

叶九琊踏入门内的时候，黑气突然嘶声尖叫起来。陈微尘猛地拔出手，将东西往叶九琊处一带，整只手淋淋漓漓落着血，一滴滴打在地上。

电光石火间，剑光前劈，叶九琊像先前陆红颜一般把它劈成两半。断口却不似之前那样带着藕断丝连的黑气，而是整齐光滑得很。

略大的一块委顿着落地，化作丝丝缕缕黑气，随即无影无踪；另一块却飞一般地蹿了出去，视墙壁如无物。

叶九琊却是向前几步，到陈微尘面前。

陈微尘背倚墙壁，脱力般喘了几口气。

一旁的陆红颜再次问："那是什么？"

"从未见过，"叶九琊拿起陈微尘伤得极重的手，那血不是鲜红，而是漆黑的，"有魔气。"

"总之不是什么好东西，"陈微尘声音犹带着虚弱，却仍像往日一样不怎么正经，"刚刚看到你那破魔破邪的剑气，那东西胆子都要吓破了，逃得实在是快。"

他说着，身体却微微抖了起来，像是忍受着什么极疼的东西。

"叶剑主，下手轻点。"他道，"您这几日为我换骨，实在是……陆姑娘，只要他一碰我，我就想起疼来，怕得不得了，这人实在是心狠手——啊！"

"少言，"叶九琊淡淡道，"我为你除魔气。"

等黑血落尽，颜色成了鲜红，淡淡血腥气弥散开，才算是除净了魔气。

陈微尘立时半死不活地黏在了叶九琊的身上："站不住了，叶剑主给我靠一下。"

身后便是墙，却要往前找人倚着——陆红颜实在是没见过如此无耻的人。

古怪的是，叶九琊也没把这块狗皮膏药撕下来，等这娇贵的公子终于"能站稳了"，才转身向门外走去。

陈微尘自然跟上，陆红颜也离开了这里。

"那东西跑了，要怎么办？"她问。

"自然是跟着叶剑主，寸步不离，"陈微尘答得理所当然，"邪魔不侵，实在是可靠。"

"问的不是你！"陆红颜瞪他一眼，问叶九琊："那是魔物？有魔物渡了天河？它们从来不管天理气运，要锦绣灰这些东西做什么？"

"不是对岸魔物。"叶九琊道。

"也是，"陆红颜道，"两岸相安无事已久，修魔人乐得在那岸逍遥，不碰仙家清气，没有来这里找晦气的道理。"

说到这里，她又没好气道："姓陈的，你到底修什么道？怎么奈何得了那个怪东西？"

"情急之下效仿了家乡街头上夫人们打架——扯头发抓脸，威力实在可观，"陈微尘将扇换到右手，正想像平日一样风雅地摇一摇，却忘了手上满布的伤口，一时之间痛极了，缓了一会儿才有力气继续胡说八道，"误打误撞制住了它，可见那东西虽然长得丑，还是爱惜脸的——莫不是个女鬼？"

实在是不知道要拿这个不仅不要脸皮，还时常满口胡扯的东西怎么办，陆红颜气得狠狠跺了一下地面，几乎要上前去问叶九琊怎么不管着他。

陈微尘见姑娘生气，正要凑过去花言巧语几句，却忽然想起了什么，脸色不好道："坏了，我家阿回还在外面！"

方才叶九琊强行中止剑阵，然而余威犹在。大师坐镇城中，正度化怨魂，无法相助。

被叶九琊打伤，那东西必定要远逃，城中不行，外面天地广阔，出去便不必担惊受怕——而鬼城有大师当年设下的壁障，只有城门处被打开了缺口！

叶九琊带起陈微尘向城门飞掠过去，一身红衣的陆红颜随即跟上。出了破碎的城门，只看见一个孤零零的身影拿着一把冰霜样的长剑，嘴里哆哆嗦嗦念叨："左……左扶六甲，右卫——卫……"

看见三人出来，温回立时扑了过去："公子，叶剑主——你们可算回来了，我要被这个鬼地方吓死了！"

陈微尘看他没事，略微松了口气："你方才在做什么？道士呢？"

温回哭丧着脸："念咒。方才谢道长追着一个蹿出来的黑东西走了，里面的鬼又要出来，我零零碎碎记得一点他念过的咒，只好胡乱念着。"

小厮正诉着苦，看见自家公子情况不妙的手，显然十分心疼，号叫着："公子，这是怎么了？！让夫人知道，就要把我打死了！"

"小伤，回来再包扎。"公子自己倒没怎么在意，"小道士往哪里去了？"

"西边。"温回指了指远处起伏的鬼气森森的山峦，随即拉着自家公子没伤的左手，把人拖去物品齐备的马车里，看架势无论如何是不同意"回来再包扎"的。

大概是因为此等细致的活计平日都由小桃一手包揽，又或者是陈微尘手上的伤口过多——温回打开包裹，拿出伤药和质地细腻的软布来，一时之间不知道该如何是好。

短而深的口子遍布整只右手，像是被成千上万乱刀砍过一般。

他正打算无论如何也要强行把整只手裹上，陆红颜在一旁面无表情地递上一个碧绿的小玉瓶："用这个。"

温回接过，在自己手背上倒了些，没有异样的感觉，反而觉出一丝清凉之后才放心给自家公子涂上。

涂上后，血几乎立时便止住，因为放血而略微外翻的伤口甚至隐隐有愈合之势。

陈微尘道："多谢陆姑娘。"

温回看见叶九琊对自家公子不管不顾的态度，极为小心眼道："公子，我看你平日也不要上赶着对叶剑主那样好——他们仙家有这么有用的灵药，也不给你，反而是陆姑娘心善。"

可惜机灵小厮这话既没有说动公子，还没有讨好姑娘。

陆红颜淡淡看他一眼："叶九琊怎会带伤药出门。"

温回有些疑惑。

"世间几无可伤他之物、可伤他之人，"陆红颜道，"若有，在他们那个境界，招式法门之别已然不存。一剑之下，既定胜负，也分生死，灵丹妙药又有何用？"

因为知道形势紧迫，他们虽边涂药边说着话，但也不过是过了片刻。

但听西边传来一声炸雷响，群山中余音激荡不绝，还未完全停住，又是一道。

起落间，等几人赶到，惊雷已然落到第七道。

深紫雷光映着灰袍年轻道士的背影，他怀中不知抱着什么，雪白拂尘一尘不染，乍一看，实在是仙气飘飘。

片刻后却破了功，没拿拂尘的左手挠了挠脑袋，仙人气度尽散，声音疑惑："怎么没了？难不成已经在小道的天雷下烟消云散了？这也不对啊。"

然后放下怀中肥胖的黑猫来："清圆，快帮为兄找找！"

黑猫"喵"地叫一声，三下两下又爬到道士身上，尖利的爪子想必让这不舍得用罡气护体、生怕伤了妹子的道士受了不少皮肉之苦。

见黑猫毫无反应，谢琅更是纳闷："真没了？"

他听到几人来的动静，苦着脸道："叶剑主，骖龙君，不是我不拦，实在是拦不住——那东西似有形似无形，被天雷劈掉一块又能重新长出来，简直是生生不息，现在又不知道是死是活，看来是用什么古怪的法子逃掉了。"

陆红颜蹙眉："那到底是什么东西？"

"我有点熟悉，"谢琅摸着怀中的黑猫，在原地走来走去，"像……像个人！"

"人？"陆红颜道，"人会是那个样子？"

"不是样子，是气息。"谢琅似乎终于想起了什么，"走火入魔！"

"骖龙君，你是以武入道，用心纯一。剑阁中人以剑入道，更有叶剑主的无情剑道，斩七情六欲，你们自然是没有见过走火入魔的样子。"谢琅向他们解释，"我们道门就不一样了，门里师兄师弟们静坐观冥时，偶见心魔，一旦不能克服，便会走火入魔，即使能够清醒，境界也会大跌——那时候他们身上的气息就与现在有些许相似。"

这消息通达的年轻道士眼珠转了转，又想起了什么："传说南海剑台有一面长宽各十余丈的砺心镜，弟子每日清晨在镜前观想，能照见自己的心魔。日复一日面见心魔，置身迷津，终至坦然。他们有此良机一点一滴澄明心境，心魔便可越发淡薄，故而南海剑台被赞'有佛意'，与北地剑阁并称。小道虽未亲眼见过砺心镜中景象，可也略有耳闻……镜中映照的心魔倒真与那东西相似——可心魔还能从镜中跑出来不成？"

"那东西确实极畏惧叶剑主。"陆红颜点头。

他们缓缓归去，遥望那锦绣鬼城之上，辉煌佛光极盛，鬼气妖氛尽去，城中归于宁静。

白衣僧人踏出城门，声音柔和："诸位施主，多谢。"

谢琅像模像样回了一礼："敢问上师可是指尘寺空山长老？"

僧人满面慈悲笑意，朝他合掌一躬："此间事了，贫僧回寺了。"

和尚身影没入绵延群山的茫茫夜雾中，万山寂静，唯余马嘶声。

谢琅自言自语："今年，可真是……"

温回话多，问："是什么？"

"你看，叶剑主与骖龙君入世，现在又有百年前的空山长老现身，哪一桩不是罕见之事？"

陈微尘凉凉道："还有琅然侯抱猫下山。"

谢琅苦着脸："我不过是个无名小卒，都怪师父要去四海云游，把这个名头推给我，要小道在十四侯里面垫底。"

"人家君侯都是自己打出来，你们倒好，竟然是世袭。"陈微尘终于抓住了道士的把柄。

"陈公子，这实在不独有我们观，"谢琅极力澄清自己，"近年来仙道凋零，少有成名的新鲜人物，若是哪位仙侯大限将至，又无人挑战，就只好传给自己的徒弟啦。"

"凋零却是名号的凋零，"陈公子右手使不得扇子，感到十分不自在，连带着语气都懒散了十分，"你们仙家原先还有几分活气，直到看着焱帝由忘情道入了三重天，便一个个争相效仿。原先就叫喊着'天地无情'，这下更是有了底气。修着修着，还在乎什么君侯的虚名？即使有厉害的人物，也不知去了哪里的深山老林悟道，懒得去取那称号。"

谢琅撇了撇嘴，不想理他。

陈微尘问叶九琊："叶剑主，锦绣灰已经取到，你们现在要往哪里去？"

"巧了，"却是陆红颜抱臂答，"正是琅然侯方才说过的南海剑台。"

陈公子样子十分倦怠，嘀咕道："才北上，又要去南海——都是用剑，实在是没有什么好看的。"

他抬手揉了揉额头："叶剑主，我困了。"

连日奔波，最后强提了境界，还打了一场，实在是消耗不少。

话音刚落，整个人忽然觉得一阵天旋地转，眼前一黑，直直向着前面栽过去。

他昏过去之前最后一个念头是——幸而对着的是叶九琊，应当不会摔在地上。

在仙君面前昏倒，实在不雅，不雅。

但若是昏在仙君身上，就要另当别论了。

夜中，月城街道熙熙攘攘，灯花百结。道旁植桂子，香飘云外，花瓣飘飘荡荡落在树下算命看风水的老瘸子破烂的麻衣上。

老瘸子拿着炭条在一块脏白布上涂着鬼画符，时而闭上眼摇头晃脑一番，不知道在弄些什么。

有几个好事的纨绔子弟，衣衫鲜艳，摇扇的摇扇，佩剑的佩剑。他们在旁边看着，咬了一番耳朵，推出一个锦衣少年郎上去踢了一脚："老瘸子，你干什么呢？"

其貌不扬的老头全然不生气，笑呵呵答道："算卦。"

几个纨绔子弟相视，哈哈大笑起来："老瘸子，莫不是算你哪日能娶上媳妇不成——我看双月街上的赵寡妇就好得很！"

老瘸子看样还真的想了想，浑浊的老眼缓慢转了转，叹口气："大概看不上糟老头子。"

方才那位锦衣少年郎被老瘸子的反应激起了捉弄的心思，咧嘴笑道："老瘸，我看从陈公子走后，也没人来光顾你这破摊子，不如给本公子算上一卦——算得对，公子就赏你大把的银子，莫说是寡妇，就连貌美的小娘子也是能娶的！"

老瘸子看着他，悠悠闭上眼："公子要算什么？"

"算我家何时飞黄腾达！"

老瘸子把那块脏白布翻过来，背面也有炭笔的痕迹，七拐八弯，像是蚯蚓爬。

那锦衣少年郎还没见过这种稀奇的画符，问："这是什么？"

老瘸子捏起炭笔："命格。"

几个纨绔子弟也纷纷伸长脖子，要看这老头子怎样招摇撞骗。

只见老瘸子先问了锦衣少年郎的生辰，又问了出生何地、现居何地、家中有何血脉亲戚——连出生那日的天气也要问出来。

锦衣郎被他问得不耐烦，但见这算命的法子实在稀奇，也一一答了过去。

他每答一个，老瘸子便在鬼画符里添一笔，待整张白布差不多画满，老瘸子才道："成了。"

少年郎问他："何时？是不是现下就要到了？"

老瘸子拈一把稀稀拉拉的胡须："飞黄腾达是不成的，不出三百日，就要家破人亡。"

锦衣少爷脸色一变，大骂："这不知死活的老神棍！"

这下，不必少爷自己出手，他身后的几个健壮家奴便气势汹汹地上去，对老瘸子连打带踢。

老瘸子被踢打得蜷在地上，几乎没了声息。

最后还是与他同行的几个纨绔子弟拿出老瘸子连滚带爬被王屠户拎刀追出八条街的笑料来，佐证这老神棍的话算不得准，锦衣少爷消了气，对其一番殴打才作罢。

"没意思，咱们还是去看诗会——听说陛下召集能诗会赋的才子，待到来年春天咏桃花、咏美人，不知咱们月城哪几位才子能被选上。"

待几位公子带着家奴恶仆走远，老瘸子半死不活地从地上爬起来，路边围过来看热闹的众人也慢慢散了——这种百看不厌的热闹足够回家作好几天的谈资了。

老瘸子脸上沾了不少尘灰，有几块瘀青。他把那块脏白布重新翻过来，松了松筋骨，没见什么痛苦之色，不像刚被毒打一顿的人。

他自言自语："自从那姓陈的小子走了，实在是没有什么意思。"

他拿炭笔在白布上点了几点，琢磨着，慢悠悠道："过些时候，南边有一场热闹……算啦，糟老头子一个，赶不了远路，就不去凑热闹了。何况开春以后城里还有别的热闹可看，老了，走不动啦。"

他"嘿嘿"笑一声："热闹，嘿，热闹——人活一辈子，不过为了几场热闹。可惜啊，她不明白，其他人不明白，连那个姓陈的，到现在也只明白了一丁点儿。"

老头说罢这番没头没尾的感叹后，靠着桂花树，眯上了眼睛，不去管城中笙歌管弦、灯火繁华。

"姓陈的"是被一阵幽幽袅袅的笛声叫醒的。

曲中带着清淡的温柔，使人想起江楼月，想起杏花雨——总之是极好的。

笛声虽美，然而扰人安眠，委实不好。

他懒洋洋地睁开眼，发觉自己睡在马车里，身上有温回盖上的暖裘。中间的小桌上烛火明灭，燃了一半，对面是叶九琊，沉墨样的一双眼，仍然冷冷淡淡，好似空无一物。

他原先由于时候未到，强行悟出一重天境界，加之天道重压，一身气机杂乱逆转，现下却顺畅了许多——想必是有人出手理顺。

陈微尘拥着锦裘坐起来，背倚软枕，眯眼笑了起来："叶九琊，几天时间，你已经救了在下许多次小命，实在是无以为报——不如我以后都跟着你，好不好？"

叶九琊在雪山之巅长大，听的是仙家奥义，习的是上乘剑法，委实从没遇见过这种以脸皮见长的人物，更没听过此种难辨真假的调笑。

他蹙了眉，声音中有淡淡的不悦："陈微尘，你还要玩笑到几时？"

陈微尘惬意地活动了一下因为昏睡而有些僵硬的筋骨，打开帘子望着天边月："我家乡城门口，你见过的那个算命老瘸子，他没说过几句好话，有些我也听不懂，唯有一句记得清楚，说的是'谁料明日风波事，要得几日是几日'。"

叶九琊不再与他说话。

笛声缠绵不散，马车里寂静无声，倒是渲染出几分安宁悠长的气氛来。

马车外，平地上练剑的红衣姑娘已经停下，挂剑望着一个方向。

视线再向外，是打坐观冥的道士，黑猫蜷成一团打着呼噜。

车帘被掀起来，露出小厮清清秀秀的脸："公子，你醒啦？"

"被吹曲子的那位叫醒了。"陈微尘催叶九琊："叶剑主，还不快去会一会那位吹笛的人。"

说话间，月色下果真缓缓走出一道仙气飘飘的吹笛人影来，一身青衣，是个面目温润俊秀的男子。

笛音渐低，继而又重重叠叠，密了起来，如春风骀荡、碧海潮生。

叶九琊抽出九琊剑来，指节在剑身连叩三下。

剑身微震，铮然清响连弹，如飞珠溅玉，与笛声相遇。

笛声渐弱，终于无以为继。

那人放了笛，向马车躬身一礼："谢叶剑主指点。"

飘飘然来，飘飘然去。

天边月缓缓落，东方发白，清晨将至。

"那是沉书侯，大概是被锦绣鬼城的动静引来，猜到叶剑主在此，要来求教。"谢琅对身边问来问去的温回道，"他是弃儒入道，不使刀剑，专研音律，倒是你们凡间出身。"

"原来是他！"温回两眼发亮，"我知道，就是那个'青衫拂袖出帝京，圣贤书册沉水中'的书生！"

"人间竟然能将一个立志修身齐家成圣的读书人变成修道人，实在是怪事。"谢琅耸耸肩。

"我家公子说，当今圣上只喜欢听诗词歌赋，爱才子不爱书生——想来是他找不到官做，只好把圣贤书扔进水里，无牵无挂来修仙了。"

道士拿拂尘打他一下："儒道岂是你想的那样简单。"

另一边，红衣姑娘找到一条小溪，摘了金甲面具，掬了秋日清凌凌的溪水来洗脸。

温回见到这个，才想起自己的职责所在，小跑到溪边伺候自家右手尚未好全的公子梳洗。

溪水映出姑娘的倒影，眼与唇皆是极美的，只是两边脸各有狰狞的烧灼痕。

"陆姑娘，幻境中见你，分明还有半张脸是好的。"陈微尘意有所指。

"另一边是受了初阳火，"姑娘并不隐瞒，"不知天高地厚，以为自己一人能赢过新生凤凰，差点将命丢在那里，偶遇了同样来取血的叶九琊，才被救下——上古瑞兽有天地之威，他也不是全身而退，右肩留了伤。"

"陆姑娘，我看你们一路上说什么血啊、香啊，是要做什么大事？"温回嘴快，问了出来。

"用灵药消得掉这样的印子，可我偏要留着。"姑娘声音中透着一股近乎偏执的倔强，答非所问，"灭门之仇一日不查清，救命之恩一日不偿报，我便一日不去这疤痕。"

陈微尘漫不经心地拨着水："陆姑娘，何苦。"

小厮帮腔："是啊，陆姑娘，什么恩什么仇记在心里就好，何必跟自己的脸过不去呢？多不值得。"

姑娘冷笑一声："你懂什么。"

她拿起面具，重新覆上："我来修仙，参天地、求长生，不过为了一个逍遥快活。割仇人头，偿恩人命，哪有什么值不值得！"

她眼神极执着，恨恨地加了一句："他就算是魂飞魄散千万片，等我与叶九琊拿到那几样东西，开了生生造化台，也能再一片不落地拼回来！"

姑娘说完这句便转身走了，小厮困惑挠头："公子，陆姑娘最后说的什么？"

公子却也不给他解惑，悠悠道："走了走了——听说南海景色美得很，我们也跟着仙长们去开开眼界。"

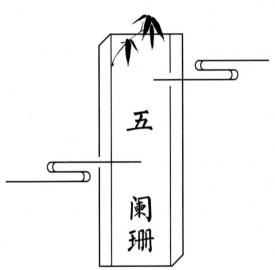

五

闌珊

陈微尘往回走的时候，想着陆红颜方才所说，终于明白了叶九琊对自己那不咸不淡的态度是从何而来。

大约是觉得自己身上寄着故人一缕魂。

他一时间觉得自己很卑鄙。

"阿回，要是有一天小桃没了，魂碎成了八九十块——"公子的话还没说完，小厮就像烧了衣角一样跳了起来："公子，好端端的，怎么要让小桃的魂碎了呢？！"

"这样才能让你听懂，"公子笑眯眯道，"那些魂是很难找的——可你又碰见了一个跟小桃一点儿都不一样的姑娘，不仅长得不一样，性子也离得远，不打你，也不骂你，天天百依百顺地喊你温郎、温郎……"

温回连连摆手："我不要，我心里装着小桃，她就是喊相公我也不要。"

"听我说完，"公子眼里含着漫漫晨雾，道，"可这姑娘偏又记得小桃记得的所有事情，像是魂魄里颇大的一片进了她的魂，你要不要？"

"啊？"温回苦着脸，"那还是不是她了？"

"你要怎么待她？"

"我……"温回苦恼地思索了一会儿，"我先养着她。"

"然后呢？"

"实在没辙，凑合……凑合着也是能过的。"温回这话说得底气不足，"可是她要是天天捏着嗓子喊相公，我听了可真是难受，实在不知道该不该应。"

"可你俩终于过完了大半辈子，姑娘坦白她其实没有小桃的魂，她是故意骗你，好让你心甘情愿养着她，跟她凑合，你又要如何？"

小厮瞪大了眼睛，已然无法面对这复杂的情形，想来想去，怎样都十分痛苦，半天憋出来一句："公子，你要我呢？"

"谁料明日风波事，要得几日是几日，"公子的背影在晨风里飘飘荡荡向前去，"我本将心向明月，奈何明月照沟渠①——"

小厮挠头，觉得近日来，自家公子越发地疯了。

他拿出随身带着的粉帕，看着上面绣着的桃花，想着那从小一起长大的刁蛮姑娘，痴痴地笑了笑，重新揣进怀里："好好的魂，哪能说碎就碎了呢——公子成日净爱说些鬼话。"

马车加了仙家的术法，一路疾驰，所过之处全部是荒野狼烟，好不容易看到了颇具规模的城池。

只有在这时候，温回才觉得自家公子是有些用处的——公子毕竟晓得不少人间事情。

"当年北疆几个兵强马壮的属国联合踏平了旧都，先帝仓皇南逃，树倒猢狲散，满朝文武没了大半——其中燕大将军反叛，带兵马自立门户，占地封王，就是南朝人所谓'燕党乱匪'了。北疆蛮夫们不善治国，几十年间将一片大好河山弄得乌烟瘴气；又兼贪图掠来的富贵，兵马松懈，被其余封国攻打，瓜分了好几大块下去，彻底断了龙庭封帝的念想。"公子向他们道来，"可燕党这些年却渐渐盛起来，虽然也是一身兵匪气不仁不义，时而还要劫掠，到底有往日为皇家图谋天下的底子在，勉强算是像模像样——看城头旗，这里正是燕党的城池。"

城中有兵士把守，铠甲颇为鲜亮，然而此处生计十分萧条，客栈、店铺皆门可罗雀，一条街有大半闭了户。

可见燕党的当家人把兵力当作现下乱世最大的倚仗，并未下力气经营民生。

奔波一路，这才算是住进了正经的客栈。

陈公子沐浴完，披了一肩湿漉漉的发进房里："叶剑主，头发。"

叶九琊不动。

陈微尘便一直看着他："头发。"

那人眼睫终于略抬了抬，声音冷淡："我与你很熟？"

"自然是很熟的，"陈微尘眨了眨眼睛，"叶剑主心里清楚。"

这公子大抵是抓住了叶九琊一个了不得的软肋，拿准了自己不会被怎么样，只能像温回所说一般被"先养着"，干脆在床畔坐下，大有在此处赖着不

---

① 引自元代高明的《琵琶记》。

走的架势。

叶九琊终于伸出手来，从湿软的发间穿过，气机缓缓流淌，不多时，水汽尽去，烦恼丝自指尖滑落，带着淡淡的皂角香。

陈微尘笑眯眯道："谢叶剑主。"

他如愿以偿又在房间里磨蹭了一会儿，才告辞要回自己房中睡觉。

临走前，他的目光颇有幽怨留恋之意，倒像是委委屈屈被赶出门来。

叶九琊抱臂冷冷睨着他。

陈微尘扒着门框往回看。

还是温回嫌弃自家公子实在没有出息，拖了回去。

烛火燃至尽头，火焰跳了几下，细细"哧"的一声过后，最后的火苗也灭在了滚烫透亮的蜡油里。

月光穿过寂静城池里半开的窗，落在房中仙君的身上。

自小习武、习剑的人，身板仪态，如何站、如何坐皆成了刻在骨子里的习惯，自是舒展挺直的，找不出一丝可挑剔的地方，连月光下的剪影都修长削直。

他的手指滑过九琊剑的漆黑剑柄，名剑有灵，发出一声短暂清鸣。

"你曾与帝君精魄相连，"他对长剑道，"为何不鸣？"

长剑再鸣，这次的鸣声弱了些。

"你也认不出。"

夜风过窗，他缓缓闭眼，不再言语。

一室静寂。

第二日清晨，在城中购置些物品后，一行人便再次上路。

中途路过村落，看到农家，去讨水。长满荒草的田埂上站着位身穿粗布衣服的小娘子，挂锄头的手上已磨出了茧，另一只手抹着眼泪。

"夫人，"温回先上前，"我们是过路到此，可有水吗？"

小娘子犹疑地打量了他几眼，见不似歹人，点头："有。"

屋子是茅草房，极低矮、极简陋，偶传来老人的咳喘声。

小娘子为他们倒了水，又灌满了水囊，轻声细语："公子，我听村里人说，再往南，山水险恶，几天也见不到人。"

"无妨，"陈微尘知道这是善意的劝阻，对她道，"我们有办法。"

又听得里面老妇的悲泣声："儿，我儿……"

小娘子匆匆过去安抚，老妇的嘶哑哭声却又大了起来："阿卿，你……你还没走……找户好人家，别管我……"

"娘，您糊涂了，"小娘子声音带着哭腔，"村里哪还有男人？"

出来时，她眼眶依然是红的，歉意地对来客笑笑："是我婆婆，不太清醒。"

不必再多言，已知必定是她夫婿被征入军中杳无音信，也未留下一儿半女作为念想，只剩病弱糊涂的老妇与年轻娘子操持生计，打理贫瘠荒地。

遥想昔日盛世时，有新婚不征、治丧不征的规矩，现下已荡然无存，从少年男童到衰年老翁，无一得以幸免。

陆红颜脚尖轻点出门外，一身红衣猎猎，碎昆仑激荡剑气，使出仙人神通来，力道拿捏得极好，几个起落间，田中只翻了一小半的土壤全部松动，为小娘子免去数日劳作之苦。

小娘子知晓了这行人的身份，呜咽一声，不知是敬是畏，声音颤抖："仙长……"

离开此处，马车上，温回小心翼翼地问："公子，怎么不给她些银子？以前在月城中你就给……"

"她哪里花得出去？"公子叹了口气，"此处村里只剩老弱妇孺，养活自己尚且不及，集市早已不开，便是想买粮食也无处可去。何况再过几日便是征秋税的时候，若让前来翻箱倒柜搜刮的兵卒发现了油水，下一次只会加倍——只有陆姑娘所做，才真正能帮上这小娘子。"

陆红颜抱剑看外面的荒野乱鸦："我也曾是乱世人。"

谢琅一副思忖的模样："救不了世，只得出世，人间竟已沦落到这种地步，我倒是可以明白沉书侯为何弃儒入道了。"

他皱眉："蹊跷，实在蹊跷，人间气运，何以至此？"

再往南，果真如农舍里的小娘子所说，穷山恶水，不见人烟。

他们避开山路，沿着盛世时修建、现已荒废的官道前驰。

寂静远山弥漫着秋日深碧的雾气一路远去。

陈微尘把目光从手中的《南华经》移开，看向窗外秋景，拿起从书生娘子处得来的涂山笛，吹出几个调子。

山林间蹿出几只野狐来，遥遥追着马车，黑亮的眼睛很是喜人。他津津有味地看了一会儿这些有灵气的小狐，收了笛子。

那些狐狸被灵物召了出来，又没得下一步的指引，笛声便停住。这些混混沌沌、灵智未开的脑袋颇有些困惑，没头没脑地散了。

散到一半，它们又不约而同地竖起耳朵、紧绷身体，一副如临大敌的模样。

正当此时，温回撩开车帘："公子，前面有人拦路！"

他本来很是忐忑，却看见马车中人神色如常，自家公子甚至挑了挑眉对叶九琊笑道："叶剑主，又是找你的。"

小厮十分摸不着头脑。

只见前方道路尽头站着一人，身体甚是强健，手持长戟，十分威武，声音洪亮："在下江云寰，请叶剑主赐教！"

叶九琊下车。苍茫山色间，一袭白衣与那持戟人对立。

"暮云侯，"谢琅道，"以武入道，重力不重术，倒是跟骖龙君走一个路子。"

"谢道长，"温回挠了挠头，"之前来了一个吹笛子的仙侯，现在又来了一个拿长戟的，都是上赶着要来与叶剑主决一胜负？"

道士征询地看了一眼陆红颜，见她轻轻点了头，顿时有了底气，对温回滔滔不绝起来："叶剑主以无情剑意成名，'非君之君'的名号是从见过无情剑意之人口中传出。然而叶剑主本人却从未真正下剑阁雪山与仙道诸君侯一战。仙道规矩，若败一侯，则称侯；败十四侯一君，称君；败三君十四侯——"

"称帝？"温回眼睛亮了起来。

"哪有这样容易，"谢琅道，"还要能一路过重重险阻，登上幻荡山巅，才可称帝——若到了二重天境界，三君十四侯易得，那一帝却是难如登天，不少自负之辈都将性命折在了幻荡山通天路上。当年，浮天宫已空了百年，才有焱帝横空出世，连败三君十四侯，一路登上幻荡山。他是数百年未见的三重天境界——从那以后人们便猜测，唯有贯通天地的三重天境界方能得天道认可，当这仙道之首。"

谢琅说到这里，颇有遥想陶醉之态："只恨我生得晚，没能得见当年焱帝，不知该是何等的风采……"

温回仍是不解："这与叶剑主有何关系？"

"叶剑主原本或在北地雪山剑阁，除门中弟子，无人能近，又或是明明下了山却行踪不定，这让众多仰慕无情剑意者无法得见，现下则有了机会，"谢琅略带狡黠地摸了摸怀中猫，"毕竟少有人能像我这样厚着脸皮跟上，他们大都要主动向叶剑主挑战，希望借此窥得一点天机……"

道士看着外面，饶有兴味道："叶剑主此次下山，并没有驭气而行，使踪迹不定，而是真正向仙道昭告了要入世。仙道死气沉沉多年，终于要热闹起来了。而叶剑主此去南海，怕是要与阑珊君一战，再往归墟洗剑。此举大抵意在进三重天境界，再上幻荡山——焱帝杳无音信已然十数年，到底还在不在，等叶剑主上了幻荡山，我们便可知道究竟了！若帝君只是闭关，或许还有一场三重天与三重天的比斗，实在是让人神往！"

道士说完，环视四周，却发现只有温回听得入神；陆红颜靠在车壁上，闭着眼，周身气势冷得吓人；陈微尘则漫不经心地拨弄着扇子，一副全然走神的模样。

谢琅也有点摸不着头脑了。

说话间，外面持长戟的暮云侯已蓄势待发，周身气机鼓荡，出戟横扫，罡气如扇面飒然展开。

但见那白衣如一片缥缈雪花，踏杀机罡气前行，剑鞘与长戟相触一刹，身形凌波一转，与暮云侯错身而过，长戟震鸣不止。

叶九琊仅留一个背影、一柄未出鞘的长剑。

只在那一刹那便分了胜负。

暮云侯眼中全然是钦佩。

几只小狐怕得缩紧了身体，探头探脑看着。

"这一下的玄机，足够暮云侯参悟一两年。"谢琅与温回一样，改不了话多的毛病，"可对叶剑主来说却是索然无味，要等到了南海剑台，我们才能见到他真正的本事。有沉书侯和暮云侯在先，其余仙侯或避世不出的二重天修仙人，都要携弟子纷纷出山，或来讨教，或干脆直奔南海看一场精彩淋漓的比斗了。"

谢琅使了小术法，唤来一只灰鸽子："我也得传信给门中师兄师弟，这可是天大的机缘！"

陈微尘只托腮看着："好看。"

当谢琅以为这人参悟了什么剑中玄机时，只听陈微尘接着道："出剑的动作好看，连拿剑的姿势都好看。"

谢琅："……"

"只知其表，"陆红颜冷淡道，"若让你看到他当年没有走无情道、未返璞归真时的繁丽剑招，岂不是眼睛都要直了。"

公子笑着摇扇："那时他的剑招，真是流风回雪、翩若惊鸿。"

陆红颜嗤笑一声："你是在梦里看见的吗？"

陈公子眨了眨眼睛："许你空口无凭说他当年，不许我说？"

陆红颜："我虽不是剑阁出身，仔细算来却也与他是半个同门师兄妹，你怎知我是空想？"

"陆姑娘，你们修仙人看不出年纪，可看你气性，不会年长到哪里去。那时大概还只是个小丫头。"

陆红颜年纪确实不大，被他反刺了一下脾气不好，很是后悔自己方才忍不住出言讥讽，打定主意日后绝不与这人多说一句话。

偏偏那人还觉得自己不够气人一般，一本正经对自家小厮传授歪理邪说："阿回，你看，这便是装疯卖傻的好处，几句真几句假，从本公子嘴里说出来，谁能分清楚？"

小厮推开他："您是真疯，我晓得。您可别说了，小命要没了。"

公子继续扬扬自得："你看，连你都分不清，何况别人呢？"

直到陆红颜忍无可忍，将碎昆仑架在他脖子上，陈微尘才讨起饶来："陆姑娘、陆姑娘，手下留情！我再也不敢了！"

叶九琊回到车内，看到一幅马上就要打起架来、闹出人命的场景，淡淡朝两人看了一眼。

陈微尘乖住了嘴，陆红颜收剑归鞘。

谢琅抱着肥胖黑猫，对自家妹子道："我晓得了，叶剑主最大，骖龙君的碎昆仑次之，咱们跟温回乖乖赶车就好。"

清圆"喵"了一声，翻了个身继续睡觉。

马车继续向前，一路上果真又有几人挑战，九琊剑也始终未出鞘。

直至再往南走，遥遥海岸近在眼前。

中洲北地有剑阁，南海有剑台，剑阁守天河，剑台镇归墟，有道是"南北双剑并，仙家二鼎足"。

有逸闻说当初南北剑本是一脉，只因与魔道决裂，将仙气与魔气分隔，成仙、魔两界之时才分镇南北。

这种说法有迹可循，因剑阁与剑台两大门派入门弟子所练剑招皆流皆流丽变幻、行云流水，相差无几。待到后来才显现出区别来——北剑于繁华中悟肃杀，逐渐返璞归真、简洁利落，至高境界是起手一剑决胜负；而南剑于繁华中更上一层楼，极尽招式变幻之能事，剑中有千幻万象，要的是剑里乾坤。

但无论如何，如今南北剑来往已少，当年仙道极盛时五年一次、引得天下剑客尽来观看的南北论剑已有十数年未曾举行。

但如今叶剑主一路南下，即使未必代表整个剑阁，却有骖龙君与琅然侯随行，做足了势头，还有传言说此次本就是阑珊君相约——总之，在近些年来犹如一潭死水的仙道上掀起惊天波澜来。

南海剑台在海上仙岛中，周围亦有其他仙山、仙岛散落如珠，其余或大或小的仙道门派驻守在那里。比起北地雪国里剑阁的高处不胜寒，这里实在称得上有着仙家的缥缈气派。

叶九琊在启程时便已向剑台传了消息，因而剑台前来迎接的海船早已在岸边等候。

青雀舳舻的大船有两艘小翼卫，船上弟子一色天青袍，衣领与袖口绣着莲纹。

为首那个气质颇为温润平和，先向叶九琊行一礼，自报家门为阑珊君首徒，姓秦名晚照。

再向陆红颜与谢琅行礼："骖龙君，琅然侯，久仰。"

最后是陈微尘："……这位是？"

陈微尘："叶剑主首徒。"

那年轻弟子见他没有穿着剑阁标志的白衣，又狐疑地看了看他腰间，并未发现佩剑。

不过按照"叶剑主首徒"的说法，两人身份相当，不必行礼。

一行人便被引向船中安置。

等那位走远，陈微尘悄声问叶九琊："叶剑主，说起来，你可曾收徒？"

叶九琊："不曾。"

"山上苦寒，不收个徒弟解闷？"

"练剑。"

"晓得了，"他轻轻道一声，"不过现下风波劳碌，无暇练剑，应当不介意我假冒你的徒弟陪你说话。"

叶九琊看他，眼中神色有些复杂。

陈微尘还想说什么，忽停了脚步，闭眼喘一口气，抬手抹去唇边渗出的血来。

那风流俊秀的眉眼忽然多出一分惊心的脆弱来。

叶九瑶手指按在他颈侧，压住翻涌逆行的气机，情况才稍稍好转。

"气运因果，不可再碰。"

陈微尘低眉顺眼："好。"

"七情六欲，不可妄动。"

"这个实在是难，"陈公子万般委屈，"我生来就在红尘风月里面，活了将近二十年都要时不时犯病，何况现在。"

"为何不忘？"

"哪能说忘就忘，"陈微尘对他道，"况且若真如你所说，效仿了那位帝君太上忘情，无悲无喜，前尘旧事随风，岂不是白在世上走了一遭？"

他耸耸肩："难得跟叶剑主心平气和地说一次话，还是不要提这些烦心事为好——锦绣城里，连和尚都没能说动，可见我是打算死不悔改的。"

此时一轮斜阳没入水面，天边铺陈的橘黄、橙红渐次散开，覆上灰蓝。

海船缓缓起锚，雪白风帆升起，驶向海中仙山。

天边挂上了几颗寥落小星，徐徐凉风自东面吹来。

陈微尘抬眼看那人依然冷冷如霜的侧颜，一时很是生气——原来除了那点烦心事，他们是没有什么话好说的。

偏偏他方才犯了病，吐了血，没有力气来插科打诨，只好抬头看月亮。

谢琅透过窗子悄悄看着，嘴里念叨："必定是个成名人物，会用剑，还与叶剑主有渊源，看样子渊源颇深……到底是谁呢？"

冷不防背后走过来陆红颜："看他们做什么？"

"骖龙君，"谢琅声音颇有些苦恼，"你在马车里说，与叶剑主算是半个同门师兄妹，那你知不知道他有什么好友？不不，也许不是好友，总之有点牵扯。"

陆红颜声音一时间有些古怪："为何问这个？什么样的牵扯？"

"喏，"谢琅示意窗外，"能一句话不说看半晚上月亮的牵扯。"

"没有，"陆红颜答得生硬，"有也死了。"

"对对对！"谢琅眼睛一亮，"就是要死了的！"

陆红颜看他一眼："为何问这个？"

听墙根得来的消息自然不好意思拿出，谢琅只好试探试探："骖龙君，你不觉得陈公子深不可测？"

"他？"陆红颜不以为然，"装疯卖傻，哪里有一点修仙人的心性？"

谢琅毕竟对这位使重剑且脾气坏得很的仙君有些惧怕，纵然心痒难挠，也没再死缠烂打，想着总有一天那公子会露出狐狸尾巴来。

夜深后，凉意渐起，小厮气势汹汹地把公子拉去睡觉："公子、公子，快长些心吧，就您那倒霉运气，吹凉风是要病倒的！"

陈微尘如临大敌："乌鸦嘴，自从遇见叶剑主，我已经许久没有倒过霉了。"

话音刚落，平静海面上就是一个大浪涌来，船身猛地颠簸。

温回险些摔个跟头："公子，你还说——"

那位名叫秦晚照的阑珊君弟子匆匆赶到甲板上："叶剑主，实在对不住，近日归墟动荡，夜中尤盛，即使有师父与剑台诸位长老镇守，也会波及海面……"

陈微尘舒一口气："不是我。"

虽然得到澄清，陈公子还是没有免去被拖回舱房睡觉的下场——临走不忘在外人面前显示恭顺，对叶九琊道："师父，夜深了，您也早些歇息！"

叶九琊面无表情。

秦晚照笑道："叶剑主与爱徒的关系想必十分融洽。"

一夜波澜动荡，习惯了倒也能睡得安稳。

次日清晨，海船抵达仙山，只见雪白石滩围着葱郁树木，远处隐隐有五色云雾，亭台楼阁悬饰的轻纱雾幔随风轻拂。

下了船，迎面是天青石的碑刻，上书"停云"二字，飘逸中透着傲气。

过了石阶，是少年弟子习剑的宽阔石台，穿天青衣的弟子人手一柄细长银白的剑，招式尚未熟练，但也已经像模像样。

再往前，过一道浮白石的天门，上书"碧玉天"，拱卫着仙家精美宝殿。

天门下站着一人，身旁侍立一位秀美女弟子。

这人轩朗眉宇间有静气，亦是着天青衣。

"叶剑主，在下的邀函已发了一年有余，你可是来迟了。"那人哈哈一笑。

此人便是统领剑台的阑珊君了。

叶九琊道："年前闭关，出来不久。"

阑珊君陆岚山转身边为叶九琊领路，边道："久闻叶剑主之名，今日一见，果然非凡。"

穿过琼楼玉宇、仙林灵池，碧玉天楼阁前有一大片冰石铺开的空地。

叶九琊走到一侧不再动，陆岚山到了另一侧，佩剑清鸣，上镌两字"飞光"。

"叶剑主，请。"他的声音若玉石。

仙道之人因各自道不同，谈玄论虚实在难论高低，方有了三重境界之分。年轻弟子每日吐纳呼吸、静坐观冥，纵有筑基结丹之分，终究只是修身养性，不算踏入仙门。

一重天借天地罡气；二重天系气运玄机；三重天贯通天地，与日月同齐。

及至后来武道兴起，境界修为直接与武力联系，以清净观为首的那些好静坐谈玄、炼丹望气、四体不勤的玄道诸门亦精研出无数术法符咒，挽回没落大势，战力可与武道修仙人相比。

由此开了以武力分高低的先河，代代沿袭。

若有两人见面，若非相差太多，都要先切磋一场，既是互证境界，又是分出高下，与凡间自报家门论定长幼辈序异曲同工。

更何况这两人一个在南，一个在北，皆是剑道中最为出挑的人物。仙道诸人对二人究竟孰胜孰负早有揣测，对南剑、北剑哪一个更有望窥得天道更是好奇至极，此战后，约莫能得出定论来。

谢琅拉着温回后退了几步，与陆红颜聚精会神地看着。

亭子里几个青衣弟子纷纷转过头来观看，旁边又走过来几个。

对他们来说，这等境界的切磋，平生大约只此一回了。

飞光出鞘，如日光下一泓清水，锋芒内敛。

陆岚山身旁名为秦晚晴的女弟子捧过剑鞘，侍立一旁。

陈微尘见此，挑眉笑了笑，道："师父，给我。"

此情此景，确实是由陈微尘侍剑比较妥当——他学了秦晚晴的样子，如愿以偿接过了九琊的漆黑剑鞘，十分像模像样。

九琊剑由玄铁铸造，淬极北寒泉，并不是寻常兵器的亮银，而是色泽沉沉，仿佛带来无边寂静，连日光都无法触及。

那不是浩然卫道剑，不是开山重剑，甚至——不是杀人剑。

是无情剑。

既已出鞘，便要出剑。石台上气机涌动，相互试探，玄妙不可究全貌。

待到绷紧的那一刹那，仿佛虚空中一道弦被猛地拨响。

刹那间，对峙的极静变为极动。

风起，云涌。

陆岚山跃至半空，一袭天青袍，周身环绕万千剑影。

剑影变幻，静心观之，使人恍然身坠幻境，衍化出无数景象来——一刹那电闪雷鸣，一刹那花开花谢。

是日夜观想，参悟天地，悟进了剑中，成剑里乾坤。婆娑三千世界，果真如人们所赞"有禅意"。

而那白衣不动。

往年南北论剑，除去真正高深之辈，还有不少本事稀松、只能看热闹的仙门弟子。

两派讲剑道、辩剑心的过程对他们来说过于晦涩，无法听懂，真正好看的是南剑与北剑的比试。

北地剑阁以一剑破万剑，南海剑台以万剑对一剑，暂不论各有输赢的结果，单看那精妙绝伦的用剑术，实在使人眼花缭乱、目不暇接，除大叹"精彩"外竟不知该说什么。

当下情况亦是如此，然而两人境界又要高出十分去，自然精彩得不同寻常。

迎着漫天剑影，叶九琊终于出剑。

整片天地的气机尽数被牵动。

在凡夫俗子眼中，那只是寻常横剑。大抵玄妙到了不可言说的程度，非是触到那个境界的人，便无法看出一丝一毫的玄机。

那一剑脱胎于万般剑招，要于漫天剑影中破气机转承关键处。

而那万剑生生不息，千幻万象不过出于最初一柄"飞光"。

"一剑也？万剑也？我竟然看不清楚，"陈微尘听得身后谢琅道，"南剑、北剑截然不同，却如现在般微妙相通——道至巅峰，竟然殊途同归……小道似乎悟了。"

再看场中，那一剑出后，气氛短暂凝滞。

九琊剑锋划出一道弯月，行云流水间，变守势为攻势，斜刺入纷杂剑影。

如飒然电光撕破雨幕，肃杀冰风吹入繁花。

剑影忽地收起，唯余陆岚山手上飞光，只听"叮"的一声清响，九琊剑撞上飞光。

两人借刀兵相撞之势折身，又复原先对峙之势。然而在下一刻就继续开始——陆岚山整个人气势忽然一变，沛然清气灌注剑中，淡泊浩然。

叶九琊的无情剑意亦在此刻施展，剑意中是天地苍茫无喜无悲，寂静空寒惊心动魄。

剑道至此，莫说凡人，仙人亦不能解。

天青袍与雪白衣再度相遇，九琊、飞光再度相错，两人再度落地。

不知究竟是谁胜谁负。

陆岚山仍是方才温润如玉的样子："叶剑主名不虚传。"

叶九琊淡淡道："阑珊君，多谢。"

"应当是我谢叶剑主。"陆岚山继续带路。

陈微尘递回剑鞘。

叶九琊不可避免地看见这人的眼睛。

某种柔软而温和的东西，极为专注地，只映着自己的影子。

"师父，"将剑鞘递回叶九琊手上时，陈微尘开口，声音颇为自得，"他境界果然不如你高。"

叶九琊收剑归鞘："未必。"

道士沉迷于方才片刻的明悟中，无暇顾及外面，因此只有陆红颜听到了这番短暂的交谈。

过一道桥，进碧玉天的楼阁，众人在正堂中落座。

仙道中没有拐弯抹角，陆岚山寒暄完，便到正题。

"此次邀叶剑主前来，一是心慕风采，二是欲重提当年南北论剑盛会。"他道，"当年事过后，仙道沉寂，各门各派闭门清修，未见进境，只是走火入魔者频出，已是积年困局。唯有你我南、北剑派再开先河，重现辩道证心局面，方能裨益年轻弟子，复仙道元气。"

"我亦有事相求。"叶九琊缓缓道。

"何事？"陆岚山略显意外。

"我欲入归墟。"

小半天过去，正事谈毕，是要安排住处。

他们暂住与碧玉天遥遥相对的琉璃天，与弟子的住所离得近。

剑台有不少女弟子，大约是此地灵山秀水，姑娘一个个都十分可人。陈微尘有一副好皮相，性子也好，不出半会儿便与姑娘们熟识，在此处得到了十二分的欢迎。

年长的师姐仙气飘飘，一脸淡然宁静，不理会这些事情，因此来的都是些十五六岁的小姑娘。

——可惜姑娘们不是冲着他来的，是冲着他在船上刚认的师父来的。

"陈师兄，叶剑主平日里都做什么呀？"

陈微尘做回忆状："在山顶练剑。"

"还有呢？"

"似乎没有了。"

"叶剑主可有心上人不曾？"

"这个……"陈微尘沉吟了一会儿，"你们也知道他修的是无情道，约莫是没有的。"

"我听说叶剑主少年时入剑阁后，他的同门师姐们每日不顾练功，只顾悄悄偷看师弟，惹得阁主大怒，是不是真的？"

陈微尘笑了起来："我倒是不知道还有这种事情。"

"陈师兄，你去问一问！"姑娘们叽叽喳喳。

"剑阁女弟子寥寥无几，这应当是旁人杜撰，信不得。"

"那，叶剑主喜欢吃什么、喝什么呀？"

陈微尘看了看这些满脸好奇的姑娘，自己也有点儿好奇："这么喜欢他？"

姑娘吐吐舌头。

陈公子一双眼笑得弯弯："习剑人要端心凝神，你们这个样子，阑珊君不管？"

姑娘们顿时像被提醒了什么似的，形迹鬼鬼祟祟起来，甚至踮脚望了望碧玉天陆岚山所在的楼阁，羞涩道："我们是悄悄来的，陈师兄，你可千万不要告诉阑珊君，也不要告诉叶剑主！"

"他管教你们很严厉？"

姑娘皱着眉："我们不怕阑珊君，只怕被罚去砺心镜前打坐。"

"嗯？"

"观想心魔，实在太难了。"姑娘有些丧气。

"怎样观想？"

姑娘便说给他听。

温回一进门，就看见自家公子一把画扇好不风雅，与青衫薄纱袖的姑娘们说着话。

这些年少的女弟子毕竟害怕被自家阑珊君察觉，玩闹了一会儿之后，片片朝云似的散了。

陈微尘却收了眼角淡淡笑意，走至窗外。他被安置在岛南一处楼阁，往下看能看见大片粉玉白的琼林，中央是莲池，远处青碧草地上有流溪，溪中有卵石，石上栖白鹤。

林中飘落着轻羽般的花瓣，传来清空琴声，琴声已响了整天。

是青衣的女弟子抚着琴，眼眸微垂，神态静极。

溪边树下摆着石桌、石凳，有两人对弈，意态淡然，你来我往，拈子无声，落棋不语。

是静的，如陆岚山眉宇间的静气一般，太静，反如一潭死水。

他的眉微微蹙了起来。

"见到方才那些姑娘了？"他道。

"见到了。"温回乖乖答道。

"活泼得很——短短几年后，变成这般模样，虽说修仙是'吃'人的，"陈微尘看着抚琴女子，扇柄轻敲了几下窗台，若有所思，"但似乎'吃'得过快了。"

明月高升，海上潮生，岛上的夜凉爽清静。

琉璃天幽幽袅袅浮着琼林花的香气，萤火点点飞散。

"叶剑主，好天良夜，一人独坐实在不美，"锦衣公子展了扇，施施然出现在叶九琊身后，"不如我陪你复招？"

棋有复盘，武有复招。

并非全盘原样再来，而是以那一场为根源，衍化招式，各门各派往往以此为切磋后揣摩进境的契机。

若由观战之人复招，不仅要把两方招式记得一毫不差，也要有相当的悟性。

"不过，我们要先说好，只用剑招，不许用剑意气机——我修为实在浅薄，吃不消你。"陈微尘笑眯眯道。

叶九琊看他一眼："好。"

他们走出琼林，来到林前草地，方才落在肩头的轻羽般的花瓣随着走动飘飘飞落。

陈微尘收扇，向叶九琊攻去。

叶九琊以剑鞘横挡。

剑鞘与扇柄相击，陈微尘往旁边滑开，倏然展扇，意在叶九琊脖颈。待叶九琊剑鞘向上，要直取自己手腕将画扇打落时，陈微尘忽地收扇下击，借力向上跃起，身形如林中一片飘摇落花，刹那间再次展扇，反手划开，扇面带出一道飒飒白影。

陈微尘没有剑意与剑气，然而招式行云流水变幻间，虽及不上三千世界开落，但确有了陆岚山以一化万的影子。及至后来渐入佳境，画扇一收一合间，种种变招层出不穷、变幻莫测。

就这样逐一拆招，将原本几息之间完成的一场切磋解成了盏茶时间。

待复招完毕，陈微尘"唰"的一声展开怀忧扇，笑意盈盈地看着叶九琊，仿佛眼中只能看见这一人般。

叶九琊却好像没看见一般，转身向着西面："跟我来。"

陈微尘警惕地看了看他要去的方向："不去。"

叶九琊淡淡看他一眼。

陈微尘后退几步，神情十分无辜。

可惜的是，虽然方才复招时陈公子十分自如，可真正对上叶九琊时，实在是毫无招架之力。

叶九琊御气向西边去，强行带上了陈微尘。

陈公子反抗无果，活像一只被拎着的垂头丧气的病鸡，要被送去大卸八块。

西面是烟霞天，立着一面巨大石镜。

砺心镜。

旁边有一块碑刻，记录了砺心镜的来历用处。

说此镜是海中异石，剑台先人镇守归墟时发现，遂移至岛上，作为镇派之宝。

此镜原名"观世镜"，立此镜前，必被照透神魂，看见心魔执念，若是妖邪鬼魅，更能原形毕露，不论修为境界如何，皆无法隐瞒一丝一毫。

后来剑台中人以此为帮助弟子化解心魔、澄明心境的宝物，才改名为"砺心镜"。

陈微尘十分忐忑。

他实在不知道镜子照出来的自己会是什么样子。

最后，他像是要被处刑的犯人一样，闭上眼，心一横，跟着叶九琊站到了镜前。

身边的叶九琊沉默许久。

陈微尘十分害怕，不敢睁眼。

他现在非常懊悔自己为了亲近叶九琊而跑来与叶九琊拆招。

剑之一途，下乘以力使剑，中乘以术使剑，上乘以意使剑，最上是无物不可为剑。

他以画扇复剑招，不是寻常人所能为。

——导致仙君又起了疑心，要押自己去"照妖镜"前照一照。

终于听叶九琊道："睁眼。"

他小心地往镜子里瞧。

叶九琊还是叶九琊，只是周身浮了似有似无的寒凉剑气。

陈微尘面前的镜子里唯有月光、海岛和起起伏伏的潮水。

陈公子大喜过望："叶剑主，这下您信了吧——我来历清清白白，非鬼非妖非魔，只是一介凡人。"

"修仙人尚有心魔执念可被照见，你却没有，"叶九琊看着他，"一介凡人？"

"许是我从小便知自己年寿有限，最好无牵无挂及时行乐，反倒看开了，没有什么心魔执念，"陈微尘朝他眨了眨眼，"或是因为叶剑主就在里面，镜中人正是心中牵绊，更没有什么外物可执念。"

陈微尘往日虽然也毫不掩饰，但这还是第一次认认真真剖白。

叶九琊微蹙眉："为何？"

"叶剑主，我生来只有一点执念，就是跟着你。你就放过我，不要再劝了。"陈微尘眯眼笑了笑，"我不强求你理我，你也只当看不见，皆大欢喜，多好。你说呢？"

叶九琊看着镜中的自己，道："记得多少？"

陈微尘知道，这是在问自己前尘旧事。

"大致都记得，"他这时候也不忘特意强调，"只是与叶剑主有关的事情格外清楚。"

"我与他并无这等纠葛。"叶九琊淡淡道。

"我知道，"陈微尘声音低了些，"他自然是好的，我却不是他。许他忘情，也该许我有情才是。叶九琊，我生来便记着你，记了十九年，有生之年既然遇见，是再也逃不掉了。"

"他兵解后形神俱灭，魂飞魄散。你恰好与他慧根相似，又在那时出生，或许是魂魄有些入了你的魂，故而记得。"叶九琊道，"我与骖龙君要开生生造化台，重聚魂魄。到那时你身上他的魂魄离去，便能解脱烦恼。"

陈微尘轻轻笑一声："此事于我来说，算不得烦恼，倒是你自己——"

他望着镜子里叶九琊身周的寒凉剑气："执念长存，才是烦恼。"

良久，叶九琊才道："不觉烦恼。"

陈微尘叹一口气："随你。到时候他重新活过来，你了却执念，我一命呜呼——只盼叶剑主日后想起来，能稍微记着我一点儿，也就死而无憾了。"

叶九琊看着陈微尘，只觉得虽似乎看清了这人的来历，却仍隔着一层拨不开的迷雾，不知究竟是不是真相。

最终叶九琊只道："只是取魂，不会伤你性命。"

陈微尘："不信。我的命格明明白白写着，一年之后是活不成的，要把叶剑主从生惦记到死，毕生解脱不得。"

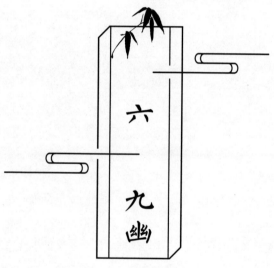

六

九

幽

涛声忽大了起来，远处海面亮起符咒的光，上方是气机的巨大涡旋，应当是剑台中人镇压归墟之力的所在。

陆上百川入海，海中万水归墟。

玄门有载，此为万事万物终结之处，进了归墟的门扉，便不再是人世。

北地天河同样是人世的一条界线，由剑阁驻守。人们都清楚天河界限的始末，归墟深处到底藏着什么，却无人知晓。

只南海剑台祖训有言，镇不住归墟，便是滔天大祸。

当年天河汹涌，仙魔壁障将破，倾剑阁之力仍无法守住时，有人一剑挽天河。

而今日归墟异动，不知会演变到何等地步。

剑台镇守此处，一旦出事，必然首当其冲。百年前凡间变天，二十年前天河异变，人间、仙道气运零落，或许是引动归墟的原因。陆岚山因此起了重提南北论剑的念头，甚至想要重现仙道与人间最繁盛时儒、道、佛三家坐而论道的景象，使沉寂已久的仙道再次活泛起来。若有幸催生两三位惊才绝艳的人物——焱帝那样的人物，便能有重振仙道气运的机会。

叶九琊望着起伏海面，道："他是怎样死的？"

陈微尘笑了笑："如你所知，向天道自请兵解，降万道紫雷，灰飞烟灭。"

"为何自请兵解？"

"我不告诉你。"

叶九琊不再说话，一时静默，唯余远处海涛阵阵。

"叶九琊，我也有事想要问你。"

"嗯。"

"你的无情道，成在什么时候？"

叶九琊微微垂眸，月色如银，描着他的轮廓。

他想起二十年前。

那一夜是月圆时候，却没有月，窗外下了大雪。

帝君离开时把剑还了他，说，此去十死无生，过了十五，不必再等。

烛火燃至尽头，九琊剑忽长鸣。

人世间吞声哭、放声泣，是命途失意，是失父母，是丧妻子师友。

宝剑悲鸣，是亡主。

幻荡山的方向，雪花大而密，纷纷扬扬地被寒风抛卷着，目光穿不透。

残灯中，他缓缓闭了眼，仿佛这样就听不到那泣血的悲声，看不到那飘摇的雪景。

终究——终究还是压抑不住，他拉开门，在廊下风雪中立了整夜。

原来长明的灯，也有熄灭那天。

原来那一剑，挽得了天河，救得了苍生，却度不得自己，违不得天道。

天地茫茫，死生无常，又该怎样横渡？

他答："也是在那一夜。"

陈微尘看着九琊剑，微微一哂："叶九琊，若有一日你能放下这把剑，便是到三重天的时候了。"

话音刚落，海浪又盛，几近滔天。

远处几点光芒忽地极亮，短暂亮过后暗淡下来。

漆黑海潮拍岸声中隐有低低啸声。

叶九琊望着海面，长眉微蹙。

烟霞天地势颇高，夜色中隐约能看到那处海面陷下一个巨大漩涡，夜幕中星辉动荡，隐有天穹倾泻之势。

漩涡翻腾并不激烈，只是缓缓、缓缓地旋转。低沉暗哑的沙沙啸声隐约传来，像是幽深石洞里的风声，直直响在人的脑海中。声音该是从海面传来，却像是天上，又像是深海，无论如何分辨不清，仿佛来自不可知的虚空。

它波及的范围迅速变化，越来越大，如同一只对猎物张开深渊巨口的凶兽，来自不可追知的远古。

惊天大浪在岛岸拍起，飓风裹挟湿冷的潮气扑面而来，带着深处海水独有的咸腥气味。整座仙岛如同一只在风浪中颠簸的小舟，而放置砺心镜的烟霞天处在浪潮最前头，首当其冲。

乌云掩月，"轰隆"一声雷响，大雨瓢泼。

陈微尘猝不及防地被雨滴狠狠砸了几下，自觉往叶九琊处靠了靠。

叶九琊令两人周身气机涌动，隔绝风雨。

碧玉天中飞出陆岚山与随侍长老、弟子。

"事已至此，非人力能移。"只听陆岚山沉稳而不容置疑的声音道，"诸君，请开天门。"

飞光出鞘，剑气化长虹，向海岛另一边的合虚天飞去。

他身旁其他人纷纷效仿，一时之间雨幕中流虹飞泻，发出耀眼光芒。

叶九琊亦激发出剑气。

陆岚山声音遥遥传来："谢叶剑主相助。"

合虚天群山在夜色中微微颤动。

"仙岛分碧玉天、琉璃天、烟霞天与合虚天，前三者皆无深意，唯有合虚——合虚者，日月所出之地也，这样大的口气，是什么地方？"陈微尘问叶九琊。

"剑冢。"叶九琊却没有望着合虚天，而是看着漩涡。

那漩涡漆黑的中央竟是缓缓向岸边移动的——向着二人所处的烟霞天这岸。

陈公子撇清自己，置身事外："来之前它就在动荡，不是我，不是我。"

可那漩涡确实在动，暗夜里蛰伏的巨兽苏醒，缓慢踱步朝着猎物前行，越来越靠近海岛。

陈微尘睁大眼睛，一时连扇也忘了摇："……真是我？"

陆岚山的身影随着漩涡的靠近也近了，看到砺心镜前的二人："叶剑主，归墟异动，此处可发生何事？"

叶九琊面无表情："不知。"

陈微尘悄悄后退一步，试图藏在叶九琊后面。

"师父，如此良机，跳？"他小声问。

叶九琊："跳。"

陆岚山听着这师徒两人莫名其妙的对话，一贯温和与淡泊的眼神中也难免出现几分疑惑来。

"阑珊君，论剑一事来日再议。"叶九琊声音仍是一贯的清寒，"剑冢已开，归墟可镇。我自会寻路出去，告辞。"

陆岚山微微睁大了眼，看见那一袭白衣缥缥缈缈凌空而起，流星一般落向漆黑翻腾的漩涡正中。

此时，琉璃天宫殿里，温回无事可做，正收拾着被自家公子翻乱的行李。

他先检视了银子，叠好衣物，再把零零碎碎的玉佩、绦带、扇坠、护身符之类拢在一起。

一样样把东西放回该放的地方，他不经意间看到了手旁的卦签来，是公子出城前在老瘸子那里求到的那个。

这勾起了温回的好奇来，他把卦签翻过一面。

是个黑不溜秋的下下签。

温回面无表情地把卦签塞回去——摊上了这样一个公子，抽到下下签是平常极了的事情。

听着逐渐激烈的海浪声、雷声、风雨声，他忽有些心悸，茫然望了望窗外，想着公子出去了这么久，还没回来。

忽见茫茫雨雾中，对面合虚天发出耀眼光芒来，浩气沛然，让人心魂为之震荡。

有剑影自那边缓缓浮起。

一个，两个……有十来个，光芒各不相同，却都是一样威势无比。

窗外恰又掠过一道红影——陆红颜提着重剑飞快跑过走廊，冲出岛屿，进入雨幕中，踏海波前跃，向着海面的漩涡过去。

然后是隔壁谢琅开门的声音。

小厮迅速拉开门，正撞上抱着猫慌慌张张走过来的谢琅。

"这是怎么了？"

"归墟出大事了！阑珊君开了剑冢！"黑猫不知为何闹腾得很，谢琅一边要看路，一边还要按住力气颇大的肥猫，实在手忙脚乱，没法走快，便干脆把猫塞到温回怀里，拉起他的胳膊往烟霞天的方向去，"快走，我刚刚看见叶剑主和陈公子就在那里！"

谢琅御气带着温回在岛上飞掠，赶到时正看见叶九瑶和陈微尘的身影消失在漩涡的正中央。

"公子！"温回大喊一声，要挣脱谢琅过去，被他死死拉住。

那漩涡中央如同一只漆黑巨眼，实在骇人。谢琅悬在它上空，单薄人影与漩涡相比如同一粒再小不过的尘埃："不能去，那里是归墟！"

却有人比他们更快也更决绝，陆红颜纵身，义无反顾地跳下去，却在立刻就要触到漩涡时被一道气机阻拦。

"骖龙君，归墟凶险。"

说话的是阑珊君。

陆红颜挥剑向那道气机砍去："关你何事！"

飞光横挡，剑影如繁星，挡住碎昆仑。陆岚山浮在半空，神情不变："虽不知诸位所为何事，可叶剑主此去九死一生，仙道决计不可再失一君一侯。"

"你若不放我过去，他才是九死一生！"陆红颜目光凌厉，挥剑再次向他劈斩，"放我下去！"

可阑珊君终究胜她一筹，始终牢牢挡在她身前，令她不得寸进。

陆红颜恨得几乎要咬碎一口牙。

这边正打得激烈，却听旁边谢琅大喊一声："你做什么？！"

一道人影直直坠下，陆岚山见状，立刻分心挥出一道剑气，终究没有赶上。

温回摔入漩涡巨眼中，也许不是摔入，是没入——没有溅起一丝一毫水花，仿佛是被毫不留情地吞噬。

谢琅呆呆地看着那里："我明明抓紧的，怎么就被挣开了……清圆——清圆！"

那一下的分神给了陆红颜可乘之机，她闪身一掠，扣住陆岚山肩头向后一甩，自己借力腾空跃起，再飞快落下。

眼看她就要和温回一般消失在漩涡中时，合虚天数十道巨大剑影合围在漩涡四周，齐齐嗡鸣，陆红颜为强悍剑气所激，再被陆岚山阻拦，"哇"的一声吐出血来。

剑影带着亘古荒寂浩瀚之感结成玄奥阵法，也不知漩涡巨眼是吞够了猎物打算收场，还是被这古老剑阵镇住，竟然在逐渐缩小。

陆岚山缓缓吐字道："镇渊。"

剑锋齐齐插向海底，又是一阵巨大动荡。

陆红颜咬牙挥剑隔开阑珊君，向下方漩涡冲去，剑锋却碰上了一层厚重坚硬的罡气，如同凡铁砍到巨石，虎口被震得发麻。

陆岚山不再管她，道："起阵，一十七。"

他身边弟子、长老继续以剑气激剑影。

十七道剑影嗡鸣、横移、排列，数不清的玄奥纹路交织，带着沛然莫御的剑气，一层层向着漩涡压下。

漩涡的转动并未停止，可范围不再继续扩大，一层罡气隔绝开漩涡与海岛，海浪徒劳翻涌，无法伤及那层罡气外的众人。

一位长老道："这是……"

"无法镇下，只得暂压，剑冢三十四剑为我等最后倚仗，若归墟继续异动，便再出剑，"陆岚山眼神凝重，"待三十四剑出尽，便再无力回天。"

"往日归墟虽然动荡，却仍是我等可控，何以至此？"

"刚刚那是叶剑主与他的首徒？"

"归墟入口已为万丈罡气所封，叶剑主要如何出去？"

陆岚山听着周围年轻弟子一声声问询，并未回答，语气平静："结阵。"

剑气再起，阵法彻底成形，包拢整个漩涡，牢不可破，外面的人再也进不去，里面的东西亦无法出来。

陆红颜恨恨看了他一眼。

"骖龙君，得罪。"陆岚山向她施一礼，闭眼专心主持阵法。

水是冷的，还很黑。

陈公子并不会水，这让他感到十分恐惧。

只得死死抱着叶九琊的腰，整个人缠在他身上。

等下坠到海的极深处，只觉得四面八方的冰冷海水都在狠狠挤压四肢百骸，耳鸣嗡嗡，头痛欲裂，整个人像是被丢进了磨盘里碾磨。

然后倏然一空，海水的滞涩消失，整个人都轻灵起来，像是被抛到了高高的半空——可惜这只持续了片刻，立刻又变成天旋地转，陈微尘窒息过后本能地大口呼吸，冰冷气息灌进肺叶里左冲右突，个中滋味实在难以言表。

——然后狠狠地在坚硬的地面上摔了几下，才算停了下来。

即使落地那一下有叶九琊挡了不少，陈微尘仍感觉浑身上下都疼得很，非常难受地哼唧了几声，被叶九琊从地面拉了起来。

他视野全是模糊的，只能隐隐约约看见一片白衣的身影，头晕目眩中沉沉浮浮，许久才能看清眼前事物。

他与叶九琊站在一处狰狞山崖——或许是崖壁中一个并不规整的平台上，上方是黑冷岩石，脚下也是。嶙峋黑石沿崖壁向上延伸，看不见尽头。

山崖下是一片灰蒙蒙的雾气，站在崖边向前看，一片空茫。

空无一物。

那不是家徒四壁的空空荡荡，是彻彻底底、无边无际的虚空。

陈微尘解下腰间玲珑佩玉，向崖下抛去。

佩玉转瞬间没了踪影。

先是洁白通透的坠，再是精细的流苏，渐次消失，悄无声息被虚空吞噬。

海有大壑，其下无底。

归者，终也。

他正怔怔看着，忽听上方一阵"啊啊啊啊——"声，飞速坠下来一个狼狈的人影。

陈微尘立时分辨出声音的主人："阿回？"

叶九琊用剑气在下方托了一下，温回落势稍减，狼狈地摔了一下，侥幸没有伤筋动骨。

从他怀里蹿出一道圆溜溜的黑影来，不善地"嗷"了几声，绿幽幽的眼睛瞪着陈微尘。

陈微尘恭敬问候："清圆姑娘也来了。"

然后望了望上面："陆姑娘和小道士还没下来？"

温回从惊吓中回过神来，大口喘了好几口气，终于能说出话来——声音还发着飘："陆姑娘被阑珊君拦在外面了！"

陈微尘"啧"了一声。

小厮抄起黑猫往公子身上打去："你又找死！这是什么鬼地方？！"

黑猫此时无比配合，爪尖森亮，要往公子一副好皮囊上添几道爪印。

陈微尘往叶九琊身后躲了躲，闪身到温回背后，搂住他的肩膀，好言认错："错了，我错了——下次跳海，一定先告诉阿回。"

等认完了错，陈微尘才问："他们都没能下来，那你怎么带着清圆来了？"

小厮闷闷嘀咕："我也不知道，那时候候骖龙君和阑珊君打得厉害，别人都在专心弄他们的剑气。谢道长说下面凶险，拉着我不让我下去，他力气大得很，我决计是挣不开，却觉得下面有东西拽着，轻轻一拽，谢道长就不知怎的滑了手——他的猫还被我抱着，不知在上面要急成什么样子。"

阑珊君出手阻拦陆红颜情有可原，温回却被拽了一下——这倒是怪事。

谢琅虽看起来平平无奇，还带点儿多嘴，终究是清净观观主，传承一身精妙道统，所谓"栖凤枝梢犹软弱，化龙形状已依稀"[1]，未来玄门道首一般的

---

[1] 引自唐代李璟《句》。

人物，在场却有人悄无声息从他手中抢人，实在费解。

何况温回凡胎肉体一个，又能有什么用处？

他们原地想了一会儿，没得出什么所以然来。

叶九琊："归墟气机异常，或许是巧合。"

陈微尘想起漩涡上方星辰欲倾之景，点了点头。

温回见状也稍放下心来。

前方是深渊，后方是崖壁，可谓进退两难，温回纳闷："公子、叶剑主，我们是在做什么？"

叶九琊答他："寻人。"

"人？"温回讶异，想不出这种鬼地方怎么还会有人。

陈微尘余光扫过一处岩壁，道："那里有字。"

他们看去，只见凌厉的笔画深深刻进黑石：

　　山高水阔，谁来此凿开混沌

　　地远天长，我亦欲粉碎乾坤

口气可谓猖狂至极。

众人目光在字迹周围来回打量，果真发现嶙峋石头掩映间有一处隐蔽洞穴。

叶九琊只身走入洞穴，穿过石廊后是一间宽敞石室，壁上刻着许多字，与外面那两句话是同一个人的手笔。银钩铁画固然好看，可一旦多起来不免像是群魔乱舞，使人眼花缭乱。

偏偏中央石台上端坐一人，一身灰衣，压住了一室群魔乱舞。

是个女人，一动不动。她没有皱纹，从面相看不出年纪，头发是雪白的，披散着，像一尊石像，却没有凡人供奉的佛陀菩萨那般慈悲悯世。

她缓缓睁开眼："你是剑阁叶九琊。"

叶九琊对她施一礼："迟前辈。"

她笑容中有道不尽的冷酷肃杀："可是时机到了？"

叶九琊："是。"

那女人哈哈一笑："我于虚空中开辟此处天地，枯坐十九年，不过是为了看清天道是什么东西——叶九琊，你可是来请我出去？"

叶九琊对上她的目光，道："开生生造化台，请前辈相助。"

"甚好。"她站起身，步下石台，"当年与天道对弈，终究棋差一着。若使我那徒弟死而复生，重开一场气运局，胜负还未可知。"

她看着叶九琊，又道："不过，你们剑阁何时想开了，要与我一道逆水行舟？"

"剑阁并无此意，晚辈来此只为了结执念。"

她冷冷道一声："原来还是天道走狗。"

叶九琊不说话，神情依旧是波澜不惊的平静。

"有胆量来此，想必已将剑道修到极致，能够斩破虚空。既然如此，你带我走出归墟，我助你开生生造化台，也算两清。"她来到洞口，望着茫茫虚空。

他们自洞口飞出，落在下方平台时，陈微尘正摇着温回："阿回，阿回！"

温回恍恍惚惚应他："公子……"

白发女人上前看了看他："离魂了？"

陈微尘拍了拍温回的脸颊，见他毫无反应，道："对着前面深渊发了好一会儿愣，就变成了这个样子。"

他说罢，小心翼翼瞅了一眼叶九琊："师父，这位是……"

"我名迟钧天。"女人声音冷硬。

陈微尘作恭敬状："见过迟前辈。"

迟钧天是焱帝授业恩师——这人的记忆里明明该有，却装作不识，叶九琊想起陈微尘平日在陆红颜面前也是这样，并没有多言。

温回目光茫然了好一会儿才终于恢复清明。

迟钧天将手按在他额上检视："并无异状，或许是凡人心神脆弱，为虚空所摄。啧，这小子命格却有趣。"

陈微尘问："阿回，方才怎么了？可有看到什么？"

温回的声音有点哑："我什么都没看到，也听不到，身边灰扑扑的，什么都没有。"

迟钧天道："是虚空。"

她目光锐利，看向陈微尘："你可知他生辰？"

陈微尘将生辰说出，补了一句："是生在午夜。"

"家在何方，有何血亲？"

——报上后，迟钧天以指为笔，在石壁上虚画许多繁杂线条，过一阵后收手，淡淡道："日子蹊跷，命途却顺畅，当无大碍。"

陈微尘看她动作，道："前辈，你可认得一个瘸腿的老先生？"

迟钧天愣了愣，打量着他："一个在凡间招摇撞骗的老花子？"

陈微尘："是。"

迟钧天长眉微拧，片刻后松开来，对着虚空恣意一笑："看来果真是时机已到，连这乌龟壳里缩着的老东西也出来翻搅——你在何处见过他？"

陈微尘想了想，终究没说实话："他排命格时与前辈你类似，故而我记了下来。他在我们城里待过几天，后来就没见过了。"

"我当年跟那龟壳里的老东西打过一个赌，赌谁先找到证道飞升之法，"迟钧天长相英气，虽是头发全白，笑容中却有种说不出的潇恣意气，"既然如今他还是个跟飞升沾不上边的老花子神棍，就合该是我要赢。"

她看了看叶九琊："叶九琊，你我本就不是一道，如今你徒弟还与那老东西有了牵扯，更是道不同不相为谋。你开辟出虚空道来送我出去，我们便分道扬镳，到时我自会去主持生生造化台。"

叶九琊："现下已有了寂灭香、开阳血与锦绣灰，天书残卷记载未全，还需何物？"

"寂灭香与锦绣灰皆是极盛变极衰，分别出自仙道与凡间，开阳血出自仙道，乃是极衰为极盛，另需一件凡间此等物件——不拘是何物。除此之外，还要一样担魔界造化的九幽天泉。"迟钧天微微眯了眼，"天书竟然无人保管，唯余残卷，如今仙道必然凋敝。"

"陈微尘。"叶九琊道。

"我在，师父。"陈微尘看了过来。

"原本应该是陆红颜，现下只有你在此，"叶九琊看着他，"可以吗？"

陈微尘轻轻道："师父，放心。"

他看向迟钧天："前辈，开虚空后，我与师父去往魔界，劳烦您回人间时带着温回。"

迟钧天并未拒绝："好。"

"阿回，听着，"陈微尘理了理自家小厮略乱的头发，温声道，"跟着小道士和陆姑娘，一年之内我们必会回来，若是不想等，便回月城，我回来后会去寻你。"

刚刚清醒过来的小厮一时之间没能反应过来到底发生了什么，只知道自家公子大抵是要扔下自己去个不是人间的地方，眼眶顿时微红了起来："我要跟着照顾公子。"

"乖，"陈微尘与他亲昵地碰了碰额头，"那里去不得。"

"我和您同年同月同日生，自出生起，我还没有一日离开过公子，"小厮低声道，"您除了琴棋书画、斗鸡走马，什么都不会，离了我，不知道要过成什么糟糕样子。"

"我会照顾好自己，你留在人间，乖乖等我回来。"陈微尘声音温和却不容置疑。

迟钧天抱臂斜睨着这一幕："我看你家主人身上气运，大抵是那天正午出生，不知带着多少要命的煞气，你离开倒好，必定命途顺畅，免得被他克死。"

"有叶剑主在，出不了事。"陈微尘最后安慰了温回一句。

温回看向叶九琊。

叶九琊对他点点头。

面容清清秀秀的小厮微微垂了眼："公子，我等着你回来。"

迟钧天上前几步，在温回身边站定，对叶九琊道："那也是我的徒弟，人间那件东西我会留意着。"

叶九琊："多谢前辈。"

陈微尘走到叶九琊身边。

叶九琊整个人气息缓缓变化。他闭上眼，身上隐有微光浮起，剑气在周身盘旋不去。

那气息是熟悉的，像极了方才南海之上陆岚山开剑冢后铺天的气势。

那传言没错，南北两剑，本是同源。

心法分三个境界：剑形、剑意、剑心。

剑道有极巅，登顶之后，能够以身化剑。

故而南、北两大剑派皆有剑冢，是历代惊才绝艳的前辈死后化作无双宝剑，待有需之时，守卫后代弟子。

仙道绵延数年，修剑道者早已数不胜数，剑冢中的剑却始终不过二三十柄，可见剑道绝巅是何等荒凉。

相传，此剑承载天道，可斩破虚空。

叶九琊身前浮现点点碎光，逐渐凝聚出一柄冷白的长剑来。

他自己却已然无一点修为在身，甚至比凡人还要虚弱许多。

迟钧天一身修为雄浑，却是用来推演天机，并不通晓剑招、剑意，同那算命的老瘸子一样，明明境界极高，却不通武道，也从不使玄门符咒。

眼下只有陈微尘能够当那持剑人。

迟钧天以为他是叶九琊的徒弟，自然精于用剑，故而没有疑惑。

似是骨质的长剑通身冷白，触手寒凉，应当赞一声剑如其人。

"毕生修为尽在此中，你为了他，能做到此种地步，"陈微尘握住剑柄，笑了一下，声音低了下来，似乎叹了口气，"我原以为自己不会嫉妒的。"

叶九琊望着虚空，不知是什么神情。

陈微尘的手握紧那冰凉剑柄，微微发颤。

起手，出剑，剑光向无尽深渊划去。

昔有人一剑挽天河。

今有人一剑斩虚空。

空茫无垠的深渊里出现一道漆黑的裂口，边缘震颤，随时都会合拢的模样。

迟钧天带着温回来到崖边："告辞。"

温回无措地往后看，与自家的公子最后对视了一眼。

陈微尘对他眨眨眼，顺手拉过他的左手腕握了一下再放开。

少年时悄悄溜出门，两个人甩下家奴在巷子里游荡，一身霉气的公子总会招惹出红着眼的野狗吠叫着来追，便一个拽着手腕拖着另一个在小巷里狂奔。

躲狗的方法多种多样，免不了有要兵分两路的时候，这时候拉着对方腕子的手就用力捏一下再放开，暂时一人钻进一条巷子，再各自狼狈着在下一个巷口遇见。

温回会意，清亮的眼略有了一点笑意。

迟钧天纵身跃下。

陈微尘抓住叶九琊，也跳了下去。

坠下后便跌入一片光怪陆离中。

无数情景化作极碎的碎片，如同五光十色的细沙流淌着，专心看其中一个时便能清晰看见其中景色。

有南朝属地衰草连天寒烟碧，有北方荒野百里无人，有仙家气象华彩光辉。

虚空的裂缝通往他们的来处，通往整个人世。

在终于看到一片阴霾的天空和浑浊的雾气时，陈微尘带着叶九琊向那处落去，碎片吞噬了他们，天空和雾气化作真实，两人结结实实地摔在地上。

天上淅淅沥沥下着小雨，天空是暗灰色，地面淌着流动的雾气。

不知是何处，总之已到了魔界。

天河开辟，仙魔相隔已久，不知此处现在是何种境况。

陈微尘将叶九琊安置在一处树下，勉强不会被雨丝侵扰。

那剑耗去了他过多元气，不知何时才能休养回来。

叶九琊声音中带着一丝虚弱的沙哑："抱歉，要你来涉险。"

陈微尘得偿所愿，哪里在意涉险，只低低笑了一声，道："我愿意跟着你，哪里去不得。"

他大致能猜出叶九琊原本的计划，开生生造化台之物，免不了有魔界的东西，去魔界势在必行。便要请剑台暂时停住对归墟的镇压，与陆红颜一同进去——陆红颜是二重天，距境界巅峰也只是一步之遥，即使在魔界也不会遇到多大危险，足够安全等到叶九琊修为恢复，再去寻那九幽天泉。

未承想归墟忽然异动，要剑台请出剑冢镇压，他们只能赶在这之前下去。陆红颜原本也能来，却被阑珊君挡下，才有了现在自己与叶九琊来到魔界的场景。

——实在是意外之喜，意外之喜。

待雨势稍小，他们走出了这片树林。

树林外是一片杂草丛生的荒野，雨雾漫漫。

眼下要先找到一处人家暂住。

凡间或许不知晓，但仙家总有些传承千年的秘典，记着仙魔分隔的始末。

那时天下不是十四洲，而是有二十三洲，凡人式微，仙道与魔道势同水火，折损无数，仙家清气扰魔道修行，魔道的浊气又使仙家厌恶，两家帝君终于做出决定——分隔清气与浊气，各自清净。

然后便是以修为论英雄，一轮比斗后，魔道拿了九洲，仙道得了十四洲。

于是开辟天河，各不叨扰。

至于魔道不满于区区九洲，数次想要冲破天河，便是后话了。

九洲中的凡人自然也被划到了魔道地界，此处应当有凡人城镇。

两人走走停停，终于在一处峡谷后看到了村落。

炊烟袅袅飘着，倒是一幅和平安宁景象，其中人穿着长相与中洲并无大异，只是肤色略晦暗些，应当是常年生活在魔气中的缘故。

"倒不像说书人故事里那样凶恶——仙与魔到底离凡人太远，该怎么活还是会怎么活。"陈微尘又拿了锦扇出来，风雅气度并未因风波变故折损半分。

他们走近了村子，田头的老汉看到他们，前来问询："两位是……"

"出来游玩，不慎迷了路。"陈微尘问，"老丈，可否叨扰借住几日？"

老丈倒是热情，二话不说带两人回了自家的院落，招呼老伴烧茶水。可见此处虽是魔界，然而民风淳朴，大概也天下太平——与兵荒马乱的中洲截然不同。

老丈不免要问两人从哪里来，陈微尘胡诌了一个地名，满眼茫然道："我与表兄正在游览山水，不料一阵阴风吹来就失了知觉，醒来就到了此处。"

老丈想了一会儿，摇摇头："实在是没有听过这么个地方，肯定是离得太远——你们莫非碰上神通法术了不成？"

陈微尘默默地把"神通法术"一词记下——魔界里的神通，实在可疑，大抵就是修魔人了。

他解下腰间的白玉环来——总共就随身佩了这么些东西，玉佩丢进了虚空，这是仅余的家当了。

"老丈，我与表兄只想着在城郊游玩，身上分文未带，只有这一样值钱东西，眼下不知怎样才能回家，想必要叨扰许多时日，您请多担待了。"

那玉玲珑剔透，一见便知不凡，老丈眉开眼笑："两位公子也不必担忧，过几日是幽水侯广选兵侍弟子的时候，大人们会到村里来看孩子的慧根。只消问问那些有神通的大人，便能知道这是怎么回事，没准儿还能立刻送两位公子回乡！"

次日清晨小雨停歇，乌云散去，天边多了晴色。

修魔人气息如何，他们尚未知晓。虽说叶九琊修剑，与玄门赖以修行的仙家清气并无太大相关，但终究来自天河那岸，不知会不会被此处人看出形迹。因而那剑始终未收回体内，此时他气息与凡人无异，甚至还要虚弱许多。

陈微尘虽也有一重天境界，却无此种忧虑。盖因这人不知修了什么邪魔外道，一点清气也无，加之那一看便知天道不容的气运，无论如何与"修仙"二字扯不上关系。

陈微尘"哐当当"摔了几次锅碗，被老丈家炊早饭的儿媳笑骂着赶出了厨房："还以为你要帮忙，却来添乱！"

他在院落里大榕树下悠闲地看了一会儿日出，回头望向窗内。

见叶九琊半倚在床头闭目养神，容颜如玉，不似往日冰冷。乌发散在肩头，如白宣墨画。

清晨曦光穿过窗棂落在那人身上，烟岚尽散，雪上初晴，要教人看得痴了。

——仿佛恩仇未生，执念未起，世上不曾有无情道，不曾有贪痴嗔，更不曾有那些鲜血淋漓的战乱纷争。只有一个钟灵毓秀的人，一方清淡寂静的天地。

陈微尘一时恍惚，良久才回过神来，只觉胸腔里漫上来无尽的酸软，恨不得叶九琊就这样安安静静地待在房里，一辈子都不要恢复修为才好。

他又觉得很满足，仿佛来人世一趟，不过是为了得见此情此景，纵然今日就是死期，也有千万般的愿意。

"实在是没有出息。"他这样自言自语，却仍舍不得将目光移开分毫，又嫌后院传来的鸡鸣可恶，怕吵着房中人。

看了好一会儿，又道："出息此物，不要也罢。"

等日头渐渐升起，厨房里儿媳的早饭已然完备，刚从罐中挖出的咸菜佐着甜香四溢的米粥，炒了碧绿的青菜，蒸出白软的馒头，起锅时一室香浓的白烟。

陈微尘端去房中，轻声唤："表兄，早饭好了。"

这"表兄"之称虽是对老丈的托词，他自己却很喜欢，"师父""表兄"一气乱叫着，仿佛真就有了那么些斩不断的尘世牵绊。

叶九琊缓缓睁开眼来，道："多谢。"

陈微尘便笑了笑："不谢。"

如是又过了几日，这两人同寝同食，有话便说，无话便各自待着，气氛倒也并不僵硬。陈微尘此时却规矩起来，很有一番知礼守礼的模样，两人间又多了些君子之交淡如水的意味。

待叶九琊恢复了些，正逢此处的一个妙节。

节名"相思节"，未成婚的姑娘和年轻后生要用一条细红绸写了心上人的名字，系在村头大榕树枝条上，来年就会得偿所愿，修得白头之好。

陈公子向老丈的儿媳讨来一条红绸，也学着样子，打了个精巧的结挂在树枝上。

后退几步望去，树影婆娑间红绸依依，很是美丽。

对家刚与他混熟的年轻汉子听闻，上门与他玩笑："陈兄弟，小闺女才玩的东西，你也信了？"

"要说能让心愿得偿，我不信，"陈微尘对他道，"可其实也不是求实现，只是想那人知道，世上有个人等在那里。不然，琴断知音稀，高处不胜寒，要冻死人啦。"

"酸，实在是酸，"年轻汉子捏着鼻子，"文绉绉的，我不爱听。"

"——那你就酸着吧！"陈公子一番心绪本想找个人诉一诉，不料是对牛弹琴，很是生气，与那汉子打闹了好一会儿，才道，"赵大石，我挂条的时候正看见一个新挂上去的写着你的名，你说是不是东边小眉写的？"

汉子登时红了脸，坐立不安，也不与他玩了，匆匆忙忙朝着村口要去看——还在门槛绊了一跤。

叶九瑶看着陈微尘的背影，几乎能想见他总带淡淡温柔的眉目。

他从那眉目中看到了许多人的影子，像书生庄白函家里含羞的小娘子，像望着娘子时的书生，像方才匆忙出门的赵大石，还有雪山脚下嫁娶时风吹开红盖头露出的嘴角微翘的新娘。

那只是一个人，却好似又是整个红尘。

他此前全然不知红尘为何物，只今日隐约看见。

一夜无话，到第二日，便是老丈所说幽水侯遣人选兵侍弟子的时候了。这几日来他们旁敲侧击，大致明白了这里的状况。

修仙人超出凡俗，活在凡世外，此处却不然——没有皇朝、皇帝，唯有魔君与魔帝。

凡人耕织劳作，若出现了有修行天赋的孩子，则被选走拜师修魔，从此高人一等。

帝君统掌九洲，下有诸位君侯，皆按实力划定。

此处为九洲中的烛洲，是幽水侯的属地。

据老丈说，幽水侯手下那些"使者大人"除了会定期前来择选有根骨的孩童、少年，也会管一些大事，诸如瘟疫、洪水之类的天灾——对凡人稍有照拂。

一早便有三个修魔人来到这里，黑衣上绣着深蓝水纹，走路时粼粼波动。

家中有年龄合适孩童的，纷纷打开大门，等着这三人前来检视。

老丈家的大孙子今年十五岁，这少年郎天生力气大，被认为极有可能走上修炼的路子。

陈微尘懒洋洋地倚在门框上，对叶九瑶道："叶兄，你看那三人，虽说修魔，看起来却是潇洒出尘，气派得很哪。"

叶九琊："心中有道，自然与凡人不同。"

说话间，那三人已经检视过几个孩子，来到他们所在的这一家。

一个黑衣人先是在大孙子身上捏了捏骨头："根骨尚可。"

为首那个打量了一下这半大少年，道："问慧根。"

然后就像当初谢琅问陈微尘一般，手抵他额头开始发问，有几十问后放开："慧根也尚可。"

老丈喜形于色。

黑衣人对他的态度也客气了些："老人家，带他去村口等候。"

老丈连连行礼，高兴过后又想起了几日前捡来的两位客人，对黑衣人道："大人，我家现有两位客人，遇上了怪事，您神通广大，可否……"

黑衣人抬眼看了看两人："是何怪事？"

陈微尘顺着自己的胡诌，加上这几日来得到的信息编了下去："我们本是涅明洲人，在郊外游玩时忽见天上一阵黑风，朦胧间就到了此处——该如何是好？"

黑衣人仔细打量了两人，一脸若有所思的模样。

陈微尘觉得这人算是尽职尽责，听说此等奇事，少不得要问个仔细，甚至禀明幽水侯，把两人带入城中——然后他们便有机会可以接触到真正的魔界，寻找所谓"九幽天泉"的蛛丝马迹。

谁料他道："涅明洲实在太远，你们大抵是回不去了，不如就在此处安家。"

然后掀了掀眼皮："涅明洲风气懒散，懈怠修炼，你们可检过根骨？"

根骨，这是万万不能被摸的。陈微尘被叶九琊七日换骨之后，一身纯正仙骨，一旦那人上手来检视，立刻露馅儿。

他与叶九琊对视一眼——此法不成，看来要另寻他法深入魔界。

于是陈微尘道："检过，我们二人皆无根骨。"

黑衣人"嗯"了一声，往下一家去了。

没走几步，却忽然停下来："不对……不对。"

他来回走了几圈，皱了眉："气机不对，这里我来过许多次，绝不可能会是这样。"

他来回打量着整个村子，最后把目光投向了陈微尘与叶九琊的方向。

不好，大抵是被发现了。

陈微尘抓住叶九琊，另一只手按在随身配着的剑上，打算逃走。

——这是叶九琊将剑道心法修至巅峰，用一身修为所化的剑，能够斩破虚空，杀仙侯都绰绰有余，他们有此倚仗，也并不惧怕。

那人看着这个方向，对身边人道："拿天眼来。"

"天眼"此名，一听便知是能窥破某些东西的。

那人接过一个画着奇异符号的黑色甲片，贴在额上。

半晌，脸色凝重。

陈微尘浑身绷紧。

黑衣人放下甲片，动作有些僵硬，垂下的手微微颤抖。

——这是要攻击的前兆。

陈公子现在十分有要保护手无缚鸡之力的仙君的自觉，稍上前一步挡住了叶九琊。

黑衣人见他动作，像猛地打了一个激灵，方才的僵硬被打破，直直跪下。

"陛下！"

陈微尘："……"

此情此景，他首先想到的是——

"叶兄，听我解释……"

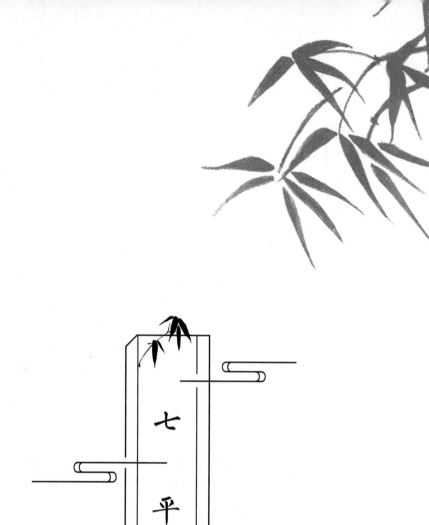

七 平生

三个黑衣人齐齐跪下，大气不敢出。

陈公子满脸无辜，活像蒙受了天大的不白之冤。然而此时不容得他解释，他只好逢场作戏。他慢悠悠走到三人面前，认真道："你们认错了。"

黑衣人诚惶诚恐："是，陛下，我们认错了。"

陈微尘拿扇柄挑起为首那个的脸来，与他对视着，见他眼中既敬且畏的神情十分真切，开始就坡下驴。

他"啧"了一声，似笑非笑道："你见过我？"

"是的，陛下，二十年前您在星罗渊封帝时，我曾遥遥望见您。"

陈微尘继续从容不迫："天眼？"

黑衣人脸色煞白："我用天眼亵渎陛下，窥探陛下气运，请陛下责罚！"

陈微尘放他，声音冷淡："情有可原。"

黑衣人连连顿首："多谢陛下。"

陈微尘步回原来的地方："你们走吧。"

黑衣人如蒙大赦，连接下来几家的孩童都不去检视，拉起老丈的大孙子，逃一般走了，与来时相比毫无仙风道骨可言。把孩子送至村口的老丈本来还拉着孙子的手殷殷叮嘱，猝不及防人就被拖走，不由得一头雾水："大人们怎么这样急？"

见三个瘟神远走，陈微尘立刻撇清关系，要证实自己的清白："是他们认错，我与那见鬼的魔帝没有半点关系。"

叶九琊淡淡"嗯"了一声，他们往回走。

陈微尘犹不放心："信我？"

叶九琊："我亲自镇守天河，二十年间未有魔物渡过。"

陈微尘放下心来。

他又有些惆怅："魔逆天道而修，故而气运极厄，看来我的气运是糟到了一个空前绝后的地步，不必修魔，便能与魔帝相媲美。叶兄，你说，我是不是该去修魔道？"

叶九琊："你已身具仙骨。"

陈微尘闷闷道了一声"也是"，扇子往木桌上一扔，躺在床上："不过，我不修魔尚且如此，若修了，恐怕立时天雷轰顶，与你的焱君一道去了。"

叶九琊看着陈微尘。

他在想，究竟是什么缘故，才能让一个人这样不容于世。

魂魄转世重生确有先例，可先例中纵然也牺牲许多，却不曾有这样的代价。

佛道三世轮回、十世轮回的修行，不仅不会横遭天谴，反而积攒功德。

当年事，他并不是一清二楚。

只知道那人是向天道自请兵解，天降万道惊雷，使他灰飞烟灭、魂飞魄散。

若他原本就给自己留下退路，算不算违逆天道？

若他上一世行的便是背离天道之举，然后避过轮回再世为人，是不是会招来天道这样的敌视？

剑阁镇守天河，守仙家，尊天道，他原本没有考虑过这种可能，然而归墟崖上迟钧天对天道的敌意如此明显，让他不得不多想。

会不会……面前这人根本不是巧合的魂魄碎片入体，而原本就是那人完整的三魂七魄？

他看着床上人风流温雅的相貌、嘴角漫不经心的笑意，一时竟怔住了。

——明明是全然不同的两个人。

甚至是，截然相反的两个人。

陈微尘于半空中遇到叶九琊的视线。

他略合了眼，有些低落："你又在想焱君。"

他起身，拿过冷白的长剑，轻轻抚触："说是无情道，又有执念牵绊，到底是不是无情，有没有动念？"

他望着叶九琊，离得极近，伸出手，想要触一触这人冰凉柔软的墨发。

将触到时，指尖顿了顿，又收回去，眼中失魂落魄。

"叶九琊，我常会想，如果我是他，是不是就可以这样做？"他闭了闭眼，转过身去不再看，"我要疯了。"

"或许你本来就是，"叶九琊的声音自他背后响起，"只是自己不知。"

陈微尘摇了摇头，声音中竭力压抑某种不可言说的悲伤："我不是，你不要再说了。"

他们原本有所缓和的气氛再次僵硬冰冷下来。

是夜,两人都没有入睡。

房间未点灯,叶九琊在窗边,而陈微尘右手支腮,斜倚在桌案上,半合了眼,整个人浸在夜色里,比起白日,多了几分说不清道不明的沉郁。

这沉郁中几分真、几分假,却是不得而知。

他们在等人。

看那黑衣人惊慌失措的模样,必定管不住自己,要去说给主子听。

魔帝毕竟不同于人间皇帝,哪有微服出巡的道理。幽水侯听闻后,必定前来。

而陈微尘有了那一身可与魔帝相比的气运,对他自己毫无用处,可在魔界就是无上修为的证明。他自己本事稀松平常,却可以借此兵行险招,与虎谋皮一回。

夜深,月至中天时,门"吱呀"一声开了。

月光映进来一个修长而绰约的影子,女人的裙裾露出一角。

"陛下大驾光临,不知所为何事?"声音软而不媚,堪称百转千回。

是个身穿深紫衣的女人。

待看清陈微尘相貌,她几不可察地微微顿了一下:"您……"

陈微尘勾唇笑:"我?"

幽水侯道:"您比那时变了许多。"

陈微尘略抬眼,漫不经心地看着她:"我长得像魔帝?"

幽水侯审时度势,恭顺地低下头,道:"这位大人。"

陈微尘轻轻抚着手中剑,威胁之意满满,剑气萧寒,带着逼人的冰冷威势,使人胆战心惊。

幽水侯轻轻瑟缩了一下:"您要侯位?"

魔界中君侯交替是要一战分胜负生死,幽水侯看着他身上与魔帝相差无几的气运,心知自己绝无可能是敌手。

陈微尘声音冷淡:"我何须要你侯位。"

幽水侯轻舒一口气:"那您?"

陈微尘:"九幽天泉在何处?"

幽水侯答得乖顺："星罗渊之上，魔皇宫之中。"

据迟钧天所说，"九幽天泉"乃担魔界造化之物，那么它处在魔皇宫中也算应当。

这样说来，他们要取得九幽天泉，就要去往星罗渊——少不得要与正主照面。那位魔界君主不知修为几何，但魔界星罗渊是与仙道幻荡山一样的所在，他既然能够封帝，想必实力卓绝。

陈微尘看着幽水侯。

她低着头，目光停在地面上，发髻上插一朵深红的花，花瓣根处泛着一丝丝诡谲的黑气，正蛇一样流窜着，越来越快。

陈微尘抬眼看叶九琊，见他也正看着幽水侯。

他心中渐生警兆，握紧手中剑。

魔界中相互倾轧、生死相决，险恶程度远远高出仙界。

若九幽天泉是珍贵宝物，他人想要窃取必会悄悄潜入，不泄露消息，下一步便是杀幽水侯灭口。

若像锦绣灰那般，虽承载气运，却并无特殊效用，或许会使眼前的幽水侯起疑。

房中静极，只闻呼吸声起落。

天边星子明灭。

陈微尘耳边忽响起刺耳尖啸。

女人面上现出一丝冷笑，瞬息之间，身体像蛇一样折过来，苍白的手指朝他喉间刺去。

陈微尘早有戒备，出剑横挡，无双宝剑锵然一声撞在幽水侯雪白的腕子上，竟然有如金石相击。

女人被那力道击退几步，哑声喝道："哪里来的散修，带上关气运的宝物装神弄鬼，就要来骗九幽天泉？！"

重重阴冷气机锁住整个房间，使人如同置身于幽深潭底。

她修为实在不弱，那一击中所能被看出的境界，至少与仙界二重天武修相当。

可叶九琊一身修为所化的剑更不是凡物，即使陈微尘不能再消耗元气使出在归墟时破虚空的一剑，也能与她平手。

她一击未成，身边气机喷涌，显然正蓄力要再一击。

陈微尘却开口："夫人，是哪里出了破绽？"

女人面庞笑意森寒："你身上气运，仔细观之，分明来自外物——魔界多年未有过这样的宝物，交出来，可饶你不死。"

"夫人，"陈微尘的声音似是叹息，"眼力不好，是会坏事的。"

女人不复方才温顺模样，下巴抬起，略带些轻蔑的高傲："我倒要看你能装到几时。"

陈微尘慢吞吞地解下腰间装着寂灭香、锦绣灰与绣云水的精致锦囊来，放到一边："夫人，你再看。"

幽水侯冷眼看着他将那含着无上逆厄之气的锦囊拿下，下一刻却发现他身上气运却几近丝毫未减。

她大惊失色。

陈微尘对自己一身的晦气十分自信，又差不多明白了眼前女人欺软怕硬的性格，好整以暇地看着她。

幽水侯觉得自己这下确凿是招惹到了了不得的人物，方寸大乱，折身逃向门口。

冷白飞剑瞬息之间脱手，剑气煌煌，阻住她去路。

"夫人，"陈微尘的声音在她身后悠悠响起，"方才说我是来骗九幽天泉，从何说起？"

幽水侯见势不如人，权衡之下转过身来，再次低头："我未看出大人原是避世的高人，大人恕罪。"

陈微尘挑了挑眉："何以得见？"

幽水侯低眉顺眼："大人，二十年前帝君登位后，已不再如先前几位帝君一般独占九幽天泉，而是年年向诸位君侯分发。我见识短浅，以为您是无门无派的散修，不知从何处得了承载气运的宝物，要装作境界高深，从我手中骗取九幽天泉。"

"我的确无门无派，也不与其他魔修一道，"陈微尘气定神闲，"自己误打误撞修到这里，听闻九幽天泉可以助我修行，便想找夫人问一问，没有别的意思。"

"大人，那只是片面之词，"幽水侯道，"那人必定对魔道所知不深，帝君分给君侯的泉水只如杯水车薪。以您现下修为，您要想用九幽天泉避过天谴，须得成为帝君，拥有整个泉池才可。"

原来九幽天泉是修魔人用来躲避天谴的宝物。

说来也是——陈微尘心想，假如魔界的帝君与君侯也像自己一样被天道不喜，今日封了帝，明天便跌下山崖一命呜呼——简直是滑稽极了。

而眼前这女人手中正握有一些九幽天泉，故而自己询问"九幽天泉在何处"时，因为所知不详露出马脚，让她误以为自己是要逼她交出她手中的泉水。

若果真有本事，便杀了她，夺了侯位，自然有源源不断的九幽泉水可得，而自己却向她索要，就成了一个拙劣的笑话；加之他身上气运有些源自锦绣灰与寂灭香，稍有些脑子的人都会断定眼前人是个学艺不精的骗子。

幸而这位幽水侯先是与他打了个平手，又在看到他身上真正气运时自乱阵脚，想当然以为他是多年避世不出、不晓得魔界世情的高人，不必陈公子自己想办法掩饰，就为他圆了过去。

事已至此，当然要继续演下去。

陈微尘便蹙了眉道："果真？"

"是的，大人，"幽水侯见他眼中疑虑，咬了咬牙，拿出一个精巧玉瓶，双手献上，"您一看便知。"

陈微尘打开瓶子，见里面泉水澄澄，与寻常清水无异，而他身上时刻存在着的天道重压之感竟略微轻了一些。

他将瓶子收好："聊胜于无。"

幽水侯的九幽天泉还是让人拿了去，顿时心头一梗，然而面前人气机确凿深沉，她敢怒不敢言。

"明日带我去魔皇宫，"陈微尘对她道，"等我成了魔帝，还你一缸就是。"

幽水侯忍气吞声应了一声"是"，低着头退出去。

她今日先是以为陛下驾临，前来讨好一番。谁料情势变化，又以为遇上了不知死活骗取九幽天泉的蟊贼，心头火起。后来竟是遇到果真能与魔帝相媲美的高人，最终没有得到任何好处，还丢了泉水——正走着便开始遭天谴，被石子狠狠绊了一跤，草丛中有条黑蛇张着嘴就要来咬，她正生着气，立时使出法术把蛇碎成了千百段。

今日失策，听到陛下前来失了冷静，又确实是自己技不如人，丢了泉水也是活该，所幸并未将泉水全部带在身上，宫殿中还有一瓶——至于那人是否真能打败魔帝，与自己无关，明日派了车马，将人隐蔽送到星罗渊附近，撇清关系也就算了，那一缸九幽天泉，实在不能奢望。

陈微尘看着被自己骗得不轻的幽水侯离开，笑容里略有恶劣。

他回过神，把注意力转到叶九琊身上。

之前把两人气氛弄得僵硬，他有些后悔，只好自己搭话："叶兄，若是方才没有唬住她，动起手来，能有几分胜算？"

叶九琊："未曾见你真正出手，不知。"

陈微尘叹一声："我自己是决计打不过，只能拿着你的修为狐假虎威。"

方才用剑与幽水侯过了一招，她没能识出这是仙界之物，也就是说，若修为归还叶九琊，让他以剑修之身出招，大抵也不会被认出——毕竟锦绣城里的和尚也说，剑阁虽是仙道鼎足，可剑之一道与仙并不相通。

然而叶九琊身上气运却绝对与逆、厄扯不上关系，所以还是谨慎为好。暂且让叶九琊维持毫无修为的状态，不会引起他人注意。

"此处竟然是以气运看修为，并非不出手便不会露馅儿。"陈微尘道，"还好是我陪你来，假如是陆姑娘，有识之士一眼便能看出非魔界之人，到时就有数不清的麻烦了。"

叶九琊看着他，道："多谢。"

陈微尘放下了方才扮作高人时端着的架子，解开外袍挂在一边，懒洋洋地往床上一倒，用被子埋住自己，声音带着些柔软的鼻音："叶兄，是时候睡觉了。"

便不再说话，当叶九琊也躺下，以为他已经睡着时，才听得他一声：

"叶九琊，你我之间不必言谢。"

陈微尘说这话时，语气极轻，流淌着某种情意、斩不断亦忘不了的牵绊。

叶九琊无法理解这样的情意和牵绊从何而来，又将往何处去，就如同他无法看清身旁这人真假难辨的笑容，以及那换脸如翻书的本领。

——就像一缕明明飘荡在自己身边寸步不离，却无法抓在手里的轻烟。

次日清晨，一驾宽敞马车已然在门外等候。

驾车的正是昨日那黑衣人，大抵是被自己怒火攻心的主子丢出来赎罪。

一看那诚惶诚恐的模样，就知道幽水侯并没有交代清楚两人切实的身份，这黑衣人仍以为陈微尘是帝君。

"陛……大人。"黑衣人话说得磕磕绊绊。

陈微尘起了兴致，有心捉弄他："太远，大抵是回不去了——嗯？"

黑衣人想起昨日敷衍的态度，很想撞死在门口，同时十分庆幸昨日没有多嘴，他原是想再说一句"不如就地找户人家入赘下来，反正你们两个模样俊俏，想必入赘会十分容易"的。

于是便上了路，去往魔皇宫所在——与此处一洲之隔的鲸洲。

陈微尘拿着装九幽天泉的玉瓶把玩。

这泉水虽能微微缓解他身上的天道重压，却仍不是与锦绣灰、寂灭香等同的东西，不然，两人早改换方向去渡天河，回到仙家的地界。

或许是因为泉水太少——锦绣灰若单拿出几粒灰来，也是毫无用处的。

又或者是要取那泉池中的精华，总之要见到泉池才能定夺。

而且，看幽水侯随身携带泉水以避天谴的行为，魔帝应当也常在泉水边修炼，寸步不离。而两人要取得想要的东西，必须接近泉水——此行恐怕不会太顺利。

黑衣人有着不弱的修为，一路上没有遇到事端，倒是见识了不少魔界的风光。

修炼之人到底是少数，魔界中仍是凡人城池村镇居多，而且，由于各洲都有君侯统领，又最终归属魔帝，没有凡间那样国朝之间的战火，竟然十分太平。

人们除了看到"大人"时战战兢兢，其他时候都与凡间无异，甚至民风还要淳朴些——而那份战战兢兢凡间也有，不过是给了皇朝的官吏兵卒。

官吏兵卒们得到的待遇居然与修魔人等同，算是一件趣事了。

这一路花了约莫二十天，时间足够长，也足够让陈微尘把魔界现状知道得透彻。

将皇帝换成魔帝，大臣换作君侯，百姓仍是百姓，缴税充军，君侯们修筑宫殿时儿子应召去做民夫，大人们想要女侍、娇妻时送出女儿去选妃，与凡间并无大异。

另有一件可喜的事情，那位充当侍从的黑衣人朔望这些天下来，将陈微尘与叶九琊的关系揣摩得十分透彻，使得离开温回后颇有些失落的陈微尘有了个说话人。

休整时，陈微尘十分苦恼："朔望，我该如何待他才好？"

朔望殷勤献计："大人，我以为，您实在是对他好到了极点，是时候对他坏一些，让他惦记起您的好来。"

"不可，"陈微尘望着灰蒙蒙的天空，"我若对他不好，他倒未必难受，我自己却会过意不去。"

朔望语气诚恳："大人，您要对自己狠下心来，狠不下心怎么成？"

"是了，或许我的确不该这样。"陈微尘若有所思。

朔望觉得自己的提议得到了重视，十分喜悦。

就听陈微尘又道："是我想错了，我原本就不该缠着他，要讨他欢心。人心最是易变，虽说他是那样绝情的性子，不会起任何不该有的心思——可万一对我有那么一些稍微的上心，来日我没了，想起我在时的好，他就会伤心。我是连哪怕一点儿伤心都不愿让他有的。"

朔望一脸恨铁不成钢："大人修为高深，与日月同齐，哪会轻易殁了呢？"

却见陈微尘敛了一贯的淡淡笑意，低低道："人生苦短。"

他又自言自语："我原本只想远远望着他，可望着望着，就忍不住想要离他近些，让自己欢喜。现在想来，竟对他是不好的，待到此间事了，我便离他远些，不再去招惹。"

朔望以手扶额，没想到自己的一番话，不仅没能让陛下离人更近一步，反而决心要远离了！

陈微尘十分郑重地对他道："朔望兄，多谢点醒。"

朔望："……"

幽水侯的车马将他们送到了鲸洲中央。

此洲地势与"平"字扯不上一点儿关系，山峦绵延，群峰叠翠。传说东面与西面各有大山，山中有城，城中住着的，皆是神通广大之人。城中筑高楼美阁，分别是两位魔君所居之地。

边缘山最高，却只有半个，仿佛盘古开天辟地的斧子往那处高山峻岭狠狠劈了一下，将山峦削去一半。

断面便成了高崖，崖下是巨渊。

传说这是满天星辰所出之地，日升月沉之所，因而名为"星罗渊"。

——便是魔界的尽头了，无人能越过巨渊去看看渊后是否还有另一片天地。

魔皇宫临渊而筑。

"传说盘古于混沌中开天辟地，方有日月星辰、鸟兽虫鱼，"陈微尘看着浓黑紫色的天际，"然而天地有穷，天地之外有什么，终究不可知。天地既有涯，天道也显得不是那么使人畏惧了。"

叶九琊顺着他的目光看去，只见沉沉天际映着巍峨山岩，浓紫与漆黑交错，隐约传来风声呼啸，像是兽类喉中的低吼，在深渊中往回激荡，笼罩这方天地。

两人在群山环绕下，显得渺小无比。

魔界众人称星罗渊为万物所出之地，倒与归墟的万物所终之地相似。

叶九琊看着陈微尘走上山路的背影，忽觉他近日来有些不一样。这人眼中神色似乎冷了些，平日不怎么言语，开口也只是必要的事情。他回想往日情形，才知道缺了些那时常有的嘘寒问暖、戏谑玩笑。

不过那人就是这样令人难以捉摸地易变，也不必挂怀。

他微蹙了眉，压下心中一点淡淡的不惯，也走上陡峭的山路。

也许是那瓶九幽天泉的功效，又或是这座高山便是九幽天泉的发源地，陈公子一路竟然没有被天道捉弄，走得颇为稳当。

天边一轮弯月，许是地势的缘故，显得格外大。山上生着树，黑压压漫山遍野，偶尔扑飞出漆黑色的鸦鸟来，看体形算是肥胖，想必林中不是生机断绝之地。

山路带着夜晚的潮气，盘盘曲曲。转过一个弯、听到有人声传来，两人敛息进了路边密林里，等人经过。

只听是两个女子的声音，大概是魔皇宫中的随侍。

其中一个声音带怯："浮陵，我们可是不许私自下山的，万一被发现……"

"不必害怕。"另一个声音要大不少，"陛下闭关已久，一时半会儿必定不会出来。再说，即使被陛下发现，也不会多有责备的——我等修魔道，就要随心所欲，若因为那些死板规矩束手束脚，岂不是变成了修仙人的德行！"

"规矩毕竟是规矩……"

"我们既不带宫中东西下山，又没有玩忽职守，哪里有这么多规矩！陛下闭关，这样好的时机还能去哪里找？"

"不是说陛下已经修至魔道最高，为何还要闭关……"

"你傻呀，"声音中带着责备的意味，"九洲之内都没有了帝君的敌手，可我们最大的敌手就是天道，就是寿命，帝君这是在求长生！"

声音渐渐远去，她们并没有发现路旁有人。从这两个女子的谈话中，倒是可以知道魔帝正在闭关。若闭关在别的地方，实在好得很；若就在泉边闭关，实在有些棘手。

他们沿路接着向上，看到不少巡逻的岗哨。

"看来那位魔帝是惜命之人。"陈微尘打量着岗哨，视线向上看到掩映在群山与天幕下巍峨连绵的宫殿。

他见到这样牢固的守卫，不由得想起南朝国都那位皇帝来。那皇帝经历过亡国之痛，唯一领会到的便是珍惜自己的性命——禁卫军密密麻麻护着皇宫，生怕错放一只心怀歹意的苍蝇飞进。

叶九琊顺着他的话，却想起另一位帝君来。

幻荡山上，除去两位并无用处的随侍，再无他人，更无岗哨。

说是帝君，可仙道脱出尘俗，实际并不像魔君这样统掌九洲，更像个虚名。

那人当初败三君十四侯，上幻荡山封帝，却也不是为了虚名。

到底是……为了什么？

仅仅因为一句戏言？

他正想着，陈微尘稍稍回过头来，不放心似的，看了他一眼，些微的温和转瞬即逝，片刻后又转回去了。

那一眼，让他觉出些许熟悉，仿佛重回多年前记忆中的某一幕。

一路无话，接着向上。

巡逻的兵士穿着黑衣，提着荧荧灯火，各自都有不弱的修为。

陈微尘会牵动气机，容易被有修为之人察觉，故而须十分小心，容不得差错。

在山下，他这一身气机或许会被人错认成帝君，在山上却不成。人人皆知魔帝正在闭关，又见过帝君长相，此时外面又出现一个，约莫就会被认为是前来挑战魔帝、欲得帝位之人，必定惊动魔帝——他们并不想惊动他。

陈微尘能够认定，这位魔帝十分爱惜自己的位子。从他分发九幽天泉给诸位君侯，可见一斑。若是从前，九幽天泉为魔帝独有，但凡是有修为的修魔人都想得到九幽天泉来避过天谴，于是纷纷觊觎魔帝之位，帝位交替必然十分频繁——他们沿途所了解到的事实也是这样。

而如今帝君慷慨，分出不少的分量给自己的下属，使他们心满意足，不思夺位，正如幽水侯误以为陈微尘是魔帝时的态度，温顺极了。若有天赋卓绝的良才，为了拥有九幽天泉，使修炼路途顺畅，大多要先成为君侯，这样一来便暴露在魔帝的眼睛里，而那些有威胁的，尽可以早早铲除。

剩下便是少有的心思深沉之辈，韬光养晦，顶着天谴一步步修到顶峰，再去找魔帝挑战——在幽水侯眼里，陈微尘与这些人实力相当。可魔帝守着九幽天泉修炼多年，一路光明坦途，那些人胜利的可能性实在渺小，故而帝位多年没有易主。

这一夜格外漫长，夜寒深重，道旁的草木梢头凝了露水。若是白天，有这样严密的守卫，是绝无可能上去的。既然方才那两位侍女能够下去，那就该有避过岗哨的方法。

岗哨遍布山头，他们在下方停住，花了一两个时辰看灯火的走向，终于推演出他们行走的规律来，找出了一条曲折的路线。

山路不能再走，要从林子里穿过去。

然而树林实在太密，他们并不知道会不会有漏看的兵士队伍的灯火被林子完全掩住，始终没有出现在他们的视野里。

万一到那时候，也只好见机行事。

又等了半个时辰，等到各个队伍都按自己的路线走过一圈，重新开始一遍时，两人开始沿着预料好的路子向上。

一开始颇为顺利，中途果然遇到了预料外的队伍，他们后退了一段，以免被看出气机异常，等人马过去，他们又加快了速度向上，走过一段路，在预定的时机避过两队交叉而来的巡逻人后，才恢复了原来速度。

然而，走过一半的山头后，他们遇到了前所未有的困境。

陈微尘看着面前不小的空地，感叹道："何其阴险。"

密林之间出现了一条寸草不生的空隙，想必环绕了整座山头。

山上每隔一段，都设了岗哨，任何人从空隙中穿过，都会毫无遮蔽地展现在兵卫眼前。

随后便是惊动整座山的守卫，进而惊动闭关的魔帝，两人还未能摸到九幽天泉的边就要被追杀。

陈微尘的脑子已然不足以让他应对这种毫无破绽的守卫，只好恶意揣测方才下山的那两个女子："一定是贿赂了此处的卫兵，实在可恨。"

可现在他们两个身无长物，并没有什么东西可用于贿赂——即使有，卫兵只认自己人，大概也是不会接的。

若有道家玄门在此，倒也不成问题，他们的符咒法术中有一样遁术，能够悄无声息地过去——可两人都不是玄门中人。

"不能飞，也不能走，"陈公子别无他法，"难道要挖洞钻过去不成？"

他看了看那冷白的长剑。

不行，这是叶九琊的修为，就是叶九琊——怎么能用来挖土呢？

若用九琊剑来，也不知道他会不会同意。

叶九琊见他把目光投向了自己的九琊剑，便知道他在打什么主意，无奈道："若用剑气，会被察觉。"

"也是。"陈微尘嘀咕了一声。

若真是挖洞，必然用剑气，否则以剑为锄，一点点往下，不知道要挖到何年何月。

"只有一法。"叶九琊道。

"要怎样？"

"我现下不算是真正以身化剑。若完全化剑，不存身体，可开辟虚空，虽不如归墟，但仍可以将你送至那边。"

归墟本就是无尽虚空，故而可以从那里辟出通往天地各处的通路，然而现在要于平常处直接开辟虚空？

"如何才能使虚空通往那边？"

"此法前人记载只有只言片语，不过剑之一途，无非是看执剑人的心意，"叶九琊与他对视，淡淡道，"剑阁古训第三，'精诚所至，金石为开'。"

陈微尘无端觉出一分不祥的意味来："那你要怎样回来？"

"三日之内带我回剑阁，有秘法重聚身体。"

"三日之外？"

"入轮回。"

这样的代价过于巨大，陈微尘一时不知该说些什么。

叶九琊看出了他的动摇。

他继续道："我有形体时，剑意被二重天境界束缚，不可完全施展，我在一旁，亦是徒增累赘。化剑后几与天道同齐，无境界之分，加之你有焱君全部记忆，知他剑招，与魔帝遇上，或许有一战之力。剑开虚空，无法支持魔界到仙界的长路，拿到九幽天泉后，若星罗渊下是虚空，便斩虚空回去；若不是，便渡天河。"

陈微尘望着他："三天太短，若拿九幽天泉便保不住你的性命，怎么办？"

叶九琊道："要九幽天泉。"

陈微尘怔怔摇了摇头："我必定不会选九幽天泉。"

叶九琊没有说话。

陈微尘与他对视那一刻，忽然感到周遭一切声响远去，陷入空茫的寂静中。

他在那双眼里看到了雪。

"你与他明明只有几面之缘。"

"滴水之恩尚且涌泉相报，"叶九琊声音稍稍退去往日凉薄，"虽是短暂相识，仍是平生知己。"

"叶九琊，你实在残忍，"陈微尘却淡淡笑了，"若境况实在不容两全，我舍你性命，取泉水，倒是成全了你，然谁来成全我？"

他们那日，在幽水侯到来之前提过一次焱君，陷入僵局之后，默契地不再提及这个话题。

今日重提，竟然是生死攸关，稍有意外魂魄便永不归来之时。

"陈微尘。"叶九琊道。

他喊这名字时，十分认真。

陈微尘听着，知道他只是在喊"陈微尘"，不是这个名字下另一人的影子。

"东海拿寂灭香，旧都取锦绣灰时你为我担下因果，尚未报答。归墟中借你之手开辟虚空，今日要你拿九幽天泉，皆是你不愿之事。

"我平生无愧师门，无愧焱君，亦无愧自己，"叶九琊声音如深秋霜湖，凉而清，"唯独有愧于你。"

陈微尘心中一阵尖锐的疼痛，呼吸中带着压抑的颤抖，垂眼不去看他："我不要你的报答。"

"如果此次不能归来，只好来世报答。"

"来世不够，要生生世世。"陈微尘又看着他，像是忘了方才自己还说不要报答，"叶剑主，一诺千金，若入了轮回，千万记得。若你此次能归来，便等下次，等真正入轮回的时候再践诺。"

叶九琊："好。"

今夜许诺，一诺千金。

他的身影渐渐透明，化作散发微光的星星点点，如同深深夏夜芦苇丛里明灭的萤火。星芒渐渐，如同北国飘飞的白雪，落于剑身、剑柄。

长剑通身散发莹润光芒。

若三日后不回剑阁，等这光芒暗淡下去，便是斯人魂魄离开尘世之时。

陈微尘靠在身后参天大树上，缓缓平复了自己的呼吸。

尖锐的刺痛过去，余下是隐痛。

他眼前视野忽然模糊起来。

漫天落着的，是雪。

他从远方来，走过剑阁流雪山九百道石阶，来到长着青松的台阁，赴一个约。

他眼前场景渐渐清晰，松树下是石桌，桌上摆了天青的酒壶、一对杯，杯里有酒，雪落进去，便融在里面，再也分不出来。

像是一些记忆，轻轻刻在岁月里，再也出不来。

有人看着自己，衣似白雪，发如鸦墨，一张不会被光阴忘记的脸，桌上放一柄冰晶剔透的折竹剑，说不清剑如人，还是人似剑。

原来世上——世上真有这般出尘绝艳之人，有这样超尘拔俗之剑。

仙途是一条长到看不见尽头的路。

满头白发的女人声音冷淡："你记着，修仙人，怕无师，怕无友，怕无敌。无师不知天地高深，无友不知归于何处，无敌不知去往何方。我虽引你入道途，却仍当不得'师'之一字。此三者，能否遇见，看你造化。大道孤独，我等俯仰天地，能遇其一，已是万幸。"

陈微尘倚在树干上，唇角泛出一丝意味不明的笑意。

他眨了眨眼，从脑海中浮现的画面中脱身，看着手中剑，道："你既信我，我便必让你两全，既能归魂，又有泉水。至于生生世世，我不奢求，只是若你来日想起，记得有这么一个人，便是成全我了。"

他是记得许多剑招的。

招式虽繁，万法归一，最终也只是简简单单的几式。

如同记忆纷繁，尘埃落尽，留下的，不过是一个人的影子。

他闭上眼，隐隐觉得剑中有东西与自己的魂魄遥相呼应。

出剑。

——剑之一途，无非是看执剑人的心意。

——精诚所至，金石为开。

"我自然心诚，原本不该在人世，天道下偷来一生，生也是为你，死也是为你，"他站在虚空的入口，默默在心里说着那人听不到的话，"世上再没有人像我，对你这样心诚。"

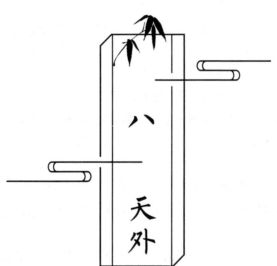

八 天外

月没参横，北斗阑干。

陈微尘一路上山，越过高墙，隐身在高大的宫殿角落中。月光投下飞檐的影子，在地面上交错如利齿。

时有兵卫或女侍提灯经过，越往中央去，四周越是安静。

夜深，那影子却不显了。

陈微尘抬头望去，只见星月渐渐隐没。

天际传来一阵沉闷的轰鸣，阴云密布，是雷声。

魔皇宫依山而建，入口处两只恶兽石像盘踞，周围拱卫着数个小殿。大门后是长阶，长阶再往上，通往一处极高、极宏伟的宫殿，尖顶处楼台重重，翘起无数飞檐。

他一路所见，雕梁画栋诚如人间皇城气象，却仍是不同。

人间宫殿讲究四平八稳、中正平和，即使有飞檐、有高塔，亦是作精巧点缀之用。

此处则不然，檐牙与殿顶尖锐向上，直刺天空，装点景色之处亦是嶙峋怪石，在夜中阴森可怖。

兵士们沿着长阶排开，女侍恭顺侍立一旁。

提着灯往大殿门前赶去的女侍们路过陈微尘藏身的角落，纱衣的裙角随脚步飘荡，小声私语："是天雷响，陛下将要出关了！"

陈公子微叹了口气——此时出关，实在不巧。他趁着人人都注意着长阶尽头大殿紧闭的铜门，闪身离开角落。越往山巅，他身上的天道束缚越轻，此时已能御气。

于是陈微尘几个起落，绕着正殿，在阴影间穿行，随着气机牵引，朝天道束缚最轻那个方向去。

——绕一圈后，到了正殿后面。

此时雷云密布，星月无光，触目一片漆黑，偶有殿中几个房间亮着微光，极利行动。他轻飘飘踏着檐壁，身上凡尘里样式讲究的锦衣丝毫不显繁复，反而显得飘逸，衣袖的纹路在幽微灯火映照下淌过流水般的光，整个人好似秋日风中一片轻而薄的落叶，从窗中飘进走廊里。

经过复杂的迂回，终于悄无声息地来到了按宫殿规制最为核心的所在。

一阵幽深气息缓缓加重，他整个人隐没在墙壁转角的阴影里，看着从旋阶上走下来的人。那人脚步声极有规律，深紫袍在石阶上逶迤向下，墙壁上的灯火次第亮起，照亮了一张脸。要说相貌，是过得去的，只是眼角略上挑了些，幸有眉宇间一丝戾气压住了轻浮。灯火并不明亮，他不知道嘴唇的颜色，只约莫觉得，该是红一些，带些阴郁的艳丽。

那人走下阶梯，有两个提灯蒙纱的女侍朝他行礼。

陈微尘屏息，待那人背影消失在长廊的尽头，沿着旋梯上去。

到最上面，却不是宫室，宫殿依山而筑——走出一道弯月样的拱门，面前是山巅。群山绵延如巨蟒盘起身子时起伏的脊背，此处则是脊背的最高处。陈微尘往前走，看见一汪镜一样波澜不起的潭。

泉边生着细小的花，重叠在一起的花瓣发着皎月一样的白光，在夜风中轻轻摇曳，如梦似幻。

他慢慢走近，发现这潭只有一半。

另一半，另一半——被齐齐削去了，因为那边就是平整的断壁与巨渊。

潭中映着花与夜空，陈微尘站得极近，却没看见自己的倒影。

忽然"滴答"一声，潭面泛起波纹，陈微尘往半空中看，见星罗渊中的紫气升腾，盘旋凝聚成一粒剔透的水珠，落进潭里。

他身上的天道压制只余似有似无的一丝。他闭上眼，诸般贪痴悲喜涌上心头，终于像凡尘中随处可见的每一个人一般，真真切切活了半刻。

只是星罗渊中不是归墟那样的虚空，时间不容得他再多活半刻。这便该是九幽天泉的泉池，可整座泉池也没有寂灭香、锦绣灰那样的气息。陈公子一时有些犯难，岸边摘了片细长的草叶拨了拨泉水，心想会不会要去池底寻多年积淀的泉水精粹。

结果草叶乍一入水，立刻被消解为丝丝黑气，转眼即无影无踪。黑气顺着草叶蔓延上来，若不是陈微尘放得快，就要吞掉他的手指。

他解下束发的玉带，再次触了触水，那玉带完好无损。活物被噬，死物却安然无恙。

天上闷雷低响，却像是被什么阻挡一般，终究没有落下。电光在翻腾的云间断续亮着，映在陈微尘没有什么表情的侧脸上。他指尖缓缓朝着水面点去，将触而未触时，身后响起一道声音："可想好了？"

陈微尘起身，回头看见去而复返的魔帝倚在门边，眉梢带着一点戏谑的笑意。

雷声猛地变大。

魔帝抱臂望着天："天道不想要我见你。"

陈微尘淡淡看他一眼："我也不想。"

魔帝朝他挑了挑眉："你来到这里，竟然不想见我？"

陈微尘："为何要见你？"

"我姓刑，单名秋，"魔帝叹了口气，自顾自地说着，"我生那一日是立秋，秋风一起，万叶凋零。"

陈微尘无意听他说道这些东西，只不咸不淡地听着。

魔帝似乎并不在意有无听众："我时时想，我生在这个时候，就是要做一些大事情的。"

陈微尘骨子里那点促狭听见这番话，不由得冒出了头来，他轻轻嗤笑一声："照你说，我生在中秋，又要做出什么事情？"

"中秋此日，尘世中阖家团圆，你大抵做不出什么事情，在凡世平平淡淡一辈子也就罢了。"

陈微尘听到此话，感觉十分满意："那便好，我信你一次。"

魔帝对他摇摇头。"不思进取，"说完又转过头，环视了一圈山巅，"你可知星罗渊外是何处？"

"不知。"

"是不可抵达之处，"魔帝道，"混沌中开出这一方天地，终究有穷尽之时，此地便是穷尽之处，你我生之前、死之后所居之地。"

陈微尘依旧不说话，神色里有种隐约的厌倦。

"天河对岸的仙道以为顺天便能与日月同齐，可我等一日活在天道中，就一日要受它的约束，求不得长生——你不想长生？"

"我只觉得你聒噪。"陈微尘语气中带着些漫不经心，"我为何要来寻你？"

"你这人实在不讨喜，"魔帝竟像是受了天大的委屈，"我看你修为与我在伯仲之间，料想与那些只知杀我夺位、扰我清净的东西不同，又悄悄上山，不生事端，故而不杀你，想与你论一论道——你却觉得我聒噪。"

他又仔仔细细打量了陈微尘，"咦"了一声："你的修为好生奇怪，这是为何？"

陈微尘按仙道境界划分不过是一重天，此时因为气运凶厄，有了修为高深的假象，加之手中叶九琊所化之剑才有战力。本来修为便稀松平常，被魔帝此等人物看穿，也不意外。

不料魔帝在他身边来来回回转了几圈，苦思冥想了一会儿，道："我原以为你境界与我相当，现在看来，竟是高过我。"

——这就很是让人费解了。

陈微尘再次看向水潭。

水潭中央有种隐约的吸引，唤他过去。也许不只是水潭。整座星罗渊响起隐隐约约的喧嚣，波浪般嘈杂地起伏着。

——回来，回来吧。

电光一闪而过，撕碎浓沉的夜幕。

衣料摩擦声与脚步声在他身后轻轻响起，魔帝带笑的声音带着些低沉的沙哑："客从远方来，我还未问，你是何人——你是不是人？"

陈公子素日以为自己装模作样、故弄玄虚的本事已经登峰造极，未承想今日遇到了一个与他势均力敌的。

他半合了眼，指尖轻轻滑过剑锋，轻缓的动作，带着肃杀。

"二十年间，你是第二十三个想要杀我的人，是第一个能登上山巅的人，"魔帝望着天，"可惜还不是我想等的那个。"

陈微尘的笑意极浅淡："久等不至，想必寂寞。"

"是啊，"魔帝叹了口气，"我觉出有人上山，还以为是等的人终于来了。"

——倒是自己让他失望了。

陈微尘未答，手中剑光飒然，挽一个冰冷的剑花，转眼间逼近魔帝的颈项。

魔帝并未意外，手中一支漆黑长笛，瞬间出手横挡，身形诡谲，水上凌波般借力向后跃出几步，横笛吹出满溢杀机的音节。

周围气机被乐声牵动翻涌，到了陈微尘这里，便是魔音贯耳。

陈微尘如同那日叶九琊所做一般，以指叩剑连弹，锵然剑鸣，带着冰凉的清明横贯笛声。

恰逢此时天上一道耀白电光，照亮了魔帝的脸，他嘴角翘起一个十足邪性的笑："身是魔道人，却拿着破魔剑，原来是我小觑了这位兄台。"

说罢，深紫袍的身影高高跃起，以笛为剑，游蛇般向陈微尘攻去。

他使笛，若陈微尘此时以扇相对，倒不失为一件风雅事，然而陈公子修为实则浅薄，非要借手中剑所蕴叶九瑶修为才可。

况且据那人所言，剑气脱形体束缚，要比原来高出一个境界。

陈公子用剑，行云流水之余带点剑走偏锋的邪性，而魔帝招式极快、极奇诡，变幻莫测的本事很是到家。

山巅上刮起狂风，电光石火间，只看得见衣袂猎猎翻飞。

如此往来十几招后，陈微尘微微眯起了眼睛。魔帝此种打法，总带着些束手束脚的味道，明明境界媲美仙道三重天，却仅有二重天巅峰的战力。

他身形变幻间卖了个显而易见的破绽，若魔帝能出左臂硬挡，受一个不轻不重的伤，便能攻他右边空门，分出胜败。

魔帝却只守不攻，宁愿变右手攻势为守势，挡住那一剑。

若不是有着特殊的、不想让自己受伤的癖好，就是有不能受伤的理由。

陈微尘发现这点后，更加着意试探。

他方才用了从叶九瑶处学来的弹剑，此时又换了南海剑台的路子，招式繁而密，银光劈头盖脸笼罩过来，要分胜负不易，使人受些轻伤却不难。

魔帝招式几度变幻，加以笛声破势，挡下这一轮狂风骤雨般的攻击，飞退几步，朝陈微尘看了一眼，声音带着一分懒洋洋的舒展："累，不打了——认输。"

"认输……魔帝的位子给我？"

"假如你要，那还是要打一场的。"魔帝轻轻叹口气，"可我看你剑气与剑招，不像是那些要取我性命、独占泉水的人。"

"巧了，"陈微尘笑一声，"我正是要来独占泉水的人。"

魔帝重新仔仔细细地打量一遍他，眉眼间一丝似有似无的、艳丽的慵懒："你这人很是合我的眼缘，可是找我论道比剑可以，泉水不行——你若真想要，只好去死了。"

陈微尘也只是目光淡淡地看着他，向前几步，剑尖抵在魔帝修长的脖颈上："陛下在藏着什么？"

魔帝浑不在意地一笑："你只管来。"

脖颈是颇为白皙的，靠得近了，隐约看见淡青的血管。

血管。

他觉出了一丝正在流淌的气机。

魔帝道："当真要？不计后果？"

陈微尘"嗯"了一声。

魔帝摆摆手："我这人心善，你可以交代一下后事。"

陈微尘不言，剑锋向前，划破魔帝的脖颈，血沿着剑身流成鲜红的一线。

流转的气运倾泻而出。

——正是他所想要的东西。

从他将要触到泉水时魔帝那一声"可想好了"，甚至是更早，迟钧天的那句"担魔界造化"，真正的九幽天泉是何物，已经露出端倪。

鲸鲵蛟龙身死，凝成寂灭香；一把火烧尽皇朝富贵，有锦绣灰。

而九幽天泉只是一个静静存在着的池子，它必得发生些什么，要牵扯上莫大的因果，才能承担盛衰气运。

比如帮代代修魔人——这些逆天而为、当死之人逃过天道劫雷。

方才他将草叶浸入泉水，草叶消解为丝丝浊气、魔气，正因此泉能够改天命、夺造化——幽水侯将盛有泉水的瓶子随身携带，却不饮用，大约也是害怕自己承受不住这样的力道。

而魔帝既能当魔界之首，他若承受不住，也再没有人承受得住了。想必这些年来，他独占九幽天泉，已从泉水中得了莫大好处——比如浑身血肉与泉水相融，成就了不惧天谴的修为。

那剑下流出的血，便成了真正的九幽天泉。

血液滴落，陈微尘拿出先前幽水侯奉上的玉瓶来，倒空泉水，接住了殷红的血液。魔帝一动不动，任他为所欲为，事毕，甚至还暧昧地舔了舔下唇："这是要做什么？"

"答应了一个人。"陈微尘取完血，好心地为他拭了拭伤口上残留的血迹，大约是被天泉浸润过的身体天赋异禀，稍稍一会儿便不再流血。

陈公子真诚道："刑兄，多谢。"

"我方才还对你说，星罗渊是天地尽头。"魔帝看着天。

"是。"

魔帝："那星罗渊之外……"

陈微尘面无表情："大抵是天地之外。"

"是了，我也是这样想，"魔帝点了点头，"你也看到，九幽天泉是星罗渊中雾气凝结而出，也应当是天外之物——它能抵御天道，大概正因如此。"

陈微尘看着他。

"你这人还是很有趣的，境界也可与我相提并论，我一个人跟天道作对，无聊得很，原以为能和你当知心的道友，"魔帝叹了一口气，"你却要泉水——要泉水也就罢了，还要割我的脖子取血，我只好对不住你了。"

陈微尘微微眯起眼，看见魔帝身边魔气、浊气疯狂缠绕聚集，黑沉沉的眼深渊一般。

"我与九幽天泉待在一起……二十年，招惹上一些了不得的东西，"他声音开始变得断断续续，"你……小心。"

他如濒死之人般费力说完这句话后，眼睛猛地一闭，身边气机疯狂轮转，瞬息之间再睁开，眼中已无眼白，全是无光的黑。

那殷红的唇勾起森寒的笑，身形诡谲如天上蛇行的闪电，五指成爪，凌空朝陈微尘划去！

陈微尘立刻横剑，奈何养尊处优的肉体凡躯终究拖了后腿，远不如以武入道的那些修仙人敏捷利落。他能与叶九瑶放慢了速度拆招复盘，能借着手中无双宝剑和方才的魔帝平手，却来不及在这肉眼已捕捉不到的瞬间变招——魔帝原本就极快，此时更快，不知变成了什么东西，周身浊气比锦绣城中遇到的那物更胜十筹。

陈微尘被扼住脖颈，那苍白的手指力度极大，将他整个人毫不费力地提起。

陈微尘脖颈处传来一阵窒息的剧痛。

魔帝僵硬地偏了偏头，动作带着一种古怪的天真。

随即像摔死一只毫无反抗之力的小动物般，一只手发力，将他狠狠往地上一掼。

陈微尘后背剧痛，五脏六腑翻搅成一片，立时便有血腥气从喉头泛起。

他以剑拄地，勉强站了起来，身形晃了几晃才稳住。

"没死。"魔帝声音沙哑僵硬，一步步朝他走来，披散的黑发与宽大的袍袖猎猎飞扬，伴着天际轰鸣的雷声，有如索命恶鬼。

他此时实力比先前整整高出一个大境界，身体也拔高不少，肤色苍白中泛着死灰，居高临下地俯视陈微尘，眼中狂暴之气稍减，声音低沉："你是……"

陈微尘此时浑身上下无一处不痛，唯有手中的剑触感冰凉宁静，吊住了神思的清明，使他不至于失掉意识。此情此景下，他犹清醒着笑了笑，牵动身上伤势，弯下腰咳了几声，唇角鲜血流下，伸手抹去。

他抬头看向全然换了个人的魔帝，声音虚弱沙哑，却带着某种胜券在握的淡然。

"同是见不得人的东西，"他又咳了几声，声音断断续续，"这位……兄台，相煎……何太急。"

魔帝抬手，手指缓缓向他眉间点去。

陈微尘用尽仅余的力气出剑直取他心口，魔帝立即横臂要挡下，却被那泓剑光削下半只手臂，断口齐整，血肉骨头尽是漆黑，浓稠的黑血泼在草地上，碧草连着白花尽数消解为黑气，裸露出山石与土壤来。

魔帝蹙起眉来，另一只手臂迅疾如电，抓住他的领口，再次将整个人提起，走了几步，来到泉池边："人间不可久留。"

陈微尘又咳出一大口血来，要挣开他，却已无任何力气："你管我去死。"

魔帝不为所动，松手，陈微尘整个人落进水中。

他闷哼出声，猝不及防又呛了水，身上触及泉水处传来比先前剧烈百倍的痛楚，比先前被叶九琊强行换骨有过之而无不及。

他的意识在翻腾的剧痛中昏沉，没有任何扑腾的力气，泉水没顶，整个人沉下去，最后只模模糊糊看见魔帝化成的那东西也涉水进了泉池。

此时，陈微尘唯一剩余的感觉是疼，连溺水后的窒息都被遮盖住。

浑身的血肉被细细划破、撕开、研磨，泉水渗进来，如滚烫烈酒泼上伤口，深入后触及骨头，又是一种别样的疼痛。

他终于昏了过去。

醒来的时候仍然痛着，是白天，天色淡紫，还有山巅上的碧草、白花、泉池，鼻端嗅到润凉的水汽。

他仍浸在水里，靠在泉池边，肩上靠着一个湿漉漉的脑袋。

魔帝已经变回了原来的样子，呼吸匀长，全须全尾地活着。连昨天被砍掉的手臂都恢复了原状，只是袖子没有了。他闭着眼，也是昏迷不醒的模样。

陈微尘把魔帝攀着自己肩膀的手臂拉开，轻轻拍了拍他："刑秋。"

魔帝睁开眼，不甚清明地往旁边岸上靠了靠，过了一会儿才清醒过来。

他对着陈微尘端详一番，颇为讶异："还活着，竟然没有被他杀死，也没有被这池子弄死，我果然没有看错你的境界——不过你怎么也在泉池里？"

"是他把我扔进来的。"陈公子对正主陈述了那东西的行径。

魔帝右手拨着水："他寻常只爱杀人，没有把人扔进水里过，看来是杀不死你，只好要把你淹死。"

陈微尘一看魔帝那半合着眼睛平平淡淡的神情，就知道这人素日也是说话真假参半的那种可恶的性子——他略想了想，决定还是不说出自己昨夜毫无招架之力的样子来丢脸。

陈微尘探究地看他一眼："他是怎样来的？"

魔帝手指弹出几道飞光来，不一会儿，几个侍女捧着衣物鱼贯而入。

魔帝叹气道："我修到顶峰，感受到天道禁锢，修为无法寸进，冒险以天泉洗髓，未承想从此招惹上了他。星罗渊外不知连着怎样的世界，生出这种东西。我洗髓过后，隐约能感觉到那边，稍有不慎就会变成另一个模样——尤其是受伤流血时。有时觉得我就是他，有时又觉得不是，实在烦恼得很。我这样温良和善，他却那样暴戾阴狠，实在让我害怕。"

陈微尘瞧着面容昳丽、妖里妖气的魔帝，觉得这人也许有一点儿和善，温良却是未必的。

他笑了笑："你修炼这么多年，与天道作对，不就是为了知道外面有什么东西？"

"也是……终究看见了一点儿，既觉得是得偿所愿，又自觉叶公好龙，实在是徒增烦恼。"魔帝使了个眼色，黑衣侍女上前为陈微尘擦干头发，服侍换衣。

"我想了许久，还是不解。你说，那些东西该是什么？"

陈微尘看着他。

魔帝无端从那眼中看出些无奈的温和来。

"自古以来种种传说记叙天地发源，皆言是在混沌中。混沌亘古未变，自己也生不出活物，天地中却有万物生长，想来是开天辟地时剔了些东西出去，剩下的再由女娲之流捏一捏，成了万物。"陈微尘声音淡淡。

魔帝饶有兴趣："你是要说，天外那些便是剔出去的东西——那为何却也像是活物？"

"日光下澈时，万物有影。天地间既有你，天地外便要有他。"

魔帝连说三个"有趣"，接着道："为何这样说？"

陈微尘却不答了，略摇摇头：“算我胡说八道吧。”

侍女素白的手为陈公子理好衣襟，魔皇宫的衣物样式与人间的有些许不同，宽带收束起腰身，上绣着深红的、藤蔓样的花纹，透着隐晦的妖邪气。

陈微尘的头发被侍女精心梳过，垂落在肩畔时，连他自己都看到了乌黑中藏得极深的两三根白发。

魔帝倚在一旁的树干上，眉微挑，腰间别一支深红穗的漆黑长笛，打量着他：“你这一晚把我的底细知道得一清二楚，自己也泡了池子，指不定也会像我这样跟一个不知是什么的东西共用一个壳子——要不要留在这里？”

陈微尘看着手中的剑，剑身光芒已然暗淡不少。

他们原把魔帝当作心思深沉、穷凶极恶之人，才用了这样孤注一掷的方法，未承想刑秋是这个样子，原不必叶九琊化剑。

——但也幸而要他化剑，失去意识，昨夜那幕可以揭过，不与他说。

陈微尘对魔帝道：“你既然这样想要人陪着，为何还要设下守卫岗哨？”

魔帝懒洋洋地抱臂：“我时常闭关，最开始时一个一个都要上来挑战，境界又比不上我，实在聒噪，只好设下无数守卫，再把泉水散给君侯，总算使他们消停。二十年就这样过来，想想却也颇无趣，把两个魔君唤过来，才发觉境界差了太多，自己走出太远，连道友都寻不得了。”

“却是可惜……我与你不是一道，”陈微尘转了身，看向山脚下绵延的魔界，“要走了，来日再会。”

魔帝此人是很有趣的，若能再会，做个好友未尝不可。

只不过此间一别，再会大约遥遥无期。

“那实在可惜。”魔帝顺手拉过身边一个侍女，懒懒枕在她肩头，思忖了一会儿——这人简直像是没有骨头一般，非要找些东西靠着，“可九洲之内除了我的星罗渊，实在是没有什么有趣的地方了——你要去哪里？”

陈微尘未答，眉头却微蹙了蹙，唇角又隐隐渗出血来。

魔帝察觉出他脸色苍白，上前凑近看。

一看之下，发现他体内气机混乱疯狂到了难以描述的程度。

他伸出手在陈微尘颈侧按了一下，又摸了摸骨头——立刻发现了特别不对劲。

“你……”他沉吟了好一会儿，才说出话来，语气惊疑，像是受了天大的欺骗，“你竟然是修仙的！”

陈微尘懒懒地看他一眼。

魔帝"啧"了一声："这样纯正的仙骨，遇上魔界九幽天泉洗伐的血肉，必然势同水火，你恐怕命不久矣。"

他为陈微尘理了理体内气机，陈微尘总算好些。

陈微尘却并不在意："左右还能拖上一年半载。"

魔帝："一年半载，还是有的——这样说来，你要去天河那边？"

陈微尘"嗯"了一声："刑兄，告辞。"

魔帝遭受了些许打击。

再没有什么事情比原本认为可以做道友、一起与天道作对的人忽然修仙更能使人悲伤了。

如果有的话，就是这人修仙也就罢了，还要回仙家的地盘。

陈微尘身形轻飘飘起落，几息间已经消失在群山雾霭中。

魔帝沉思了一会儿，自言自语："左右我要等的人也在天河那边，如此良机，不如跟上去看看。"

又是一道身影掠出魔皇宫，侍女眼前一花，忽然发觉没了自家陛下的影子，面面相觑，不知该如何是好。

陈微尘御气星夜兼程，两天两夜后，终于到达天河岸。

他去魔界一趟，被丢进了泉水，虽添了仙骨与魔体不能相容的折磨，却终究是得了九幽天泉的好处。浑身血肉被泉水点滴重塑过后，天道压迫的力道几乎被卸去八成——即便是离开了星罗渊。

因而陈公子不再是先前使不出一点儿仙家术法的样子，颇有了些值得一提的修为。

天河发源自极北连绵雪山。

水极清，此时尚未封冻，波涛翻滚，激起一大片冰雾雪沙。六柄剑阁飞剑盘旋于高天，无情剑意萧肃冷峻。

玄门耗尽心血而成的阵法依天河而起，其上激起一层恢宏白光，隔绝仙家清气与魔界浊气，以及最使魔界畏惧也最使仙家景仰的一道屏障——数十年前有人留下的一道剑气。

剑意是叶九琊的剑意，剑气是焱帝的剑气，阵法是当年焱帝亲眼所见如何成就的阵法。

若世上还有人能安然无恙从天河渡过，这人必是陈微尘。他身形玄妙，踏浮冰前行，不知是用了怎样的法子，仿佛对阵法熟悉至极，轻描淡写间便过了去。

至于那层剑气——完完全全视若无物便穿了过去。

藏身在山石后的魔帝眯起了眼睛。

天河屏障由剑阁弟子日夜守卫，自然发现异状，便有穿白衣的弟子匆匆上了山巅："郑师兄、陆师姐，有人从天河过来了！"

穿红衣、戴金甲面具的女子问："几人？"

弟子答："一人。"

陆红颜提剑下山，身后跟着灰袍的年轻道士，还有剑阁暂代阁主之位的叶九琊同门师兄。

就见漫天风雪里一人身着华美黑袍，抱一把通体冷白的长剑，见人来，嘴角牵出淡淡温柔的笑意。

"赶了两天长路，总算回来。"陈微尘眼底带一丝不易察觉的疲惫，将长剑交给陆红颜，"他以身化剑，说剑阁秘术可解。"

陆红颜看向身旁高大的男子："郑师兄。"

被称为"郑师兄"那人点了点头，传令给剑阁弟子："即刻起回雪阵。"

陆红颜见状，稍稍放下心来的样子，转过头来继续问："可有拿到东西？"

"自然。"

谢琅在旁边试探问："那，陈公子，我家清圆……"

陈微尘目光忽地一冷。

他看向谢琅："清圆呢？"

"它和阿回不是与你们一起掉进了归墟？"谢琅像是意识到什么，脸色忽白了白，声音底气不足。

"他们没有回来？"陈微尘问。

谢琅摇头："他们两个没有与你们一起？当初你们掉进归墟后，阑珊君开了剑冢，归墟不能进不能出。骖龙君知晓你们要去魔界，我们便来天河边等待。"

陈微尘拧了眉："我们在归墟下遇到了一位前辈，把阿回托付给她，要她带人回凡间。"

谢琅还想问些什么，陈微尘一步步走上了石阶，道："大约只是那位前辈没有来找你们，她虽不是好人，却信得过。"

谢琅听闻此言，稍稍放下心来。陈微尘微蹙的眉头却始终没有松开。

极北之地，纵是深秋亦胜凡间严冬。此时恰逢黄昏，西边漠漠黄云压着群山，寒风卷雪呼啸，白山尤其显眼，过了陡峭山路，是流雪山九百道长阶，直上云巅。

剑阁依山而建，辟出无数广阔平台，供门内弟子习武练剑。

一时间只听剑刃破风响，平台上十来个白衣弟子正演练剑法。

陈微尘从一旁经过，弟子们目不斜视，依旧专心练剑，眉宇间神色极其认真。

他把剑交给了陆红颜，终究不放心，去寻了现下剑阁掌事的郑师兄，看着他主持阵法。

开阵法处是剑冢，在一处冰谷里。

一踏入谷中，便觉无边威势摄人心神，剑气煌煌，比寒风更凛冽。雪雾渐散，谷中斜插数十柄长剑，剑形、剑气、剑势各不相同。

剑阁有训，不居安，不思逸，纵死亦立风霜中。

郑师兄带弟子无声行礼，一时气氛肃穆。

以身化剑难，由剑身回人形则是难上加难。

当年天河巨变，魔界出兵，剑阁修为精深的前辈折了大半进去，是以现在多是年轻面孔，修为尚不到家。

郑师兄主阵，这阵法十分耗费精神，即使在这样的冷天里，他的额头仍渗出汗来。

陆红颜听见脚步声，朝陈微尘那边看，其时大片雪雾刮过，模糊了他的面容，只见黑色袍袖微动，立于冰天雪地间。

她微微一怔，像是被唤醒了记忆中的场景，恍惚间眼前景象与另一人身影重叠，即使片刻后风停雪住，也久久不能回神。

正当此时，她看见陈微尘转头看向山谷另一边，于是顺着他的目光看去，越过浓雾与雪峰，是另一处山间平台，翠松覆霜雪，枝条略垂着，下面有石桌、石椅。

她少时在剑阁待过短暂的时日，知道叶九琊常在此处练剑。

片刻后头痛欲裂，脑海中飞出许多碎片般的光影来，约莫是锦绣鬼城里久思仍未能忆起的景象，一时竟惘然了。

四天三夜后，秘法终于完成。

只是人仍睡着，呼吸均匀，却总不见醒。

郑师兄亦摸不着头脑，又兼忧心忡忡，只说此秘法先例太少，一头钻进藏书阁寻找记载。

陈微尘把人抱回房里，安置在床上。

他不由自主地将手缓缓伸出，想触一触叶九琊的发丝。

他自嘲般笑了笑，终究还是没有触到便收了手。他连日奔波，体内水火不容的气机无一刻不在折磨着他，到剑阁后也不曾好好歇息，此时乏意涌上，只在床边桌旁坐了，就那样沉沉睡了过去。

叶九琊醒来时，第一眼看见陈微尘在床边睡着，他眼下淡淡青黑，倦极的模样，再一转眼是自己枕边极醒目处放了一个玉瓶，瓶中之物颜色浓重、气运盛衰交替。

放在这里，是要自己醒来便看到。

他想起魔皇宫山下这人看自己化剑时温和中带着些许忧郁的眼神来，再次明白自己对这人，实在亏欠已深。

他披衣起身，身体还有些僵硬，但行走已无碍。想着陈微尘尚是肉体凡胎，受不住雪山上这样的寒，便把人放到床上，手一触，才发觉这人修为忽深，体内气机凶险。

叶九琊便拉过他的右手来，用自己的修为将气机理顺，这人一直微蹙的眉头才终于舒展开来，那一双平日里风流多情、神韵流转的眼睛静静闭着，睡颜安静中透出一分乖顺的脆弱，不知梦中受到了什么惊扰，眼睫轻轻颤了一下。

这一下，使他的心神微微一动。

那感觉陌生得很，他有些茫然。

刚要把陈微尘的右手放下，只听门外脚步声，是自家师兄的声音："我找到了藏书阁中的记载，不必忧心，只待些时间，合了天理运数，自然会——"

话语就此打住，看到床上躺着的换了个人，自家的师弟还握着那人手腕，这位郑姓师兄舌头打了个结，不知道该说什么。

叶九琊将手放下，转头向他微一颔首："师兄。"

师兄看见他清醒，自然高兴，询问状况后又嘱咐了些与秘术相关的要事，临走时又往床上望了望，欲言又止。

叶九琊问他："何事？"

"师弟，我有一言要讲，"他神色肃了肃，"你下山一遭，结识了这样一个人，我自然无异议。只是你修为尚未恢复，无情道因此亦不似往日坚固，这几日要千万守心。要我说，须得闭关百日不见人，才能保证万全。"

"我有分寸，"叶九琊对他道，"多谢师兄。"

郑师兄点点头："我自然放心你。"

山中无日月，转眼间过了冬至，匆匆小寒大寒，眼看将至立春。

这些日子，几人都在剑阁度过，未曾下山——实在是下不得，陈微尘身具仙、魔两家纯正传承，时刻冲突，着实是命悬一线。所幸剑阁有一处神异的温泉池，有助调理气机，他便向谢琅学了道家的观冥，又到藏书阁抱了一堆书来，整日泡在池子里修炼。

叶九琊在山巅闭了关，出来时境界稳固。陈微尘情况也稍有好转，只是每日午夜与正午发作得厉害，其余时间已无大碍。

修炼人闭关不知日月，一闭十年是常事，更有锦绣城里空山和尚坐禅百年光阴——两人这样快便各自出关，实在是刻意加快的结果。

"迟钧天……"陈微尘看着远山，"她不是理会凡俗的人，将阿回带走不归，我不知会有何事，不能等到一年后开生生造化台时再见。"

叶九琊："你可知她居处？"

陈微尘摇头："她若想隐藏踪迹，无人可以找出。"

沉吟一会儿，陈微尘又道："也未必……或许有一人——她与老瘸似是旧识。"

叶九琊问："去月城？"

陈微尘"嗯"了一声："左右开生生造化台的东西还差一件人间之物，人间是势必要走一趟的。"

时间不可谓不紧迫，几人商议停当后便立即下山。

他们走下九百长阶，却见郑师兄带一队弟子匆匆飞掠上来，见到叶九琊："师弟，你快跟我来。"

郑师兄将叶九琊带到天河边，封冻一冬的天河显出化冻之象，正所谓"风兼残雪起，河带断冰流"[1]，宽广河面上大块碎冰相击，声音激荡。

---

[1] 引自唐代于良史《冬日野望寄李赞府》。

"这里，"郑师兄踏水波过去，指向屏障中一处，"分明一直没有动静，今日巡查，却发现屏障气机有异，似被破开过。"

叶九琊将手按在屏障处检视，声音沉了下来："被破开过。"

郑师兄狠狠拧眉："三日巡察一次屏障，若有魔物渡过，必是趁了你闭关时。可纵然没有你，我剑阁弟子日夜在此，从未松懈，玄门阵法亦未被触动，屏障怎会被破开？"

叶九琊："是魔界真正的高手。"

郑师兄失色："那该如何是好？"

叶九琊神色未变，声音冷静："请剑阁长老出山守天河，传信十四洲各门派，即日起严加防守，尤其关注人间是否有异动。"

齐刷刷"领命"声过后，郑师兄分派，白衣弟子们有条不紊地开始往各处去传令。

陈微尘思忖了一会儿，觉得魔界中能趁着叶九琊闭关偷偷摸摸、悄无声息渡过天河屏障的人，除了星罗渊魔皇宫里那位之外不作他想，他默默想：……这遭瘟的刑秋。

因了那刑秋不知用什么法子悄悄摸进仙家地界，叶九琊又在剑阁留了一日。

陈微尘想了想，觉得约莫是刑秋全然不要魔帝的体面，偷偷看了自己如何过阵法，才能安然渡过天河。

他有些愧疚地摸了摸鼻子。

虽然不知道这人来仙道做什么，但是只有他一个人还好，也算无害——但若不幸再被那凶狠暴戾的东西上身，就要掀起大祸。

谢琅掰着手指："叶剑主、阑珊君……还有指尘寺入世道的空山大师、出世道的空明大师，不算焱帝，此四位是仙道当今绝顶高手。陈公子，你去魔界一趟，那边境况如何？"

陈公子倚在雪松下："那边也沿袭了帝、君、侯的称号，换成仙道修为，魔帝约有三重天境界，可下山后有天道束缚，至多是二重天巅峰——仙道有叶剑主无情剑意在，总归不会吃亏。"

"多年前与魔界一场恶战，仙道折损无数，幸而有焱帝横空出世一剑成名，挽回危局。如今焱帝约莫已不在人世，我仙道又有了叶剑主诛魔破邪的剑意，可见天道气运轮回自有定数，仙道生生不息。"谢琅揣着拂尘摇头晃脑。

陈微尘听着他说话，眼中一派温润平和，背后青松白雪相应，仙气飘然。谢琅瞧着大为惊异，想来是陈微尘在藏书阁中阅遍仙道典籍，竟然开窍，没了那红尘纨绔风流气。

但见此时长阶尽头一袭红衣伴着白衣缓缓而下，立刻把陈公子的目光捉了过去，他立时拿起扇子，眼中笑意流转，目不转睛，仙人气派掉下去八成。

谢琅："……"

他好意提醒："陈公子，心神系于外物，于修道无益、无益。"

"我心中唯有一条道，"陈微尘拿扇柄敲他脑袋，"道长，你猜是什么？"

"仙家自然尊天道，"谢琅答了，又想起这人身上白捡来的半仙半魔的修为，悚然问，"你要逆天不成？"

陈微尘沉默了一会儿："若果真可逆……"

谢琅紧张地盯着他。

这公子却轻轻笑了笑："可我也不想去逆。"

谢琅松了一口气，看来此人还是站在仙道一边，又觉得这语气狂妄得很。

他原本就好奇陈微尘的身份，趁机多问了一句："为何？"

陈微尘展扇，笑眯眯地看着从九百长阶上下来的人，随口应他："我一介凡人，活一天少一天，逍遥快活还来不及，哪里有心力去没事找事，等着天雷轰顶？"

谢琅翻了个白眼："既要逍遥快活，为何还来修仙？"

陈微尘凉凉地看他一眼，转头追在叶九琊与陆红颜后面走了。

谢琅跟上，此时怀里没了猫，单独抱一柄冰凉拂尘，心里空落落的。他一开始跟着叶九琊是为抓住机缘，助益修行，看到无情剑意后，原可以分道扬镳。可眼下自己的妹子无影无踪，陈微尘必定去寻温回，那带走温回和清圆的迟钧天似乎又与叶九琊相识。跟着这三人，也算有个盼头。

他忽然反应过来一事，一拍脑袋，上去问："那迟钧天到底是何人，为何我从未听过？既能在归墟待二十年，莫不是三重天高手？那我们何惧魔族？"

陈微尘跟他并肩走着，答了一句："那你总该知道天演。"

谢琅脚下突然打滑，差点要跌下陡峭山路去。

陈微尘自泡了九幽天泉以来，运气便好了些，区区山路已难不住他，看见谢琅狼狈，十分得意，拎住他："出息。"

"实在是出息不起来，"谢琅苦着脸，"我原以为自己是个人物，可下山以来，所遇人物一个比一个大，哪一个拎出来都能踏平我小小清净观，现在更是连旧典籍里的天演都冒出头来，只差焱帝一人就能遍览仙道绝巅，实在让我害怕。"

陈微尘的表情一时有点不自然。

"天演弟子，窥探天机，推演万物，为避因果，不可沾一丝杀伐气，故而终身不得携兵刃行走世间，"谢琅叹了口气，"一帝三君十四侯里从未有天演弟子，当今仙道以武力定高低，他们纵然境界再高，也是徒劳，实在可惜。"

陈微尘似是极轻地冷笑了一声，不再说话。

几人便一路下了山，直奔南朝属地去。

出了北地，中洲碧草初青，杏花正盛，生机一旦勃勃，连荒城的凄凉气都被掩去。至于南朝烟柳繁华地，更是一片好春光。

陈微尘在马车里叫唤着"近乡情更怯，近乡情更怯，我弄丢了温回，实在没有脸面回家，咱们偷摸来，偷摸去，见了老瘸子就走，不要让我家人知道"。

他忐忑忑忑到了内城门口，却遇见了两个故人。

——正是那日借宿的书生庄白函。

书生正给娘子擦着额上细汗，一抬头，见面前停了辆马车，小窗的锦帘被拉开，露出张熟悉的脸来，惊喜道："陈公子！"

陈微尘给他比了个噤声的手势："上来，到了城里，千万不要喊我陈公子。"

书生神情有些疑惑，但也没有多说什么。

到了车上，书生道："我欲往南都寻前程，途经此处。"

"我家或许可以引荐……"陈微尘话说到一半，忽然想起自己的"偷摸来，偷摸去"，顿了一下。

"不必劳烦公子，"书生极温润地笑了笑，"庄某自负饱学，只要能寻得落脚处，落下籍贯，参加科举，致仕当非难事。"

陈微尘却朝他摇摇头："庄兄，近五年来，科举已停。"

庄白函一时惊讶，微微睁大了眼："科举怎能废？"

正说着话，马车一径进了内城，只闻街口喧哗，筑了台子，一群百姓围着引颈张望。

隐约听见说话声："我月城才子，大抵就集在这里，且看这几天有谁能一展才华了——听说前三名是要去面见圣上的！"

他们朝台子上望去，见台上设了桌案，一些书生打扮的人，或锦衣或布衣，一副拧眉苦思的模样。

一旁还有官府执事打扮的人高声念："一炷香已到。下一题，露桃——"

似是在比诗。

庄白函微皱眉。

陈微尘道："往日是诗会，现在似乎更严苛了些。我离城前便听闻陛下征召年轻才子待春日咏桃花、咏美人，约莫是了。"

"此等境况，分明文人如戏子！"庄白函声音带了些愠气，"山河破碎，不兴科举，却征才子，鼓吹春声，虚饰繁华世界，又有什么意思？"

"你们儒道事，我并不懂，"陈微尘靠在车中软枕上，"不过却是个面圣的捷径。庄兄，你若能脱颖而出，倒比找人举荐好很多。"

庄白函拧眉："格律声韵，书院中也曾精学，可诗词不过怡情之用，终非文人正途……"

那妖魅化身的小娘子忧心地望了望他。

陈微尘："一路来，怎么也不见夫人说话？"

小娘子指指自己的喉咙，低了头。

庄白函解释，原是陈微尘一行人走后那一日来了乱匪，掠无可掠后，为首那个心情烦闷，一摆手便命属下烧了庄子，他们二人幸无性命之虞，可小娘子却被浓烟熏坏了嗓子，平日要尽量少说话。

庄白函苦笑一声："我无一日不想着，来为朝廷尽一份绵薄之力，早日铲除燕党，收复旧山河，可如今……"

他沉默良久，道："罢了，无论如何，我也要见陛下，若见了，必然死谏！"

他既已决定，便辞了几人，下马车，走向那戏台一般的诗场。

"此人气运奇特，隐有血光，又不似凶煞……"谢琅第二次评判这书生的气运。

"你原本便说他气运极盛，只是有血煞，此时身上多了一滴开阳血，不知会有怎样前程。"陈微尘笑了笑，"或许找寻最后一件人间气运之物的缘分就在他身上，说不准的。"

他们径直去了老瘸子常待的街角。

陈微尘拍了拍正画着鬼画符的老瘸子肩膀："老瘸。"

老瘸子掀一掀眼皮："公子在外面逍遥，怎么回来了？"

陈微尘便笑："老瘸，我问你一个人的踪迹，她把我家的阿回不知带到了哪里去，我得把他找回来。"

老瘸子摆手："你没有把人看好，要怪自己，这种小事，算不出的。"

陈微尘笑眯眯道："可她说她认得你，她叫迟钧天，你可知她常住在哪里？"

老瘸子动作顿了顿，看着陈微尘，见鬼一般卷起地上画命格用的脏白布揣进怀里，连滚带爬地要走："晦气精，你这晦气精！怎么惹上了妖婆！老头子我管不了了！"

猝不及防碰了一鼻子灰的晦气精摸了摸鼻子："……"

"就不该与你搅缠！"老瘸子满怀怨愤，一瘸一拐就要跑路。

陈微尘一脸真诚地拉住他："老瘸，你我忘年之交，你怎能如此？"

"谁要跟你忘年之交！"老瘸子十分嫌弃。

"老瘸，不看我的面子，也要看那壶桃花酒的面子，那可是小桃每年这时候调了最好的花、最好的露，亲手封了泥藏在桃花树底下——若是温回找不到了，你想小桃哪还有心思酿酒？"

老瘸子听闻此言，眼珠转了转："你家的酒，算是人间佳酿。"

陈微尘看见有望，怎么也不肯放过他："只是问你迟钧天的下落，她又不会奈你何。"

老瘸子捋一把稀稀拉拉的白胡须："那妖婆，实在是厉害得很。我与她打过一个赌，老头子年事已高，也没了争强好胜的心思，她赢便让她赢——只是赌注高得很，千万不能被她抓住。"

陈微尘眼前一亮："那我只需在你身边守着，等她找你讨债？"

老头子在身边看了一圈，奈何没找到称手的武器抢起来打一打这不知死活的小子，"哼"了一声："她即使能赢，也要再过六七个月。"

陈微尘大失所望，只好上去软磨硬泡："老瘸……"

老瘸子一生无妻无子，一把就要散架的老骨头，临了终于领略了一把被拖着撒娇的滋味，感到一阵恶寒，连连摆手："住口，住口！"

路旁的人三三两两往这里瞧，陈公子立时升起一股被认出的恐惧来，捞过谢琅的拂尘竖在脸前。

老瘸子："……"

他实在是不知道该拿这东西怎么办，慢悠悠地坐下来，恢复了几分算命人该有的仙风道骨："过来，我问问你。"

陈微尘乖巧地站在他面前。

谢琅尚且像个凡间道士，另外两人一看便不是红尘中人，因此叶九琊和陆红颜都未下车。老瘸子往马车窗觑了觑，隔着一层纱隐隐约约看见叶九琊的侧脸，怪声怪气地笑了一声："你在外面游玩了一趟，回来时倒带了'家眷'！"

此语让陈公子十分受用，心中窃喜，往马车那里望了望，也不计较这老眼昏花的瘸子隔了两丈男女都未分清，对他笑道："老瘸，还是你最知我。"

老瘸子"嘿嘿"笑了笑，片刻，敛了笑容，道："临走抽的签，可看了？"

"看了，"陈微尘答道，"'江湖多风波，舟楫恐失坠。'①我平生除去下下签，还真没抽到过别的。不过连这签文都是我亲手所写，哪里能信？"

原来这老瘸子没有受过江湖神算代代传承的教导，除了观观星、画一画鬼画符外，并不会什么，看别人摊子上都有签抽，自己也非常想要——又在签文上犯了难，最后和陈公子一合计，干脆让公子写了些诗句上去顶替。

老瘸子铺开白布，神神秘秘道："今年冬日时，我无事盯着你命格，发现忽然有变。"

陈微尘被勾起了几分好奇："何种变化？我能多活几年？"

老瘸子道："非也非也，约莫看见了你是怎样死的。"

陈公子收扇，凉凉地看他一眼："这种事就不必说出来了。"

老瘸子："你气运这样坏，我原以为死也要死个轰轰烈烈、魂飞魄散、天谴地责——却没想到死法不怎么有出息。"

陈微尘睨着他，不说话。

老瘸子深深看了街边桃花树一眼，悠悠叹了口气："迟钧天那女人，必定不会做什么小事，你若卷进去，又是一堆烂摊子。"

"温回与我虽是主仆，更像兄弟，我放心不下，自然要早日找到他。"陈微尘语气正经了起来。

"你那小厮，来历却不简单，"老头在那命格上改了几笔，拿起来琢磨，"若他遇不着你，一生红运当头，青云直上，是人上之人。若你遇不着他，厄运缠身，早就死于非命，偏又同年同月同日生，实在说不清是因缘还是孽障。"

陈微尘只道："你们都说他离了我便一生顺遂，看来是实情，来日我死了，

---

① 引自唐代杜甫《梦李白二首·其二》。

也好安心——不过现在还是要找他，谁知迟钧天会做些什么。"

老瘸子在拂面东风里闭上眼："她能做的，无非是以这天地为盘、众生为子、气运为势，在死局里杀出一条生路来——我们曾赌谁先冲破天道束缚，寻到长生法，时至今日，她仍未放弃。"

陈微尘凑近了："那你快告诉我，哪里寻得到她的踪迹？"

老瘸子摇头晃脑："她若不想让人发现，任你怎样神通，也寻不到一点踪影。可她既然出山，必定准备好了押上所有，与天道再赌一局。此时要么在天演谷参演天机，要么在生生造化台上观冥，要么就在人间皇城兴风作浪。"

陈微尘问他："你信她能胜天道？"

"由不得我信或不信，"老瘸子活动了一下筋骨，近暮的日光透过交错的枝丫，在他浑身投下斑驳不定的影子，活像命格上的画符，他缓缓道，"这人命格我也曾推演，断在一半，再推不下去——可见天道亦缚不住她，到那时，以一人之力与天斗，胜负未可知。"

陈微尘若有所思地别过了老瘸子，转身要走。

就听老瘸子在他身后幽幽道一声："陈小子，相识一场，也算缘分。我不管你从哪里来，到哪里去，要翻腾些什么事情，今日到我摊上来，不如再抽一签。"

陈公子施施然走出："徒增烦恼，不抽啦。"

谢琅跟着走，听着这两人对话，十分摸不着头脑。

陈微尘回了马车上："我们去皇城，凑个热闹。"

马车正要速速离开，只听一道泼辣女声："没心肝的！回来！"

只见一锦衣女子，身后带几个健壮的家仆，纤纤玉指指向马车，一脸怒容。

谢琅老神在在："贫道掐指一算，约莫是凡间所云'风流债'是也，陈公子，你今日怕是说不清了。"

"道士，你学坏了，一派胡言。"陈微尘掀开车帘，一脸认命："……姐。"

看来，他在街头立着这会儿，果真有眼尖的街坊发现，飞一般跑去陈府报信。

此事自然是以马车上的仙长们被恭迎进府、陈家二公子被气势汹汹的大姐毫无体面地拎回家去告终。

陈家的夫人一边和蔼可亲地关照着仙长："有劳仙长一路看着这小孽畜。"要留宿仙长们一夜，一边转过头来狠狠瞪低眉顺眼的小孽畜一眼："还不来亲自招待仙长！"

陈公子在仙道、魔道游荡一圈，进过鬼城，下过归墟，开过虚空，与魔帝泡过一个池子，连冷若冰霜的叶剑主都敢去戏弄，终是在人间家乡遇到了克星。

此时天已暮，家中极力挽留，陈微尘便暂留了一晚。等他被自家父母耳提面命一番，再受了一阵嘘寒问暖，最后听陈夫人叙了牵挂之情，才被放出来。

一出房门便看见了小桃，这有些娇蛮性子的侍女与温回一样，也是与他一同长大，很得夫人宠爱，在府里的地位几乎比得上小姐。小桃清凌凌的眼瞪着他："公子，你把阿回弄哪里去了？"

说着，她就要掉下泪来。

他只好搂了姑娘，温言安抚，保证不出一年温回便会全须全尾地回到家里。

小桃抽噎几声："那我等着。"

陈公子沾了一身淡淡的脂粉香，望了望天上繁星，感觉近来的日子十分艰难，自己非常难过——仙不好修，连公子也不好当。实在很是怀念十九岁前斗鸡走马、无牵无挂的纨绔日子。

只不过透过扶疏花木，看到庭院栏旁那一袭白衣的修长背影时，那浅薄的、轻烟一样的烦恼和难过立时烟消云散了，换了另一种难过来。

他在这庭院里生活了十九年，鼻端嗅到淡淡草木香气，是熟悉的，庭中人亦是熟悉的，恍惚间竟像是自己今夜晚归，有人沐着月光等待。

这感觉让他眼眶酸涩。

连路过的脚步都不由得放轻了些，唯恐惊了天上人。

错身经过时，却听那人唤了一声："陈微尘。"

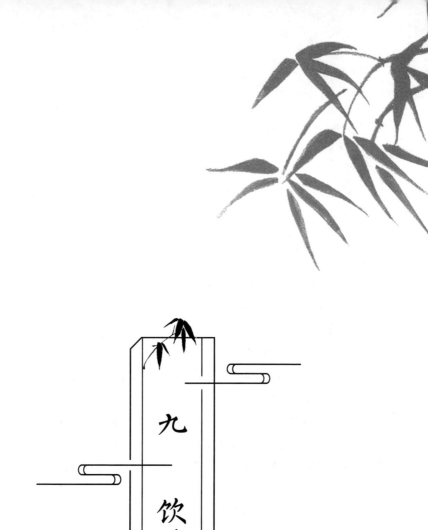

九

饮鸩

叶九琊看向陈微尘，见那人转过头来。

陈微尘眼里带着些微惊讶，神情仍是柔和的。

回廊上挂着的灯笼是朦胧的橘红色。春夜里，夜风递来清淡草木香，拂动檐角悬挂的风铃，轻轻叮咚作响。

"叶剑主，"陈微尘微歪了歪头，带着些疑惑的意味，"你找我有事？"

从魔界归来后的这些天，除去最初陈微尘交代了一些在那里遇到的事情，他们是没怎么说过话的。

自然，魔界的经历造了十二分的假，陈公子说是在星罗渊上灵机一动，知道了九幽天泉的秘密，于是与魔帝激战一天一夜，还不慎被那遭瘟的魔帝打落水池，受了洗筋伐髓的皮肉之苦。最终才得了鲜血，魔帝含恨千里追杀，终究被他逃过。

然后就是各自闭关，出来后，如无必要，也没有说过几句话。

他既不说话，叶九琊自然与他无话可说，更别提像今晚这样，主动留住他。

陈微尘一时间有些心虚。

——莫非在自己对魔界之行的说辞里发觉了破绽，要来细细盘问？

他自己胡思乱想着，却听叶九琊一如既往地惜字如金："手。"

陈微尘乖乖地把手递上去。

便有微凉的手握住了自己的手腕，冰凉的气机探了进来，在经脉间游走，分隔开他勉力压制才不致相互冲突，但仍纠缠不清的清气与浊气。

其中的浊气更是一遇到那气机便畏畏缩缩起来，不再兴风作浪。

原来是看出自己并不能完全压制，每日还要吃不少苦头。

陈微尘闷闷道一声："有劳叶剑主挂怀。"

他抬头，看见叶九琊正看着自己，音色清冷："你经脉未曾开拓，不可拖延，为何不找我？"

"并没有大碍，我自己还应付得来，"陈微尘垂下眼，一副无辜模样，"近来不怎么敢去找你。"

他这话说得不明不白，叶九琊微蹙了眉，似是不解："不敢？"

陈微尘低声道："一开始看着天上的月亮，觉得只要看见，便能满足。看得多了，又想若能近一点，平生便无憾事，便爬了高山——待近了，看那月光照了别人，就要难过，只想摘下来，只有自己能见得。"

叶九琊想起去年秋日时这人总爱黏着他的样子来。

不知何日起，这人变成了现在的疏离模样。

"原来红尘中贪痴嗔妄，比我预料中要苦痛许多，"陈微尘立在雕栏前，迎着习习拂面的风，叹一口气，"我既怕自己疼，又怕那渐渐不怎么干净的心思玷污了明月，只好躲起来，不去看天上。"

此时风大了起来，吹落桃花点点，花瓣落在行经假山的小溪上，逐着水流漂远了。陈微尘倚在雕栏上，手中的怀忧锦扇有一下没一下地摇着，眼睫微垂。

叶九琊看他略寡淡下来的神情与低垂的眼睫，忽觉得扇面上的诗句鲜活起来。

这人心似有红尘多少忧与愁，不知从何而来，辗转不去，日夜为之消磨。

"我修无情道，不能慰你，若放不下，便当我亦在意你。"

陈微尘抬头看他："要我如何当你在意我？"

"你若有求，必定不负；你若有难，便护你周全。"

陈微尘定定地看他片刻，忍不住大笑起来："叶九琊，你实在是可爱。"

叶九琊声音淡淡："为何可爱？"

"那你又是为何要这样做？"陈微尘问。

"你生时携了焱君魂魄，本属无辜，凡世间红尘纷扰，陷入魔障，是人之常情，这一路来因我吃了许多苦，是我亏欠良多。"

"你这人果真是有诺必践、有恩必偿，"陈微尘摇头，对他道，"可你不知，冤债此物，还来还去纠缠不清，只会越还越多，不到双双身死魂消，没有全清之日。"

叶九琊道："你既不慕钱权，亦不欲修仙，我无一物可偿还你，只有如此。"

陈微尘握着扇柄，若有所思："也是。"

他眼中原有的郁郁被轻佻盖过，挑了挑眉："可你若一不小心因我坏了修为，虽然让我得偿心愿，却实在不是好事。"

叶九琊淡淡道："不会。"

"也是，困于凡尘的，从来只有我一人罢了。"陈微尘斜斜看他一眼，"这可是你说的。"

似乎有些不安，他拿扇柄在雕栏上轻轻叩了几下，才道："叶剑主是真正无情人，就连对焱君的执念、对我的亏欠亦是牵扯，有碍大道，要一一还清。我为尘念而苦，叶剑主便要还我一份尘念，圆了我来世间一遭的心愿。"

陈微尘伸出手来，在半空似是犹豫、似是不敢地停了停，然后才轻轻落下。

他眼中的神色温柔极了。

"饮鸩止渴，未尝不可。我虽心知肚明，可只要骗过了自己，便心有慰藉。半年过后，你斩断牵绊，登通天途；我得偿所愿，去黄泉路。荒唐得很，可实在是妙。"陈微尘眯眼笑了笑，"这半年里，有劳叶剑主多担待了。"

叶九琊把他的神情看在眼里，虽不通晓凡间人情世故，却也知道，那轻佻一笑之下，尽是荒凉。

——他是抱着必死的心在活。

"取魂魄不伤性命，天机占算，不可尽信。"叶九琊道。

陈微尘转身离开："是不伤性命没错，可一个人若要死，怎样都死得。"

叶九琊望着他离去的背影，眼中波澜不起。

夜深，明月渐高，溪水上笼了云一样的白雾，随水缓缓流动，檐角的风铃叮咚作响。

有脚步声从游廊深处来，小桃提一盏灯笼走过来："仙长，公子说，夜深露重，要我带您去歇息。"

到了客房，轻绡软帐，烛火通明，案前珊瑚树，壁上明月珠。

正对着的墙面上挂了一幅画，画了山水图，题了字，与那扇子似是一人的手笔。

小桃见他目光，便道："公子琴棋书画皆精，那是他的画。"

这俏丽姑娘说罢，略抿了抿唇，道："仙长。"

叶九琊看向她："何事？"

"我家公子是极好的人，只是性子古怪了些，还要您多担待。"姑娘此时不见了与陈微尘说话时的赌气之态，语气真切。

"公子心智不全，若是修行上有什么妨碍，您……"姑娘一时不知该怎么措辞。

叶九琊却轻声问："心智不全？"

"公子从小到大，只会笑，不会哭，不见他真正高兴，也不见他动怒，素日里行事疯疯癫癫。夫人与老爷担忧，悄悄请过无数大夫、方士，都是无法。夫人觉得仙长肯带公子修行，已是劳烦，故而不好意思再说，"小桃顿了顿，接着道，"不求他做大事，能像个有血有肉的常人般，平安喜乐一世便好。公子不爱教条规矩，若哪里不好，也只愿仙长不要责怪……"

说到此处，带了点哭腔，小桃抹一把眼泪："我们这些人，总是盼着公子好的。"

叶九琊静了许久，对上姑娘的目光，道："我会待他好。"

待小桃回来，陈微尘正拨着灯花，抬头看见她眼眶红红，放下银钩，轻轻笑道："被他欺负了不成？"

小桃拿过一旁玉檀的梳子，梳过他散下的头发："你一个人，没了阿回，不知道要过成什么鬼样子，我只好托付仙长好好待你。"

陈微尘却不说话了，许久才道："阿桃，我好苦。"

小桃手下动作顿了顿，转过去与他脸对脸："怎么了？"

只见烛光在公子脸上落下明灭不定的影子来，他声音轻且缓："若有来世，我想做个人。"

小桃被他吓一跳："这是什么话？"

"人有喜怒哀乐、七情六欲，也不会生来就念着谁、想着谁，"他目光有些茫然，"多好。"

半夜下了雨，淅淅沥沥打在窗前的芭蕉叶上，外间的小桃被惊醒，悄悄到自家公子床前看了看，确认他睡得安稳。

离开时往象牙白的香炉里添了一段暖香，才轻手轻脚地走了。

她原不该叫小桃的，这是街头巷尾最最常见的名字。只是家里姓萧，"萧桃萧桃"地喊着，那口齿不怎么伶俐的，听起来像是"萧条"，甚不吉利，夫人便让人改口喊成小桃，也显得亲昵。

清晨小桃又起来伺候梳洗，为公子束好头发，抱出昨夜熏好暗香的衣服，从零零碎碎的玉玦环佩、丝绦流苏里挑出来与衣服相合的，精心系上。

陈微尘像是还没睡醒，一派慵懒，任纤纤素手在身上来回打理。

收拾停当后看镜里人，眉宇间流连一段温柔风流的气派，真真是金玉堂锦绣堆美人手里才能长出来的红尘公子。

陈微尘好不容易从睡意中清醒，想自己自从离家以来，还是头一次得到此等精心的照顾，竟有些受宠若惊。

外面雨仍未停，只是小了许多，润凉的潮气，是沾衣欲湿的烟，斜飞着穿进游廊里。

小桃"啊呀"一声："忘了给仙长房里备伞。"

说着便取了伞，要吩咐人去送。

陈微尘也没有告诉她修仙人有罡气护身，实则不必用伞，只自己撑了一把，走进杏花烟雨中："我去接他。"

他记着叶九琊平日起来的时辰，拿捏得极好，步至门前时，那门刚刚被从里面推开。

叶九琊开门时，先是雨丝扑面，随后便有天青的伞撑在上头，面前一张笑吟吟的脸："叶兄起得好早。"

有一只手拂过自己的发，一路滑下去，松松握住了自己的手腕。

叶九琊想起昨夜说过的话，任由陈微尘拉自己到了廊外庭院里看景。

远山在烟雨里是泛些紫色的黛青，亭台楼阁在雾中隐隐约约，只有院中含露的花枝与草木看得真切。

陈微尘放下伞，在细雨中略带惬意地眯了眯眼："我小时候喜欢下雨天，下一阵子，会有蜗牛爬出来，就和温回捉了去玩。有一次把它们密密麻麻地放在琉璃罐里，不小心落在了我娘的卧房。洒扫的侍女粗心没有看见，那些蜗牛从罐子里出来，爬了满墙壁，雨晴后日光一照，整张墙都是微微亮的爬印——我娘被吓得不轻，罚我和阿回抄了十几遍书。"

他带叶九琊走到假山旁，指着石隙里一只莹白的壳："就是这样的。"

叶九琊对石隙里的蜗牛自然没有什么兴趣，只是淡淡看着。

陈微尘忽然转过头来看着他："我还不知道你小时候是怎样——不如也说来给我听听？"

片刻声音又低了些，陈微尘道："他也不知道，你只说给我听。"

他们在穿花的小径上慢慢走，从背后看去，倒真是知交好友，亲密无间。

叶九琊望着雾中远山，道："山上常下雪。"

陈微尘饶有兴趣地看着他："你呢？都做些什么？"

"练剑。"

顿了一下，叶九琊又道："看剑谱。"

"你们剑阁都是这样嗜剑如命。"陈微尘道。

南边庭院讲究移步换景，穿过一道月洞门，又是别有洞天。

两旁石壁，藤萝如瀑，转过一个弯，小亭立在莲池边，嫩绿的新荷点点，雨中水面微澜。

"你从小到大，就只有练剑与看剑谱这两件事？"亭子里，陈微尘叹了口气，"怪不得这样无趣。"

叶九琊似乎想了想，道："曾有一件事。"

陈微尘："嗯？"

"少年时在山顶，忽然雷鸣，天地间皆是剑意，我的神思为剑意所摄，再挥不出剑气。师父寻了许多法子，也曾让我练琴清心。"

陈微尘便高兴了起来："怪不得那日你弹剑对敌沉书侯时那样轻易，原来也通音律，哪天要记得弹琴给我听。"

叶九琊淡淡"嗯"了一声，是应了。

——是他曾许诺的有求必应。

陈微尘道："剑属金，剑意根源是天地间肃杀气，想你那日是见了天道真意，那后来……"

他神色一怔，眼里方才淡淡的欢喜退下："我们不说后来。"

叶九琊看他神色，也知道根由，道："抱歉。"

神思却不可抑制地飞远，到少年时流雪的山巅。

"北斗位，摇光，天权，"师长鹤发童颜，指点剑位，"上转三垣，天市，太微。"

他赞许般地抚了雪白的长须，又叹了一口气："仙骨天成，你天生是该要修剑，那日天道真意突现，摄你神魂，不知是福是祸。罢了，罢了，天河那边战事正紧，为师要下山一段时日，你且好生练剑，说不得哪日机缘到了，神魂归位，进境便一日千里。"

茫茫雪中又只剩一个人，也不知过了多久，忽听得一道声音，凉如无风的雪漠。

"紫微，天枢，摇光，天狼，北门。"

他习惯性地跟着出剑。

最上乘习剑法，以诸天星官为位，内融世间千万剑招。

又听得道："开阳，太微，玉衡，北极，正曜。"

剑锋起落间，耳边有一道极低的笑，折竹剑不知怎的便脱了手。

那声音道："借剑一用。"

他转头，看见身旁一人着黑衣，眉目极俊美，也极冷冽。

流光一闪，那人便轻描淡写地挥出一剑。剑气冷，也璀璨，宛若长虹，所经处皆是静默，连飘飞雪花亦停在空中。

那是一道辨不清颜色的剑气，由山巅而出，撕破了天空一般飞掠。他目光跟着那道剑气，看它抵达遥远沉灰的天际，破开一道长长的黑隙。

雷霆隐约轰鸣。

那一剑，威势可与三年前的天道真意相较。

"你看天道，"那人望着天边，"不过如此。"

他的神思如受重击，内腑翻涌，咳一口黑血出来。

混沌过后，竟是清明，神魂缓缓归位。

那人还剑与他，寒风呼啸声忽大了起来。

他闭上眼平复神魂，过片刻再睁开眼时，那人已不见踪影，雪上亦不见脚步，竟像个来去无踪的梦。

他握住折竹冰凉的剑柄，学着方才那人的模样，向前递出一剑。

电光惊闪，惊雷落下。

耳畔响起滚滚春雷，叶九琊看着雨时暗灰的天，像极了那日流雪山的天穹。

陈微尘半垂了眼睫，闷闷道："不要想他。"

那一刻，叶九琊忽然完完全全分清了前尘与现世。

旧事沉浮飘摇，经年之后，所遇终非故人。

烟雨渐收，树梢传来啁啾的鸟叫声，细碎轻软。薄雾在初晴的日光里蒸腾起来，成一片浓酽的春愁。

陈微尘看着叶九琊始终没有波澜的神色，着了迷般用目光描绘他的轮廓，心里想着，他生了这样的模样，若能笑一笑，该是怎样惊心动魄的一种好看，把天地间全部的春色汇在一起，也及不上。

只是——这人却是不会笑的，七情六欲尽数冰封，不知世间悲喜。

几人上午离了家门，路过那说书先生的茶楼，听得惊堂木一敲，洪亮的声音遥遥传出："这赵军师用兵如神，运筹帷幄三十余年，竟无一败绩。人皆言他有鬼神相助，不然何以步步奇崛，最是狡猾的敌人也捉摸不透，真正是兵中鬼手——那大阐国国王自尽前对天长叹，'我二国兵力持平，本欲尽人事而听天命，谁料遇到这种怪物。战场如棋盘，不至收官时，竟不能知那赵军师开局时落子究竟为何，布局又究竟如何！'——赵神仙神机妙算，竟至如此！"

座上众人轰然叫好。

陈微尘摇扇道："我与阿回闲时最爱听周先生说书。"

谢琅便问："这些说的都是你们前朝的传奇故事吗？"

"也有仙道奇闻逸事，说书先生消息灵通，讲得头头是道，约莫是和你清净观的哪个弟子有些关系，不知付没付买故事的钱。"

谢琅便为自家弟子辩解："我们观遍布天下，可大道有成的人少，进不了修仙门的凡人小弟子多，穷得很，若真有人拿故事与凡间换钱，也是情有可原的。"

叶九琊却未听车中人讲话，只把那句"不至收官时，竟不能知那赵军师开局时落子究竟为何，布局又究竟如何"听进了耳朵里。于是不由自主地将目光放在斜倚软枕、漫不经心笑着的陈微尘身上。

这人带一身迷雾现身，捉摸不透，变脸如翻书，种种险境皆游刃有余，不知所求为何、所思为何。

叶九琊并非凡事都要追根究底之人，此时也只是想，这人心思种种，悲欢事事，大抵也要到尘埃落定、最终收官时才能见得。

——不过半年罢了，修仙人眼中再短不过的一段光阴。

又听茶楼中一人似是不平，大声道："前朝旧荣，又有什么意思，不知何时能再出一个赵军师那样的人物、王将军那样的大将，收复失地，重封龙庭！"

楼中一时寂静，落针可闻。

出城门，一路南下，地势曲折，群山陡峻，飞瀑流泉，满目南国春景。

与他们并行的还有几辆马车，是陈家去往国都的人马。陈微尘的长姐到了出嫁的年纪，与京中林公子的婚期将近，家中与亲家来往甚密，此次出行与仙长一起，也连带沾了仙气。只见那灰袍的年轻道士画个符，拂尘往马车上一指，骏马便奔驰如电，不见半分疲态，不到半日便走完原先需两日的路程。

小桃原是在那辆马车上随行，但自家的公子在此，她是说什么也要跟在身边的。

都城坐落在绵延山地间难得的平原处，此地原本就是富贵之都，前朝未亡时便有"地上仙乡"的美称，新朝定鼎以后，更是繁盛。

月城下了雨，都城却并未，仍是一派晴色。郊外绿草青碧，杨柳低垂，白蝶穿花飞，春光扑面来。

陈家车队过了城门口的盘查，只见城楼巍峨，琉璃瓦飞光焕彩，坊市气派，极尽奢靡，俨然又一个锦绣上阳城。

谢琅拿出一张漆黑圆盘，上绘诸天星斗，一根细细指针慢慢转。他不知用了什么玄门术法，闭眼一会儿，摇头："却不像是能再次封帝大龙庭的气运，只不过我道家终究比不上天演窥破天机的本事，这里国运如何，也未必见得。"

"你的推算大抵不错。朝廷自恃险关，偏安于此，未见有收复失地的念头。"陈微尘道。

他想到这里，朝叶九琊处凑了凑："集人间气运之物，我们有锦绣灰，是由盛而衰，另一物当是由衰而盛，却不知在气数已尽的南都能不能寻到。"

叶九琊淡淡道："先找迟前辈。"

"是了，"陈公子弯起眉眼，"我与叶剑主心有灵犀。"

小桃记挂着温回："是不是找到了迟前辈就找到了阿回？"

陈微尘："嗯。"

谢琅看着叶九琊与陈微尘相处的情景，有些摸不着头脑，这两人关系一路上时好时坏，现在不知为何竟格外好了起来。

他想看看陆红颜作何反应，却见一身大红衣抱重剑、一路都未曾说话的姑娘目光沉沉地看着陈微尘，不知在想什么。

落脚处是陈家在京中的宅子，他们既安顿下来，便要先打听消息。

陈公子模样、性格讨人喜欢得很，探听消息十分有用，只是得来的东西十分乏善可陈，除去陛下开桃花宴征召才子咏桃花、美人算是一件大事，其余尽是些鸡毛蒜皮。

他想了想，街头巷尾的消息到底浮浅，从月城中得到皇都消息又要迟些，自家的大哥眼下不在京中，他懒得与父亲那些头发花白的旧时同僚打交道，只好去找那个尚未谋面的姐夫，递了拜帖上去，次日便带着家仆去了。

陈公子回来的时候心情十分郁闷。

"本公子声名在外，那姐夫以为我是个真疯子，要找他来玩，备了拨浪鼓和糖葫芦！"

谢琅一时没憋住，笑出了声。

"这也不怪他。"陈公子追忆往事，可怜且无辜，"若我见一人天天被鸡狗追来追去，弹琴崩弦，画画洒墨，走路绊倒，也觉得他大概不是个正常的人。"

小桃"咦"了一声："现下倒好了许多，真是修仙的功劳？"

陈微尘便没骨头一般倚在叶九琊身旁："是了，只不过那老毛病仍没有见好，还要小心翼翼地活着。"

插科打诨几句过后，开始说起正题。

"京中并无大变故，倒是听说皇帝迷恋上长生之法，要求仙访道，又有传言说皇帝已招揽到一位神仙，打算册封国师——听起来草率，不过皇帝无度惯了，朝中臣子管他不住，往往任由他胡来。"

"国师？"谢琅重复了一遍。

陈微尘朝他挑了挑眉："这不正是你们道观常做的勾当？"

年轻的小道士颇为羞愧，摆摆手："千百年前的旧事了。现下仙道中人谁还理睬凡尘俗世，那神仙国师大概也是不知从哪里来的装神弄鬼的骗子。"

古时仙道初生，人人以为神异，修仙人亦不像现在这般出尘，但凡有些道行，都被毕恭毕敬地供奉起来，出色者被朝廷招揽，国师、神官、仙师种种封号不一而足——后来人们慢慢摸索出修仙的路子要的是远离尘世，又出了许多仙师死在天雷下的事情，才知道有气运因果，有天道劫数。

从那以后修仙人便慢慢脱离凡俗，只是还未等脱成，世间便出了修魔人，斩妖除魔是替天行道，非但不沾染因果，反而有助于修行，双方便势同水火，动荡不断。那时世间人人皆知修仙人与修魔人有通天彻地、呼风唤雨之能，对其俯伏叩拜；仙家亦需财物地皮来开宗立派，是以皇朝式微，仙魔独大，以武力定序，各踞一方。君、侯、帝的名号也正是从那时流传下来。

及至后来仙魔相隔，各自求索，仙道离了人间富贵与战火连天，一心访大道、求长生，逐渐断绝俗念，缥缈出尘。其中道门入世最深，但也仅限于游历山川，收徒继道，受些香火供奉，为凡间驱鬼斩妖也就罢了，对于人间帝王事，是避之犹恐不及的。

"迟前辈身为天演弟子，推演天机，如履薄冰，最最不能沾染因果，那'国师'应当与她无关。"陈微尘道，"可老癞又说，她兴许在国都兴风作浪……"

众人一时间没有理出头绪来。

奈何本来便具灵性，更是从小被抱到道观中，听讲经长大，对气运格外敏感的清圆不在，众人只好让谢琅沿街走过，用道家法门探查各处气运。

谢琅抱了那黑漆漆的圆盘在前面边走边念念有词，一行人格外引人注目。

"此处有异，"谢琅在高墙外念叨几句符咒，"却也不是很异，约莫是要有喜事吧。"

"此处亦有异，"他在街角停了停，"是要倒霉了。"

如此走走停停半天，终于见他脸色肃了肃，不再说些零零碎碎的"喜事""倒霉"。

是一座庭院，上书"谢府"二字，铜环做了兽形，惟妙惟肖，两名家仆立在紧闭的大门旁。

"谢府……"陈微尘思忖了一会儿，"听我爹说过，是多年前科举未停时一位状元的府邸，现下似是个官位不高不低的文臣。"

那两个家仆长相十分凶恶，谢琅鬼鬼祟祟地绕到另一边无人的地方，继续观气运。

"看不出好坏来，"过了许久，他有些沮丧，"但是确实格外特殊。"

他们便记下了这地方。

"现下没有缘由登门造访，不过几日后在皇帝的'桃花宴'上，大抵会有他一席之位，那时便有机会接近。"

如此兜兜转转一天下来，回去后天已擦黑。

暮气沉沉笼罩，城中喧嚣声渐渐歇下来，天边晚霞如枫林残血，小桃布好了晚饭，在厅中等着。

陈微尘这人，虽然精通些琴棋书画，却未好好读过圣贤书。一则心思不在这里；二则家中有长兄继承家业，并不指望他上进。

长兄原在国都任职，这几个月被派去外郡，家里便只留了管家与一应仆人。

管家是原本在月城本宅的老管家——小桃的父亲，仆人中也有不少是陈家长兄来京时带过来的，因此都对陈微尘十分熟悉。

老管家眯着眼睛笑。"二公子长大了，"接着他慈祥关切道，"我已吩咐下去，家里一应易碎的东西都藏了起来，熏好了驱蚊虫的香，庭院易滑跌的地方也都做好了布置，公子只管放心住。"

不等陈微尘回应，管家立刻又拉了他的手，细细打量："好得很，好得很——眼下的小姐们最爱这样风流俊俏的公子哥，夫人可为公子定好了亲事？"

陈公子在这种近乎媒婆的目光下有点心虚，摸了摸鼻子："尚未，我不想娶。"

"这可不妙啊，"老管家捻了捻胡须，"公子今年已经十九，须得早日订下婚约。我看月城里面赵家的三小姐与方家的二小姐就很好，若是不好，都城里各个高门的小姐也是娶得的，我们家还怕娶不来媳妇不成……"

"萧叔，轻声，"陈微尘鬼鬼祟祟凑近老管家，悄悄道，"我'心上人'就在那边，被听去了可不好。"

"啊呀，"老管家又惊又喜，望着那一边，"原来拐了一个仙女，看身架是很好的，是个大美人，只是怎么总戴个面具——"

陈公子趁老管家不备，逃一般溜走了。

陆红颜发现一顿饭过后，整个陈府里的人都对她格外殷勤，让她百思不得其解。

近来让她不解的事情还有一件。

小桃抱了庭院里采来的花枝，要放到公子房里，拐过一个弯后，却看见前面站着陆红颜，听得一声："萧姑娘。"

她有些疑惑："陆姑娘找我有事？"

陆红颜淡淡"嗯"了一声，与她在园中并肩走："能否和我说说你家公子？"

"我家公子……"小桃在心里暗暗猜测这位陆姑娘的用意，未觉出恶意来，再加上这是自家公子一路同行的友人，便道，"公子是个好人。"

陆红颜看着前方："如何好？"

小桃抱着花枝，认真道："外人都说公子疯，可像我这样在近前的人都知道，世间再没有像公子一样好的人了。"

陆红颜只淡淡道："可你又见过世间多少人。"

小桃摇了摇头："我是没有见过多少人，可我也跟着公子读过书，也知道，世间人熙熙攘攘，有善有恶，无非几种。有人求名，有人求利，有人求仁，有人求义。公子说，就连不理尘俗的修仙人，也要求道，要求长生。"

陆红颜看了看她："他又求什么？"

小桃抿了抿唇，道："我不知道。"

她说罢，又想了想："公子什么也不求。"

陆红颜笑了一声，声音有些凉："若是无所求，活着岂不是与死无异？"

小桃皱眉想了好一会儿，才道："有异，这世间不待见公子，可公子喜欢这世间，一草一木，他都是喜欢的。公子眼里无贵贱之分，一视同仁，你若是看见他待人待物的样子……"

陆红颜摇了摇头："你觉得一个人好，自然看什么都好。"

说话间，已到了房间门口，小桃推门进去，最后说了一句："那么你觉得他不好，自然处处不顺眼。可陆姑娘如果觉得公子与常人无异，又为何要问我？"

陈微尘正在房里看书，听到说话声，抬起头来。

小桃快步向他走过去，陆红颜则是看他一眼，转身走了。

小桃往天青的柳叶瓶里插着花枝："她问我公子是什么样的人。"

"你怎样答？"

"我说公子是世上最好的人，她却不信我。"

陈微尘懒懒支在桌案上，闻言叹了一口气："她看样子，是起疑心了。"

"疑心？"

"自然是本公子的身份。"

小桃颇有些疑惑："身份？她知道你是陈家公子呀。"

公子摇头晃脑："我还是世间最好的人，是小桃最喜欢的人，是……"

小桃拿一根花枝要去打他："谁要喜欢你！"

陈微尘哀哀叹气："我晓得，我晓得，你最喜欢阿回，咱们三个从小一起长大，你却不要我，反被阿回骗了去——你爹还催我娶妻，可我一点不讨人喜欢，哪能娶到呢？"

小桃"喊"了一声："装模作样，我就知道你还记挂着那个梦中月下的美人，看不见也摸不着的东西，赶紧早日忘了，娶妻生子才是正经。"

"那是位一尘不染的仙君，不是什么漂亮美人。"陈微尘拉她过来，认真道，"不过，我真遇见了。"

小桃伸手在他眼前晃一晃："真疯了？"

"算命人说我有一段仙缘，我便去了，便遇见了他——我原以为要一年后才能看见他。若那天他也去算命，定是被说，有一段尘缘。"

小桃皱起了秀气的眉毛："你在说谁？"

陈微尘看着桌上瓶中的一枝桃花，像是失了魂，缓声道："不过，我第一次见他时不在沧浪崖，而在九琊山。那时他在山顶练剑，一身白衣，发如鸦墨，剑锋之下，尽是天地风起云涌、钟灵毓秀。"

"我想，这世上真有这般出尘绝艳之人，有这样超尘拔俗之剑，世间再一轮沧海桑田后，或可与我比肩——我那时自负为天下第一人，便上前去，教他一剑。"

小桃看他神色有异，推了推："公子，你又胡说些什么疯话。"

"可还是做了错事，那一剑之冷，困他半生……"陈微尘正说着，忽然打住，猝然梦醒一般清明了过来，声音低了下去，"又记混了，那分明不是我。"

小桃叹了口气，走到一边，为他点上安神清心的香："公子，早点睡吧。"

陈微尘道："无事可做，自然要早睡。阿桃，你去请叶剑主过来。"

小桃应了一声，提起裙摆往门外走，走到门边，又问："要怎样请？"

"你只管说，我要他过来，他自会来的。"

小桃将信将疑，去叩了叶九琊的门，未承想果真将人请了来。

只见自家公子笑得开心："阿桃，你也去睡吧。"

小桃在心里嘀咕了一句"这人越发莫名其妙"，但她经车马劳顿，也确实乏累，想是公子关心自己，便去外间卸了钗环，歇下了。

房里剩了两人，叶九琊："何事？"

"无事，"陈微尘抱着软枕，"叫你来一起睡觉。"

叶九琊微蹙眉："睡觉？"

陈微尘愉快地"嗯"了一声："现下我体内既有仙气，又有魔气，混杂不堪，我不喜欢，故而来沾一沾叶剑主的仙气，说不定有益于修行。"

听起来确实合理，找不出可反驳的地方。在魔界时也曾同床而寝，并不是什么特别的事情。

叶九琊从了。

陈公子望了望身边的仙君，满足地闭上了眼睛。

修仙人并不需要太多的睡眠，夜里很多时候，叶九琊是在凝神、观冥。而陈微尘往往是要睡一整晚的。

人在清醒、浅眠与熟睡时气息有异，很轻易便能辨别出来。

叶九琊知道，陈微尘躺下来的时候，虽然安静，但其实很难入睡——他在魔界时便有所觉。

陈微尘感觉有人在看自己。

他惴惴不安地睁开眼睛，果然对上了叶九琊的视线。

听见那人淡淡道："睡不着？"

陈微尘"嗯"了一声，往他那边凑了凑，再次闭上了眼："所以我常要早睡。"

大约是因为化剑的那几日被陈微尘使用，对于陈微尘的靠近，叶九琊虽仍有些不适，身体却并没有过于抗拒。

陈微尘此时的姿态十分放松且依赖。

叶九琊想起自己的承诺，觉得自己此时应该做些什么。他面无表情地回想了下山后所见的尘世人相处的情景，也没有得出结果来。

——最后脑海中出现谢琅抱着清圆的样子。

他于是缓缓伸出手，在陈微尘发间轻轻抚触了几下。

陈微尘整个人颤了颤。

他既惊且喜，牵动心绪，胸中抽丝一样隐痛。索性不作他想，又过了一会儿，逐渐睡过去。

此种情境下，叶九琊要再静心观冥也是不能了。

他既不观冥，亦无睡意，见此时房中红烛明灭，纱帐低垂，春风入窗，暗香浮动，一时茫然，不知今夕何夕。

忽有一道白影飘悠悠穿过绿纱窗，钻入幔帐中。

叶九琊伸手接住，是一张薄纸，字迹苍凉有力，上书八字：皇城事起，静观其变。

他此时本该回信，可看了身侧的陈微尘，终究不欲将其惊醒，便只收了那信，没有其他动作。

一夜无话。次日晨起，叶九琊对陈微尘道："迟钧天昨夜传书，要我静观其变。"

陈微尘没好气道："连人带猫掳走，还要你静观其变，即使不管国朝气运的事情，我也要把这妖婆找出来。"

叶九琊并无异议，谢琅更是寻猫心切，便再上街，继续找寻。

大半个都城走过，最后谢琅拧着眉头，跟着圆盘上小针的指向，出了森严的里城，又出了熙攘的外城。及至出三道城垣，人烟已疏，众人不必顾忌凡间目光，御气而起，最后落在一座山前。

远山连绵起伏，其中荡着雾气，日光下澈，近处碧绿，深处幽紫，竟然不像是京郊，倒像是哪里的名山大川。

遥遥传来几声猿啼，又有撞钟声。

"我还以为是气运有大异，原来是这里佛家气象盛极，里面必定有高僧坐镇……"

陆红颜道："所以你是领错了路？"

谢琅颇有些羞愧。"这不能怪我。"片刻后他眼中忽然一亮，收了不怎么自在的神情，扬扬得意起来，"陆姑娘，你往后看。"

一行人向后方望去，只见群峰叠翠，烟岚重重，哪还有来时路。

谢琅道："我们分明到了指尘的地界，佛家要立地成佛，要普度众生，不知到底能不能做到。指尘寺把佛门向着整个人世敞开，却是使人敬佩。"

传说指尘寺初代的住持曾以无上法力发下宏愿，要让世间苦难人，尽得庇护；让欲度尘世者，立见佛门。

从那以后，世间无数庙宇，凡是持斋修佛人，一旦心诚，立刻身至指尘山下。仙道有诸门诸派，佛道却只有指尘独大，也正是这个缘故——修佛人以入指尘为毕生所愿。修仙者各自证道，到头来没见有人真正求到长生，也没有一样能判别高下的东西，只好取了以武力定高低的下策。

指尘寺亦与仙道有往来，故而各大门派的门主皆有信物，若是有心去往指尘寺，只需持信物，端心宁神前行即可。

"可我身上没有信物，"谢琅看了看叶九琊，"叶剑主，你带了信物吗？"

叶九琊："未曾。"

"这却是奇怪了……"

陈微尘迟疑了一下，挽了衣袖，腕上一枚不易察觉的佛印："我出锦绣城后，发现不知什么时候被老和尚烙了这个东西——应当是我与叶剑主都在幻境里，陆姑娘又没有清醒的时候偷摸刻下的，但从未发作过。"

"这不是信物，无法带我们前来，"陆红颜道，"只能是我们前行时，有人在附近用了指尘的信物，你身上又有佛气牵引，误来了此地。"

"空山大师给你的烙印？"谢琅十分惊奇，对陈微尘道，"想必是大师慈悲心肠，见你凡心太重，要来警诫。"

陈微尘刚想奚落谢琅几句，抬头望向山顶，耳中却忽然响起庄重梵呗，猝不及防之下，胸口闷痛，如遭重击，一大口鲜血咳了出来。

耳中余音不绝，他本能地运气抵御，却激起体内混乱的气机来。

叶九琊飞身到他身旁，剑出鞘，横亘一道剑气高墙，隔绝了梵音。

一行人中只有陈微尘出现了这种状况，其余人只隐约听见山顶佛家庄严清音，并无其他反应。

陈微尘抹去嘴角残留的鲜血："不是冲我来的。"

"那为何独有你受伤？"

陈微尘望着山上："约莫是……"

他扶了扶额："咱们还是回去吧。"

然而这话并没有什么用——他们既然恰巧到了这里，就算一桩缘法。此时又有修佛人出手，似是在与人打斗，仙道各派都与佛家交好，于情于理都要上去看看。

更何况陈微尘无缘无故为梵音所伤，仙、佛、魔三家气息混在体内，比之前情况更加棘手，要找出手之人化去佛气才能稍安。

众人几个起落间到了山顶，看见一座辉煌佛寺，寺门紧闭，门前蜿蜒停着凡间车马，簇拥一张垂流苏软帐的华丽软榻。

软榻上影影绰绰斜倚着一人身影。

只听得慵懒的声音道："砸。"

便有贼眉鼠眼宦官打扮的领头人上去对着寺门喊："里面的和尚，敬酒不吃吃罚酒。我们国师大人要你开门，你却不开，还唱经挑衅，如今国师大人下令，你这山门，今日就要保不住了！"

说着，后面一群人一哄而上，顿时一阵巨大砸门声，可那山门坚硬如铁，竟然纹丝不动。

帐子里的人冷哼一声。

贼眉鼠眼的宦官过去点头哈腰道："国师大人，这山门实在结实，我等砸之不破，如何是好？"

"那就是传闻中的国师？——可这气息分明不对！"陆红颜皱眉。

只见一只颇为优美的手拂开帐子，宦官立刻上去扶着。

那人起身，一袭深紫袍迤逦向前，身前身后被众人簇着，即使现在只见背影，也端的是尊贵无双，张扬骄纵得厉害。

——不过只需一个背影，也足够让陈微尘认出来了。

他现在很想溜走，不去照面。

原以为那刑秋人生地不熟，在仙家地界又要夹着尾巴做人，不知去了哪里的深山老林玩耍，未承想来了人间国都作妖。

能摸到国都来，还混了一个国师的位子，实在是神通广大。

"是魔修！"陆红颜脱口而出，征询地看向叶九琊。

叶九琊微蹙眉，点了点头："应当是渡过了屏障的那个。"

仙道诛魔，天经地义。此话一出，陆红颜、谢琅立即绷紧身体，观察那人身上气机，时刻准备出手。

陈微尘昔日扯谎道自己曾与魔帝死战，此时既不能暴露自己与他相识，又不能坐视这家伙被打死，只好居中调停道："先看看他要做什么。"

只见国师大人走到山门前，讥讽道："空明和尚，枉你我算是老相识，我来找你，又避而不出，这是什么道理？"

他一只手按在了山门上，指间黑气凝聚尖啸，山门颤动，眼看要被破开。

一众随从高呼："国师大人神通广大！"

正当此时，大门轰然而开，金光泻出，散尽时，门口立着一个身披袈裟、面容年轻的和尚。

陈微尘见此景，"啧"了一声。

对大人物如数家珍的谢琅掰着手指头道："这大概就是与空山大师齐名的空明大师了，他修出世道，传说除去天河一役，从未下过指尘山。"

和尚双手合十，对刑秋微微躬身："原来是故人到访，方才并不知晓。"

魔帝冷笑一声："并不知晓？"

和尚神情平静："贫僧不知你能渡过天河，当年并未赠你信物。"

魔帝笑得妖里妖气："好啊，你怕我来见你，连入指尘的信物都不愿给我，我几经波折才抢来一个。和尚，这桩事我记住了。你方才用法门伤我，又该怎么算？"

随行的一众贼眉鼠眼的宦官开始附和，"和尚"之声不绝于耳。

陈微尘继续怂恿身边几人回去："这两人看样子相识已久，何况这里是指尘的地界，空明大师在此，空山大师约莫也已经回了山，不怕这魔修被放出去为祸人间，我们还要找迟钧天，多一事不如少一事……"

叶九琊却看他一眼："你在怕什么？"

"……"陈微尘算盘被戳破，乖乖住嘴，不敢再出声了，把自己的手递过去，让叶九琊帮忙梳理着气机。

那一小缕佛家气息着实引起了不小的麻烦，与仙、魔两气均不能相容，在他体内窜来窜去。

更要命的是那佛气似乎与手腕上的佛印隐约相合，陈微尘不得不在心里骂了一句"老和尚真多事"。

此时，那边气氛却忽然紧张了起来。

和尚打量着刑秋，原本还算和善的神情忽然不见，取而代之的是凝重。

"孽障，"他口吐清音，"你还是走了邪路。"

"和尚，你这话简直让人发笑，"魔帝大笑，"我在你们眼中，莫非还能走正道不成？"

"仙、魔、佛原无对错之分，除了正道，便是邪道，"空明声音清正，宝相庄严，"这二十年来，你可敢说自己未曾沾惹天外之物？"

刑秋冷笑一声，向后面山中退去："和尚，我来指尘，原以为你会高兴，你却要捉我。你好得很。"

"不好，"陈微尘拧了拧眉，向叶九琊坦白了一些不得不说的东西，"这人是魔帝，我在魔界与他交过手的。他现在还算是个好人，可一旦受伤流血，就容易变成另一种东西。方才那和尚似乎已用佛门功法将他伤到，若他真变了，指尘寺未必能够挡住，要你去才行。"

然而此时，空明身后已排开一众佛门弟子。

"擒住此魔物，"空明道，"此时若放他下山，必然生灵涂炭、为祸人间。"

刑秋飞身向后掠去，紫衣猎猎："和尚，若想让我不祸害人间，你就不要动手。"

转眼间国师大人变成了魔物，还转身跑掉，让一众方才还气焰嚣张的随从十分摸不着头脑。

刑秋运气护住心脉，飞身后退，瞬息间落在一块大石头后。他运起凌波步法，正要离开山门，继续往深山老林里去，一转头，看见有四个人望着自己。

他刚在心里咬牙切齿骂了一句"竟然有埋伏"，就看见是陈微尘站在那里，身边一位白衣仙君，气息十分熟悉。

见到故人，魔帝十分喜悦："竟然是你——这和尚要与我翻脸，快来帮我！"

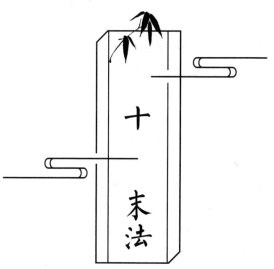

十

末法

陈微尘觉得，自己是无论如何都择不出去了。

但叶九琊比他动作更快，一看到魔帝欲逃，立刻出剑阻他去路。

刑秋腰身往后横折，躲过一剑，随后立刻纵身跃起，衣袍翻飞，招式花哨，瞬息之间已过了数百招。

陈微尘只来得及喊一句："不要伤他！"

刑秋闻言，十分生气，刀光剑影下，漆黑长笛挡住剑锋来势，气机相撞，使两人的缠斗硬生生停了片刻，对叶九琊道："没有听到你主人说的话吗？"

陈微尘："……"

他想起来，刑秋是知道叶九琊化剑后的气息的。

如今与叶九琊相斗，自然能够认出。

然后——顺理成章认为，叶九琊是自己的剑。

他实在想知道，刑秋对自己是从哪里来的信心。

叶九琊微拧眉，在刑秋分神之际，一个错身间右手按住刑秋肩头向后拧，借势出剑，横在他脖颈上。

刑秋不在魔界，实力被压制，又兼叶九琊的剑意实在是魔修的克星，只好朝陈微尘使眼色。

——还不快让他放开我。

陈微尘耸耸肩。

——他不归我管。

然而，他们打斗间，已经足够指尘寺摆开阵法。

十八个弟子持杖各踞一边，念动经文。门前辉光璀璨，金莲盛开，是个有名的降魔阵"慈航"，无一丝杀机，意为于无边苦海中指引解脱道路，如济世之航船。

道门除妖干脆利落，佛家则讲究慈悲，"慈"为给予安乐，"悲"为拔除痛苦，妖魔怨鬼，心有诸般恶念，故而身堕苦海。得慈悲指引，除不善，除不诚，出三恶道，回头是岸，方为上乘。锦绣城里空山大师宁可坐镇百年，等待度化怨魂的机缘，而不直接出手除掉，可见一斑。

刑秋自问并未做过什么坏事，和尚怀疑自己不走正道，要来捉住他也就算了，可莫名其妙便要被"度化"——便也不忙着逃走了，挑衅地朝阵法中央双手合十的和尚道："二十年过去，和尚的法力倒是长进不少，我倒要看你度不度得了我。"

陈微尘却看到他垂在身侧的手不自然地颤抖着，是在压抑什么。

空明意态沉静中带着无畏，闭着双眼，在辉煌佛光中朝刑秋走去，步步生莲台。

"我若向刀山，刀山自摧折；我若向火汤，火汤自枯竭；"他口中念发愿文，"我若向地狱，地狱自消灭……我若向修罗，恶心自调伏。"①

刑秋被缚住，万重金光加身，身边缭绕的黑气却是越发猖狂，群魔乱舞，他冷笑一声，目光渐渐涣散，黑色蔓延开："和尚，连我都度不得，莫要让人笑话。"

空明睁眼，眼中沉沉："你涉邪道已深。"

陈微尘叹了一口气，知道这人一旦变了样子，非要造下些杀孽不可，而那东西一旦被仙道看见，又要掀起一场风波。

他上前，走到叶九琊身旁，看了他一眼："剑借我一用。"

叶九琊放开已被缚住的刑秋，递剑柄与他。

陈微尘用剑锋划开了自己的手腕，伤口流出血来。

他将伤口递到刑秋唇边，哄孩子一样道："喝了。"

索性这人还未完全失去神志，殷红的嘴唇贴上手腕，大口吮着，眼中黑气竟渐渐退了去。

和尚静静看着这一幕，不言不语。

待刑秋终于恢复清明，陈微尘已经头昏到差点站不稳的地步，眼前一阵一阵发黑，被叶九琊扶住。他轻轻喘几口气："该死。"

刑秋见陈微尘的模样，颇为心疼，怒气发到和尚身上："和尚，我心平气和来找你，你却这样不讲道理。"

---

① 引自《大悲咒》发愿文。

正僵持着，门口又传来脚步声，是慈眉善目的空山大师。

他朝众人行一礼："师弟年少，又兼数十年不理世事，未免莽撞，贫僧先代为赔过。"

他又对魔帝道："贵客自魔界到此，不知有何贵干？"

魔帝阴阳怪气地冷笑一声："是你亲师弟失约在先，有负于我，不然本国师岂会来你们这锃亮的和尚窝。"

空明道："我何处失约，又何处负你？"

刑秋冷笑："当年天河相识，你说了什么，你自己心里清楚。"

空明对自家师兄道："住持师兄，他走入邪途，已非魔修。"

"你好不讲理——我自然是修最正统魔道，何时轮到你这吃斋念经的和尚说道？"刑秋朝山林中畏畏缩缩躲着的一众随从勾一勾手指，随从们一溜儿过来，为国师大人壮势，不能输给那边的指尘众弟子。

他对自己的魔修身份毫不忌讳，看一眼空明："我当魔帝二十年，可曾带兵侵犯你们仙界？可曾祸害你们人间？既然无冤无仇，便是你存心看我不顺眼。"

空山大师面上仍是和蔼："诸位施主，少安毋躁。方才多有冒犯，还请随我入殿。"

他一转眼看见陈微尘看着自己，面色不怎么善，又是微笑一揖："陈施主也在。"

一场风波被住持师兄叫停，空明淡淡看了刑秋一眼，转身入寺。

刑秋看着他的背影，勾唇笑了笑，抬脚跟上。一身深紫袍，外笼细绢纱，华贵逶迤，与清净佛寺实在格格不入。

到了庙里，又是一番争执，无非是方才刑秋那场无事生非。

陈微尘瞧着刑秋着意要与空明针锋相对，但也只是些口舌之争，一时间打不起来，便转头瞧向了空山大师——这老和尚能看出自己的一些底细，要提防。

叶九琊带他来到空山面前："大师，他为梵音所伤，需您引导。"

空山大师笑意温和，两人对坐，他的手掌搭住陈微尘的右手，立时便有一股佛息缓缓淌入，引导着之前那股左冲右突、与仙魔两气纠缠不休的佛气，把它融进自身佛气之中。

气息流淌遍全身经脉、大小周天还需一段时间，空山大师不疾不徐与他闲聊："陈施主现在身具仙骨魔体，想来有了一段奇遇。"

"自然是有，"陈微尘回他，"可惜不怎么愉快。"

空山大师道："仙、魔相冲，自然苦不堪言，除却废除仙骨，或是重锻血肉，少有他法。"

"大师，我有一惑。"

"请讲。"

"仙可伏妖，佛亦可降魔，仙道无情，佛门清净，到底有何分别？"

"锦绣城初见时，我便知施主有佛缘，"空山声音沉稳，"若在那时，你问出这话，贫僧还无法作答，如今却能答出了。"

陈微尘饶有兴趣地看着他。

"贫僧师弟空明少即聪慧，修炼出世道多年，每日闭关坐禅，大道三千，其悟之深，不可言表。"

刑秋闻言"喊"了一声："呆和尚，我听着你似乎厉害得很。"

空明一脸平静，并不理睬他。

"方才他言道邪路，对这位魔界来的施主出手，亦是如此。此事关系重大，放眼仙、佛两道，恐怕只有师弟一人参透，指尘寺原本欲公告此事，这些年来论道大会却未开过。"

此言一出，一行人纷纷望向空山大师，等待下文。

这年长的和尚却道："师弟，眼下剑阁阁主与谢道长皆在此，恰免去召集仙道之劳，你且告知诸位施主。"

便听得空明声音，先答陈微尘先前的问题："仙道以肃杀为心，佛家以慈悲为怀。"

他顿了顿，继续道："佛门参禅，常遇心魔，我常年入定，得窥天机。世人心有贪痴嗔妄，无边苦痛皆因心魔与神志混淆而起。仙家修行，摒除欲念，斩灭心魔；佛门修行，度己度人，远离心魔；魔道修行，明了欲念，养心魔而借其力。修至末尾，皆将自身心神与魔念分离，虽道不同，终究归一。"

他一双眸光冷淡的眼看向刑秋："你却即将与心魔合一，背离大道，必将身堕地狱，迷失神志，为祸世间。"

刑秋若有所思地点了点头："我们魔道功法，确实有那么些借力的意思。"

他殷红的唇角勾了勾，眉梢微挑，也不喊"和尚"了："空明，这样说来，你方才是要度化我的心魔，而不是真想杀我？"

空明依旧不搭理他。

但魔帝这人在抓重点方面似乎有所欠缺，非但不为自己走入歧途感到担忧，反而是不依不饶地要择清自己："我一心修炼，哪里知道这么多弯弯绕绕，修着修着变成这样，实在不是有意。你那时要我不滥杀无辜，我连剑都不使了，这样善良，你却只抓着邪路不放。"

说话间，整个人几乎要贴到空明身上去。

空明轻合双目，面无表情，手中一串佛珠缓缓捻动，宝相庄严。

刑秋这样一搅和，硬是把气氛缓和了七八分，大殿里仙、魔、佛三方，竟然相安无事。

谢琅倒是想起了什么："我们道门言，开辟鸿蒙，分生死，分清浊，分之越清，道行越深。"

空明继续道："世有清气与浊气，心魔却比浊气更浊。"

叶九琊："何解？"

空明道："我观想世间，以为心魔不在人心，而在天外。人有执念，成心魔，成心魔世。人间世与心魔世相隔，如仙、魔两界之分。心魔不属天道，故而斩灭心魔为顺天，助长心魔为逆天。"

陈微尘眨眨眼，对空山大师道："老和尚，你这师弟好生厉害。"

老和尚与他对视，和蔼笑容中意味深长。

刑秋语调懒懒，仍然抓着空明方才对他动手一事不放："心魔既然不在人间世，便让它们自行去玩耍。和尚，为了这个就要与我翻脸，实在小气。"

空明这次终于理睬了他，道："并非这样简单。"

"如今仙道与凡间，皆是气运零落，我不知魔道如何，但亦不会过于繁盛。"

魔帝闻言意外地挑了挑眉："确实未曾出太多高手。"

他一直饶有兴趣地盯着空明看，可终究不见和尚冷淡的眸光看向自己："人间世与心魔世相依相生，同源，分气运，心魔盛而人间衰。"

此话一出，听者皆静。

空山大师依旧不紧不慢地为陈微尘梳理着经脉，陈微尘却轻轻抽了手去。

"陈施主这是何意？"大师和蔼道。

陈公子疼得揪起了眉头来，但仍摇了摇头："我方才又想了想，左右也无法再脱胎换骨一次，纵然大师为我除去佛气，也不见得好多少，干脆认了——既然空明兄言大道归一，便知或可有些转机。"

空山大师看着他，微微叹气："罢了。"

片刻后，他又道："若陈施主有心修佛法，可来寻贫僧。"

那边诸人听完空明的话语，若有所思，最后魔帝思了一会儿，吐出一句丧气话来："心魔世要与人间世抢气运，我们又能有什么办法？"

空明闭眼："不知。"

刑秋便闲闲地往旁边柱子上一倚："和尚，不要忧心，你若不招我，那个或许是我心魔的东西自然不会跑出来。"

空明语调平静："贫僧只忧天下苍生。"

刑秋："……"

空山大师站起身来，走到正殿佛像下，双手合十道："《法灭尽经》有言，世有三时之限，曰正法、像法、末法。末法至则正法不存，世风浊乱，众生三毒心起、五浊识盛。邪师说法，恒河沙数，人间无安，有如火宅。"

随着空山大师言语，人间所见诸景在几人心中重新浮现，战乱处烽火连天，太平处金迷纸醉——不由得心中泛上冷意。

谢琅道："若真如大师所言，现在便是心魔盛而人间衰，末法将至——又有何法可解？"

大师摇头："如师弟方才所言，我等亦不知。我佛门能做的，也不过竭尽所能匡扶大道、普度世人而已。"

叶九琊道："先前阑珊君曾邀我议事，各门各派开山门，广收弟子，重开南北论剑、道佛论法大会如何？"

大师点头："此举大有裨益。自天河一役过后，各派元气大损，因而停开。如今论道可助仙道诸人悟境界、振气运。既然叶剑主与阑珊君已有此意，自然最好，不知琅然侯意下如何？"

年轻道士挠了挠脑袋："我要与观里诸位长老商议，但他们必定也会同意的。"

众人齐齐看向刑秋。

刑秋颇为茫然，扯了扯身旁的空明："要做什么？"

空明淡淡道："仙魔虽不和，可若无恶念，也能容你。"

刑秋醒过神来，勾起唇角，笑容略带些邪气："本国师熟读魔道无数心法典籍，你们想要偷师，自然是可以的。"

空明："慎言。"

刑秋："——诸位若要论法，我愿代魔界参与，既然大道归一，或许有所裨益。"

随从们面面相觑："……"

他们的国师大人如此听话，实在是前所未见。

他们对空明肃然起敬。

那厢便商议起种种如何振兴仙道的大事来。谢琅飞了一封书信给清净观，另一封以阵法为引，去寻自己云游四海的师父。

"仙道气运或可挽救，凡间却只能看他们的造化。"

"不必指望皇朝的造化了，"国师大人嗤笑一声，"除非你们选一个人去平了皇城，自己当皇帝。"

随从们听到这样大逆不道的言语，惶恐极了。

刑秋挑了挑眉："皇帝昨日还与我说好，要我展现天瑞，他借机去封一个禅彰显正统，稳定民心呢。"

陈微尘展开画扇，淡淡道："果然荒唐——还是早日劝我爹告老辞官为好。"

封禅此事，祭告天地，为大功业，寻常皇帝，并不可为——非要圣明之君，得天瑞昭示，方能着手进行。

如今外有敌伺，内有昏君，土地虽然肥沃，赋税亦重不可当——虽还算不上民不聊生，但有怨言四起。皇帝大抵是内心不安，急欲证明自己乃圣明天子，然而既无底气向外出兵收复失地，亦不舍得挥刀减税以利民生。思来想去，唯有借天意显灵，启封禅大典，才能安抚万民。

然而封禅一事，耗费人力、财力数不胜数，约莫要搬空半个国库，实在是自毁长城。

陈公子对国师大人笑道："你可是做了一回帮凶。"

刑秋怡然自得："左右即使没有我，他也能造出祥瑞来。"

陈微尘："怎么做了国师？"

国师大人十分得意："外面说不得会遇到你们仙道人，还是凡间皇城最为保险——皇帝看我有点本领，不像是变戏法的，我再哄他一哄，不就成了吗？"

空明修出世道，不理此种事务。空山大师与谢琅开始商议种种论道事宜后便去了远处佛像下的蒲团上闭目打坐，捻动手中佛珠。

刑秋交代完自己的来历，过去在空明身旁走了几步。

随从虽长得贼眉鼠眼，却是非常有眼色，立刻也从不远处拉了一个蒲团放在近旁。

国师大人笑眯眯地坐下，繁复衣袍曳地，犹如一朵极艳丽的深紫花。

"和尚，"他道，"二十年过去，你还是这样无趣，可见佛法没有长进。"

和尚停下手中念珠："你亦同样轻浮。"

"我魔道随心而为，在你眼里自然轻浮。"

"佛道修心。"

"可你若不睁眼去看红尘，又怎能悟破？"

"出世道不见红尘。"

"我看你竟是怕了红尘。"

随从们听得一头雾水，而旁边的小沙弥则认真聆听——这可是佛魔论道！

"只畏不怕。"

"哦？"刑秋拖长了声音，"那你为何不敢睁眼看我？"

"美色皮囊，徒增业苦，当怖当畏。"

刑秋靠在他身侧笑了起来。

"和尚，"他在空明耳边轻轻吐气，"那你何时敢看我？"

"大乘时。"

刑秋目光放空："那时天河之战，我迷路在雪山里，你把我送回时，我问你何时能上天河来找我，你也是这样说的。后来我打上星罗渊，修到三重境界，想着那和尚该要大乘了，却总不见你来——到底如何算是大乘？"

身后一众小沙弥，方才还认真从两人的对话中感悟佛法，此时感觉出些许不对，慌忙闭眼，不看不听。

空明道："放万缘，不生念，证菩提，度众生。"

刑秋道："我听不懂。"

空明沉默了一会儿，道："大乘时，见你如见佛。"

刑秋收了笑意，呆呆靠着他，抬眼望着澄金色佛像。

良久，他用力眨了眨眼，站起身来，拂袖而去。

一众随从上蹿下跳、大呼小叫着跟上："国师大人，慢一点，慢一点，跟不上了！"

声音渐渐远离，空明手中念珠又缓缓转动起来，佛珠一百零八颗，上刻尘世百八种烦恼。

日光透窗，尘埃飞荡，殿外魔帝紫金衣，殿内高僧白布袍。

刑秋回头，冷冷看殿内金佛一眼，眉目间有压不住的戾气。

陈微尘看到他离开的背影，默不言语。

他闭上眼，尝试着自己引导气息，却总不见成效，此时浑身上下都痛得很。要紧处时，经脉中气息进不得、退不得，气血翻涌，到了绝路。

听得叶九琊的声音："停下。"

一只手按住他的肩膀，真气振荡，强行打断他运气，才算脱离险境。

陈微尘吐出一口血来，呼吸微微急促。

那厢议事接近尾声，陈微尘去藏经阁卷走不少书籍，说要自创一门仙、佛、魔道合一的大法，须得带些佛经回去研读。

老和尚依旧慈眉善目："施主既不愿留在山上，将来何处有疑，再来指尘就是。"

陈微尘看了看自己的手腕："左右你已经做了手脚。"

叶九琊此时与他不在一处，留在大殿里，与空明相对。

他回忆着陈微尘手上的佛印，在空明面前画出："这是何意？"

"接引印，"空明答他，"若刻在人身上，是有佛门中人行走世间时，看见有佛缘之人，助其悟道。若刻在妖邪鬼魅身上，是发觉此物生性不善，然而未曾作恶，先行刻下，将来若起恶念，便有佛印相缚。"

话音乍落，便听见脚步声，是陈微尘抱着许多佛经典籍过来。叶九琊知道这人现在情况令人忧虑，要小心翼翼照看着，便朝他伸过手去。

陈微尘会意，咧嘴笑了笑，把那些合起来颇沉重的教典交由叶九琊带着。

"刑秋与空明大师闹了别扭，已经下山了。"他对叶九琊道，"你说他们两个是怎么相识的？刑秋说他们在天河旁边遇见，想必是那年天河之役了。"

"算了，"他放弃揣测，"还是找迟钧天要紧。"

——想来想去，如今仙道也只有一个迟钧天有心思算计事情。叶九琊早上收到的那封密信，证明她极有可能身在国都中。可若是她，事情就复杂许多了。

此人出身天演，推演未来事，她若设局，必定算无遗策。

他与叶九琊对了个眼色，知道叶九琊猜测也是这样。

陈微尘眯了眯眼睛："她吊着我们，现在只好走一步算一步。"

叶九琊与他并肩往山下走去："你怎样打算？"

陈微尘的脸色有些苍白，叹了口气："也是走一步算一步。"

叶九琊看着他的侧脸，觉得这人现在是该有些疲倦的，然而又有种执拗的坚持在里面。

他一路下来，也对陈微尘了解不少，这人若在凡间，可在凡间温柔富贵中过一生，即使入了仙道，现下情状，有自己在身边护持，也不必受眼下三家气息冲撞折磨之苦。

陈微尘察觉他目光，也望了过来，两人竟对视了不短的时间。

一只鸟从林中扑棱棱飞了起来，才打断了这段寂静。

陈微尘眼里泛上戏谑的笑意来："叶君，看了好久，可是看上我了？"

——叶九琊已经习惯这人对他几天一换的称谓。

他的性子，面对这样的玩笑，终究是没有办法调侃回去的，只开口淡淡道："你想要什么？"

陈微尘比起那总是缺了点眼神、抓不住重点的魔帝要好一些，尤其在面对叶九琊这样惜字如金的交谈方式时。

他道："可见我们都在一起待了半年，你还是把我当作凡人。"

叶九琊看着他，神色微动。

"初见时，你说仙路寒苦，"陈微尘道，"我既然来了，也是想要寻自己的道。你若把我当道友，便不会有方才一问了。"

叶九琊静了一会儿，道："是我错了。"

末了，他又添一句："你境况凶险，不可独自修炼。"

陈微尘得逞般一笑："那以后就要劳烦叶剑主护法了。"

叶九琊神色依旧淡淡，陈微尘把那句"叶兄方才可是在心疼我"咽了下去，跟上他，两人并肩往前走。

佛家大开慈悲门，山路随山势偶有曲折，但并不崎岖。下了数不清的整齐石阶，到山脚下，仿佛过了一道无形屏障，幽谧景色倏忽远去，眼前又望见南都巍峨的城楼。

他们在城里继续寻气运特异之地，然而一天下来，除了知道国师府在哪里外一无所获。

陈微尘挂念温回，不免有些焦虑。他前几天在月城宅子里找来了温回的几根头发，又过三日，到了阴盛的日子，谢琅点上命魂铜灯，将头发放上去烧灼，幸而火苗虽然不稳，但仍充沛明亮，昭示头发的主人并无大恙。

道士又在拂尘里扒出来一根混杂其中的猫毛，照样烧了——亮得很，可见这只肥胖的"姑娘"离开谢琅后，并没有憔悴多少。

谢琅磨了磨牙。

线索总寻不到，陈微尘便也不出门了，半个月来，每日在书房里读佛经，虽然没有高僧授业解惑，但他仿佛是天生聪慧，也一点点看了下去。

小桃见他沉迷佛经，不仅去都城的寺庙里求了串缠在腕上的珠子，就连准备的衣物都素净不少。

此时书房里点着檀香，案上燃一支白烛，陈公子一身浅青衣，腕上松松缠了杏色的细珠，很是像模像样。

可惜也没见他清心寡欲多少——读着读着便没了骨头，靠在旁边的叶九瑈身侧。

叶九瑈往书页上看，一眼便看到"明王""明妃""空乐双运"几个词。

陈公子心中有鬼，咳了一声，欲盖弥彰地把手里的《欢喜禅经》合上，换了一本正经的《华严经》看了起来。

叶九瑈此时修为在二重天的巅峰，气息早已圆满，破境的契机难寻，一旦闲下来便无事可做，每天陪着陈微尘念经，竟也渐渐习惯了这样流水般的时日。

过了半个上午，陈微尘读厌了经本，找出一本妙语偈集消遣。

恰逢春风入窗，书页掀动，匆匆变幻终停下来，定在一首偈上，上书：

> 一切恩爱会，无常难得久。
> 生世多畏惧，命危于晨露。①

他微垂着的眼睫颤了颤，捧起书来看了许久，目光在"无常"二字上徘徊不去。

"无常……"他听见自己喃喃念出来。

抬眼看见窗外流云掠过天际，盖住日光，阴影有如实质，穿过窗棂打在脸上，时而黏滞，时而飘忽。等云飞散，日光又进来炙烤。周而复始，使他心中升起被光阴戏弄的惶惑。

他转过头去看叶九瑈，日光打在眼上的影子还未消散，模糊了斯人面容，房间忽然昏暗，他伸手去摸，抓到冰凉柔软的发丝，流水一样滑顺，一时怔怔。

他听见有人在读经："一切有为法，如梦幻泡影，如露亦如电，应作如是观。"

---

① 引自西晋译经家竺法护所译的《佛说鹿母经》。

他转过头看着桌案上，一本《金刚经》书页正在哗哗翻动。

又有一道声音响起："九十刹那为一念，一念中之一刹那，经九百生灭。"是《仁王般若经》。

金光剧盛，书房中翻书声大起，眼前尽是纷飞的书页，陈年的墨气与檀香一齐钻入胸腔，他成了这两种气息聚合的化身，昏沉着沉了下去。

千万道声音各自念着，是比蝉鸣还要密集的聒噪声，又渐渐汇在一起，震耳欲聋道："谓器世间山河大地及一切有为之法，迁流无暂停，终将变异，皆悉无常。"

他用力挣脱，却像是溺水的挣扎一样，无依无凭，不得脱出。

余音不绝，此音未伏，彼音又起。

"无常中来，无常中去。"

过了一会儿，又是唱声，像是送殡时会唱的，道："上天苍苍，地下茫茫。死人归阴，生人归阳。生人有里，死人有乡。"①

最后归于一声厉喝："孽障，速归去！"

他茫然中抓住了一个人的手，始终不放开，沉浮中挣扎着要醒过来，无果，最后有气无力，脑中吊着一丝清明了悟，道："自混沌分起时，便有无常，天道兄，既然本出同源，盛衰交替，起落长消的道理你岂能不知，何必总是与我过不去？"

他叹口气，笑了笑："你辖下世人，常贪得无厌。可我不同，纵使有千万般无常，我也不过要那一个罢了。"

那声音长久没有出现。

他昏沉着苦中作乐地想，这东西并不像是个伶牙俐齿的。

便眼前一黑，彻底睡了过去。

国都一处石室里。

温回被铁锁缚着，躺在一处石台上。

他做了一场乱糟糟的梦，吐出一口血来，睁开眼，看见白发的灰袍女人正看着自己，眼睛仿佛无底古井。

他努力让自己离她远点，横眉竖目道："妖婆！你又要做什么？！"

---

① 引自汉代镇墓文。

陈微尘醒来的时候，已经是夜中。他发觉经脉里的疼痛消去了一些，仙、佛、魔三家气息虽仍没有融合，却消停了不少。

他从床上坐起身来，见房间空空荡荡，正心中落寞之时，下一刻却见叶九琊推门进来，透过屏风看去，雪白衣缥缥缈缈，恍若谪仙。

他便倚在床头，眼睛一眨不眨地看。

白烟自香炉中流出，缠缠绵绵地浮动着，陈微尘朝叶九琊招了招手，要他过来。

他昏睡了半天，此时浑身发软，张了张嘴，好不容易才发出声来，还带着点沙哑："要喝水。"

叶九琊微倾身，从一旁的小桌上拿过荷叶杯，斟了茶水送到他面前。

陈微尘被仙君服侍，十分愉快。

他放下杯子，被叶九琊拿了手腕过去看经脉。

叶九琊看完道："破境了。"

陈微尘朝他眨了眨眼。

一重天悟天地法，二重天寻得大道，三重天与日月同齐，他眼下是堪堪过了二重天。

"这些天思虑过多，反倒忘了到底要寻什么道，"陈微尘倚着床头道，"还好想起来了。"

叶九琊并未多问，坐在床边，把陈微尘的手重新放回锦被里："要观冥吗？"

——破境过后，常需静坐观冥，巩固修为。

陈微尘摇了摇头，兀自发呆。

许久才闷闷问道："叶九琊，你可知我修了什么道？"

叶九琊："不知。"

"佛偈上说无常，说难得久。可我想了想，自己实则也不想要有常，不想要长久，"他缓缓道，"我修仙，你就是我的道；修佛，你就是我的圆满；修魔，你就是我的执念。"

叶九琊转过来，与他对视。

他看见陈微尘也望着自己——以一贯的、浅淡温柔的神情。

他终是问出了一直想问的那个问题："为何？"

他不知道，有什么能使一个人对另一个人有这样的执念。

"不为何，"陈微尘轻轻答道，"这是我的命。"

话音落下那一刻，叶九琊忽然穿过这人总是被笑意掩盖的眼睛，到深处，看见重重温柔迷雾下藏着的绝望。

他又想起陈微尘昏过去时房中隐约回荡的唱声与异象，唱的是"上天苍苍，地下茫茫。死人归阴，生人归阳。生人有里，死人有乡"。

他有些迷惘，心想这人的来历，恐怕不是原来设想的那般简单。

国都的桃花越开越盛，才子云集，桃花宴之期已至。

近日来都城忙碌，多半为了此事。

"陈兄，"国师大人把玩着手里的长笛，问，"你会不会作诗？"

陈公子摇着扇子很是风雅，语气理所当然："不会。"

刑秋："我也不会。"

只见此处场地极大，据说都城中有头有脸的人物都来仰观圣颜。借了刑秋的光，一行人坐在上方，看下面迎来送往，好不热闹。

才子们鱼贯而入，有老有少，神情忸怩，颇不自在。

过了一会儿，听见宦官宣号，圣驾到来。

刑秋说话很是不客气："草包来了。"

到了他们这种境界，人间尊卑实在不必过于挂心。陈微尘便转头去看，见皇帝约有三十岁，颇为白胖，挺胸昂头，左拥右簇，草不草包暂且不论，派头是十足的。

刑秋的座位就在帝座的右下，近日天热，他穿得很是轻薄，深紫的薄缎，广袖里滑出白皙的腕子来，漫不经心地喝着酒，若不是魔帝的一身高高在上的贵气还在，几乎让人以为是皇帝寻了个祸国殃民的宠臣。

皇帝把陈微尘他们当成国师的"仙友"，众人未见过国师出手，不知真假，而若是有仙道中人在此，就必定大吃一惊了：看那叶剑主与骖龙君，还有清净观的年轻掌门琅然侯，堪称仙界半壁江山——旁边居然还有修为丝毫不逊叶剑主的魔修……以及一个看不出修了什么的公子。

陈公子最近日子过得舒心，那天与天道作对，悟了道出来，差不多理顺了体内经脉，又有仙君在侧，百依百顺。外加有小桃精心喂养，几乎要忘了愁滋味。

接下来便是开场，这边亲王一、亲王二祝陛下万寿无疆，那边臣子甲、臣子乙贺皇朝国泰民安。流水般过一遍，到一个谢姓文臣的时候，陈微尘眯了眯眼睛——这人正是那被道士看出气运有异的谢府的主人。

之后由皇帝御笔书题，座下才子提笔作诗词。每成一个，便由宦官高声唱出来，文臣们先行评议，最后皇帝评点。讨得皇帝欢心的那些，则赐桃花一枝、酒一杯，更有封官赐职，因此桃花宴被那些因停科举没了出路的平民学子视为唯一机会。

魔帝似笑非笑看着下方，嗤笑一声，只作看戏。

叶九琊微蹙眉头："何以这样荒唐？"

陆红颜更是一脸不耐："皇朝如此，无怪乎当初仓皇南迁。"

"我爹私下里曾与我哥说过皇朝乱象，"陈微尘缓缓对他们讲，"初南迁时为安抚民心，大开科举，分化事权。南方虽是一方沃土，民智却不比中原，因此甚至取消了礼部的再试，进士及第即可授官，一科下来便能取七八百人。几十年下来，内外皆已冗余，又兼盐铁、度支、户部几经分合，职位称号数不胜数，庸碌之徒在所难免——实在臃肿沉重。诸般势力又盘根错节，皇帝平庸，一直没有着手删减，眼见国势已安，才取了暂停科举的下策——可又要彰显皇帝爱才如命、爱民如子，才有了桃花宴、桂花宴种种，擢数十位才子填些边边角角的差事。"

谢琅插嘴："我这一路看来，也只有国都与几个大城算是繁盛，皇帝不管别的地方吗？"

刑秋懒洋洋道："还不是外面一层层赋税交上来，才有了都城繁盛——我那些君侯也常收赋税、选美人的。"

陈微尘看了看他："陛下近日很是怠惰啊。"

刑秋悻悻喝了口酒："和尚可恶。"

他们也都不是会赏诗之人，而那边唱着诗，皇帝发赏，直到听到了熟悉的名字，陈微尘才抬起头来，看见与他们颇有缘分的庄白函。

庄白函这人长得一表人才，诗作也颇得皇帝喜欢，被赏了一个不大不小的官职。

等到一一评点完，桃花宴平稳至尾声，皇帝正要赞许，却见那边文臣的位子上走出一人来。

——正是那谢府主人。

他约有五十岁，生得方眉端目，脸色严肃，一身正气，缓缓走至场中央。

众人来不及反应，只觉得这行为十分逾矩，都静了下来。

一片寂静中，此人朝皇帝跪下，声音平稳有力。

"陛下，臣有话说。"

宽阔殿堂中落针可闻。

上方皇帝眉头纠结，座上诸人或引颈或倾身，看他会做出什么举动来。

陈微尘啜一口酒，然后发现气氛过于死寂，即使自己这一点儿动作都显得不合时宜。

他只好放下杯子，也静静看着。

他想起来，这位谢大人师出名门，素以忠耿有节著称，昔日任知谏院之首时，因为触犯圣颜，连贬数阶，成了连朝也上不得的微末小官。

这架势，是要进谏。

——不过此时桃花宴，与朝堂不同。满座衣冠，或文臣武将，或贵爵富商，在此种境况下进谏，全然不给皇帝留一点脸面。

刑秋轻轻嗤笑了一声，道："选在这里，皇帝碍于面子，他倒是可以不必死了。"

陈微尘看着阶下的谢大人，却摇了摇头，道："你仔细看，他是要死的。"

刑秋仍有些不信："哦？"

只见那谢大人对着上方御座，自怀中取出谏章："臣谢充，请削官体、开科举、养精兵、革旧制、变新法。"

眼下众目睽睽，即便是只为了从谏如流的美名，皇帝也不能不接，不能不看。

便有宦官取了，奉给皇帝。

皇帝展卷而读，脸色却是越来越差，读至一半，将那谏章往面前一掷："一派胡言！"

龙颜一怒，众人皆噤若寒蝉。

唯有谢大人一个，昂然抬头，与面色不善的皇帝对视："今日我朝，至腐至朽，如不变法，再难回天。"

皇帝俯视下方众人，强自按捺下方才看见谏章中"亡国之象""与昏君何异"这般激烈词句时的怒意，道："如今正值清平，都中繁华，不输往日，爱卿多虑。"

皇帝大约是知道这类文人的，晓得他们喜欢"死谏"的美名，接下来就要陈情，就要撞柱。

然而谏官越正直，显得皇帝越昏庸。撞柱——这是万万不能的，他对身边的宦官使了个眼色，宦官弯下腰迅速离开，传下命令，令侍卫们严阵以待，一旦发现不好的苗头，立刻用御前失仪的罪名将人制住。

"都中繁华，源于重赋，天下清平，乃是偏安。二十年中，无须外敌入侵，我朝国力殆矣。"

"偏安"二字，实在刺耳，皇帝深吸几口气，将"爱卿多虑"又重复了一遍："如今我朝外有天险，内有良田，休养生息，来日……"

不等他说完，谢大人重重叩一个头，声音沉闷，额上渗出血珠。

"陛下，"他一字一句，"安天下者，在德不在险。"

将"无德"二字明晃晃甩在皇帝头上，他全然不顾皇帝已涨成猪肝的脸色，又是叩头，鲜血淋漓。

皇帝胸脯狠狠起伏几下，侍卫长察言观色，知道是到了自己为陛下分忧的时候，喝一声："御前失仪，妖言惑众，大胆！"

便带了一众手下向中央去，要把人带下。

——却被骇人一幕镇住。

只见那谢大人缓缓闭目，两行血泪滑下！

"陛下，"他声音悲切，"陛下，听臣一言——"

陈微尘所在的桌上，一行世外人却都凝了脸色。

谢琅小声道："这是……"

侍卫长呵斥手下："还愣着做什么！"

"大人……"一个手下伸手，抖抖索索道，"你看那里。"

侍卫长循那手指看去，也是一惊。

那一行血泪滑下的同时，谢大人十指指尖也洇出血来，鲜血滴落到玉阶上，忽然疯狂蔓延，先是纹路狰狞，继而大片晕染。

不多时，那晶莹的白玉阶已成了血玉阶。

而血色的蔓延仍然没有止歇，以他的身体为中心，涟漪般散着。

侍卫们实在不敢接近那诡异的血泊，甚至被逼退了几步。

满座惊骇。

皇帝身体不稳，向后跌去，喘了几口气，便看向刑秋的方向："国师，这、这是……"

刑秋轻轻"咦"了一声，伸出手来，朝那处凌空一抓，手指缓缓合拢。

随着他的动作，鲜血蔓延的势头稍减，众人惊疑不定的目光便又投在了国师的身上———一场进谏，竟成了如此诡谲的场景。

皇帝见国师果然神通广大，心中稍安，喝一声："谢兖，你竟使邪术！"

话音未落，却见刑秋脸色一变，火烧一般迅速撤回右手。血迹像是有生命一般扭动起来，猛地挣脱束缚，血海一样掀起波涛。刑秋皱眉看自己的手，而一旁的谢琅冥思苦想。

却是叶九琊沉声道："天书残卷有载，儒起于巫，以血祭天地，为'祀身'，有夺气运之功。"

陈微尘问他："此法要如何用？"

"文气聚集之地，至赤至诚之心，佐'祀身'秘法。"

桃花宴选址大有讲究，眼下座中又有许多文臣，民间书生有才学者亦聚集于此，果真是"文气聚集之地"。

"可他一介凡人，如何得知？"

两人对视一眼，叶九琊道："是迟前辈。"

陈微尘也想起之前那句"静观其变"来。他叹了一口气："既然是她出手扰皇朝气运，我们也只好乖乖看着——亏得我们与她要做的事情是同一样，不然谁算得过这老妖婆？"

皇帝看见以谢大人为中心的翻腾血海，心中大骇，声音颤抖："国、国师……"

陈微尘用手肘碰碰刑秋："不要去管。"

国师大人抬眼瞧瞧外面明显暗下来的天色："是了，我反正也没有这样的能耐。"

他施施然起身，到皇帝御座前："陛下，此乃天意。"

皇帝脸色煞白："天意——如何是好？"

话音刚落，白光闪动，外面"轰隆"一声雷响，震人心魄。

肃冷的狂风"哐当"一声刮开窗户，近百个桌案上写诗用的宣纸被呼啦啦掀起，满大殿飘飞纸页，像极了送葬时一把一把撒下的纸钱。

"唯今之计，陛下假意纳谏，变革新法，下罪己诏，臣借机显现天瑞，以示陛下诚心，天意昭彰，正可借机封禅以定民心。"刑秋说得煞有介事。

皇帝如同抓住救命稻草，连连点头："国师高见。"

下方谢大人霍然张开双眼，看着座上的君王。

许是祭天地的古法使他此时耳聪目明，听得见那里的窃窃私语。他眼里的神情由悲愤至悲哀，由悲哀而淡漠，最终趋于无望。

大殿金碧辉煌，繁华到了不堪的地步。侍卫乱成一团，关门的关门，关窗的关窗，书生们伸手去捉自己被风刮走的纸张，大臣们在冷风里各自缩起了脖子。

灰袍的年轻道士抱着拂尘："这下连小道都能看出，这里气数已尽了。"

陈微尘叹了一口气，看着座下大臣，垂头缩尾者为多数，但也不乏有人死死看着谢大人，眼眶通红。他又在书生中找了一圈，看见庄白函身体微微颤着，拳头握紧，任眼前纸页哗啦啦飞走。

宦官搀着皇帝一步步走下高台，站在血泊边缘，皇帝嘴角扯出一个勉强的笑来："谢爱卿高见，利国利民，爱卿，请起——"

谢大人忽然低低笑了起来，笑声越来越大。

"若早知有今日，臣宁可身死战火中！"

他一身尽被鲜血洇湿，声音掷地，如若金石。

"今日残躯一具，愿以身殉天地，廓妖氛，匡正义！"

陈微尘记得在魔界时，叶九琊说剑阁古训第三，精诚所至，金石为开。

只见大殿上空气机翻涌，掀起惊涛骇浪。那谢大人以一介凡人之躯，引动天地真气，山雨欲来中，紫金云霞蒸腾，隐约成龙形。

不知迟钧天用了什么法子与谢大人接触，并让他得知了这样一个上古传下来的祭祀法，然而若非这人当真胸怀大义，能为人间疾苦殉身，此法是无论如何都成不了的。

可见万法归一的说辞有迹可循，当真精诚所至，金石为开。

只是，只是——

叶九琊望着窗外只有他们能够见到的紫金云气："天书中有记载，洪荒时，只分各国，尚无皇朝，各国每三年以千人为祀，固气运。"

"这样说来，谢大人殉身，可固皇朝气运了？"

叶九琊摇头："若他心中想着忠于君主，自然能固皇朝气运；若他心中想着黎民百姓，气运……便往有益于黎民百姓的地方去。"

是日，桃花宴上，谢兖死谏，血溅白玉阶，引动天地异象。坊间众说纷纭，"南朝气数将近，降下天谴"之说最盛，皇帝大怒，戮数十人。

次日，皇帝下罪己诏，赦天下，加恩科。诏下当日，有瑞紫色巨鸟盘旋在皇宫上方，日暮时方去。国师大人进言，陛下一时受了蒙蔽，政策不当，有失圣明，幸有谢大人死谏。现下已然改正，感动天地，凤鸟出世，乃祥瑞之兆。

皇帝大喜，御命下，择吉日封禅以谢天地。

刑秋肩头栖一只紫色小鸟，飘飘然进了陈府大门。

叶九瑯在庭中练剑，见刑秋，略一颔首，当作见礼，继续习剑。

他剑势利落，剑气凛冽，纵然身处春日好景中，也如朔风卷雪、冰河断流，使观者魂悸魄动。刑秋饶有兴趣地在旁边看了一会儿，感到叶九瑯出剑时，自己竟然有点害怕，便悄悄溜进了书房。

陈微尘正在读佛经，见他进来，挑了挑眉："国师大人携凤鸟前来，好兴致。"

刑秋把"凤鸟"放在一旁架子上，坐在陈微尘旁边，一眼看见他手里的佛经，嫌恶地皱起眉头："一股和尚气，烧了烧了。"

陈微尘无奈地看了他一眼："来做什么？"

刑秋伸了个懒腰，软绵绵地就往他肩上靠："无事可做。"

陈微尘推了推他，并没有推动。想想初见时魔帝陛下还十分气派，未承想，他像是没骨头一般——有树便靠树，有墙便靠墙。平日里被美姬伺候，倚红偎翠也就罢了，见了自己也要靠着。

"你这是什么毛病？"他问。

刑秋懒懒道："我活了这么些年，修来修去，没有修出什么所以然来，只觉得一个人待着，很是没意思。"

陈微尘便把佛经往他脸上一扣："那便找你的和尚去。"

刑秋把佛经拿下来，看了几行，叹了一口气："和尚自去成他的佛，我才不去讨人嫌。"

正玩闹着，有小厮前来，道："少爷，消息探听到了。"

陈微尘把没正经的魔帝推到一边，道："讲。"

"我问了谢府的婢女，得知谢大人近些日子总是往城郊落子湖去。"

"落子湖？"

"就在南边，要过两座山。"

"带路。"陈公子看一眼皱眉读佛经的刑秋："要去找一个人，你跟我们一起去？"

刑秋点点头："好。"

落子湖之名，源于湖中数十块大大小小色泽或浅或深的圆石，浅为白，深为黑，恰似盘中棋子。皇朝鼎盛时棋道盛行，出过不少惊才绝艳的大国手，可惜如今文脉随气运一并衰落，街头巷尾再见不着当初走子博弈的盛景。

穿过一道山，粼粼波光呈现在几人眼前，最为醒目的不是湖中棋子，也不是湖边石屋，而是湖中央圆石上坐着的女人。她一身旧灰袍，散着白发，立在山风中纹丝不动，此时怀里还抱了一只黑猫。

他们要找迟钧天，原就是为了确认温回与清圆的安危，见到此景都放下了心来。

谢琅喊了一声"清圆"，黑猫转头看见他，动了动身子，要挣开迟钧天，却没有得逞，只好细细弱弱地"喵"了一声。

迟钧天缓缓睁开眼，眼神淡漠。

此时，一阵刻意的咳嗽声从石屋中传来。

陈微尘抬眼看去，见老瘸子扒在窗框上，跟自己对上目光后便开始破口大骂："姓陈的龟儿子！你果然卖了老头子！让老头子被这妖婆捉住！"

陈公子略呆了呆。

眼下境况，有点儿复杂了。

他便回道："老瘸子，我家阿回在哪里？"

老瘸子扯着嗓子嚷："把老头子从妖婆手里救出来就告诉你！"

陈公子便往石屋边去。却有人比他更快，一片灰影从湖上掠起，转瞬间来到石室门口，迟钧天冷冷道一声："聒噪。"

便传来了老瘸子的惨叫声："师妹、师妹饶命——"往窗户里看去，那人似乎是被揪着耳朵拎到了一边。陈公子审时度势，感到这里迟钧天最大，低眉顺眼地等在门口，等迟钧天出来，道："迟前辈，我家温回……"

谢琅比他更加低眉顺眼："迟前辈，我家妹子……"

迟钧天看了看怀里黑猫："你的？"

"是，"谢琅忙不迭地道，"只是寻常家猫，没有什么特异之处，于前辈也无用……"

迟钧天一只手抱猫，另一只手放在猫背上，冷冰冰道："暖手。"

——然后径直越过两人走了。

谢琅："……"

等毫无归还之意的迟钧天抱猫走远，道士几乎要跳脚："怀璧其罪，怀璧其罪！可怜我清圆生了一身好皮毛！"

被彻底忽视的陈公子十分郁闷："可我家温回也没怀什么璧，怎么也被擒了？"

他们两个跟上迟钧天，见她问叶九琊："谢宠已死？"

叶九琊："已死。"

迟钧天淡淡道："以一人之力行祀身礼，可敬可畏。"

叶九琊问她："前辈可还有其他布置？"

"我只能做到这里，再来，就要触怒天道，"她道，"余下的，看你们的机缘。"

谢琅悄悄道："可皇朝衰落，不就是又成一个与锦绣灰一样的物件吗？你们已有了。"

陆红颜答他："不破不立。"

清圆叫了一声，转过头来看谢琅。

两相对望，分外可怜。

陈微尘折回老癞子所在的窗前，把样貌十分委顿的老癞子喊起来："老癞，你怎么被捉住了？"

老癞子幽幽地看着他："妖婆要做大事，害怕我从中作梗，干脆捉在身边。"

陈公子摇着扇子，一笑："这是你们师兄妹两个的事情，她要捉，显然不能怪我卖你。"

老癞子瞪他一眼，不说话。

陈微尘接着问："阿回在哪里？"

老癞子告诉他："你家的阿回被老妖婆折腾得可惨了。"

陈微尘拧起眉来："她要阿回做什么？"

老癞子摇摇头道："你这小厮命格极好，拿来当气运阵法的阵心十分合适，不过老头子这几年不学无术——也看不懂她究竟在做什么。"

陈微尘想了一会儿，接着道："他在哪儿？"

老癞子朝外面的落子湖使了使眼色："底下。"

陈微尘苦恼地叹了一口气。

他接着问一身破烂衣服的老癞子："她是迟钧天，喊你师兄，那你是萧九奏？"

老瘸子咧嘴一笑："老头子虽老，可当年也有风流倜傥、名满天下的时候。"

他闭上眼，十分陶醉，可惜姿态实在和街头任何一个叫花子无异。

陈微尘没有问他怎么沦落成现在这副尊容，打算回叶九琊身边。

"陈小子，"老瘸子叫住他，"我老头子的底让妖婆给抖了出来，你是不是也该报一报自己的来头？姓陈的，普天之下，我可只能想出一个人来，我和那位倒还有过几面之缘，他勉强算是我师侄。"

陈微尘笑了笑："其实，告诉你也无妨，可也无用。你想诓我喊你一声'师叔'，我才不喊。"

"不想说，那算了，"老瘸子打了个哈欠，"好心提醒你一句，虽然世人不知，但我与师妹两人几十年前就已被逐出天演师门。可是呢，该会的，一样不少。只要看见你的气运命格，立即知道你来历特殊，小心我那疯魔了的师妹拿你做文章。"

陈微尘脸上笑意淡了些："这倒不必担心，她若能看出我的来历，就知道若要复活她徒弟来做逆天的棋子，还用得着我。"

老瘸子"哦"了一声："我倒是对你越来越好奇了。"

陈微尘转头看了一眼，见叶九琊正向这边来找自己，语速加快了些："老瘸，你能不能看出，她要用什么法子逆天？"

老瘸子摇头道："人生而有命，但凡有逆天的念头，就是想要长生，或是境界进无可进。只是师妹现在不可理喻，我也看不出她究竟想着什么。"

陈微尘："那你呢？你那时说，你与她赌谁能找到长生之法，你又要如何做？"

老瘸子继续摇头："老头子不是早告诉过你——我是早就灰心了。"

于是，叶九琊走来时，只听见老头子略带失意、越来越低的声音："天要你百年死，再延百年已是大限。人本就生于天地间，这天道又岂能轻逆？"

他知道石屋里的老瘸子非等闲之辈，又性情古怪，即使陈微尘看起来与这人交情颇深，也没有掉以轻心。想着终究要离得近些，才能确保陈微尘的安全，故而走近。不过现在看起来他们倒像是在说一些正事。

叶九琊便保留了一个不至于冒犯的距离："在谈事情？"

"没谈什么，叙旧。"陈微尘见他过来，眼里泛上一丝笑意，毫不留恋地抛下老瘸子走到他身边。

老瘸子眼不见为净地摆了摆手："快走，快走，别再来烦我。"

陈微尘便对叶九琊道："他说阿回被迟前辈藏在湖下，但是迟前辈并不搭理我。"

叶九琊淡淡道："我去问前辈。"

陈微尘得到靠山，愉快地跟了过去。

迟钧天脸色没有改变半分："你要，带走就是。"

她袍袖一挥，湖面掀起惊涛骇浪，起落间露出几条铁索、一处石室，右手再作势一抓，就见一道人影被弄了上来，往这边落。

叶九琊御气上跃，身影缥缥缈缈，把人接住，落回地上。

明眼人都能看出温回现在昏迷不醒，状况十分糟糕。

"休养几日自然醒来。"迟钧天不咸不淡地回了一句。

陈微尘看着她，脸色无论如何称不上好。

这样轻易把人交还，反倒可疑。

然而自己又没有什么办法，憋屈得很，只好先把脸色苍白、浑身冰凉的温回放上马车。

"前辈这是何意？"叶九琊蹙眉道。

迟钧天似是笑了一下，转身拂袖离去，冷冷道："我毕生行事，何须向人解释。"

陈微尘咽下这口气，息事宁人地拉了拉叶九琊，不知道是该为眼下扑朔迷离的情况烦恼，还是该为这人终于帮自己说了一句话高兴。

而刑秋望着迟钧天的背影，眼睛发亮："猖狂，猖狂啊……方才那话，纵然是本国师都说不出来。"

叶九琊看了看陈微尘："回城？"

"只好回城。"陈公子到底还是郁闷，整个人都有些恹恹的。

"陈兄、叶兄，如无大事——我想去给谢大人上个坟。"刑秋收回看迟钧天的目光，叹了口气道，"虽说他原本就怀了要死的心，但我也算是个帮凶。那天回去以后想了想，十分过意不去，我答应过和尚要做善事的。"

——谢大人当日被匆匆下葬，所葬之地离这里不远，顺路便能过去，刑秋这一举动合情合理，没有可拒绝的地方。

他们便从山路过去了。

路上，陈微尘问叶九琊："你有没有想过为求长生或求进境逆天？"

叶九琊："并未。"

"我想也是，你们剑阁从来都是尊天道。"陈微尘神色轻松了些，声音也软了下来，道，"依我看，迟前辈行为古怪，筹划之事必定也有蹊跷。等复活焱君，你了结执念，就不要管他，回流雪山练自己的剑，不要蹚这逆天的浑水。"

他与叶九琊对视着，忽然错觉这人看起来温和了些，鬼使神差又轻轻补一句："乖。"

叶九琊想来也是平生头一遭听见一声语气这样宠溺又无奈的"乖"，神色有些不自然，移开眼，淡淡应了一声。

谢琅感觉这两人间气氛诡异极了，不由得往旁边缩了缩。

而陈微尘用眼角的余光看见陆红颜正看着自己——这孤僻乖张的姑娘不知起了什么疑心，最近总是暗中观察他。

只好底气不足地咳了一声："你也是。"

姑娘含糊地"嗯"了一声——倒是没有像前些日子那样，总与他作对。

转过一个弯，便到了谢大人埋骨之地。

让他们意外的是，新坟前，零落纸钱间还站了位熟人。

——是书生庄白函。

十一　相思

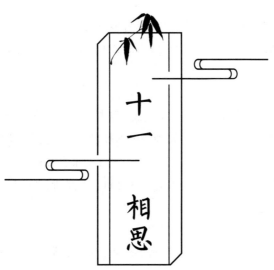

庄白函一身素衣，旁边放了书箧，低头沉默地站着。

刑秋从马车上拿了壶酒，浇在坟头上，说了一句："谢大人，走好。"

庄白函抬眼看了看国师，并未说什么。

——他大概不想说什么，眼中的沉郁好似将这个人与周遭隔开。

陈微尘走到他身边，书生才开口："见他在阶前，才认出来，是我在书院时的先生。"

人世间因缘际会，兜转拥合，莫过于此。

庄白函闭上眼，深吸一口气，是在极力压抑悲伤的模样："当年战火中四下离散，书院中人皆杳无音信。恩师……恩师以前常教我们，读书人当入仕林，佐君王，以天下黎民为己任。一路上，我看见除了几座大城，余下皆民生凋敝，心中还想，正是我等书生大有可为之世。又想着，我们书院桃李满天下，到了国都，总能看见几个旧日友人……"

余下的话未出口，可听者都能想出。

——怎料初至国都，桃花宴诸般荒唐事后，便见恩师死谏，血溅长阶，皇帝昏庸，闭目塞听。

他怎能不郁郁，怎能不心寒。

那春光越好，繁华越盛，越能看到秋风肃杀，前路凋零。

在这样的情景下，陈微尘也说不出什么安慰的话来，只好轻轻拍了拍他的肩膀。

庄白函眼眶隐隐泛红，良久，打开书箧，将那一本本泛黄的书册在坟前烧焚。

"书上说，天下有道则现，无道则隐，说危邦不入，乱邦不居。可先生您又说，我等生逢乱世，当心怀苍生，力挽狂澜。每当学生问起这个，您总是不答。"火焰熊熊燃烧，听得书生一字一句道，"可天地之大，竟无我等容身之地，无黎民安居之处。今日我将这些仁义道德给您烧去，先生——来日入梦，您再教导一次学生，圣贤学问，有何用处，学生、学生要怎么做……"

火舌舔过册，仁义礼智信。

纸页化焦灰，天地君亲师。

这火逐渐大了起来，烧成一片鲜红的海，吞没了他仰望二十余年的黑金大匾。

匾上写着"至圣先师"。

陈微尘远远看着，看到庄白函眼里淡而哀的惘然。

这样纷乱的世道，这样昏庸的君主——这些除了学识外一无所有的书生，将相才略不得施展，一腔义愤难宣于口，所能做的，似乎也只有惘然了。

昔日沉书侯一袭青衣孤身出帝京，弃儒道而修仙道时，大约也是这样的失望。

火燃尽后，坟前只剩漆黑的灰。

天空忽下起细雨，并且越来越大，将那灰打成一摊黑泥，浸到青山黄土中。

庄白函仰头看天："先生，你看，天地为你一声哭。"

雨势渐大，山中无法再站人，陈微尘邀了庄白函进马车里，一径回城去了。

"庄兄落脚何处？"

"暂住了帝霖街上的客栈，娘子还在等我，"庄白函道，"陈兄，娘子近日多病，我不愿让她再添烦恼，先生此事，还劳烦不要对娘子提起。"

陈微尘想起与书生初识时，他说娶了先生的女儿——他并不知道那小娘子是妖魅所化。

学有所成的书生，身上往往有清气。妖魅若常年近他身，便会日渐衰弱。

尤其是那小娘子用族传的宝物换了一滴新凤开阳血，更易为清气所害，妖魅原有法力，此刻也应当一丝不剩，与凡人无异。

陈微尘想了想，对他们修道人来说，镜花鉴会派上不小的用场，但涂山笛似乎没有用处，便将那笛子拿了出来："如果病气缠身，将这个带在身上，或许有用。"

庄白函道谢接过，苦笑一下："公子多次援手，而我穷途末路，如今又受赠物，实在无以为报。"

"来日方长，"陈微尘对他道，"将来如何，尚未可知。"

庄白函也不是忸怩作态之人，闻言只道："承公子吉言。"

陈家的马车驶过大街小巷，在客栈前停下，庄白函拱手道："陈公子，诸位仙长，就此别过。"

"先生，有缘再会。"

庄白函也道一声"再会"后，走进了客栈。

待他进客栈，谢琅道一声："有趣。"

陈微尘："又看出了什么？"

道士拂尘一摆："让我再算算。"

他们因此在客栈门口多留了一会儿。

最终，谢琅道："气运是越来越盛，也越来越凶，若不是之前便有异，我简直要怀疑谢大人'祀身'后把气运移到了他身上。"

"这样看来，我们要找的最后一件东西，线索多半会在庄先生身上？"

"约莫如此。"

"皇朝事，咱们不便插手，我会命家仆多留意庄先生。"陈公子若有所思。

他们正要回府，却见庄白函匆匆下到客栈大堂来，神色焦急。修道之人耳聪目明，因而把声音听得清楚。

"老板，你可见我娘子去了哪里？"

随后响起的是一道慵懒的声音："原来是庄大官人，您家的娘子……"

"在何处？"

老板"嘿"了一声："您往北去，过两个街口，看见司徒府，约莫是了。"

庄白函声音显而易见沉了下来："司徒府？"

"可不是吗，"老板慢悠悠道，"今儿下面有卖雪梨汤的，我看见庄小娘子出房来买，可巧，让司徒家的人看见——您现在过去要说法，还能讨得几个银钱。要我说，庄官人，这世道，媳妇还是要娶一个样貌平庸的才能过得安稳，您那俊俏的小娘子，嘿！"

一个意味深长的"嘿"之后，老板便不再说话，似是见惯了。

庄白函面色苍白，匆匆到门口，冒着大雨就要往北面去。

"庄先生，"却是刑秋掀开车帘，"我带你去司徒府。"

看样子，国师大人知道，谢大人最后选择赴死虽然是注定之事，但与皇帝商量如何欺瞒天下人的自己终究当了帮凶，因而怀有那么些愧疚，要去帮庄白函。

不过即使刑秋不帮，他们既要探寻线索，又与庄白函有交情，也是会伸出援手的。

眼下大雨如注，路上行人断绝，他们没了顾忌。刑秋一把抓住庄白函，御气往北面掠去，陆红颜与谢琅留在马车里，叶九琊带着陈微尘跟上。

——可他们还是晚了一步。

在空中时，正看见那气派庭院后，从小门里走出两个小厮打扮的人来，拖着一个人，声音透过雨幕传来。

"咱们老爷最喜欢这样的病美人，谁知道是个烈性子，竟寻死了！"

"大雨天的，还要去抛尸体，晦气，晦气！"

庄白函目眦欲裂。

刑秋一道魔气打出来，两个小厮滚倒在泥水地里，不省人事。

庄白函颤抖着抱起地上的人："娘子……"

小娘子衣衫凌乱，腹部有一道大口子，源源不断冒着血，与雨水混在一起，触目惊心。此时虽还吊着一口气在，然而垂垂危矣，任是仙人也无力回天。

她艰难地睁开眼睛，脸上尽是泥水，纤手颤颤抚上庄白函的脸，抖了一下，吐出一大口鲜血来，声音细若游丝："相公。"

"你傻……"在先生坟前也只是红了眼眶的书生，此时却声音抖着，竟至悲不成声，"哪至于……哪至于寻死。"

"相公是读书人，最重礼法，我知道的，"小娘子艰难地笑了一下，声音断断续续，"阿书是读书人的娘子，也要清清白白死……"

庄白函双眼蔓上血红，只一声声叫着"娘子""阿书"。

"娘子在，"小娘子道，"相公……以后没有娘子，你好好……好好照料自己。"

她身上妖气开始疯狂窜动，要现原形，眼中浮现出一丝悲凉来，那妖气却又被什么压了下去。

她看到庄白函腰间挂着的涂山笛，知道是宝物护着自己没有现出原身，缓慢地转头，看见陈微尘："阿书……谢……谢公子。"又转过头去，靠在庄白函怀里："相公……来日做了大官，再娶个贤惠的……娘子。"

"我不做官了，"庄白函紧紧抱着她，不顾小娘子身上满是泥水，与她贴着额，"也只娶你一个娘子。"

"尽说傻话，"小娘子有气无力地扯出一个笑容，"相公，阿书这辈子碰见你，好高兴，相公，来世……"

陈微尘移开目光，看见叶九琊神色中有淡淡迷惘。

他知道这人是没见过凡间这样疼痛的生离死别的，用仅有他俩能听到的声音问："看不懂？"

"她为何……高兴？"

陈微尘拿过叶九琊的手来，将那修长五指一根根展开，道："能与心上人百年好合一场，喜乐也好，苦痛也好，都是愿意。生时离不得，死后忘不了，便是红尘里的情了。"

"叶君，来日我死时，若你心中能有一点儿舍不得，黄泉路上，我也走得高兴。"

那边小娘子最后一声"相公"落下，彻底没了声息。

庄白函喉中发出一声压抑的悲鸣，死死抱着妻子的尸身。

良久，他口中一时叫着"娘子"，一时又叫了"先生"，最后仰头看着暴雨如注的天，悲声化了低低的笑声："是世道负先生，是世道杀你，是世道害我！是世道弃黎民！"

天际隐约雷鸣，雨珠溅地，化开血色，掩盖一切声响。

温回昏了两天才算醒过来。

正抱着他家公子干号了半天妖婆如何如何可恶，他眼角的余光忽然看见小桃冷脸端粥碗进来，咳了一声，也不号了，理理衣襟开始献殷勤。

陈微尘见他终于冷静下来，问："所以她到底做了什么，嗯？"

小厮苦着一张清清秀秀的脸："我哪知道……"

陈微尘捏住他下巴："想。"

"她把我从南海带出来，就一路往南飞，"温回十分委屈，"起先只是伺候她，后来就了不得了，妖婆要剥我上衣，在我背上画许多符——到后来把我扔进湖里，湖里有间石头房。我被铁链拴起来，她每天都要来作法折磨我。"

"转过去，"陈公子道，"衣服脱了。"

房间里现下只有他们三个，虽然小桃是女儿身，但是从小玩到大，以后多半还要结成连理，并没有什么嫌可避。

温回依言解了上衣，可是背上十分光洁，没有东西。

陈微尘又问："她怎样作法？作法时你又有什么感受？"

小厮难过地回想了一会儿，回答："她只是在一边闭眼坐着，就有无数东西在我身体里面爬来爬去，一开始疼得很，后来忘了疼，就迷迷糊糊看见许多东西，仿佛站在天上，下面是世间的很多景象，乱糟糟的——清醒以后，什么都想不起来。"

陈微尘又问了些东西，但温回记得七零八落，没有问出什么有用的来。

公子问完，若有所思地给人拉上了被子，把小桃留下照顾温回，让他再休息几天。

雨渐渐停了，陈微尘便不由得又想起雨中失魂落魄的书生来。

国师府一众气焰嚣张的随从上了司徒府"登门拜访"。那位脑满肠肥的司徒老爷被折腾得颇为凄惨，原还命了家仆去交好的几家求援，忽然听见一声嗤笑，一转头看见桃花宴上把皇帝也哄得服服帖帖的国师大人就倚在画屏边，硬是吓得昏厥过去。

刑秋一代魔帝，看魔界百姓乖巧听话惯了，对人间这些乱七八糟颇为不顺眼，又兼这人长得实在不敢恭维，也懒得理他，随手扔了个阴邪的魔修术法，施施然走出。

血债虽能偿，死者却无法复生了。

书生拒绝了他们帮忙料理的好意，抱起小娘子的尸身，一步步走进茫茫雨幕中去了。

陈微尘也只能派了家仆远远注意着。

他回到书房里，见叶九琊正提笔写着什么，走笔间纵横铺陈，气势几欲破纸而出。

这人平日也不算清闲，在山上时须时时守着天河，下山以后，练剑之外，还要详细整理平日的感悟心得，以供门中弟子修习。

现在正在写的与剑意有关——要知道，仙道对叶剑主的赞誉之一便是"集剑招之大成，开剑意之宗风"，可想而知，书成以后，必是一本声名卓绝、人人欲得的传奇功法。

陈微尘靠在一旁，看了一会儿，伸手在叶九琊眼前挥一挥："歇一会儿，这种差事实在太伤神——我只看着都要头昏了。"

叶九琊暂搁下笔，陈微尘见他得了闲，吩咐下人把那些纸张拿走装订，自己笑眯眯靠过去。

一只通体深紫的小鸟扑棱棱飞过来，有拳头大小，一迭声地叫着"和尚""和尚"。

——是之前刑秋带来的，是只稀罕的鹦凰鸟，长得似凤非凤，却会学舌，国师大人出去溜达一圈，却把凰鸟不慎落在了这里。

陈微尘便伸手去逗它，觉得"和尚"实在难听，便教它说话："乖凰儿，叫'叶君'。"

凰鸟歪了歪头，黑亮的眼珠中满是懵懂。

陈微尘便又唤了几声"叶君"。

凰鸟张了张嘴，没能发出声来。

陈微尘一看有戏，便把凰鸟捧在手心里，一句一句教着。过了许久，凰鸟终于张了张嘴，一声还生涩的"叶君"喊了出来。

陈微尘弹了弹它的冠羽以示赞赏，转头含笑去看叶九琊。

叶九琊先前静静看着陈微尘教凰鸟说话，听他极用心地温声唤着"叶君"，此时那人转过头，眼中一汪化开的春水，忽在他心头泛起细微的涟漪。

仿佛这些时日朝夕相处，当真生出了似有似无的联结。

陈微尘转头时脸颊蹭到了叶九琊垂下的发丝，素日里再寻常不过的动作便平白牵扯出一段悱恻来，如那香炉中袅袅流出的白烟一样摇曳不定。

在那一个片刻，他恍惚了，觉得满天地间只剩这样一个人，转头便能看见，伸手便能触到。

——便当真伸出手来，轻轻摸上了那乌黑墨发。

只怪他与这人离得太近。他看见那魂牵梦萦的容颜，几乎要忘记呼吸。

陈微尘见叶九琊一言不发地看着他，也不说话。两厢对望，一时怔然无话。

好巧不巧，正在此时，外面"噔噔噔"传来脚步声，是伺候读书的下人邀功般道："公子，书装好了！"

——不知是该夸他动作麻利，还是怪他来得不是时候。

陈微尘被这样一叫，梦醒般回过神来，放了手，垂下眼睫，规规矩矩坐好，接过下人递上来的书册。

再偷眼瞧一瞧叶九琊的神色，见依然是平日里的波澜不惊，心中一丝庆幸、一丝难过。

便揭过这一页，只当什么都没有发生，房中陷入一片尴尬的寂静。

终是叶九琊问："温回怎么样了？"

他答："他不知道是在做什么，也记不清，只知道迟前辈应是用他当阵眼，施了些法术。"

叶九琊："他有何特殊之处？"

陈微尘想了想，回答："我们两个一个生在正午，一个生在子夜，命格相生相成。我原没有放在心上——天地生人，总是有一便有二，生了我这样一个一身凶煞的，必得有一个福星高照的来相对。可现在看来，要么是阿回的命格对迟前辈有用，要么他也有些特殊之处。无论如何，迟前辈想做之事，应与天地气运有关。"

交代完这些，又没有了话。

好在陈公子脸皮并不薄，这一会儿的工夫，已然回转了过来。

他拿起那半本装好的书册："叶君，我来给你批注好不好？"

叶九琊点了点头。

功法籍册，大都分两份，一份原本，一份注本。

原本最精要，字字珠玑，但也失之晦涩。而注本是在原本的语句上，用朱笔小字批注，详细释义。

弟子参研时，先悟原本，再看注本，最后两相对应，辟出自己的路子。

陈微尘便蘸了朱墨，认认真真批注起来。

正应了那句"字如其人"，他笔端流淌出字迹来，行云流水，风流雅致，与叶九琊挺拔清峻的字呈在一张纸上，也算相映成趣。

他写着，时而停下来，与叶九琊探讨，不知不觉间，光阴便缓缓而过了。

这份剑意心法花了他们半个月时间，成书之际是在晚上，翻阅一遍，竟无一处不妥帖，不看字迹，简直像是同一人写就，又自己批注。

陈微尘看得极愉快，问："叶君，这必定是一本传世的功法了，给它起个什么名字好？"

叶九琊道："随意就好。"

仙道取名，是没什么讲究的，盖因悟道的机缘千奇百怪，功法的来源亦是如此。剑阁、剑台的《飞花剑法》《沧海流》《合璧》《贯珠》这些，尚算美观，而道门更加随意，那些《瓦罐经》《葫芦经》若放到人间，就难登大雅之堂了。

陈微尘琢磨了一会儿，提笔在上面写了三字"长相思"。

叶九琊看着那三字："何解？"

"你的剑意，是无情的剑意，"陈微尘道，"有情来，无情去，相思不如不相思。"

叶九琊道："既然不相思，为何题'长相思'？"

"他们不是你，没有那样能修得无情道的天分。要悟你的剑意，就要下一剂狠药，"陈微尘翻着书页，声音温和，缓缓道，"但凡有一点凡心未净者，看到名，就要心神浮动，此时翻开，看见里面教人冷心绝情的词句，猛地泼一盆冰水，两相对照，才能照见自己未斩绝的尘念，看清有情与无情的差别。"

"可他必定是不甘心的，要往后翻，往下悟，直到最后。"

陈微尘翻至最后一页空白，提笔写下那句"有情来，无情去，相思不如不相思"，声音低了些："最后见到这句，醍醐灌顶，大彻大悟。

"更何况，"他看着叶九琊的眼睛，"你还不清楚自己的道吗？仙道上千年也不出你这样的天才，依我看，焱君也未必及你——可为什么还在二重天的巅峰徘徊不进？

"你的无情道，是在他横死之时，悟出了人力有穷，天地无情。可终究寄在他身上，用有情的心，去修无情的道，叶九琊，你说，你到底是不相思，还是长相思？"话至最后，声音越来越低，像是呢喃耳语，"我这些天看了你的心法，才算彻底明白你悟道的根基，既觉得他可恨，又为你心疼。"

他一字一句，落进叶九琊心中。

叶九琊望着他，那些连自己都不甚明白的陈年往事，随着这人条分缕析一点点清明起来的同时，看到陈微尘总是多情的眼里，此时有无限哀伤与委屈。

他伸手想要抚一下这人的头发，借此来安抚那哀伤与委屈。

陈微尘笑了笑，转头躲过去，在那"剑阁，叶九琊"的署名后续下了自己的名字，认认真真又多添上几个字：

　　庚戌年暮春，微尘与叶君合撰于南都知秋别院。
　　窗外皓月，案上明烛，万丈红尘，一场大梦。

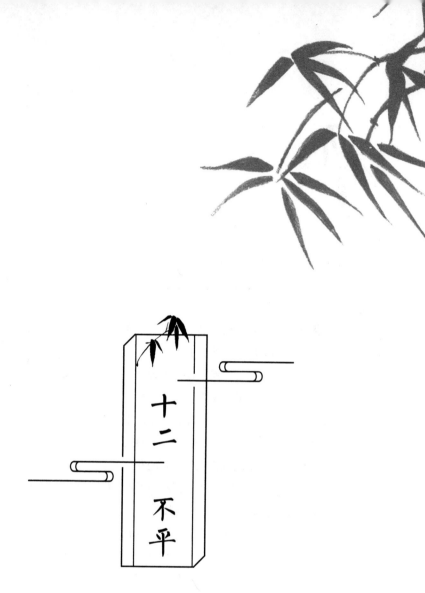

十二　不平

　　几场雨后，暮春也将至尽头，日子倒是风平浪静。

　　他们探望过一回庄白函，书生情绪已经平复不少，面上看不出什么来，经此变故，似乎沉稳了许多。

　　陈微尘问他是否还要依桃花宴上的成就入朝为官，庄白函点点头，眼里掠过一丝痛苦，却被其他的什么掩盖下去。

　　他们便依然如故地修炼，偶尔也出去游玩。

　　游过了几处有名的胜境，又没了去处。都城在天子脚下，说书先生前朝事讲不了，今朝事说不得，各个不得施展手脚，很是没趣。

　　去戏园里听了几场戏，除了些聒噪的鬼怪故事，就只有些才子佳人的旧风月。时下人似乎不爱团圆戏，衣色极素的花旦一会儿唱着"原来姹紫嫣红开遍"，一会儿又是什么"原来你是假心肠一片待红妆"，十分扫人兴。

　　"我们道观的藏书库里也有些人间故事，大都是些史书。上面写皇朝将倾覆的时候，必定有些故事流传出来，诸如天降预言、异象凶兆。我那时悟道尚浅，以为都是史官编撰脱罪之词——显得此乃天意，不能抗拒。不过现在看这里情景，连唱戏的都活泼不起来，倒像是人们早有了预感。我师父说万事万物诞生之初，都有各自的气象在里面，逃不了既定的命数，而万物有灵，即使无知，仍能得到些许昭示，诚不欺我。"谢琅如是道。

　　小道士说完，看了看身边几人，想要得到回应，然而大家各自走路，并没有人理他。谢琅挠了挠后脑勺，不知道气氛为何突然沉了下去，倒显得只有他一个人不识愁滋味。

　　陆红颜常在庭中练剑，暮春时节，乱红如雨，剑势激荡，更加落花纷纷。她虽身形纤细，剑上的路子却至重至沉，势压千钧处，未免流畅中有不足。陈微尘书读乏了，便好心提点几句，姑娘倒也听话。

　　国师大人没事的时候也来陈府凑热闹，现下正一派慵懒地卧在琉璃榻上。

星罗渊上极冷，他来了这里，有些耐不住热，衣服是越穿越薄，十分不像话。

"我说，"刑秋道，"你们两个是怎么回事？"

他的指代不明不白，陈微尘便问："和谁？"

"你的剑啊。"刑秋答得理所当然。

陈微尘不得不向他好好解释，那着实不是他的剑灵化成了人形，而是人化成了剑。

为此还不得不拿出扇子做证——这才是他连了精血的兵器。

"啧，以身化剑，还有这样的法子，"刑秋道，"须知万物有灵，由物化人易，由人化物难。哎呀，陈兄，我不得不可怜你了。"

仙道、魔道各有些不通的法论，陈微尘问："这是从何说起？"

魔帝伸出手来，那小凤鸟乖觉地飞到他手上，任他把玩，他轻飘飘道："这些畜生才当真活得干干净净，你看这世上，除了人，又有什么东西有这么多烦恼？可见生烦恼易，灭烦恼难，生牵绊易，斩牵绊难。那些灵物、灵兽，修成人形，懂得世情，一万个里面就能有一个，不过多学了些东西，算不上稀罕。可这人——人这个东西，又有几个能斩断七情六欲，无牵无挂地做一个物件？而他能化剑，就必定有了那样的心境。陈兄啊，人家可不会把你放到眼里呢。"

陈微尘被戳中，差点要吐一口血，阴恻恻道："刑兄，你若再不长些眼色，管住自己的嘴，不知要惹上多少仇家。"

刑秋"哼"一声："我还怕有仇家不成？"

陈微尘晓得如何治他，拿来本佛经盖他脸上，道："你这是造了口业，要惹和尚生气的。"

刑秋叹一口气："生气，生气也好，我毕生是不要再见他了。"

便闷闷不乐地转一个身，闭嘴不说话了。

陈公子只好去赔不是——好不容易才哄回来。

他心里想，这两个人当真是穷极无聊，到了互相捅刀为乐的地步。

刑秋也补救道："不过呢，他既然肯化剑让你用，想来是不把你当作外人的。我看寻常时候，他也和你关系颇好，近几日却不是这样——是怎么了？"

陈微尘没有答，却问："你对那和尚……你到底想要他做什么？"

刑秋有些迷茫地摇了摇头："我与他二十年未见，满心高兴去他寺里，只想见上一面，叙一叙旧，常待在一处。可他既讨厌我不走正道，又嫌我误他修行，连见我都不愿见，实在让我难过。"

"我初时也只是想跟在他身边，"陈微尘道，"可大半年下来，越来越不满足，愈发管不住自己。"

"陈兄，我看你是彻彻底底栽了，"刑秋置身事外，捏着嗓子学戏腔，"陈哥哥，你呀，你——好自为之——好自为之吧！"

陈微尘笑了笑，指尖摩挲着扇面："也罢。"

刑秋见他笑意勉强，便转了话题，又懒洋洋了起来："再过些日子，我就要给那草包皇帝告病。竟想让我主持封禅大典——他真觉得自己是正统天子，可我怕被天打雷劈，还是早早躲开为好。"

陈微尘："何时封禅？"

刑秋算了算："这月的二十四，不远了。"

说罢，国师大人又像想起了什么："庄白函，他似乎过得不错，也讨了皇帝的喜欢。草包厌烦了朝中那些木头一样的老呆头鹅，对这些年轻后辈极好。看中他文章端正庄严，还把书写封禅文的差事给了他——可气死了那些一身酸腐气的老呆子，那些人没揽到这样名垂青史的好差事，几乎要去撞柱。"

陈微尘略有意外："我以为他不是这样会顺应时势的人。"

"确实不是，"刑秋沉吟了一会儿，"我觉得这对他们凡间文人来说，该是一件大喜事，是以路上遇见，便恭喜他为皇朝写封禅文，要流芳百世，你猜他说什么？"

陈微尘摇摇头。

刑秋道："他并不高兴，说什么'史家有直笔，百年之后，后人自然能分清正统、僭伪、王霸与偏安，来日青竹册上，我与皇帝和你，都不过一介跳梁小丑'。"

陈微尘："果然还是没变，你怎么回？"

"我？"刑秋勾唇笑了笑，"我说，'我管他是正统还是偏安，只看皇帝怎样找死'，然后便走了，没再与他说话——我们原没有多少交情，无话可说。"

"后来，"刑秋眯了眯眼睛，"走到巷子头的时候，听见他笑了一声。"

陈微尘展了扇子缓缓摇："有趣。"

送走了国师大人，已是傍晚，用过晚饭，又消磨了一会儿时间，陈微尘便昏昏欲睡起来，回了卧房——他这几天似乎总爱困乏。

昏昏沉沉间，听见叶九琊脚步声近了。

陈微尘从那天与他一起撰完《长相思》剑谱后，便不怎么爱说话了。平日里常带的笑意也减下去不少。

只是夜间仍要与他一起，才能睡得安稳。这样境况下，叶九琊无法观冥修炼，久了，也渐渐习惯入眠。

然而最近几天却睡不得。

叶九琊趁着昏暗的红烛，恰能看清陈微尘脸庞——闭上眼的时候，看不出神情，像是已经忘忧，显得格外乖顺。

明月渐升，至中天的时候，身边人忽然轻轻颤了起来，眉头微蹙起。

——这几日来，午夜总会如此，过上一会儿，才能好起来，他探过陈微尘的经脉，并无异象。

可今夜的时间，似乎过于长了。

陈微尘连呼吸都急促了起来，额上渗出细密的汗来。

叶九琊唤他名字："微尘。"

几声过后，颤抖终于停了下来，陈微尘缓缓睁开眼睛。

初醒时带着些迷茫，第一眼看见叶九琊，竟然本能似的缩了缩，往后退开。

直到逐渐清明，才又挨挨蹭蹭过去。

叶九琊问他："可有哪里不适？"

"我好疼，"听得他极轻、极低的声音，"叶君，我好疼。"

陈微尘怔怔地望着上面，又转头望向叶九琊，许久不说话。

叶九琊终于记起他那颗悲不得、喜不得的心。

陈微尘只说过有这一样毛病，这大半年来，平日里却并未怎样，又兼他经脉身体皆无大碍，也逐渐以为只是一点无伤大雅的小病。

现在想来，只有初见那次，八月十五，在海边饮酒时，露了些形迹来，之后再没有过了。

他无端想，到底是没有疼过，还是掩饰得太好。

这样想了，便这样问了。

"平日也会疼吗？"

"不经常的，"身边人闷闷道，"偶尔有几次。"

叶九琊看他垂着眼，并不像往日一样直视自己，忽想起之前的一天，公子在假山石上擦伤了手，一片淋淋的血。小桃拿了手帕，用清水拭着，两眼通红。

陈微尘只是微微笑着，另一只手摸她头发："乖，别哭，不疼。"

"你这个人最可恨，"小桃的声音带些哭腔，"惯会说假话粉饰太平的，以为谁不曾受伤流血，不知道你疼吗？"

是了——叶九琊望着陈微尘，心想，说是有几次，便是很多次。

若不是这人刚醒时神思不怎么清明，被问了出来，恐怕要毕生都埋在心里。

他问："为何不说？"

陈微尘只是笑："我说了，你便会心疼我吗？——若不会，我又说它做什么？"

又道："无情道不晓得七情六欲，我知道你是不会的——只要你平日里待我好，不像上次写剑谱那样让我难过，我就心满意足。你总是这样可恨，一边骗着我，一边又想着他。我虽然愿意被你骗，可也不是不会难过，再有下一次，我……"

他顿了一会儿，终究说不出重话来，闭上眼，闷闷道："睡了。"

叶九琊想，心疼——是怎样一种心绪？

心在内腑，若不为外力所伤，是不会疼痛的。

终究也只能想到小桃拭着公子伤了的手，红了的眼眶与带哭腔的声音。他并非能做出这种情态之人，见陈微尘疼了，只是回忆过往所见典籍，并未有这种怪症的记载，心想清净观藏书众多，明日询问谢琅。

——又伸手，将陈微尘的被子盖得严实了一些，以免受凉。

粉饰了的太平，往往比真的还要像模像样许多。

陈府中如此，国都中，乃至整个南朝也是如此。

祥瑞既降，陛下圣明，承天景命，封禅在即。

道观法场一座一座建起来，国库中的银两流水一样淌出去，小型的祭祀同样一场一场兴办，更兼大赦天下，普天同庆，白日如何热闹不表，夜间亦张灯结彩，庆贺升平盛世。

当府库渐渐空虚，气派山路凿就，宏伟天台落成，沿途一应雕像渐渐完备，征来的民夫也将力气用尽时，封禅大典便逐渐近了。

刑秋告病躺在国师府里，六道圣旨连下也硬是没有把他拉出来，最后只有气无力地咳了几声，告诉前来宣旨的大宦官："喀……这位公公，我实在是……喀喀喀，能去观看大典已是万幸，主持此事，实在是，喀喀……喀喀喀喀……"

大宦官也不好戳穿他咳得是如何假，被一众随从边拉边赶轰出了门。

皇帝也无奈，想来想去，前朝承办此种事情的司所在战火中被踏毁，南迁后也没能重建起来。而在那一群说是德高望重，实则满脸皱褶、满嘴酸腐气的老臣里，实在找不到适宜的人选。他正心烦意乱，看到来呈封禅文的庄白函眉目俊秀、身形挺拔，越看越顺眼，大袖一挥："你去！"

日头升起来，泼开一片金碧，照着桌上的瓷瓶，釉质上闪着微光，有些扎眼，显然已经不是早晨。

陈微尘仍睡着，未见有醒的征兆。

叶九琊想起近日来，这人总是早睡晚起，一到傍晚便困得恹恹的，睡着的时间一日比一日长。

他平日会等陈微尘自己醒来，只不过今日皇帝动身向几百里外的封禅地去，诸多臣子与望族名门随侍，陈老爷与陈家的大哥不在京中，二公子须得出去充一下门面，小桃已在外面催了好几次。

叶九琊轻轻喊了几声，人倒是醒了，只是半死不活倚在床边，好不容易穿好早预备好的衣服，坐在镜子前，望着镜中人，一副随时都要睡过去的模样。

小桃在外间喊了几回，应当是见里面迟迟不起，去做了别的事情，没有进来伺候梳洗，叶九琊只好拿起檀木梳子来。

流水般的青丝，绕着指尖滑下，然而梳齿过处，乌黑中几丝雪白便露出形迹来。

大概是触到了虚空中什么东西，他忽然听见自己一声心跳，抬头望向铜镜，见陈微尘还是那样年轻的容颜，才不知为何渐渐松了一口气。

大抵白发多与光阴相连，像一道催命的符咒。

半个时辰后终于收拾停当，陈微尘彻底清醒过来，马车匆匆往外赶，勉强跟上正出城的圣驾。温回点了醒神的香在马车里："这样总不是办法，公子，该去找大夫看看。"

陈微尘只是道："是修炼上的事情，不碍事。"

说着，往旁边一倚，摇着画扇，眼中带笑，端的是一派风流："我从小睡不好，这几日都补了回来，也算快活。"

小桃没好气地看了温回一眼，又看陈微尘："公子，他近来也有些不好，好几次我叫他，也不应，转到前头一看，呆愣愣不知在看什么——还是早日捆送到大夫面前才是正经事。"

温回茫然看着她："你何时叫了？"

小桃啐一口："没良心的，这会儿倒是装不知道了。"

小厮依旧十分茫然："我怎么记不起来呢？"

陈微尘思索了一会儿，道："此事回去再说，你们先听着，到了大典时，只有我们几个去便是，阿桃与阿回带着其他家人，好好待在营地，不要跟去。"

"这是为什么——这样一个热闹的场面，若不去可要遗憾一辈子。"温回显然十分想去。

"或许会出些事情，"陈微尘显然没有被打动，"万一出了什么事情，虽不知道会闹到何种地步，终归是躲开为好。"

"可大家尽是摆足了排场，我们陈家只有几个人过去，岂不是失了体面？"小桃想得十分周全。

"这倒不必忧心，"陈公子笑了笑，"我们跟刑秋一起，和他的那些狗腿站在一起，派头是不会小的。"

小桃点了点头，温回犹不死心："公子……"

小桃把他拉过去："跟仙长们一起，还不够你炫耀大半辈子的？不差这一场热闹！"

温回这才依了。

陈微尘笑得极开心，扇柄敲一敲温回的脑袋："行啊，阿回，公子的话都不听了，只听阿桃的。"

温回"嘿嘿"笑了一声，挠挠脑袋："这能一样吗？"

陈公子装模作样地叹了一口气："可叹小桃瞧不上我，不然哪能让你占了去。"

小桃便作势要打，半天不知要打哪一个才好，自己先红了脸笑了，别过头去不看他们。

陈公子便数嫁妆："请老瘸算个好日子，你们两个就算成了。阿桃，出嫁时候我房里想要的尽管拿去，不用给阿回留。"

马车中一时轻松愉快极了。

等闹够了，陈微尘又问了问温回最近庄白函处可有什么动静——皇帝赏了书生宅邸家仆，不如以前在客栈时容易探知。温回说并无特殊动静，只是半夜爱吹笛子，曲子不怎么欢喜。

这是寻常事情，没什么值得注意的地方，也就没有多说。陈微尘无事可做，拿起小桌上玫红色的精致点心来，瞧了瞧，道："锦葵，这里人叫它洛神花，姑娘家最爱这个。"

小桃接了一个过去，陆红颜咬了一个，不怎么喜欢，道："太甜。"

陈微尘倒是慢悠悠吃着，眯起眼睛，十分餍足的模样。

小桃另取了一碟不甜的过去："陆姑娘尝这个。"

说着，她看了一眼陈微尘："我家公子最好养活，没什么忌口，故而各个口味的都备了些。"

说着，到了圣驾停下休整的时候，他们这些随行马车亦停了下来。虽然一路开着窗子，终究有些闷，车上许多人都下来透气。

等马车中只剩下他们两个，陈微尘又拿起一块点心来，笑眯眯道："叶君，吃一个。"

叶九琊平日总依着他，温回还曾道"我看叶剑主虽不说话，倒比小桃还会惯着公子"。

叶九琊吃下一个点心。

甜芬细腻的香气在唇齿间弥漫开，轻轻化了去，对他来说是甜了些，但也让那香气留得更久。陈微尘见他吃下，满意地笑了笑："凡间究竟有些可取之处，这些吃食，仙家是没有的。"

叶九琊回他道："不可耽于口腹之欲。"

陈微尘又抓起一个给他。"暂且耽一下，不碍事的。你还是不要说话的好，一说话又要让人生气。"陈微尘叹一口气，"我可不只是耽了一个口腹之欲。"

陈微尘不再说话，静静看着外面。天极蓝，流荡着几朵软白的云，飘来飘去，遮住日头的时候便陡然暗下来，变幻不定，很是无常。

圣驾又起，接着上路，沿途百姓山呼"万岁"。众人在一处城中歇了一晚后，次日便是正式大典了。

先是将告天地的文书金泥银绳封了，埋于天坛前。继而上山，五帝坛中置着五色土，又拱卫中央三层坛，山上放满珍禽异兽，又当场杀白鹿、白猪、白牦牛等物，以为祭祀。

四面响起庄严乐声，场面极盛大、极热闹，天公亦作美，是大好的晴天。

刑秋装病装得十分到位，窝在一边不出来。而直到正午，宣告祝祷文时，他们才看见了庄白函。

昔日着布衣的书生穿了华服、戴了高冠，眉宇间气度沉稳，纵然是之前那些心怀不满的老臣子也不得不承认这是个好人选。

看在仙道人眼中却又不是这样，他们只看气运——那气运每一次见到，便比上一次更强盛些，开阳血带来的殷红越发凝聚，竟显出一丝紫气来。

随着一声乐响，庄白函开始缓缓念祝祷文。

此时节已有零星白絮飘飞，即使落在下面人们眼上，也没有人敢拂去，尽皆端正肃立。皇帝着祭祀服，由身旁人引领着，一步步登上打磨光滑的石阶，要上坛去跪拜行礼。

奏乐又起，有书生广袖临风，捧白玉简，声音清正。

听得"伊上古之初肇，自昊穹兮生民"①。

又有"自我天覆，云之油油。甘露时雨，厥壤可游"②。

——端的气势斐然，让人赞一声执笔人胸有沟壑。

陈微尘忽然感觉叶九琊的目光向另一边的青山看去。

片刻后，他也感觉到不同寻常的声音。

庄严奏乐声掩盖下，有一缕笛音袅袅而来，与大典用乐截然不同。

他也望向笛声的来处，见一袭青衣身影飘然隐于林雾间。

青衣、笛声、皇朝——当想起那一句"青衫拂袖出帝京，圣贤书册沉水中"，这是极容易对上名号的——那日锦绣城外有过一面之缘的沉书侯。

他昔日也曾是一介以修身救世成圣为志的读书人，然而终于心灰意冷，掷书河底，避世修仙。

陈微尘若有所思。

温回所言庄白函府邸中传来过笛声，许是沉书侯。

他没有把这笛声当作一回事，叶九琊这几日也因为时时陪着他，没有往外走动，纵然实力再强大，也感知不到都中又来了一位同道中人。

沉书侯出现在此处，并且与庄白函扯上了关系，就应当是循着气运来的——仙道中向来无人关心人间气运如何如何，要么是这位儒生出身的修仙人始终未曾真正放下天下事，要么就是有人故意将他引来。

陈微尘想完这些，小声道一句："有趣。"接着看大典。

无论如何，如迟钧天所说，天命际会于此，只需静观其变。

诵完告天地的部分，接着便要向天地陈述君王之功。

---

① ② 引自西汉司马相如《封禅文》。

笛音陡然激越，其中所蕴气机，使大典的奏乐忽凝了一瞬，片刻后才重新奏起来，只是总有声音相扰，一下子稀稀落落起来。

忽而有一片浓云遮住日头，众人所在处顷刻间昏暗。

庄白函忽步下石阶来，一步一步，异常缓而稳。

他仍捧着那白玉简，道："今观其来，君徂郊祀。"

从皇帝白胖脸庞上一瞬的意外可以看出，他下台阶显然不是皇帝预料中的动作。

再下，又道："昔有言，'宛宛黄龙，兴德而升'[①]，又有言，'今君多罪，天命殛之'[②]。"

此话一出，下方文臣也顾不得禁忌，面面相觑。

"文书出了差错？怎会有这样的大不敬语？"

一老臣冷哼一声："就说这样的年轻后生依靠不得，我听他之前祷文，还当是有真才实学，竟然看错！"

"这可怎样收场？"

又有老臣道："只盼他接下来不再出纰漏，诸君装作无事也就罢了，除去我等，其余胸无点墨之人哪能听懂。"

周围人纷纷点头："左右是哄陛下开心一次。"

谁料庄白函在下一刻握玉简于手中，恰逢其时大风吹起，广袖飘拂。

他与皇帝越来越近，一字一句掷地有声。

"今吾君唯宦人言是用，自弃其先祖肆祀不答，弃其家国，遗其王父母弟不用，乃维四方之多罪……"[③]

下方大骇。

这哪是陈陛下之功？分明是诛帝王之过！

其措辞之厉，堪比讨伐檄文。

陈微尘一行人则是看着他身上气运一步一盛。

"是信是使，俾暴虐于百姓……"[④]庄白函仍一步步与皇帝越来越近，白玉

---

① 引自西汉司马相如《封禅文》。

② 引自《史记·殷本纪》，引用时有改动，原句为："今夏多罪，天命殛之。"

③④ 引自《史记·周本纪》，是周武王伐商时的牧誓，引用时有改动，原句为："今殷王纣维妇人言是用，自弃其先祖肆祀不答，昏弃其家国，遗其王父母弟不用，乃维四方之多罪逋逃是崇是长，是信是使，俾暴虐于百姓，以奸轨于商国。"

简中将薄长白玉片相连的银丝迸裂，片片白玉落在地上，落下台阶，余音不绝。

终于有人从惊疑中回神，反应过来气氛之危险，大喊一声："保护陛下！"

旁边甲士持枪持盾拥上来，成一道密不透风的人墙。皇帝也看到庄白函眼中冷凝之意，意识到事情并不简单，额上渗出大颗的汗珠来。

单单一个凡人，是穿不过这样的铜墙铁壁的。

然而——陈微尘往那边山头看去。

庄白函身边，还有一个沉书侯。

果然听见奏乐声因这突生的变故而停下，笛声冲霄起，气机几乎凝成实状，扇面一样向前方扫开。

"他在朝中安然待了这么多日，原来不是思索如何整顿山河，而是要杀皇帝——帝王死于封禅台，是天要诛之。沉书侯前些日子找你来切磋，果然悟了些东西，能够以笛声释杀意。前有皇帝假借天意来封禅安顿浮动民心，后又有庄白函与沉书侯两位儒生出身的不平人联合，假借天意来杀皇帝，实在是……"陈公子话未说完，却见那道本应越过庄白函、扫平甲士的劲气，刚至庄白函身边，便被一道无形的东西挡了去，不得寸进。

那边的沉书侯放下笛子，似乎吐了一口血。

"这是？"谢琅疑惑。

却见庄白函仰头长笑一声，毫无畏惧般下了最后三道石阶。

一道，两道，三道。周身气势节节攀升。

头领令下，银甲金枪极有派头的兵士们锵然上前，要制服这手无缚鸡之力的书生。庄白函却仍夷然不惧前行。

他终于不再读那旁人听不懂的古法文书，而是高声道："我自中原来此，一路所见，哀鸿遍野，尸骨如山。行至国都，又见有人富贵已极，有人病饿身死。遍身绫罗，尽是民膏，义士溅血，竟成笑谈。"

他步步往前，无比的气势却附在了身上，甲士们还未近他身，便被磅礴气机弹了出去，七零八落倒了一地。庄白函不去看那些兵士如何，只直视皇帝："古人有言，大凡世物，不平则鸣，奈何陛下塞听，不闻人间疾苦声。"

他一步步走近，皇帝早被骇得发抖，软着腿脚要逃开，却被那气机锁在原地动弹不得。

"不平则鸣，书生庄白函，今日便为天下黎民，鸣上一声。"庄白函眉目清朗，口中所吐之言却令众人心中发怵。

"庄白函今日代苍生，请陛下赴死。"

皇帝面色煞白，几乎要跌坐在地："你，你……"

却见那书生抬手，手中唯余一枚白玉片，极缓、极慢地刺入动弹不得的皇帝胸膛。

这白玉片，纵使再薄，也无法刺入人身。

然而观庄白函方才模样，分明不能再将他当作凡人。

陈微尘望着他，道："那是浩然气，他将成圣了。"

浩然之思，其为气也，至大至刚。

——佛有成佛，道有成仙，儒有成圣。

今日庄白函三步成圣。

一道青影落在他们身前，沉书侯施一礼："方才未认出叶剑主在此。"

叶九琊问他："你欲何为？"

沉书侯温润一笑："我终究心有挂念，走不了正统仙道。皇朝至腐至朽，多存一日，黎民百姓便多困顿一天。我见到庄兄气运，便知天道亦不能容人间这样败坏下去，庄兄则是天命所归之人，便动了改换乾坤的念头。原只想由我使出仙家法术诛杀皇帝，演一场戏。未承想庄兄步步走下石阶，对着昔日君主，想着中洲涂炭生灵，心念步步坚定，真正悟了我儒门万民为上、君主为下的大道，有天地浩然气傍身。他心有天下，在下自愧不如。"

陈微尘抬了抬眼："你既然要改换乾坤，想必不会只杀一个皇帝这样简单。"

沉书侯意态安宁："这位公子，且静观事变。"

雪白的玉片从皇帝胸膛中抽出，渐渐沥沥落了血，皇帝眼珠凸出，不可置信地看着自己血流如注的胸膛，尽了最后一点气息，颓然倒地。

风越来越大。

被浓云遮住的日头随着云的流走渐渐露了出来，天地复又光明。

人群喧哗，你推我搡，一片混乱。

不知是哪位老臣喊了一嗓子："捉拿逆贼！"

外围的大军此时终于赶到，黑压压一片漫上山来。

庄白函不动。

混乱里，刑秋走过来，大笑："倒是让我看了一场杀皇帝的好戏。"

又听见老臣跳脚："这贼子不知使了什么邪法，要谋朝篡位，快找国师！他必有同党，快从外调兵护卫国都，护诸位王爷皇子周全，速拥太子登基以定民心！"

将领模样的男子面有难色："大人，您也知道，我们手底下哪还有兵可调呢？"

"天峪关！天峪关！"

"这……"将领道，"这万万不可啊！"

"外面那些蛮人、乱党自顾尚且不暇，哪顾得上我们！不是说天峪关最是易守难攻吗？一半的兵留下，怎么也是够的！"

那将军自己六神无主，听此话只道："大人说得极是。"

"天峪关撤守一半兵力，然后？"陈微尘挑了挑眉，看向沉书侯。

"在凡间时，我家与燕家曾是旧识。天峪关易守难攻，可撤走一半兵力后，怎样的雄关也会脆弱许多。"沉书侯道，"此朝早已运终数尽，不过苟延残喘。且南国地处万山中，虽然土地肥沃，却不宜养兵。若我们扶植南朝新君，整顿河山，修甲兵而北上收复失地，不仅胜算几近于无，更不知要费多少年时光。而南国属地之外，唯有燕家兵强大。若他们能得南国，军饷供给从此便高枕无忧，得庄兄这等经世之才定国安邦，又有本来兵力为倚，不出三年，中洲定矣。"

沉书侯温润俊秀的面庞上浮现一丝胜券在握的笑意："当初皇朝南迁时，燕家叛乱，虽被皇朝视作兵匪，却也不是莽夫，因缺乏供给做出过不少掳掠平民之事，也是为势所迫。要一统中洲，放眼天下，竟只有他勉强适合。待平定之后，封帝大龙庭，收拾残局，黎民得以休养生息，或十年，或二十年，便是升平盛世。"

陈微尘看向中央的庄白函："他在寒门时，也曾经受燕党之乱。"

"无妨，"沉书侯道，"我已修道，他已成圣，心中所想，早已不限于一国一君。仁义忠奸，身前恩怨，身后声名，皆已勾销。谋逆也好，反叛也罢，千秋功过，且留给后人评说。"

他一番文绉绉的说辞下来，让陈微尘不由想起学堂里喋喋不休的老夫子，有点头大，把前后缘由听得清楚后，便摇着扇子不说话，倒是刑秋打了个哈欠："不听了，不听了，我只管看热闹，你们去做自己的大事吧。"

沉书侯看着他们的气息，只觉得一个比一个更加高深莫测，也不好冒昧询问身份。

此时，周围乱成一片，山路狭窄，天坛又在最上方，军队不便攀登，只好在路上与人们车马相冲，引起一片尖声叫嚷。

一片混乱里，一个着锦衣的小女孩似乎与家人冲散，又被兵士推搡，惶恐地四下乱跑，边跑边喊着家人，掉着眼泪，撞进他们中间。

陈微尘伸手抱起来，幼女终于安稳了一时，伏在他肩膀上，抽噎了一会儿，渐渐停下来，转头看抱住自己的人，见他眼中温柔笑意，好看又可亲，又"哇"的一声哭出来："我要找爹爹……还有哥哥……"

"乖，别哭，"陈微尘轻轻拍着她单薄的肩背，"我让神仙哥哥帮你找。"

说着，向另一边转过去，嘴角挂了一丝促狭的笑意，一双眼泛着泪，只看着叶九琊，也不说话。

小姑娘被人抱着一转头，看见眼前画中仙一样的人物，微微呆住，张开了粉嫩嫩的嘴唇。

陈微尘把小姑娘往叶九琊身前一送。

小姑娘向来也是被宠爱惯了的，知道要做什么，向叶九琊张开短短的手臂来。

叶九琊有些迟疑地接住，小姑娘整个身子靠着他，温软脆弱的一小团。

陈微尘看出他的僵硬来，眉眼弯起，轻轻笑出了声："神仙哥哥，还不快去帮姑娘找家人。"

小姑娘身体忽轻了起来，被抱着凌空而起，看着下面密密麻麻的人头，睁大了犹挂着泪珠的眼睛。

"在哪里？"她听见冰雪一般质地的声音。

小姑娘在人群中仔细搜寻了一会儿，终于发现了也在焦急寻找自己的家人。

她指给叶九琊看："神仙哥哥，那里，在那里。"

又是一阵风拂面，似是转瞬之间，自己就又落到地面上，眼前雪白的影子一晃，鼻端似乎还存着一丝寒凉，再去看时已经没了踪影。

小姑娘呆呆仰望着天空。

沉书侯看着去而复返的叶九琊，心下不禁好奇那位着锦衣、执画扇的公子到底是何方人物，竟能这样与叶剑主说话。

此时山巅天坛下，庄白函面前是皇帝的尸首，血漫出来，涂在石头上。

兵士冲上高台，然而无一例外被那磅礴气机阻隔在外，人进不去，即使用尽全身力气投出长矛，也无一例外是"当啷"一声落地的后果。

书生闭着眼，任山巅狂风吹动头发与袍袖，像是在感悟着什么。

"口口声声要经世济民的人，这世上实则不少，然而终究不过想要将学识卖与帝王家，谋得一官半职，来日出人头地，衣锦还乡。太平盛世，自然于国有用，若生在乱世，投了昏君，便也只能混吃等死。"陈微尘望着庄白函道。

谢琅若有所思："是了，庄先生本就是真正挂怀天下万民，他的先生与娘子死于世道，使他彻底对皇朝失去了念想。看现在境况，谢大人祀身时的气运果然也聚在了他身上——时也，命也，机缘巧合下到了这样的境界，只不过是否能维持住这个境界，而非昙花一现，还要看他的心境与造化，若因那些事情生出仇恨，对心境也是极不利的。"

那边一众老臣看着这样的怪象，也乱了阵脚。

"这……这可如何是好？莫非真是天意不成？"

"快寻国师，他在桃花宴上不是也露过真本事吗？"

"怎么这样乱？先把场面安定下来，回国都去才是正经事！"

"那妖人可怎么办？"

"你没听他口口声声是为黎民说话，想必不会做什么大杀四方的事情！"

其中一位叹了口气："我竟有些敬佩他了。"

此话一出，老臣们纷纷沉默下来。

这些年过半百的老文臣腿脚不便，只支使着武将们没头苍蝇一样乱跑——皇朝重文而轻武已有多年，纵然是同一个品级，武将们也低文臣不止一等。

国师大人既悠且闲，躲进了马车里，还不忘招呼："新鲜的荔枝，用冰块镇了一路，快来吃了。"

陈微尘拿他打趣："你过得这样舒坦，花的可都是国库的银子，快去帮他们平了祸事。"

刑秋靠在软枕上，剥了颗雪白的荔枝放在嘴里，含混不清道："皇帝自己要供着我，我可没说过要帮他办事。"

谢琅却是透过窗子望着外面的天："你们说，天道也像人一样，能想东西吗？"

刑秋道："这话怎么说？"

"庄先生成圣，实在过于巧合，非机缘可以解释，是有天助。眼下仙道、人间气运皆零落，却出了这种改换乾坤的事情——莫不是天也想着振兴自己的气运不成？"

"你们道门不是讲天命轮回，盛极而衰，衰极而盛，皆是定数？照你这样说，我们也不用开什么论道大会，只管等着天道自己兴盛自己的气运也就罢了。"陆红颜这样答，显然是不同意道士这一猜想。

"也……也不是。"谢琅挠了挠头，接着道，"虽说仙道凋零，弟子们进境艰难，各个门派也在天河一役中大伤元气，可叶剑主、骖龙君、阑珊君，甚至是当年的焱帝，你们哪一个不是天纵之才，不是年纪轻轻便到了几乎仙道顶峰的人物？纵使在以前仙道最兴盛的时候，这样的人物也是几百年难得一见的了。"

"我等气运不管盛衰，天道都在那里，它何必自己折腾来折腾去呢？"陆红颜口下不饶人。

谢琅一时也没了话。

"当然要与另一边争气运，"陈微尘也正剥着荔枝，两根手指在那表皮上一按，壳便向两边分开，露出晶莹雪白的内里来，先喂了自己，又递给叶九琊，问一句"好不好吃"，才接着慢条斯理道，"前些日子你们在指尘寺听到的，莫不是忘了？"

——人间世与心魔世相依相生，同源，分气运，心魔盛而人间衰。

"不过，还是小道士想多了，"陈微尘接着道，"天道即使真要主动振兴自己的气运，能做的也有限——它显然是没有脑子的，不然我这样坏的气运，早就被它弄死，哪还能活到现在？"

这个话题也就到此为止了，他们接着说了些别的——诸如天行有常之类。等到过了许久，外面乱糟糟的叫嚷声渐渐停下来，才往外看。

兵士们走了一大半，护送一干好不容易才安定下来的人匆匆回国都，竟连君主的尸身也不要了。

庄白函已张开了眼睛，气机渐渐收拢至体内，光华凝聚，整个人气息比起之前大有不同。沉书侯对他说着什么，书生转头望着无限河山，眼中有空荡荡的怅惘。

两人走下山路，也不知要去哪里，消失在白云间。

留下的兵士们赶紧收拾皇帝的尸身。

陈微尘拉着叶九琊走下马车，来到那摊血迹前，拾起那枚染着天子血的白玉片来："你看它气机。"

那上面确实有了流转的气机，只是仍然不足。

"虽说皇朝早已摇摇欲坠，若无庄白函杀了皇帝，还能苟延残喘许久。等到天峪关兵力空虚，燕党趁机强攻而入，南朝彻底覆亡，便是新皇朝起来的时候……到那时，这枚至关重要，又承了庄白函成圣时气机的白玉片上，气运便会足够了……书生一怒，亦可撼动天地气运——就叫'书生剑'吧。"

他把那些东西也都拿出来，一样样数着："寂灭香，开阳血，锦绣灰，书生剑，九幽天泉……齐了。"

陈微尘看着那一样样东西，眼中情绪复杂，正怔怔出着神，却被一声剑鸣打断。

九琊剑清鸣一声，铮然出鞘，一道肃杀剑光向前斩去。

陈微尘猛地抬头。前方有三只黑气凝聚的东西，中央长着狰狞人脸。那东西尖声嘶叫着，被齐齐削下一块去。

正是在那锦绣城中遇到过的东西！

叶九琊显然也反应过来，并想到了别的东西："心魔？"

"大约是了，"陈微尘将折扇"唰"的一声打开，上面气机鼓荡，语速极快，"它们从哪里——"

话未说完，他目光一凝，迅速回身，扇面迅速划开，挡住从后面尖啸着蹿过来的两只狰狞心魔。

在这一瞬的喘息之机里，他眼角的余光扫过整个山巅，竟然又有七八道黑影蹿出！

"咔嚓"一声雷响，电光劈在远处黑影身上，谢琅从马车中出来，一只手持拂尘，另一只手掐雷诀。

"他们想要这些东西。"陈微尘在打斗的间隙道。

陆红颜提着重剑出来加入战局，剑势重逾千钧，扫遍周围。刑秋看见他们似乎遇上了麻烦，把漆黑长笛放到唇边，打算帮忙。陈微尘与叶九琊背对着，手中锦扇收合翻飞，见刑秋动作，一道气机打在笛身上："别出手，你不许受伤。"

刑秋扁了扁嘴，回了马车里。

谢琅一道道雷诀打出来，击在远处要扑过来的心魔上。雷声轰隆不绝，那原本悬在空中的东西便被击落，委顿蜷缩在地，然而不出一会儿，便又重新舒展开来，黑气中央的人脸咧开嘴，嘶叫着又扑上来，口中有密密麻麻的黑色尖刺。

陆红颜持重剑，不擅长攻击远处，来了陈微尘、叶九琊身边。

她面对那东西时的情况与在锦绣城中无二，即使那东西碎成千万块，一会儿之后，那些碎块便又会凝结起来，即使是她这样的实力，面对心魔时也只能拖延时间。

除去叶九琊外的所有人，对这些东西的伤害都有限——可即使是叶九琊诛魔破邪的无情剑意，也不能完全杀灭它。

为叶九琊剑意所劈开的心魔，若成两半，一半会消失无踪，另一半却会重新扑上来；若是碎成几块，那几块中必有一块重新变成稍小一些的心魔。

叶九琊道："钩月。"

陆红颜迅速转头看向陈微尘，见陈微尘对她一点头，立刻游身前去，重剑荡开。陈微尘则是往与她相反的方向掠去。

叶九琊飞身而起，雪衣猎猎。

各有一串黑影跟着他们攻去，像是黑色兽潮分成三股。

"钩月"为剑阁诸多剑阵中一种，主阵只需三人。须知两人剑阵缺少变换，唯有几种定势，而人数一旦多起来，又会周密有余而灵活不足，唯有这取自"一钩残月挂三星"的钩月阵攻守变换皆无定势，最适合面对现在这种不知深浅、不知弱点的对手。

——全无定势，只看彼此配合与直觉，也意味着唯有用剑高手才能将这阵变幻莫测的威势发挥到极致了。

山巅三人身影翻飞轮换，时而分散，时而聚起，刀光剑影成一片炫目情景。心魔或是要偷袭一人背后时被另一人拦腰斩断，待重聚好时两人已经飞掠分开，或是被陈微尘气机阻住时被另一人碎成无数块，又或是聚首围攻时被叶九琊荡开的大片肃杀剑光扫过。

再加上外面谢琅遥遥落下雷诀，填补空当，不说游刃有余，也是应对得当，直到现在也无人受伤。

可是心魔却越来越多，仿佛无穷无尽。

像是黑色的潮水漫上了山头，或是漆黑的雨点从天上落下，被狂风吹得四下迸溅，半盏茶的工夫，已经有数百个仿佛永远不知疲倦的心魔将他们重重包围——从地上，从半空中与头顶上。啸声、怪笑声诡谲刺耳。

"为何杀不掉？"错身而过时，陆红颜咬牙道。

"心魔是这世上人的心魔，叶九琊也只能削弱，不能斩断，除非这人死了，或自己将心魔斩得干干净净——"陈微尘抓住她的肩膀，将她向上一提，陆红颜借势上翻，避过一个从斜下方蹿过来的心魔，回身将碎昆仑下劈，把那东西削成两半。

叶九琊闭目，聚气，片刻后双眼霍然睁开，九琊剑脱手飞出，化万千剑影，绕他们迅速回旋。剑气冲霄，再旋涡般卷起来，将密密麻麻的心魔层层逼退，使他们有了喘息之机。

——而心魔仍从四面八方源源不断涌上来，这一点喘息之机也不会长久。

"太多了——他们要这些东西做什么？"陆红颜拧着眉。

陈微尘："先要知道它们从哪里出来。"

刑秋撩开马车的车帘，朝他们大喊了一声："星罗渊没有这东西！"

"他们只害怕你，"陈微尘拿出随身带着的精致锦囊，方才挨个数过东西后便被围攻，他匆忙收拾了进去。他把锦囊迅速递到叶九琊手中，"这些东西你带着。"

"九幽天泉与其他东西会气运相扰，我没放在锦囊里。"陈微尘单独拿出盛放九幽天泉的玉瓶来，要递给叶九琊。

他的动作却不知为何有了片刻的停滞——仅仅是一个极短的瞬间。

而在这一瞬间，漆黑影子从地下迅速冒出，用任何人都来不及反应的速度撕咬上陈微尘的手腕，玉瓶脱手，被它吞入口中！

然后，这东西迅速飞上天去，另外的许多黑影发出怪笑，也跟着掠过去，环绕拱卫着它疾飞而去。

陈微尘腕上鲜血淋漓，飞快地蔓延上可怖的黑气，他脸色苍白，声音里带着微微急促的喘息："别管我，去追。"

叶九琊最后看了他一眼，雪白身影向远处掠去，衣袂翻飞中隐现寒凉的剑意。

陆红颜亦跟着飞身过去。

当他们的身影消失在远方天际，山巅只剩陈微尘一人，漫山的心魔忽停了动作，身上的黑气仍不停地缠绕流转着，只是中央的脸却一致望向了陈微尘。

谢琅心头没来由地一阵发怵，也看向陈微尘。

"谢兄。"陈微尘对他一笑，笑意中略带着些勉强。

谢琅心头不安更甚——陈微尘素日只会半开玩笑地喊他"小道士"，绝无这样正经的叫法。

"今日所见，还望不要对叶九琊提起。"陈微尘说罢，眼神望向从车窗中探出头来的刑秋。

刑秋乖巧地在自己嘴边做了个画叉的动作。

谢琅见他神情、气势皆与往日不同，心中打鼓，但也点了点头。

陈微尘不再看他们两个，向前一步。

他周身气势猛地攀升。

心魔们像是回过神来一样，齐声尖啸着扑了上来。

陈微尘踏地跃起，浮在空中，狂风吹动他的锦衣袍袖。

谢琅惊愕地睁大了眼睛，拂尘落地。

但见山巅气机疯狂翻涌，飞沙走石，狂风摧折树木。

陈微尘长发散开，垂下，他面无表情，墨发映着苍白的脸色，添了鬼魅般的森冷气。

那凡间式样的锦衣上，有墨一笔晕染开，转瞬间成一身暗银纹的玄袍。

仅仅在一瞬间——他身上缠绕起与那些东西无异的黑气。

他在空中向前踏出一步。

心魔们似是齐齐打了一个寒噤，方才的攻势也难以维持。

陈微尘开口，声音如同一潭波澜不惊的死水，没有一丝一毫起伏："你们从哪里出来？"

心魔们缄默片刻，忽又乱起来，声音沙哑粗粝中又透出一丝刺耳的尖细："你又从哪里出来？"

不只是一个心魔说话，而是许多，形成使人头痛欲裂的余音。

"你又是从哪里出来？"

陈微尘只冷淡地扫视着它们。

心魔们躁动起来，蠢蠢欲动，要向他再扑过去。

嘶哑难听的声音回荡在茂密山林间。

"你凭什么做了人？"

"凭什么做了人？"

"凭什么你是人？"

陈微尘唇角扯出一丝笑容："你们也想……做人吗？"

他展扇向空中一抛。

扇骨处迸射出无数黑气凝成的细丝，漫天抛出，如天罗地网，将所有心魔束在其中。

陈微尘抬起右手。

红尘锦绣堆里养出来的、好看的手，有着年年月月温柔乡里熏染就的幽幽淡淡的暗香。五指向前张开，缓缓收拢，再张开。

收拢时，天罗地网猛地收紧，那些视凡间实体如无物的心魔嘶声痛叫起来。

张开时，它们全部被无形力道推离山巅。

陈微尘闭上眼。

只听得他问："谁带你们来？"

心魔们犹自嘶叫："凭什么你成了人？"

他再睁开眼时，脸色愈加苍白，而天边开出一道漆黑裂口来。

那手继续收拢，再张开。

心魔被一点点推入裂缝。

陈微尘微蹙了眉，面上有痛苦的神色，喘几口气，微微发着抖。

"不说也罢，回去吧，"他缓缓道，"不该来的地方，不要来。"

黑气翻涌，心魔疯狂挣动："我们也要做人！"

陈微尘再次闭上眼睛，面容带着虚弱的疲倦："你们以为我便算是人了吗？你们以为……我便想做人了吗？"

心魔们的身影一点点隐没在裂缝中，尖啸声渐渐远去，裂缝开始缓缓合拢。

陈微尘轻轻吐出一口气，方才所做的那些，已然耗尽他所有修为与力气，此时脑中一片混沌。

他算着时间，想来这样短……这样短的一会儿，叶九琊应当还未发现。

他转头望向天边。

天边有人于风中立，乌墨发、雪白衣。

"哈。"他唇角渗着血，极尽讥讽地笑了一声。

十三　非人

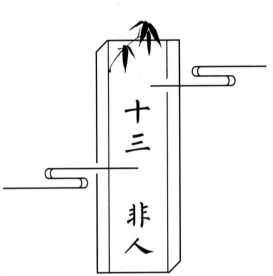

叶九琊望见陈微尘回头朝他看了一眼。

黑气中隐约看见陈微尘眼里的神情，由悲伤至绝望，嘴角一丝自嘲的笑意。

继而看到陈微尘缓缓闭上眼，整个人脱力般坠落下去。

"阿回？你究竟怎么了？！"小桃焦急地推着温回的肩膀，在凉水里浸了帕子，在他额头上擦拭，可这人两眼空空，只茫然看着前方，怎样都叫不醒。

"桃姐姐，山上出事了，官兵上了山又撤走，大家都走光了，可也没见着公子！"小侍女匆匆忙忙跑过来，六神无主。

小桃急得眼泪都要掉出来，猛地跺了跺脚："公子不回来，他呆了有一个多时辰，也不见醒！"

"桃姐姐，咱们要怎么办？"另一个小侍女也过来求主意，指着山路，"那些老爷太太都像逃命一样下山来了！"

小桃看一眼温回，咬了咬牙，看向那边随行的一众家仆与护卫："阿楼，你们几个跟我上山去找公子！"

护卫们答了一声"好"。小桃对侍女道了一声："看好阿回！"便提起裙摆匆匆要往山路上走。

正当此时，温回忽大喊了一声："公子！"

他眼里神采猛地回来，变了一种焦急神色，起身看见小桃，拉起她匆忙便往山上走："——我看见公子出事了！"

小桃也顾不得问他方才那一个多时辰到底出了什么事情，两人带着护卫向山顶赶去。

好在温回那些天里跟着谢琅学了些本事——他也算有些慧根，步伐比起凡人轻快些。

纵然这样，也费了一番工夫才到山巅上，一行人均是气喘吁吁。小桃抬头看天上，眼见着陈微尘正从半空坠下来，睁大眼睛："公子——"

她向前迈一步，却被衣角绊住，整个人朝前跌倒，手腕被碎石擦出长而深的口子来，眼睁睁看着一袭黑衣的公子将要狠狠摔在地上。

就在最后一刻——有白衣身影惊鸿般滑过，将那落下的人揽在怀里，两人才一同落地，衣袂交错翻飞。

小桃如释重负地舒了口气，被温回从地上拉起来。

马车里，刑秋靠在车壁上，轻轻发着抖，终于平息下来。方才那裂缝开了之后，他与那东西的联结又紧密了起来，是平时那人要出来的前兆，不知花了多大力气才勉强压制住。

看见陈微尘被叶九琊接住，他亦是轻轻舒了口气。

小桃和温回上前去看陈微尘的情况，只见公子被叶九琊抱着，闭着双眼，全然没了知觉的模样，面容有种惊心动魄的脆弱。

她正要开口问情况，却见叶九琊抬头看着天边。

他的眼神与往日不同——小桃在心里想，可又说不出到底是哪里不同，只觉得越发让人不敢去看。

她便只能也看天边。

又有一行人踏风来，为首那个着天青衣袍，眉目温润而俊朗，只是带着些焦急的神色。

"原来是叶剑主在这里。"那人朝叶九琊道，"剑台砺心镜异变，怪物倾泻而出——大约就是我们常说的心魔之类，我等追踪到此，叶剑主可遇见了？"

话音刚落，又是陆红颜一袭红影落地，走到叶九琊身边："你怎么忽然折回去了——我没追到那东西，反而遇见了阑珊君。"

她的目光落在叶九琊怀中的陈微尘身上："他……"

阑珊君亦看见陈微尘——此时他一身黑气尚未散尽，非人之气极为明显。

"心魔气。"他语气沉了下来，"叶剑主，这——"

"人我带走，心魔事来日再议。"叶九琊冷淡眸光与他对视片刻，全然没有要继续与他交谈的样子，而是转身下山。

陈家人与仙道并无半点干系，只远远看了一眼阑珊君，他们心中挂念着公子，也顾不得有别的仙人，径自跟着叶九琊下山了。

阑珊君苦笑着摇摇头："与初次见面别无二致，怪不得传言都说叶剑主冷若冰霜，只是那心魔不是小事，却不知叶剑主怎么……"

他看向陆红颜："骖龙君，可否与我说说始末？"

陆红颜脾气不怎么好，想着旁边谢琅一直在这里，怎么轮得着问她，只是仍要维持着礼节："我们拿了些关气运的东西，被大群心魔围攻，最后还被抢了一样去。"

阑珊君叹了一口气："心魔出世，祸害人间。长老们正在藏书阁中寻找，希望能找到应对之法，至不济，也要弄明白它们的目的。"

陆红颜透过面具看着他："你是说它们从砺心镜中来？"

"正是，"阑珊君面上有淡淡歉意，"我们万万没有想到，素日只作观照心魔、帮助修炼之用的砺心镜，竟然酿成这等大祸。"

"那就是说，现在仍有心魔从镜子中出来？"

"尚未找到封印的法子。"

陆红颜叫谢琅过来，一回头，却没了谢琅的影子，走到马车旁，打开门，发现里面也是空荡荡的。

她往四处望，只看见山色苍茫，皱着眉，有些焦虑地握紧自己的剑柄。

此时，谢琅正与刑秋偷偷摸摸地从林子中下山。

"慢点，"刑秋没好气道，"我现在没力气，刚刚还跳了窗。"

谢琅回头看着密林深谷，出了口气："约莫不会被找到了。"

刑秋道："那人一看就是仙道巅峰高手，跟叶九琊要么只差一线，要么旗鼓相当——我怕惹上麻烦，偷偷跑开还说得过去，你又跑什么？"

"陆姑娘一旦说出我方才一直在这里，阑珊君必定询问我究竟发生何事。我已答应陈公子不说出，若说了，就失了信；若不说，又有违道义。不如干脆溜走，让他找不到人去问。"

"你这小道士倒是滑头，"刑秋笑了笑，"接着走吧，去找陈兄。"

"不不不，不了，"谢琅连连摆手，"这一回去，叶剑主那里更难交代——我根本没有察觉他是什么时候回来的。若是叶剑主问起，你打死不说，他也拿你没办法，可我势单力薄，说也不是，不说也不是……"

"那你往哪里去？"刑秋挑挑眉。

"我回观里躲几天，"谢琅道，"更何况心魔出世，论法会又要开，仙道不知还能安稳到几时——我也该回观里主持些事务，顺便也去藏书阁找找有没有提到心魔的东西。这陈公子究竟是……"

"他呀……"刑秋眯了眯眼睛，"总之比我厉害就是了。"

谢琅挠了挠头："我原觉得他该是哪位了不得的人转世重生，或是别的什么，现在看来，竟连人也不是了。"

刑秋"嗯"了一声，并没有接他的话头："就此别过？"

谢琅换了个方向溜走，临别道："国师大人，论法会再会。"

陈微尘睡了三天三夜。

终于从一片纷乱而深沉的黑中醒来时，茫然睁开眼，好一会儿，才转过头去，看见守在床边的温回。

温回使劲儿眨了眨眼睛，才确信，害怕高声说话会惊扰他一般，小声却极开心道："公子，你醒啦。"

陈微尘缓缓坐起身来，倚在床头。刚醒时，声音也是虚弱的，只问："叶九琊呢？"

温回："方才刚出去，这三天叶剑主常看着公子。"

小桃见他醒来，也很是欢喜，端一碗清粥过来，含笑道："公子挂念叶剑主，我看他也是挂念您的——您睡着的时候，叶剑主还问过我，您小时候是什么样的，少年时又是怎样的——我说，公子是这天底下最好的人啦。"

"挂念？"他低声重复了这两个字，脸色又苍白几分，痛得蹙起眉来，呼吸声颤着。

小桃知道是那毛病又犯了，忙道："公子，快别想，快别想，是我错了，不该让你知道，欢喜起来，又要心疼。"

陈微尘却冷笑了一声，笑过之后，低声道："你为何觉得……我是欢喜？"

"公子……"小桃看着他，越看越觉得，自家公子非但没有欢喜，反而……反而悲伤得很。

陈微尘闭上眼，过了一会儿，许是那痛终于平息了下来，才转头望着窗外，目光中一片空荡荡。

客栈院中的海棠正是凋落的时候，片片残红落在石上。

"我不要这样的挂念。"他低声道。

"公子，您到底是怎么了？"小桃担忧道。

"他知道了，"陈微尘道，"他既知道，我便毕生都不是陈微尘了。我只是个见不得人的东西，是那个人的影子。他挂念，挂念的却不是我。从今日起，我是再也骗不过他、骗不过自己了。"

房外回廊，叶九琊接住一张飞书，展开信笺，便仿佛有北国的寒气扑面而来。

上面写着："师弟，我已令门中弟子查经阅典。凡与心魔有关，多言修道大乘乃斩灭心魔，你我幼时已学过。然而今日于深处得一残卷，拓本已随信于你。上言，上古时有古法，是人与心魔合一，无内外彼此之分，终成大圆满；又言，心魔不仅为修仙人心障，更藏于诸世人七情六欲中，无一例外，乃人间藏污纳垢处。诸多邪僻说法，不一而足。我派剑意诛魔破邪，正可为斩心魔之用。若人间有难，自然义不容辞。"

小桃看着自家公子，半是欢喜，半是心疼。

忽然听见陈微尘问："现下是什么日子？"

"是四月二十七，公子睡了三天。"

"不早了，"陈微尘揉揉她的头发，"以后没有事情要做，不必往国都去。早日回家，你和阿回把婚事办了。皇朝不出月余就要不保，虽然不会战火连天，但也不会安稳，要让家里注意些。"

"公子……"小桃听到他又提"婚事"，抿嘴笑了笑，又想起来温回这几日常有的神思游移的异状来，与温回对视了一眼。

温回朝她使了个眼色。小桃会意，心中也略想了想，不如过几日，等公子好了再说也不迟——现在若说出，又要使他费神。

他们又说了些话，小桃伺候陈微尘喝完一碗清淡的荷叶粥，见他面上又有微微的倦色，放下了纱帐，端着盘碗和温回一同出去了。

陈微尘摘下腕上缠着的佛珠，在手里松松握着，那佛珠质地润泽，刻了些经文，微微磨着手心。也不知过了多久——他不清楚，听见门轴"吱呀"一响，听脚步声，是叶九琊推门进来。

陈微尘隔着软纱帐望了过去。

一道雾蒙蒙的屏障隔住两人，使得那身影也如镜花水月般影影绰绰起来。

陈微尘转过头，继续看着手里的佛珠。

"什么时候发现不对的？"他低声问。

"最开始。"

陈微尘笑了一下："我以为丢了九幽天泉，你必定立刻去追，无暇想些别的什么，原来还是低估了你。"

叶九琊不说话。

陈微尘打开幔帐，将那层轻烟一样的东西挂在床边小帘钩上。

"碍事，倒显得我像是深闺里的姑娘。"他略带调侃的语气与往日听不出什么差别来。

掀开帐子后，叶九琊伸手拿过他的手腕，仍像往日一样探查他的状况。

只不过这次，将要触到时，那手似乎往旁边躲了躲。

那边陈微尘眼睫微垂，全然是欲睡着的模样——他之前刚刚睡过整整三天三夜。

"你昏过去后，阑珊君带着弟子前来，说是砺心镜异变。"

"能照见心魔的镜子，本就蹊跷，"陈微尘道，"原来真有贯通两界的用处。"

"心魔"这词一出，倒是让叶九琊想起他们在南海剑台时的光景来——那时候陈微尘万般不愿意地被带到砺心镜前，死活不愿睁开眼。

那镜子里，陈微尘的面前一片空荡荡。

——他为此还编出不少似是而非的话来，无牵无挂及时行乐、镜中人便是心中牵绊之类。

他也曾数次说"我无心魔"。

正沉默着，温回叩了叩门："叶剑主，阑珊君来访。"

陈微尘便道："他没回去？"

"他要追查心魔的始末。"叶九琊道。

陈微尘靠在床头上，闻言笑了笑："这样说来，我倒是要庆幸让你看见我与那些心魔作对了。不然，说不得还要被你们追杀——他大抵是见了我那个样子，有没有找你的麻烦？"

"尚未直言此事，"叶九琊道，"只是说了对于心魔种种，仙道并不知如何对付，你恐怕是为心魔所害，想来看望你。"

"我……"陈微尘静了一会儿，道，"我也不晓得，我跟它们仔细算来不是同一种来路。只知道人与心魔并不属于同类，不能用寻常的道理来想。除了你的剑意，别的能对付心魔的法子，还要你们另想。"

叶九琊"嗯"了一声，犹豫一下，道："那你——"

陈微尘知道他要问的，无非是他怎么来到人世之类，笑了一下，打断他：

"快去见阑珊君吧，你们大概有事商议……等你回来，我就告诉你。"

叶九琊最后看他一眼，留给他一句"好好休息"，起身离开了房间。

过了一会儿，窗户被轻轻敲了一下，刑秋从窗外进来——落地时险些被自己的袍子绊倒。

陈微尘便笑他："什么时候变得这样偷偷摸摸了？"

刑秋也不避讳，溜溜达达地过来，在他床上坐下："叶剑主近来看你看得可紧了，要不是阑珊君过来，我还真不敢来看你。"

陈微尘问："来看我做什么？"

刑秋哀叹一声："我好心记挂你，你却不知道我。"

陈微尘看着他："我倒不知道你什么时候学了人间那一套看来看去的虚礼了。"

魔帝做贼心虚似的往四下看了看，确认叶九琊无暇顾及这边，也无旁人在此，才笑眯眯道："我一是来向你赔不是，二是来送样东西给你。"

"嗯？"陈微尘问，"你有什么不是？"

"山顶上，你昏过去，然后掉下来那次，小道士心境不坚固，给吓傻了，想不起来出手救你。不过，我那时却是可以去把你接住的。"

顿了一会儿，看陈微尘不说话，他接着道："可那时我也看见叶九琊在天边，就放下了出手的心思。心想着，他要救你是最好，他连救你都不愿救，便让你摔死，倒干净了——只是尸身难看了些，不过料你也不会在意。我竟想让你摔死，这就是要赔的那个不是了。"

陈微尘"嗯"了一声："你明白我，这个不是便不必赔了。东西呢？"

刑秋眼里有一点怅惘，轻而迅速地往陈微尘手里塞了样东西，触手沁凉润泽，似乎刻着些符文，然后他勾唇笑了笑："我那天在戏园子里听了一句词，有趣得很，说给你听。"

说完便轻轻哼出了声。他这人，只要不是存心捏着嗓子拿腔作调戏弄人，嗓音倒是极好听的。陈微尘握着那东西听，怔了一会儿，道："我不曾想到，去魔界一趟，倒遇见你这么个知己。"

魔帝站起身来："我想着，你大约想要这个东西，恰好我有，便送了过来，也正好断了自己的念想。"

"我不在了，你今后要往哪里去？"

刑秋想了想："我不晓得，回魔界也没意思，随便逛一逛吧。"

"既然这样，我托你一件事。"陈微尘淡淡道，"替我去南海，看一看那面镜子。看不出所以然来也不要紧，只管小心你自己不要再被那东西上身。等我养好了修为，还能在南海与你碰面。"

"好，"刑秋望了望他，抛一个媚眼，"那就告辞啦，你这个来路麻烦得很，也小心着些，冤家。"

陈微尘被他逗得笑了笑："陛下，再会。"

等到深紫衣的魔帝也消失在窗外茫茫云烟里，陈微尘耳边犹响着他唱的那句词。

词是："他教我收余恨、免娇嗔、且自新、休恋逝水、苦海回身、早悟兰因。"[1]

许久，他张开手指，手心上放着一枚佛印，正是往指尘寺去的信物。

且说那厢小桃和温回正在集市上采买，温回手里拿着一些，还抱了一匹墨色底暗银纹、一看便知价格不菲的布料。

小桃边走边不住地往那匹布料上看，笑道："公子从小到大竟没穿过黑衣服，那天在山顶上还是第一次看到——我没料到他穿黑衣服这样好看，这地方又产上好的绸布，等回家去，一定要让绣娘仔仔细细做好。"

温回抱着布道："我却觉得他不喜欢黑颜色呢，要不怎么从未穿过。"

小桃想了想："也不是这样，你看，从小到大，他可讨厌过什么？"

"也是，公子惯是不挑东西的……"

他们回到落脚的客栈时，正看见阑珊君走出来，行了个礼。在回廊里跟上了正往陈微尘房间去的叶九琊后，两人还不忘悄悄对了个眼神。

——我看叶剑主对公子越发好了。

——可不是吗。

他们看叶九琊推开房门，也跟着一起进去。

室中暖香尚未燃尽，余烟袅袅。

而四望之下，空无一人。

---

[1] 引自京剧《锁麟囊》，引用时有改动，原句为："他教我收余恨、免娇嗔，且自新、改性情，休恋逝水，苦海回身，早悟兰因。"

且说那日封禅事变后，人群浩浩荡荡来，匆匆忙忙走。皇帝既死，国都中又免不了一番争端。只因皇子皆年幼，羽翼未丰，暂时还当不得大任，又有几位王爷身为陛下血脉兄弟，垂涎那高高在上的龙椅，一时间腥风血雨刮遍宫城。当初左相从天峪关匆匆调来兵马，大军开到一半，他见国都并无怪事，想来当日那妖人只是心怀怨恨，并无狼子野心，又改了主意，命大军仍回去守着天险雄关。

然而三王爷与二王爷斗得正欢，且三王爷与带头的那位将军是姻亲，星夜传书一封过去，老丞相的命令便失了效，军队仍往南来，要为三王爷撑腰。

是夜军队至国都城下，声势浩大，这位三王爷旗开得胜，当夜就试了龙袍，坐了龙椅，要择日登基。

登基的日子还未定，便又有百里加急的消息跑死了七八匹马，从天峪关传来，说是那夜燕党大军一夜强攻，破了雄关，正浩浩荡荡南下。

新皇帝摸着烫手的玉玺，发了第一条诏令，令城外数万军队北上迎击。然而南朝地势虽险，却无强兵，一旦失去了易守难攻的天峪关，便毫无招架之力。"燕"字旗所过之处，一路投降声。

新帝便沦落成了亡国之君。

一夜之间江山易主，国都中人尚且没有反应过来，直到先皇的皇后戴上凤冠，穿了一身大红衣，一声凄婉哽咽，从国都最高的城楼跃下，才茫然想，这是改朝换代了。

谁料那英勇神武的燕将军破了国都后，未来得及安顿，便害暴病，命在旦夕，留下一个刚刚学会走路的幼子。燕将军临终前环顾床前人，见均是些跟着南征北战的莽夫，叹一口气，将幼子托付给前些日子才收到麾下的军师——今日过后，便是帝师。

军师姓庄，名白函，年轻得很，虽然资历尚浅，有封禅大典弑帝之举在先，又有一路下来显出的才华，那些部下也都信服。

于是幼帝登基，由帝师辅佐。

帝师代执御笔，代持国玺。一手建新朝，一手安黎民，收拾旧山河，再度挥戈北上，意在整座中洲的大好河山。

日月如惊丸，转眼又是许多时日过去。

指尘山下有人家。

有传说道，禅境里的凡尘人家是数百年前一位执意还俗的高僧的血脉。暂且不论这传说的真假，指尘地界既是世外的禅境，人家也是民风淳朴、不与外面往来的桃源。

每逢初一或十五，集市开集，山上寺里的人也会下来采办。

"拿好嘞。"摊主将东西包好，交到来人手上，见他腕上缠一串佛珠，身后又跟着几个着黄布衣的小沙弥，知道是寺里的人。只是面前这长相俊俏的年轻人未削发，也未着僧衣，不由得多说了几句："您看着倒是面生。"

这人淡淡笑了一下："了意师兄近日在闭关坐禅，换了我来。"

摊主按捺不住，又见这人形容可亲，问道："您也是'了'字辈的？原来上师们开始收俗家弟子了吗？"

只听他答道："不算弟子，是个外客。"

又闲话几句，那人告辞，走回深山里。

入夏以来，山中草木苍翠，暑意全无。一道石阶入深林，藤蔓挂树，时有鸟鸣。遥遥传来撞钟响，一声又一声。

陈微尘在半山腰望着上面若隐若现的巍峨佛寺，忽然想，山中无日月，自己已在这里待了两月有余。他眼里神情淡淡，依旧沿路上山，进了寺门，将东西交给掌管事务的僧人，自己进了后殿。

殿中佛像前倾，下视的目光说不出是慈悲还是漠然，墙上绘着种种图案，东面是摩诃萨青舍身饲虎，西面是释迦牟尼割肉喂鹰。

佛像下站着慈眉善目的空山大师，见他来，微微行一礼："陈小友回来了。"

陈微尘还礼："大师找我何事？"

空山大师并未直言，只是上下打量了他："小友比起初来时，戾气已消了八九分。"

"大师亦然，"陈微尘平淡答他，"我犹记得初来时，大师候在山门外，头一句话便是'孽障，总算知道过来'，今日倒是喊起了'小友'。"

空山大师捋了捋胡须："若非你执迷不悟，又何至于落到那日命不久矣、稍有不慎便沉睡不醒的下场。"

陈微尘也不再与他顶嘴，只规规矩矩道："多谢大师收留教导之恩。"

空山大师手里捻着佛珠，道："今日前来，一是来看你进境，二是有事相告。"

"我修为前几日已经尽复，按照空明师兄所说之法，以心经观照心魔世时，常觉妖魔绊身，不得寸进。"

"那处若泥沼，连你也解不得吗？"空山大师沉吟一会儿，道，"能否和我细说那里的情景？"

"那里没有情景。"陈微尘道，"不像人间一样，那里是没有地方的，也没有形体，我在的时候，都是混混沌沌的一团，偶尔有些知觉，不过都没有灵智。"

"所以心魔之祸的源头，是心魔不知为何开启了灵智，继而又不知用什么办法来到人间世。"空山大师若有所思，"外面的弟子传来消息，说人间已经开始被心魔殃及，常常有人发疯而死。"

"原本分隔两处时，心魔与人并不相干，现在心魔出现在人间，人与各自的心魔本是一体，故而不知不觉便会相融。若守不住心神，便会神思混乱，最后丧命。"

空山大师摇头叹道："本是从心生，还是从心灭。"

等大师忧心忡忡地离开，陈微尘无奈地笑了一下，心想老和尚年纪大了，竟也记不清楚事情，说是有事相告，转头便忘了。

他并不追究，像往日一样在佛前跪下，拨着念珠。有时是修炼，仙、魔、佛三气隐隐相融，在体内流转；有时只是想佛经，逐渐心神空空，连寺外蝉鸣都听不见了。

也不知过了多久。正神游太虚之外，却有两道脚步声自殿门外来，叩在心头上，越来越清晰，使他手中往复拨那念珠的动作一滞。

他依旧闭上眼，在心中念起经文来，是"空亦空，空无所空；所空既无，无无亦无；无无既无，湛然常寂。寂无所寂，欲岂能生"。

来者在身后停了下来，不动。

他也不动。

大殿中唯有轻轻呼吸声起落。

不知过了多久，其中一人来到他身旁坐下。

余光中是一片红影。

"我想了很久，也不知道到底发生了什么，没有人告诉我，叶九琊不说，你也不说。"陆红颜开口道，"我心里很憋屈，也不知道该和谁说。"

陈微尘沉默了一会儿，道："何必追根究底。"

"我不追根究底，就要一辈子被蒙在鼓里。我想给家人报仇，修成了仙，回到家乡，却发现早就只剩下废墟，没有一点线索。我想寻我哥，却发现各门各派关起门来躲在山里，连消息都打探不得。我想复活焱君，要报他的恩情，到头来，连他到底为什么死都不知晓，连你到底跟他有没有关系，都问不出。"陆红颜笑了一下，"我这些年来，一事无成，一事不知，只想一剑都砍了干净。"

"你先出去，我跟他说句话。"陈微尘对她道。

陆红颜不动，陈微尘又轻轻对她说一句："听话。"

她用力揉了一下自己的眼睛，站起身来，快步走出去，狠狠摔上门。

那一声门响后，殿中又是一片寂静。

终是叶九琊道："为何要走？"

"我不想要你了。"陈微尘攥紧手里的佛珠，声音仍是平静的。

叶九琊沉默许久，道："也该留信再走。"

陈微尘心口剧痛，眼前一阵阵发黑，缓缓呼吸几下，才终于能开口说话："不知该从何说起，写废了几张纸，最后还是搁笔，想你也不会寻我，不如就这样干净去了。"

他声音很轻，仿佛方才那句"我不想要你了"，已经是所能说的重话的极限，再刻薄一些，已经是不能了。

却听见一声："我寻了。"

又听叶九琊接着道："去了几个地方，找不到你，想你大约是和刑秋去了魔界，有他在，应当过得很好，便没再寻。"

陈微尘不知该说什么，叶九琊却反常地没有等他回应，继续道："你来时便没有理由，走了，自然也不必解释，方才那样问你，是我失礼。"

叶九琊又顿了一下，仍是冷冷清寒的声音："告辞。"

陈微尘轻轻喘几口气，听那人说完这番话后，转身离开。

等人走远了，才终于起身，匆匆到门边，去望他的背影。

缥缥缈缈的白，转过一个弯，便会消失了。

他心里很酸楚，又有种快意，觉得自己亲手割下了一块什么东西，今日这一眼过后，便解脱了，便干净了。

可越是看那背影走远，心里越是纠结着难受起来。

他想：叶九琊，你别回头，你若回头，就是我万劫不复的时候了。

这样想着，仍忍不住去看，又盼他回头。

——他终究还是万劫不复了。

那人将要转过一个弯的时候，似有所感地回过头来，似是想再看一眼。

那眼神不是平日的冷淡，而是带着些淡淡的惘然。

——这一回头，便看见大殿正门的陈微尘在门边，也正朝自己望着。

多日不见的一张脸，似乎清减了许多。

他想，也是，山寺里比不上凡间，这样一个习惯了前前后后有人伺候，衣食住行样样都精致极了的人，跑来这里过两个月，不知受了多少苦。

目光相触的那一刻，叶九琊头脑中空空茫茫起来，要接着往回走的步子，无论如何是迈不开了。

"你回来，"他听见陈微尘对自己说着，声音带着沙哑，仿佛受了委屈，"你回来……"

此时离得已经远了，看不清他的眼睛。

他或许是哭了，叶九琊这样想。

走近后，才看见那眼睛虽然微微泛着红，可也没有眼泪在里面。

"是我错了，我不该跟你赌气，我方才说的是假的。"他一连串说下来，"叶君，是我不好，我认错了，你别生气。"

叶九琊拍了拍他的肩背："没有生气。"

"你分明是生气了，方才说告辞的时候，你寻常不是这样说话的，我听了，觉得好疼。"陈微尘的身体轻轻发着抖，心里一股无处可去的焦躁，拼命挣着，想要抓住些什么。

是什么——缺了些什么，他拼命想着，终于想起来，若是个人，这时候，该要落泪的。

可他用力眨了几下眼睛，眼眶仍然干涩着，没有那样温热的东西流出来，唯有心口的痛是真真切切的。

"我……"陈微尘顿了半天，仍是不知该说些什么，只问，"你怎么来指尘了？"

叶九琊的手指触到他的头发，轻轻抚着："和阑珊君一起来的，有事情要商议。"

指尖穿过发丝，带出雪白的颜色来。

"怎么来了后殿？"

"山下村民散市，听见有人说指尘来了个年轻的外客，跟人说话的时候微微地笑着，想来是你。"

竟是白了一半了。

陈微尘放开他，眼睫垂下，不敢直面的样子。

"你呢？"

"嗯？"陈微尘一时间没有明白他的意思。

"不要我之后，为何来指尘？"

"我……是真的不想要你了，我那时也不能再要你了。"陈微尘闷闷道，"你不知道，我那时候是多么难受，我害怕了。

"还有，你也知道，在国都的时候，我常常睡不醒。"

"嗯。"

"我从桃花宴后，不知道为什么，就有些压不住自己的心魔气，我花了十多年才把它藏好，到了能见你、不会被你看出来的样子。我只好尽力压着，但是你一直在身边，你的剑意专破心魔，即使不出剑也会有，所以我一直是被剑意伤着，才会时常睡不醒。"

叶九琊静静听着。

"后来，把那些东西弄回去几乎耗光了修为，我再跟着你，就会再也醒不来了。仙道只有指尘容得下我，我才来找空山大师修佛。"

"你该告诉我。"

陈微尘摇了摇头："我说不出口，至少在那时候说不出，我不知道要怎么面对你。你想要我怎么说？说我是他的心魔，还是说他一个人在大道上走了许多年，无师、无敌、无友，初见你时起了一点欢欣的心思，于是有了我？"

"你看着我。"叶九琊道。

陈微尘抬起头来："嗯。"

"你与他既然出自同源，就不必分得这样清楚。"

"你还是不知道，"陈微尘摇了摇头，眼里是一点悲伤的神色，"你不知道我为什么活着，才会这样说。"

小铜壶煮了茶，自然不是家里那千金一两的珍茗，而是清晨在山里采的不知名的叶子，放了几朵小白花苞，一股清清洌洌的甜香。

"这种时候，是该喝酒的，可惜和尚们要戒这个，我又不好去山下偷买。"

叶九琊听着这话，想起凡间的桃花酒来。陈微尘曾炫耀般抱了一坛来，说是他家小桃最好的手艺，摘最好的桃花，取花瓣最尖上的露水。他这样被宠爱，想喝时都未必能讨来。

酒的奇特处在渐渐的变化上，杯口处味最浅、最甜，也是清清冽冽的香，然后逐渐绵密浓烈起来，甜得有些发苦，喝到最后，杯底处最浓、最苦，只余味是甜的。

公子曾懒洋洋地眯着眼睛道："这酒像人一样，最苦的在最下面，喝到最后才能晓得。我一看老瘸子那样喜欢这个酒，就知道他心里藏着些说不出口的苦东西。

"原来那里，全是黑的，我们一个个不知今夕何夕地飘着，飘到哪里算是哪里。"陈微尘将茶水斟满了没什么讲究的白茶杯，白雾在他眼前蒸腾起来，在睫上凝成小而晶莹的水珠。

"我也是慢慢回想才能知道，在那里的时候，是没什么知觉的。"

山林寂静，佛堂安宁，金刚怒目，菩萨低眉，俱静着，一动不动。只有他的声音缓缓回荡着。

"也知道除了这里，还有些地方，偶尔那里的自己心神动了，和自己连起来，能往外看一看。在这里脾气暴躁、爱乱抓乱咬的，在那里就是安安静静、不爱动弹的。在这里安安静静、不爱动弹的，想来在那里就脾气暴躁、乱抓乱咬。

"它们都能看见外面，有时飘着飘着，就动荡起来，我就知道，是它们和外面那个人连起来了。

"那时候，我只天天等着，想和他们一样，也见一见外面那个自己，看看外头是什么样的。等啊等啊，也不知道过了多久，总也等不来，再等，还是等不来。"

他啜一口茶水，让那甜丝丝的香气在唇齿间流连一会儿，笑了笑，道："你也知道，他走太上忘情的路子，那心神不是古井，是个冰湖，纵然天翻地覆，也泛不起一点涟漪来，没有这一点涟漪，就没有我什么事情。心魔世里，别的那些东西，都是由一根线拉着的风筝，独我的线断了。

"我就还是那样，年复一年地盼着能被线牵着，盼着盼着，也不盼了，满脑子混混沌沌，睡了又醒，醒了又睡，也不知道自己到底是谁。"

他就这样静静说，对面的人静静听，仿佛不是在说一些不愿回首的往事，倒一些难以下咽的陈年苦水，而是故友重逢，心平气和地说一些无关痛痒的旧事。

"后来……"他停了停，抬眼看叶九琊。

在深山古寺里听了两月的禅声，那一双总汪着柔情蜜意的眼，仿佛也从春走到夏，从夏走到秋，渐渐沉静明澈成了一潭秋水。

叶九琊看着这双许久未见的眼睛，升起些盘桓不去的情绪来，话至嘴边，却不知该说什么。

"后来……"那眼微微地弯了起来，泛上笑意，"八月十五那天，我忽然就看见你了。下着雪，你在山顶上练剑，剑很好，你也很好。"

陈微尘有些出神了。

那漆黑的无边汪洋里，挣扎而不得，失望继而绝望，无知无觉了许多年后的某一刻，有人忽然心神一动。

——无星无月的夜空里炸开烟花，久盲的人睁开眼睛，深水里挣扎的落水者终于浮上了水面。

他便看见了，看见白皑皑的远山，看见漫天飞卷的白雪，看见雪中人。

断了的线终于接上，混混沌沌的一个东西，忽然醍醐灌顶一样清明了起来。

那人的影子，便深深、深深刻进了他心里面，他便知道，这一生都完了。

"他便有了心魔，我便成了心魔，他在忘情道上走了多远，我便在心魔界里堕了多深。"陈微尘看着他，叹了一口气。

冷心冷情地在仙道上独自走了那么多年的一个人，有一天举目四望，无人可为他师，无人可与他为敌，无人可与他为友，高得很，也冷得很。忽然看见一个被天地造化钟爱的人，鬼使神差地生了一点儿怜爱之心，去教他一剑，要把这棵青翠欲滴的小苗快些拔到与自己同高的地步。

是怜爱也好，欣赏也罢，冰湖深处的暗流忽然涌动了那么一下，那漫天的雪便刮进了心魔世一个不知昼夜的角落里。

叶九琊沉默了一会儿，道："是我误你。"

"算不清的，"陈微尘续上茶水，"他那时便不该一时兴起去教你一剑，误了他自己，误了你，再捎带上一个我。可见世事无常，有些人是见不得的。我那时也不该去沧浪崖，只是想着万一撞了仙缘，进了仙道，能有个远远望着你的机会，谁料故人海上踏雪飞来，我也只好……"

——只好暂时放下脸皮缠上了。

他咳了一声，有点不好意思："……只好月下斟酒以待了。"

两相对望，想起大半年前沧浪崖边海上月来，寂静中便有种气氛悄悄滋长起来——分明两人对坐着，十分规矩的模样。

大约对着故人追忆往事，总是容易使人感怀，即使这故人不怎么故，往事也没有相隔很久。

而二百余天之间，与对着的这个人，由陌生至熟悉，乃至并肩辗转踏遍中洲南北，仙、魔两界，不能不说是一种奇妙的感受了。

"既然如此，"叶九瑕道，"你又为何执意与他划清界限？"

陈微尘眨了眨眼睛："你猜呢？"

"你讨厌他？"

"我才不讨厌他，"陈微尘眼睫微弯，眉梢缀一点温柔的笑意，"我与他虽非好友，却也不是仇人。至多……"

他伸手摘了叶九瑕肩上一片落叶："至多有点嫉妒他罢了。你再猜。"

叶九瑕道："我猜不出。"

陈微尘用杯盖拨了拨盏中花瓣，道："他见你时心想从此有了敌手，生出喜爱之情，心念微动，我便有了知觉，见了你。你与他是知己，是好友，坦坦荡荡。我呢？别的心魔时常与主人心念相连，看见人间种种景象，它们见多了，可我只见过一个人。我一辈子的知觉就只有那天雪山上的你。我想见人间百态，可我能想的只有你一个，我也想见你更多样子，可我只见过那一眼。我又能怎么办？"

说到这里，他的声音有点哑了，不敢看叶九瑕，垂下眼，轻声说："他不会知道这些，他心里空空荡荡，只有天行有常。你也不会知道，你只是被看了一眼。心魔世里一片混沌，我抱着那一个转瞬活了很多年，就变成了现在这个样子。"

他抿了抿唇，有些艰难地笑了笑："君子之交是你们，执迷不悟是我。我怎样痛，怎样疯，怎样生出情思妄念，又与他有什么关系？我……"

他的声音渐低渐哑，再说不下去了。

叶九瑕定定地看着对面的公子。

他好像哭了，叶九瑕想。

"你已见了人世，"叶九瑕声音也放轻了，"为何不放下？"

"若我真能做个人，又怎么会犯心痛的毛病？"陈微尘抬头看向叶九瑕，他眼睛泛着红，可眼眶里却没有一点泪，"……我连哭都不配。若早知有今日，何如不见你那一眼，继续做个无知无觉的东西？"

下一刻，看着叶九琊，他像是后悔自己话说重了，声音软下去，像在使什么温柔的小性子，闷闷道："叶九琊，你折磨我，我也要折磨你。"

他起身离开小茶桌："你分不清，我偏要你分清。你尽管讨厌我吧。"

"陈微尘，"身后叶九琊道，"我从未讨厌过你。"

陈微尘眼睛仍然微红着，闻言轻轻笑："那在下谢过叶君雅量了。"

背后传来脚步声，叶九琊走过来，要和他一起离开此处，前方却来了人，是一身清正端庄气的阑珊君。

"叶兄原来在这里，"他道，"倒让我们好找。"

陈微尘看叶九琊，眼里笑意又促狭起来，明明白白写着：原来你是抛下公务偷偷过来的。

眼又一转，看到阑珊君身上，听那一声比"叶剑主"亲密了些的"叶兄"，也大致知道了这两个月来心魔之祸当头，南、北两剑的当家人往来不少。

阑珊君看到陈微尘在这里，亦是有些惊讶。

陈微尘喊了一声"阑珊君"作为见礼，也不多说话，眼下不比两个月前虚弱的时候，他已将心魔气掩盖得七七八八，任这位再怎么打量也看不出端倪来。

叶九琊便告诉他："我与阑珊君来此是为一个将剑意与佛法相融的阵法，或许能使人免于心魔侵扰。"

"也有道理，"陈微尘看着他，"既然有事，就快去吧。"

待叶九琊要与阑珊君同行，离开这里，他又抬眼望叶九琊："叶君，晚上留在寺里好不好？"

待得了一句"好"，他便又怡然笑了笑，也不管阑珊君打量自己的目光又困惑了几分。

阑珊君这人，确实有无可指摘的真材实料，被赞"有佛意"的剑法亦暗合佛家"三千世界"的说法，与指尘道法相融应当不难。不过叶九琊无情剑意却只修那俯瞰众生的漠然气，既不像是金刚怒目降服四魔，又与菩萨低眉慈悲六道扯不上半点关系——与佛家两大流派皆无类似之处，就有些棘手。

陈微尘回到殿中，拿一本佛经胡思乱想着，又将视线移到两边舍身饲虎、割肉喂鹰的壁画上——猛虎噬人，乃凡间恶兽，然而摩诃萨青见母虎饥瘦，小虎羸弱，舍身饲之，可见佛祖本心乃普度一切众生，人与虎并无差别，己身性命亦可随意放下，无分别心，无我相、人相、众生相。

经上又说什么"五蕴皆空，度一切苦厄""无受想行识，无眼耳鼻舌身意""是诸法空相，不生不灭"。慈悲到了极点，低眉俯瞰众生，眼中逐渐无物类，无生死，又与天道无情有何分别？

他觉得有趣，圈出这一笔来，又琢磨了一下那"大道归一"的说法，不知不觉已到夜间，便回去了。

他在指尘的住处简单得很，不过是一张床、一张桌案，案上摆几本经，点着寡淡的白烛，很有些青灯黄卷伴古佛的意味。

看在叶九琊眼里，亦是觉得一阵夜风吹来，他便会与风同去一般飘忽不定。

他只在抬头看自己的时候，眉眼才会生动起来，笑意笼上眉梢，恍惚间又变成了温雅多情的红尘公子。

"阵法怎么样了？"他问。

叶九琊便答他仍有些地方进展不得。

他便拿手里经书指给叶九琊看，说了些颇有见地的玄妙佛法，气氛也融洽。离别两个月后，两人关系倒是平和了许多。

后来又说到心魔上，叶九琊又问心魔界情形，陈微尘却是怎么都不肯说了。

陈微尘道："你对我忽然这样好，我有些认不出了。几分是为了我，几分是为了他？"

他问了，却不要叶九琊回答，继续道："阑珊君来得不巧，我原本还有些话想说的。他高高在上不理世情，我一身脱不去的红尘气，他心里有道不畏不惧，我却胸无大志只想快活，你说，这界限还不够清楚吗？"

"似乎清楚，"叶九琊看着他，道，"但饮茶时你说自己只记得一瞬，其余事情又是如何得知的？"

陈微尘说："我变人时才依稀记得的。"

说完，眼睛一眨不眨地瞅着叶九琊，烛火下，湿漉漉一双眼，像是生怕他又问什么别的东西。

叶九琊没问。

陈微尘就笑，他像是喝醉了酒，想起自己短短的十九年光阴来。在凡间的时候，他没有做什么，他只是暗暗欢喜。

东邻的小娘子披红衣嫁了隔壁的书生，侍女又与小厮置了气，都城里的公子托人给自家的大姐送来一支点翠的流苏钗。

他觉得凡间真好。

偶尔抬头看天边月亮，想起雪山上的那个人来，睡也睡不着。

明明，与"仙"这个字相反的，不是魔。

是凡啊。

仙家的皓月疏离冷淡，凡尘的烟火鲜妍滚烫。

陈微尘便又笑，笑得有些痴了，带些稚气，却说："叶君，我好疼。"

叶九琊微蹙了眉，想他为何又伤心了，问："怎么了？"

陈微尘摇了摇头："你知道我怎样分辨难过与高兴吗？"

叶九琊自然是不知道。

"是难过还是高兴，我不晓得究竟是什么样，只好自己空想，"他道，"后来，想也想不出，只知道，疼的时候，若是不愿意，就是难过；若是愿意，就是高兴。"

他一眨不眨地看着叶九琊："叶君、叶君……我好高兴。"

他惯会把疼与难过藏着掖着，几次破例与叶九琊说疼，倒像去了一层枷锁一样，虽然疼还疼着，可也舒坦了许多。

他渐渐平复下来，无师自通学会了些撒娇的本事，黏着叶九琊，带着些鼻音问："烦不烦，烦不烦我这样？"

得到一声"不烦"，才不折腾了，安静下来，呼吸清清浅浅地起伏着。

叶九琊手指穿过他的头发，柔软而滑的，带着些凉，灯火昏暗，掩去了那缕缕的雪白。

他记得陈微尘走前，小桃还正琢磨着夏天吃些什么、喝些什么才最养人，一夕之间，正主却跑去了深山煮草摘花做茶。

又看他夏日薄衫下肩膀的轮廓，依稀还圆润着，却也比在国都被人细心照料时清减许多。

叶九琊问他："何时回去？"

"回家吗……心魔说不得还要来找我麻烦，不能回了，免得连累他们。"

"要一直待在山上？"

"总在山上也不好，我修为差不多已经恢复了，打算去南海看看，你要去哪里？"

"剑阁。"

"正好，"陈微尘没好气地说了一句，"你往北我往南，明天就跟你分道扬镰，省得又被你的剑气一天天伤着。"

说了剑气，便要问起陈微尘近况来，答曰压制心魔气仍然颇为费劲，应当是心魔世气运翻腾，影响到了他身上。

又说到心魔世与人间世相隔，这一批心魔出世是因为砺心镜异变，于是叶九琊便问他又是怎样出来。

"我要说，也不知你能不能信。"陈微尘用半开玩笑的语气道，"你们剑阁古训第三，实在管用得很，说是'精诚所至，金石为开'，凡间也爱说些'心诚则灵'之类的话——我只想着，做个人，见见你，想得浑身发痛，眼睛一睁，便到了凡间了。"

叶九琊的手指有一下没一下地抚着他的头发，也不知信了几分。

陈微尘也顾不得琢磨这人为什么对自己的头发情有独钟，接着笑眯眯道："这次没有骗你，再骗你一次，就让我天雷轰顶、魂飞魄散——"

话音刚落，外面响起一声炸雷来，余音不绝，几息后，又是一道。

陈微尘："……"

他无辜地朝叶九琊眨眨眼："巧了……"

叶九琊面无表情地看着他，眼睛像寒潭，声音也是冷寒的，在他耳边沉了下来："陈微尘，你有魂魄吗？"

"我……"陈微尘觉得这人好像又有点儿生气了，乖乖道，"托生到凡间来，哪能没有魂魄呢？"

叶九琊看着他，见他神色如常，没有再说话。

陈微尘只好亡羊补牢，放软声音："你别生气，乖。"

见这人不为所动，又委屈道："你不搭理我，又让我难过，你原来不是这样冷冰冰的，虽然也不笑——我从那个深渊一样的地方爬出来，看见你，本来很欢喜，谁料你连搭理也不搭理我，只好似是而非地扯上那人，让你觉得我有他的魂魄，才能让你多看我一眼——我也不是故意要骗你。"

又嘀咕："他在流雪山巅看见你的时候，我才生出来，我比你要小多了，你也该怜爱怜爱我。"

叶九琊拿他没有办法，又摸了摸他的头发，以示和好。

便有人得寸进尺："叶君，你靠近点。"

等叶九琊依言靠近了，他才安安静静地闭上眼。

窗外白光阵阵，惊雷不绝，却没有雨。

几道炸雷声的间隙，又夹杂着隆隆的低响，低沉压抑，使人喘不过气来。陈微尘往叶九琊那里靠得更紧，整个人缩了缩。

叶九琊察觉他的动作："害怕？"

"嗯，"陈微尘的声音也低了许多，"我怕命。"

命——生来一张命格上，清清楚楚、明明白白的命。天演神机妙算，芸芸众生背后皆挂着一张命格纸，墨笔如雷霆，早判好了盛衰生死。

"怕光阴，怕天道，还怕你。"

叶九琊缓缓拢了一下他的衣服："不怕。"

陈微尘"嗯"了一声，又和他胡乱说了些话，渐渐睡过去。

一夜的雷，劈焦了几棵合抱的古木，清晨下起了倾盆大雨，打折无数草枝，天地间唯余雨声。

起来后看见了阑珊君，才知道原来他们阵法还没有敲定，都没有回去。

空山大师笑容和蔼地敲门进来，见到本不该在这里的叶九琊时也神色不变，与陈微尘说起了昨日忘记说的那桩事。

——原来是要拿陈微尘来试阵法管不管用。

陈微尘想：亏得昨日还想你们佛门眼中众生平等，原来平等到了狗肚子里去，还是要把我单独拎出来。

他摇一摇画扇，道："大师，我当然愿意为苍生吃些苦头，但此举行不通。"

大师："此话怎讲？"

"不瞒您说，在心魔世，还没有比得上我的东西。你们的阵法，即使到了真能镇住别家心魔的地步，也镇不住我，若拿我试阵法，大抵是成不了的。"

焱帝是这仙家的帝皇，三重天境界，与心魔的联系近乎无，越是远离心魔，越是纯粹强大，对人来说如此，对心魔亦是如此。

空山大师看了看叶九琊。

叶九琊见过他以一己之力撕开裂缝将成百上千心魔送回的场景，道："确实如此。"

空山大师："却是难办，只好烦请小友助我等捉一只心魔过来了。"

心魔视凡间形体如无物，眼下唯有陈微尘能切切实实触到它们，这要求不算过分。心魔如今还没有在指尘出现，而凡间过于广阔，不好寻找。

"听闻心魔之祸已在清净观起来了。"有人道。

当即便敲定，空山大师、阑珊君与骖龙君留在指尘继续参研那阵法，陈微尘、叶九琊与空明一同前去清净观伺机擒一只心魔过来。

清净观里，谢琅正焦头烂额。

"观主！小蔺师兄也走火入魔了！"

谢琅摔下手中书卷："在哪里？"

弟子带他过去，谢琅边匆匆走着，边道："传令全观，一律停下修炼，不许再观冥！"

弟子应了一声"是"，又火急火燎道："可是不修炼就没有进境，怎么对付心魔呢？"

"只能如此——难不成要等你们全都走火入魔死掉？"

说话间，已到了地方，亭子里一个年轻弟子正打坐，双目紧闭，身体颤抖，一身黑气剧烈缠绕。

谢琅忙打量四周，没见那黑漆漆的东西，松了口气："心魔没出来，能救。"

几个弟子立刻摆开阵法，催发静心凝神的符咒，谢琅使清气驱心魔浊气，双手按在年轻弟子肩背上，边引导他运行真气，边在他耳边念着心法口诀，希望借此唤醒他的神志来。

又有几个弟子赶来加入，过了大半个时辰，那年轻弟子终于吐出一口血来，脸色先是涨红，继而苍白，软软倒下去，身上的黑气也消失无踪——境界必定跌落大半，幸而将性命保住了。

几个弟子将他安置好，对视一眼，也俱松了口气："幸好观主来得及时。"

一个女弟子擦擦额角汗珠："也幸好只是走火入魔，没有心魔直接出来。"

"前日沈小师弟与黄师兄就没有这样的运气，入魔身亡了。"气氛低落了许多。

谢琅呼出一口气，缓缓睁开眼来。

几个弟子忙凑到他身边，问眼下该怎么办。

"心魔猖獗，观冥时常会走火入魔。我已经下令全部停止观冥，只是……"谢琅道。

弟子们也知道他"只是"后面是什么——观冥中心神为心魔所惑还能得救，若是心魔实体直接现形、入体，人便立刻神志混乱而死了。

"心魔实体出世，长老们也没有办法。"谢琅眉头蹙着。

整座道观弥漫着惶惶不安的气息。

"在找到解决办法之前，所有人不得单独行动，一旦有人走火入魔，立刻告知我或诸位长老。备好雷诀符咒，若有心魔实体出现，尽力阻挡。"谢琅布置下去。

事务繁忙，又兼灾祸临头的这些日子，硬生生将这年轻的小道士打磨得沉稳许多。

弟子们答了一声"是"，下去传递命令，另有人御气离开，通告设在其他地方的分观。

方才走火入魔的弟子已然转醒，满面惊怖地抓住谢琅，语带颤音："谢小师叔……我方才在脑海中看见心魔了，要拉我心神过去……好可怕！"

即使知道这对他来说是极端痛苦的一段经历，谢琅仍必须问下去，让他回忆："到底是怎样的情形？你仔细想想。"

那弟子咽了咽口水，艰难道："我……初时只是寻常观冥，却怎么也静不下心来，只好先定心神。定心神时，便有许多念头冒上来——都不是我的念头，像是另一个我在说话似的，我便知道这是遇到了心魔，连忙摒除杂念……却不行，忽而脑中一黑，像是陷进了泥沼里，一阵一阵发昏，又感觉有东西拖住自己，耳边全是些乱糟糟的说话声，刺得耳朵发疼，挣也挣不开，好不容易清醒一会儿，睁开眼睛，又抵不住，再闭上……"

谢琅听完，若有所思地念了些"心魔炽盛""末法将至"的话来，弟子也听不太懂，只知道事态越发严重了。谢琅命几个弟子看顾着他，让他好好休息，自己要回居处，两个弟子随着他回去。

转过一个弯，两个弟子忽然发觉观主身形一滞。

"停下。"听得谢琅声音。

他们心中一阵不安，向前看时，心头剧跳——前方一丈远处，一只黑气缭绕的东西正悬在半空，中央的狰狞人脸正对着他们，口中咝咝作响。

"是我的，别怕。"

谢琅说罢，向前一步，与那东西对视。

心魔猛地跃起，黑影当头罩下。尖锐轰鸣在谢琅脑中炸开。

危在旦夕。

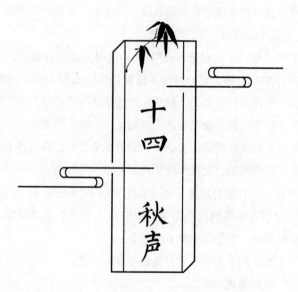

十四 秋声

陈微尘赶到的时候，谢琅手里还掐着雷诀，半空中雷声轰隆作响，却迟迟劈不下来，而他失神似的，向心魔处又迈了一步。

旁边两个小弟子一道一道地迅速引着符咒去攻击心魔，奈何道行太浅，完全阻挡不了那东西的来势。

黑气在谢琅身上蔓延起来，他双目紧闭，眉头蹙起，是在忍着痛的模样。

小弟子转头看见有人来——看样子还是厉害人物，连忙抓住这根救命的稻草，也顾不得尊称："快救救观主！"

空明身上浮现金光，佛印隐约成形，要去攻击心魔——他们此前已经知道，心魔世与人间世相互对立，因而越是接近天道的招式术法，越能克制从心魔世过来的这些东西，如道门"替天行道"的雷诀、佛门镇邪度魔的"慈悲"法印。

"再等等，"陈微尘看着谢琅，"看他能撑到几时。"

谢琅身上的黑气越来越盛，与此同时，心魔的轮廓却越来越像一个漆黑的人。

尽管他拼命抵抗，仍不受控制地朝心魔一步步走过去，而心魔也在一步步向他靠近。

越来越近。

小弟子嘴唇颤抖，脸色苍白："来不及了……前天沈师弟就是这样，等他们走到一起，人就疯了，发一阵疯，就再也没气了……"

心魔伸出手来，朝谢琅左边胸口探去。

谢琅嘴角紧抿，脸色苍白，眼皮颤动，想用力睁开眼，艰难地喘一口气，却也没能挣脱，眼中流下两道殷红的鲜血。

漆黑的手穿过灰色的道袍，他猛地颤抖了一下。

小弟子喃喃道："不……"

千钧一发之际，另一只手无声地穿到心魔的背后。

心魔的动作为之一滞。

它口中发出嘶哑的"呵呵"声，开始剧烈颤抖起来。

两个小弟子惊疑不定地向后看去。

只见心魔背后有人一身黑衣飘荡，面无表情。

黑气在他周身缠绕着，原本俊秀的眉眼因为散下的长发与眼尾一道黑气，添了森寒的邪气与煞气，一时间竟分不出是人是魔。

谢琅软软向前倒去，被叶九琊扶住，安置在了一旁的亭子里。

足足半天后，谢琅才醒来。

醒来时，陈微尘的手正在他胸口上比画着什么。

他此时并没有变回原本的样子，还是暗银纹的黑袍，连肤色都比往日苍白了几分，眸子黑而深，冷冰冰而若有所思的神色让谢琅打了个寒噤："你……"

"它想进你这里，"陈微尘将手按在他左胸心脏处，"觉得这样以后，就能也像你一样了，可惜……"

谢琅知道自己逃过一劫，冷汗从额角滑下来："你救了我？"

陈微尘转过头去。

谢琅循着他的目光看去，见漆黑的细锁链缚着形状狰狞的心魔，它拼命挣动着，却被牢牢锁紧，怎样都挣不开。

没有什么起伏的声音问："看到了什么？"

年轻的观主平复一下自己的呼吸，闭上眼，许久才睁开，道："看见了许多年前，那次我下山的时候……村子没了，到处都是火，路上横着尸体，有被刺死的、有被战马踏死的……墙角溅着黑血。我拿着一根拂尘，往家里去——我爹的尸首就在门口，井里是我娘的尸首。"

他目光茫然，仿佛再次置身于那烽烟与血海中："我接着往里走，东西碎了一地，南边的屋子已经着了火，清圆……只有清圆一个，摇摇晃晃地从屋里爬出来，毛被烧焦了一片，耳朵也伤了，它那时候还小，看见我，轻轻叫了一声……"

谢琅张了张嘴，却再发不出什么声音来，只红了眼睛，两行眼泪滑下脸颊。

许久，他才接着道："我想逃走，想醒过来，怎么也逃不出。我师父教我，说世事无常，生死有命，莫念，莫恨……我以为，我早忘了，可——"

陈微尘将指尖放在他额头上，手指冰凉，谢琅缓缓回过神来。

"我想他们，我好恨……"谢琅最后再次闭上眼睛，这次不是昏迷，而是因为心神过于疲倦睡了过去。

陈微尘为他理好衣襟，看向被缚着的心魔。

他又想起去年的秋天，几人在锦绣城外时，谢琅提起自己的过往，轻描淡写一笔带过，只说家人在战火中死绝，说算不得什么伤心事，说早已超脱了。

——可那想要超脱、不愿回头看的，却并未随着寒来暑往十几个春秋的清心修道烟消云散，而是深深、深深埋进了心魔世里。

"让你们观主好好休息。"陈微尘吩咐侍立的清净观弟子，"我既然来过这里，其他零星的心魔便不敢再来，让他暂且不用担心。"

弟子摸不清他的来路，只知道这人十分厉害，虽然身上的黑气极像心魔，却是与叶剑主和空明大师一道来，又站在自家观主这边，便恭敬行了谢礼。

"另转告他，心魔我们带走了。他虽境界下跌，可也未必不能借机再进一层。"

弟子们应了声"是"，送他们离开。

拿出信物来，要回指尘时，陈微尘却住了脚步。

叶九琊看向他的时候，他目光有些躲闪，略垂了眼睫。

"我不去了，"他道，"我修为已经恢复了，指尘也没有我什么事情。我又不能在你身边久待。"

叶九琊问："要去哪里？"

"去南海看看砺心镜。"他道。

"多加小心。"叶九琊看见他身后被缚着的心魔，想起当日在锦绣城里遇见的那只心魔说的"不过是披了一张人皮"，终于发觉出陈微尘两次以这样的形态出现，面对自己时的不安来——这人也说过自己是"见不得人的东西"。

他最终又道一句："不必多虑。"

"多谢。"陈微尘笑了一下，笑意很淡。他这个样子出现时，语气与表情似乎都较往日要冷淡许多。

"它被我缚着，只要我不变回去，就不会出来，你们放心用就好。"他又交代了几句，最后道，"空明兄、叶君，告辞。"

空明双手合十，向他行一礼："后会有期。"

陈微尘本该朝另一个方向去，却迟迟没有转身，目光停在叶九琊身上。

叶九琊静了一会儿，对他道："论剑会与论法会定在八月。"

陈微尘朝他点点头："好。"

——这才转过身，朝南边去。

谢琅休养几天后也来了指尘，他熟知的是道门法术，况且阵法研成后也需要道门来制作符箓，他能帮上许多忙。

纵然几人的实力都无可指摘，但在不甚了解情况下要对付心魔，并且将它变成人人可用的阵法，着实会耗费不少精力。

谢琅皱着眉与自己的心魔相对。

陆红颜问他："有什么感觉？"

"我说不上来，"谢琅思忖了一会儿，接着道，"可我看到它的第一眼，就知道这是我的心魔。"

"那时突然遇见，又知道它是来向我索命，自然很恐慌，可现在安下心来，又觉得……像是经年故交一样。"

小道士摇摇头，接着凝神研究符箓，半天工夫过去，疲惫地叹一口气："实在是太难了。"

叶九琊问他："道门中可有术法能助人守神？"

"有是有，可是对付不了心魔，"谢琅苦笑道，"叶剑主，你心境坚固，自然没有这等忧虑，但这心魔实在厉害……它朝我走来的时候，万般守心凝神的法术也没有了用处，我尚且着了道，更别提下面那些弟子了。"

"剑台也有不少此种心法，"阑珊君道，"若一边助人守住心神，一边阻拦心魔，或许能有成效。"

"也是，"谢琅记下，又看了一眼他清朗眉目中透出的些许疲惫和隐隐偏执，道，"阑珊君，您这几天都不眠不休，是时候该去歇息一下。"

"无妨，"阑珊君微微笑了一下，"心魔要紧，此事既因砺心镜而起，就该由我来平息，只是连累了诸位，陆某实在于心有愧。"

谢琅叹气："天塌下来，只好咱们一同顶着，若是帝君还在，或许我们就不必这样劳神。"

陆红颜双眼有些失神："等八月……"

"八月？"谢琅不解。

陆红颜却闭了嘴，任他再问也不出声了。

倒是阑珊君接上了话头："当年天河之役，我与师父都在，有幸目睹过帝君一剑之下，中洲大地起三千里剑气屏障，魔界再不能进一步。近来我也常想，若他还在世上，该是怎样的光景。"

小道士心好，也是着意要陪陆岚山说话为他解闷乏："那时他似乎还不是帝君。"

陆岚山道："的确，帝君无门无派，也未听说过师承何处，可那一剑足以证他境界……天河之役之后，他才连败三君十四侯，登上了百余年无人能上的幻荡山，从此便是帝君了。但他为何此前没有去登幻荡山，倒是一桩悬案。"

谢琅："要我说，若不是那时仙界实在有难，帝君是否会出世还不一定……半年内连败三君十四侯——实在是难以想象。"

"不是半年。"

"嗯？"掌握的消息竟然有误，谢琅大为惊异。

"天河之役过去半年后，他用三天打败了三君十四侯——加上往返路途的时间。"

谢琅："……"

他们这边说着，陆红颜沏了茶水，先往叶九琊面前放了一杯，再给空明，最后才给了谢琅与阑珊君。

她回到叶九琊身边："叶师兄，陪我出去走走。"

叶九琊起身随她走出殿门，雪白与艳红的背影很是相称。

阑珊君缓缓道："我此前还不知叶剑主与骖龙君有渊源。"

"他们两个是有过同门之谊的。"谢琅之前与他们同行，知道不少内情，"陆姑娘脾气不怎么好，只有叶剑主制得住她。"

阑珊君往窗外看一眼，接着又全神投入那阵法中了。

叶九琊看向陆红颜："何事？"

陆红颜抿了抿唇，道："你知不知道他为何要去做帝君？"

未等叶九琊答话，她接着道："他从未把那些东西放在眼里，你若拿幻荡山上接天道，下连地脉，有益修行的话来糊弄我，我是不会信的。"

叶九琊望向远处天际："知道。"

远山中缭绕着白雾，像雪。

剑阁一年四季，总是有雪，天河一役时，殷红的血将白雪也染作深红色。

老阁主临下山时，将剑阁信物珍而重之交到他手上："此一去，九死一生，师父亦知你年少，可剑阁重任，不敢交与他人。你记住，你若出事，我剑阁再无复兴之时。纵使全门尽数战死，你也不许下山一步。"

——他便目送师父携剑下流雪山。

死讯从天河一天一天传来，一封一封呈递到他手上，皆是同门师友。再由他在名册上用墨笔圈点，将另外的同门师友送往天河战场。

流雪山巅上举目远望，仿佛能听见兵戈铮铮。仙道倾尽全力，仍然举步维艰。

耳边忽听见脚步声，有人走到自己身边，站在白石栏旁也望着远方。

他转头看，认出来是前些日子与自己有过一面之缘，出剑为自己点破迷津的那个黑衣男人。

那人望着远方，声音有种高高在上又漫不经心的冷淡："有剑吗？"

他把自己手中的折竹剑递过去。

冰晶剔透、遍体冷白的一把长剑。

那人指尖缓缓抚过剑锋："要没有认主的。"

叶九琊去了剑池，在那上百柄长长短短的神兵中看了许久，最后回了自己的房间，在一个漆黑长匣中取出一把沉甸甸的、遍体沉黑的长剑。

"折竹虽是百年一见的神兵，却不能伴你一生，"老阁主曾如是说，"你要修最上乘的剑道，就要自己去寻雪川最深处的寒铁，找最负盛名的剑匠，取心头血日日温养，如是十年，等你长大，这绝世的剑便成了，那时，你再要那剑认主——世上再没有神兵利器比得上它。"

"舍得？"那人眼中一点兴味的笑意，许是一眼便看出了这剑的来历。

"你既然配得上它，又何必问我舍不舍得。"

那人也不多话，用剑锋割了手指，血迹转瞬间没入剑身，剑身嗡鸣。

他的面容有一种使人过目难忘的冷淡的俊美。将剑认主后，他望着天河方向："最上乘的剑道，未必要用剑，只是我境界离那里还差了一些，只好先借你的剑一用。"

"你要做什么？"

"原想等到了境界再去，"他声音淡淡，"只是看你年纪尚小，人这样死下去，未免生出心魔。"

那人凌空而起，轻描淡写出剑。

漫天风雪为之一滞，迤逦群山为之震颤。

三千里剑气屏障绵延起，恢宏光芒铺天盖地。

有人一剑挽天河，从此声名天下知。

天河一役到此结束。

他回身落至原本的地方，剑归鞘。

叶九琊终于问他："你是谁？"

那人却没有答他，而是问："你今年十几？"

等叶九琊答了自己的年纪，他淡淡道："我给你三十年。"

再平淡的语调，也掩不住那话本身带着的近乎狂妄的傲气。

三十年是太长的一段时光。

即使有方才天地为之失色的一剑在先，少年人骨子里终究带着那么些不服输的东西，他问："你是哪位君，哪位侯？"

"不是君侯。"

"不是君侯，又凭什么断言我三十年后才及得上你？"

"我原以为，"那人声音仍然平淡，"再过三百年，世上也不会有人及得上我。"

——原来那"三十年"不是轻视，反是抬举。

"你不信我……"那人眼中有一丝困惑，片刻后微蹙的眉才舒展开来，"给我三天。"

那一身黑袍将要离去之际，叶九琊问："你叫什么名字？"

那人并未回答。

——叶九琊知道这人的名字，是在半年之后，听闻帝君的名讳。

帝君用半年的时间等那因为天河一役大伤元气的仙道三君十四侯恢复实力，再用三天挨个打败了他们。

传到雪山来的消息说，帝君打败这十七个人，也仅用了十七剑。

七月初七是人间相思节。

在南海，则是开海市的时候。

海上岛屿散落如珠，除去剑台外，还驻扎着许多大大小小仙家门派，俨然已脱离陆地，自成一个远离尘器的小世界。

每年这一日的夜晚，在一处名为"浮玉湾"的海湾上，都有上百修仙人聚集，以物易物，是为"海市"。

"走了不少。"刑秋遥遥望着剑台所在的烟霞天方向。

陈微尘应了一声，他们两人身形如同两道飘忽的黑影，几个起落间从远处掠进琼花林中，而守卫的弟子毫无所觉。

落花中有弟子在弹琴，依旧如半年前一般意态宁静。

"大难当头。"刑秋"啧"了一声，他们实在是从容得很。

陈微尘蹙了蹙眉："岛上出过事情吗？"

"零零星星出过几次事，到现在死了五六个小弟子。"刑秋在这里待了一个多月，将情况摸得清楚，"心魔就从这里出来，他们的长老整日寻找克服之法，那倒是有了用——似是叫……剑冢，从里面飞出了几把剑，将镜子围了起来，能拦住一些心魔，但还是有许多能出来。"

他们绕过巡守弟子，逐渐接近砺心镜的所在。

剑光将烟霞天围了起来，看不清里面状况。

"我一直被这道屏障拦着——我不会用剑，只好在外面打探消息。"

他们躲在一片山石后，等巡守弟子过去，陈微尘才问："都有什么消息？"

"别的门派里有人说，剑台的弟子原本的规矩是每天都要在镜前观冥参悟三个时辰，可这几年来，参悟的时间逐渐少了，出事前夕已经减到了十日一次。我猜他们对这事情早有察觉……"

说着，已到了离剑气屏障三丈远的地方。剑冢三十四剑，当初封归墟时用了十七剑，这半年来，又加了一剑进去。剑数有限，此时既要阻拦心魔，又要防备归墟再次加剧，实在是左支右绌，因而砺心镜旁只用了三剑。

"跟好。"陈微尘道。

刑秋靠近他，只见陈微尘手中画扇展开，执在手中，看似只是寻常漫步，实则步法暗藏玄机，走到剑气最盛处，他手中画扇离手浮起。

陈微尘手指收拢，再缓缓向前平展开，画扇便像被无形气劲推动一般向前飞去，与守卫剑冢的剑罡无声相撞。

扇面如同无双利刃，缓缓割破山岳般凝重的剑罡，砺心镜缓缓现出来。

——它现在的状况却让人一惊。

说是砺心镜异变，所有人都以为，这个"异变"，不过是从镜面中飞出了来自另一个世界的心魔而已。

只有亲眼看见，才能知道这是确确实实的异变。

砺心镜原是一块十丈见方的巨石，正面光可鉴人，因而被称为镜。

它原名也不是"砺心镜"，而是"观世镜"，映鉴世人心魔，照出魑魅魍魉、世间百态。许是这名字过于讽刺，或是镜子用来锻炼年轻弟子的心智，才逐渐改名"砺心镜"。

而现在，这观照世间的一面镜子，却在缓缓融化。

巨石的边缘透明而虚幻，时而滴下一滴来，下面已成了一个不大不小的水潭。

……水潭。

刑秋与陈微尘对视一眼。

星罗渊上，有水潭。

星罗渊，传说为日月星辰所出之地。

而南海……南海有归墟。

归者，终也，万物所终之地。

而归墟被剑罡气封住的原因，是它正缓缓向烟霞天移动。

再看那镜面，也不再是实质，而是柔软又黏稠，荡出几圈涟漪，一只通体漆黑的心魔穿出来，向剑罡撞去。

他们将目光从镜面移开，抬头望向天空。

剑气屏障中，数百黑影盘旋回绕，嘶声长鸣，如同群蝠，惊心动魄。

四海宇内，有两处虚空、两处水潭。

他们望着夜空，目光穿过群魔，看到夜幕上耿耿银河、皓月繁星。

他们似乎触到了一个隐隐约约的存在。

再往前走，逐渐接近镜面，也有心魔朝他们飞来，但陈微尘现在并非人间之体，那些心魔奈何不了他们，只专心撞那剑罡。

"有感觉吗？"陈微尘问刑秋。

刑秋摇头："没有。"

陈微尘伸手拨潭水，只如寻常清水一样，伸手触镜面时也只觉得触手冰凉滑腻，微微柔软，而没有别的迹象。

潭水和镜面只容心魔出来，却是不能让它们回去的。

他们离开剑罡，回去时海市已经在渐渐散了。散发柔光的夜明珠一颗一颗被收回，随海风徐徐曳舞的纱帐也被收起来。面容宁静的仙人与仙子们相互行礼告别，在一轮明月下踏着海波飞远。

他们到底在彻底散场前换了些东西回去——珍宝、法器与功法秘籍，这两个人是不稀罕的，只拿了些有趣的东西玩赏。

海市的场地有许多石桌、石椅，二人在一棵落着花瓣的琼树下坐了下来。

刑秋的小凰鸟依旧跟着，他买了一坛醴泉酒来喂。

喂完凰鸟接着喂人。

陈微尘与他碰了碰杯，两个人也不说话，只对着月亮一杯接一杯地喝酒。

醴酒是甜的，可喝多了，到底有微微的苦意。

"星罗渊上的九幽天泉是人间世往心魔世，这里的是心魔世往人间世。"陈微尘若有所思，"故而你从九幽天泉那里惹上了自己的心魔，可究竟是以你为主导，那东西并非真正到了人间世来，尚能压制。"

"是了，"刑秋眯了眯眼睛，"我每次被上身后，都是在池子里醒过来，想是它从那里回去了。"

"你的心魔并无意待在人间，可见心魔与心魔也不一样。"

"我觉得是它看我纯良可欺，要护着我，要不怎么我一受伤它就出来杀人？"刑秋笑了起来，"我虽然不想它出来，但也不怎么怕它。"

陈微尘看着他，道："你小时候被人欺负过？"

刑秋一双漂亮的眼瞪了他一下。

随后他才道："魔界的人，哪一个不是刀刀见血，从最下面杀出来的——寻常人平平安安过一辈子也就罢了，有慧根的，被挑出来，教了最粗浅的功法，就开始在一间大黑房子里捉对厮杀，活下来几个算是几个，就成了侍从一类。逐渐往上，也是杀来杀去，说不准哪天就技不如人，随便死在一个地方——三君九侯，再加上一个我，都是这样一步一步爬上去的，哪里有你们仙道这样安宁。"

他说完那一句"安宁"，又嘀咕了一句："倒像死人。"

陈微尘在面前铺开一张纸，画了一幅道门的阴阳双鱼太极图。

刑秋定定地看着，许久才道："我有点害怕了。"

"天地阴阳，古今万物，始终生死之理，此图尽之。"陈微尘喝下一口酒，目光却始终看着那幅双鱼图，"我少年时读到这一句，只觉得道门狂妄自负，好大的口气。"

"若这里是人间世，"刑秋手指点在阳鱼上，又点去阴鱼，"这里是心魔世，而那两个水潭……"

——始终生死之理，此图尽之。

简简单单几笔画图，阴阳消长，生万物。

先前他们看星空时心头浮现的隐约震颤之感再次出现。

修仙、修魔，皆要求道。

道者，不可传，不可说。

天有春夏秋冬，世人便知春种夏长、秋收冬藏，是顺应天道。

修道人感悟天地，感悟己身，驭使气机、罡气，只不过是另一种意义的、更深也更玄妙的顺应天道。

一句"道生万物"尽人皆知，可究竟"道"是个什么东西——他们几个当初在国都，闲来无事时曾论道，小道士抱着拂尘说："我师父说，道嘛，其实简单得很，就是'天行有常'里的那个'常'，'无中生有'里的那个'无'，在生之前，在死之后。麻烦只麻烦在怎样悟上，咱们一代一代的先辈就困在这里，怎么都出不去。"

那时刑秋问："他这样说，自己是不困了？"

谢琅颇羞涩地一笑："师父他老人家最后说他悟了，吃好、喝好、睡好，找一个看对眼的女人，生一院子小孩，就是最大的大道了——他六年前把道观丢给我，下山去寻道，说是四海云游，我看是不知到哪里去生孩子了。"

那时房里人都笑出声，陈公子还能文绉绉夸一句"明心见性，极好极好"，刑秋就直接道："我看是老道士自己思了凡吧！"

论道到此就结束，当时看去，只有那句"'天行有常'里的那个'常'"算是高明见解。

可修至三重天，说是与日月同齐，长生长存，可仍是在人间，看那阴阳双鱼，仍留在一只阳鱼中。人间世外，还有心魔世，天道之上，还有更高的道，包含人间、心魔两世，或是更多东西的道。

天道已是寻常所说的至高的极限，再往上……竟是穷尽毕生所见的词句乃至凭空臆想也不知该怎样冠名了。

"以前有一个在三重天的人要上更高的境界，到了触及天道的地步。"陈微尘嘴角有一丝淡淡笑意。

他用心魔的形体时，语调总是没有起伏，脸上神情也冷冷淡淡的，比起平时，像是换了个人，笑容更是极罕见。

"然后呢？"刑秋问。

"然后……没有了，我今天忽然想，若是三重天之外还有境界，不如就起名叫'天外天'了。"陈微尘饮一口酒，朗月清光穿过花枝洒落一地，落在他脸上与身上。

刑秋看着，不知该说什么，伸出手，捞起他头发来放在手上："怎么白了这么多？"

那白发，不是一点点长出的白，是整根整根的雪白。

陈微尘望向岛上的高山，花树在其上密密生长着，白花映着白月光，若是醉眼蒙眬，一准要看成一座雪山。

再看海上白如雪的浪花，他一手支腮，一手端起酒杯啜一口，才道："青山亦有白头时。"

"少年白头也不是这样的白法，"刑秋皱了皱眉，"何况……你今年才多大。"

"这是在催我，"陈微尘淡淡道，"等到八月，日子是过一天，就要少一天了。"

"你将来有什么打算？心魔出来，实在是不太平，我看他们南海也不像是好东西，"刑秋眼睛亮起来，道，"咱们走吧，去魔界逍遥快活，才不管这些厘不清的事情。"

"我也不想理，只是走不了，"陈微尘望向天边一轮银月，"我能看着他的日子，也是过一天要少一天……其实不见也没什么要紧，但最凶险的时候就要到了，我还是想护着他。"

"你……"刑秋气了一会儿，刻薄道，"我倒要看你还有多少情意给他消磨。"

陈微尘只淡淡笑了一下，没有说别的话。

他们接着喝酒，等一坛见底，陈微尘倒是没有事情，刑秋却眼尾泛红，不怎么清醒了。

若是没有醉，两人在这里说些话，或是观冥，一夜也就对付过去了，可魔帝陛下酒量不太好，倒在了一坛委实算不上浓也算不上烈的甜酒上，昏昏沉沉吹一夜海风，实在不太好。

陈微尘的冰凉指尖触了触他的额头，看人清醒了一些，问："你住在哪里？"

"西洲岛……"刑秋口齿还算清楚，"有个门派……随便哪一个仙子，借个房间，她们对人都极好的。"

本以为两个月下来将大大小小海岛摸得门清、打听到许多消息是因为这位魔帝陛下匿去魔气，混入仙道，人情练达——原来还是善用了皮相。

陈微尘最后还是拎起人，拿出信物回了指尘。

境界一旦低，确实看不出刑秋的来历，可他自己一身心魔气却是藏也藏不住的，不能轻易现身。

守门的小沙弥都认得他，轻易便放了行。他找了间空房把刑秋放进去，也不管这人别别扭扭嫌弃床板太硬、被子太粗糙，哪里有西洲岛上的温香软玉舒服，就强行塞了进去——然后径自去寻叶九琊了。

"吱呀"一声推开门扉，只见孤灯一盏，佛经一卷，扑面的寂静冷清。

而那个人也习惯了这样的冷清。

——这要怪谁呢？

"当然怪他……"微微的醉意来得迟了，现在才蔓延上来，陈微尘一时分不清今夕何夕，也看不太清叶九琊神色，只知道自己与他挨得很近。

"他走得太早……"

——从从容容赴了死，留下眼前人一个，对着漫天的风刀霜剑，无师也无友，无依无靠地长大。

一句"少年成名，以一己之力振兴剑阁"，又岂是听起来那样轻易。

他声音压得低，叶九琊没有听清，冷冷清清的声音问了一句："谁走了？"

陈微尘望着他，轻轻笑了笑："不走。

"和刑秋喝了酒，无处可去，只好回来找你。"

陈微尘抬头往前看，远处一面铜镜，映出自己的影子。

他像是被魔住一般，向前走了几步，到铜镜前，伸手去触。

四周本就昏暗，镜里的人身边黑气隐在黑暗里，只见冷冷淡淡无甚表情的一张脸，熟悉得可怕。

他想笑一笑，却觉得生硬艰涩，怎样都笑不出来。

终于勾起唇角，却觉得镜里那人目光依旧冷冷淡淡，连那一点笑都像是居高临下的冷笑，不像是自己，倒像另一个人。

他呼吸猛地急促起来。

叶九琊察觉他神色有异，来到他身边："怎么了？"

"没什么，"他清醒了一点，转过眼，平复了呼吸，回身到烛火前，"喝醉了。"

佛寺里陈设朴素，尤其是仅作睡眠之用的卧房，床前是桌案，连椅子都省去了。

叶九琊倒了茶水给他，两相无话。

终了，他有些昏沉，又不想睡，想起自己的心魔身份被发现的那天，寻了个话头，道："封禅之后……你那时，到底是怎样察觉出我是骗你离开的？"

"我……"叶九琊看着他，却是欲言又止的模样，顿了顿，才接着道，"我没有察觉你在骗我。"

"那怎么又回来了？"

"你素日都爱和我一起，这次却要我先走，"叶九琊缓缓道，"大概是被心魔伤的那一下，严重得很。"

陈微尘定定地看着他，心里蔓上酸涩难言的情绪来。

原来不是……不是看穿。

当时万千心魔环伺，情势紧迫。

便布下一局，先将那些东西交给叶九琊，以保它们不会被夺去，再独留下一瓶九幽天泉，故意卖个破绽，使它被心魔夺走。

九幽天泉被夺，叶九琊必然去追，心魔移动极快，一来一回，能耗上许久。他便能趁那人不在，变回心魔之体，把那些东西弄回原本的地方。

即使追不回九幽天泉，也没有什么要紧——那几样东西，独这个，取之不竭，被星罗渊上那水潭洗练过的刑秋的血，或是他自己的，都是九幽天泉。

这实在是万无一失的法子了，就算自己因为耗损过多昏过去，也能解释成是为心魔所伤。

哪知叶九琊并未走远，便折了回来。

他折了回来，不是因为看穿了自己的计策，而是觉得自己受了重伤。

他回来后，看到那些情形，才知道，原来是被故意引开的。

陈微尘问："那你……不要九幽天泉了？"

叶九琊没有说话。

他们在昏昏烛火前对视。

不想说，或是无话可说，或是不知该从何说起。

许久，陈微尘垂下眼："我……"

他说完这一个字，又没了下文，没有"我"出什么所以然来。

叶九琊开口："你以前说，不会说假话。我没有想到你一直在骗我。"

陈微尘想起自己被问及身份时那些连篇鬼话，一时间心都要揪起来。

"是我不好，说了许多谎话，"他道，"我不想与他有关联，不想让你知道。"

"我也不好，"叶九琊淡淡道，"我原本分清了，发现你身份后，又觉得你就是他，让你难过。"

陈微尘把手指按在他嘴唇上："不说了。"

等觉得指尖下的触感柔软而温热，才想起来自己是心魔时手凉得过分，忙要移开，不愿意让他受一点儿不舒服。

叶九琊看着他，又是相对无言。

——他们平日也并没有说过多少话，有时是陈微尘说，叶九琊听；有时是两人皆不言语，只是在一起，各自做着各自的事情。

可此时的沉默却多了些欲说还休的回避。

他今夜喝的那些醴泉淡酒，到底还是酒。

以往陈公子的衣食住行都被人精心照料，也没有机会练成那千杯不醉的酒量。

他心里想着，再多看一会儿，多看一会儿这人的眼睛，身体却只记住了"今朝有酒今朝醉"与"有花堪折直须折"。

"你先睡吧。"叶九琊淡淡道。

——转身又去画那阵法了。

陈微尘望着天花板，想了想刚才发生了什么，发觉叶九琊能容忍自己的底线是越来越低了。

若不是看他无情道境界依然纹丝不动，倒真像是有了牵挂。

他很快将这个念头抛到脑后，加之本来就有些昏沉，很快睡了过去。

这一夜倒是安稳，只是一早起来便是鸡飞狗跳。

盖因洒扫的小沙弥往本该是空房的地方看了一眼，见平白多了一个人来，看着不像是这几天来山里的客人，敲了敲门。

魔帝陛下宿醉未醒，正是头疼的时候，烦躁得很，仍像在魔皇宫时那样，心念一动便把一个不轻不重的魔修术法使了出来。

小沙弥被劈头盖脸砸了个阴邪的术法，顿时认出是魔气。他机灵得很，并未反抗，转身便去找自己的师父和师兄，要趁这妖人还没醒来，将之擒住。

师父和师兄听闻，知道此事非同小可，又往上寻，找到了空明。

空明被带着到了门外，看清了床上睡着的到底是谁。

"待他清醒，送下山去便是。"他如是说。

小沙弥挠了挠光头，到底还是相信空明："……哦。"

空明转身就要离开。

可那只小凰鸟却早已醒来，看见他的身影，大叫："和尚！和尚！"

这下刑秋是彻彻底底清醒了，拥着被子坐起来，环顾了一圈，认出这是佛寺，当即披了外袍，踹门出去要找陈微尘算账。

——只当没有看见空明，径自与他擦肩而过。

那繁复精致的紫纱袍被晨间山风荡起来，曳过小沙弥眼前，使他呆了呆。

刑秋推门进了隔壁，第一眼看见案前提笔写画的叶九琊，气焰先灭了一半。

陈微尘倚在床头，手里拿一面铜镜，见他来："醒了？"

刑秋没好气地"哼"了一声："你怎么把我弄到了和尚窝来？"

虽然过来兴师问罪，但刑秋终究还是在指尘寺留了下来。

原来这几日那个对付心魔的阵法进展颇大，已经能抵挡一阵子。这些人商议之下，决定将论法会提前半月，一则能将阵法传授，二则那时百家齐聚，或许能使阵法更加完备。

再过几日，等清净观将阵法刻成符箓，这些人就要动身往举行论法会的扶摇台上去。

扶摇台大约位于此洲中央，往北七百里是幻荡山，往南五百里是捭阖道与大龙庭，可谓一大气机聚集的宝地。

刑秋此前也答应了要在论法会上出面，如今虽然不怎么情愿，但也没有下山，等着几天后和陈微尘一起去扶摇台。

他回自己房间以后，陈微尘放下手里的镜子，也不说话。

叶九琊转头过去。

陈微尘面无表情地看了看他，继续安安静静地待着。

又过了一会儿，他耳畔的呼吸声逐渐匀长起来，陈微尘又睡着了。

他记得陈微尘说过的——陈微尘已经压不住心魔之气，只要长久待在自己身边，就会逐渐虚弱。

然而即使如此，无处可去的时候，这人还是选择回来。

叶九琊把人在床上放平，盖好被子，又看了他的睡颜一会儿，终究还是走出房门去了。

却没有想到，陈微尘再次醒来的时候，人已经不怎么清醒了。

傍晚，叶九琊推门进来的时候，看见他又如早晨一样，照着一面铜镜。

碍于自己的气息会伤到他，叶九琊没有走近，只唤了一声他的名字。

陈微尘恍若未闻。

等叶九琊又唤一声，他才略带茫然地转过眼来，看见叶九琊，微微向后瑟缩了一下，眼里竟然是某种带着敌意的警惕。

叶九琊想起他昨晚的异状来，想是那面镜子上有古怪，走到床前，要把镜子从他手中拿掉。

陈微尘没了镜子，眨了眨眼睛，一双眼里仍然没有什么神采，抬头看叶九琊，竟拿起枕边的折扇朝他攻了过去。

陈微尘招式邪性凌厉，而叶九琊只守不攻，僵持了许久，终于惊动了隔壁的刑秋。

刑秋当即割了自己的手腕喂过去。

陈微尘咽了几口，重新安静下来。

刑秋在他眼前晃了晃手指，可这人仍是一副什么都没看见的模样。

"我的血不管用，不能让他再这样下去了，要尽快变回人才行。"刑秋蹙着眉，"我被心魔上身时也差不多是这个样子，时间越长，越不容易清醒。"

叶九琊："他原本就是心魔。"

刑秋摇摇头："心魔这种东西，本来就没什么神志，他能维持这么久，已经是极限了。"

叶九琊拿过陈微尘的手腕，要看他的经脉气息，可气息乍一进入陈微尘体内，他便痛哼一声。

他们两人是不能相容的，连气息都是莫大的伤害。

"你看着他，"叶九琊对刑秋道，"我去后殿。"

刑秋知道他要去锁着心魔的地方，阑珊君与谢琅都在那里——只有陈微尘是心魔之体的时候，那个心魔才会被缚着，一旦陈微尘变回人，心魔就会被放出，不仅谢琅的安全立刻受到莫大威胁，阵法的进展也会因此停滞。

可叶九琊刚要转身，就被陈微尘伸手拉住。

他不说话，只是不让叶九琊走远。

刑秋无奈地笑了笑："刚才不是还要打他吗，嗯？"

叶九琊看着他的眼睛："记得我？"

陈微尘点头。

叶九琊执起他的手："那就好好跟着，不要闹。"

陈微尘几不可闻地"嗯"了一声。

他们走到门口，忽然听刑秋道："叶兄。"

叶九琊回头。

此时夕日欲沉，余晖穿过窗棂，光束里浮尘飞荡，刑秋站在光后，认真道："他方才既然对你出手，便是心中怨你。我想问叶兄一句，事到如今，你究竟将他置于何地？"

短暂的静默后，叶九琊淡淡道："事到如今，我不知道他究竟为何而来，又会怎样归去，也不知他到底还有多少事情瞒了我。"

刑秋直视着叶九琊的眼睛，等待下文。

"——他愿意在我身边留到几时，我便好好待他到那天。"

"你们之间到底有什么事情，我不晓得，只盼你是真心想待他好，也盼你能始终记得自己说过的话。"刑秋缓缓道，"他所求不多，只是唯有你能给。"

叶九琊淡淡道："多谢。"

便转过身去，带着陈微尘离开。

刑秋看着这一幕，自言自语道："也不知你们前世造下多少冤孽，才纠缠不清成了这个样子。"

后殿里，谢琅正拿着一个符篆对付自己的心魔，眼角的余光看到叶九琊，道："叶剑主，你回来了——快帮我看看这个。"

然后转头看到陈微尘，见他不似往日模样："他这是？"

"不能再让他用心魔之体。"叶九琊道。

"可心魔须被缚着……"谢琅道。

"若是这样下去，他会如何？"阑珊君蹙眉问。

"神志全失。"

"——也会变成那样的心魔？"

叶九琊看着陈微尘虽然失了神采但仍一眨不眨地看着自己的眼睛："大约不会。"

"以大局为重，还是让他继续维持下去方可，"阑珊君道，"待我们将阵法研成，再考虑他的事情。"

房中谢琅、陆红颜、空明皆不言语，是默认了阑珊君的话。

"他等不到那时候。"叶九琊并未多看他们哪怕一眼，走到心魔前。

"叶兄，你这是要做什么？"陆岚山以为他为陈微尘所惑，要放出被缚着的心魔来，这就要上前阻拦。

却见叶九琊并未对那心魔做什么，而是右手并指，从左臂缓缓滑下，至手腕时，能看到一丝殷红血线随着手指游走。

动作极慢，从手腕至手指，最后在食指的指尖逼出一颗血珠来。

"心头血？"谢琅道。

可仔细看去，又不是血，还有些莹白的光泽在泛着。

"虚元。"阑珊君微微睁大了眼睛。

修仙之人，倚仗慧根与根骨，而虚元则是根骨的底子——气入骨，是仙骨，虚元便是那贯通经脉骨骼里的"气"。

将它逼出体内，其中痛楚自不必提，即使只是混着心头血的、这样少的一滴，便让叶九琊失掉了小半的修为。

那一粒血珠浮起来，来到被缚着的心魔旁，分成无数星星点点，将它围在其中。

明眼人都能看出，心魔畏惧这些星星点点，比那浊气凝成的漆黑锁链更甚。

他们此时也反应过来，叶九琊原本就不是来征询他们意见的。

"叶兄，"陆岚山道，"为何你的虚元有此等效用？"

叶九琊看他一眼，淡淡道："我是天生的仙骨。"

天生的仙骨——而不是别的修仙人那样后天洗练而成，骨里的"气"便是直接来自先天，来自天道，能制住心魔也就不足为奇。

叶九琊没有接着再与他们说话，而是径直走到了殿外。

"原来是天赋异禀，"殿内阑珊君笑了一下，道，"怪不得能有这样高的修为。"

他这有些不对劲的话听到了陆红颜耳朵里，听出了些阴阳怪气的味道。

陆红颜冷淡道："即使没有天生的仙骨，他也能到现在的境界。"

阑珊君道："他终究太年轻，若非天分过人，不能至此。"

"哈，"陆红颜道，"你们只知道他年纪轻轻便以无情剑意名满仙道，又怎么知道他是怎样日日夜夜在雪山习剑？又怎么知道他从十四五岁就要为仙道守着天河，要一个人撑起一个七零八落的门派？"

她说完，又道："我平生只服过两个人，他是一个。"

阑珊君温和地笑了一下，道："是在下唐突了。"

殿外，叶九琊看着陈微尘的眼睛道："可以变回来了。"

陈微尘摇摇头，大概是没有听懂。

他手指冰凉，指尖不安地在叶九琊方才逼出心头血与虚元的指尖上磨蹭。

叶九琊靠近他，在他耳边道："变回人。"

陈微尘缺乏神采的眼睛眨了眨，重复道："人……"

他眉头蹙起，脸上浮现出略微痛苦的神色，用力地摇了摇头，像是在试图厘清思绪："要做人。"

"要做人……"

他身上的黑气缓缓消散，冰凉的手指渐渐温热了些。

等到过于苍白的肤色恢复原状，眼里也多了生动的神采。

他做心魔时，即使神志清楚，也总是面无表情。只有这样的时候，面容才会生动鲜活起来，一双眼里，仿佛藏了整个春秋冬夏的温润清透。

仿佛初秋时的清溪流遍全身，浓重的黑气、浊气被尽数涤去，压在神志上的那些昏沉的东西也消失无踪，陈微尘终于恢复了清明。

他有些不敢去看叶九琊，只看着深碧的远山，与山间隐约露出的山寺一角，渐渐想起自己失去神志时那些事情来，有些不好意思："又让你看了笑话。"

叶九琊在他背后道："无妨。"

"我原本还能支撑很久。但是看着镜子，总觉得镜子那面是他，不是我，乱了心神，才被侵蚀了神志。"

叶九琊知道他的执念是做人，亦知道他最怕与那个人混淆不清，怕他自己心魔的身份。

叶九琊道："不用怕。"

"怎么能不怕呢，"陈微尘笑了一下，"且不说我无论怎样都比不上他，只说方才在殿里……非我族类，其心必异，一旦我不是与你们一样的人，谁又会在意我的死活。"

叶九琊不知该说什么。

他看见晚风吹过陈微尘的发梢与衣角，显得这人随时都会随风而去一般。

他以为陈微尘是无辜得了焱君的魂魄碎片在魂里，因而对自己这样执念，为自己做下诸般事情的时候，觉得心有亏欠，因而才补偿一般去对他好。

而如今前尘今朝交错，他不知该怎样面对，亦不知最终会走到怎样的结局，唯有眼前人的面容与身影在脑海里越发鲜明与深刻，想起之前一个人在昼夜风雪里度过的光阴，竟觉得空旷寂寥起来。

可他看着陈微尘，想着他说过的那些话，又觉得，这人心里也藏着一块空旷寂寥的冰原，下着昼夜不停的冷雪。

在看到那雪的一刻，叶九琊向前一步，像陈微尘曾对自己做的那样，与他并肩站在了一起。

陈微尘先是微微一怔，继而眼中泛上点点温柔的笑意。

此时暮色四合，晚钟声在山间回荡，远方天际飞过成群林鸟，几个盘旋后又落回密林里。钟声的余音散去后，起了风，无边林海在风中簌簌作响。

他在这温存的秋风里轻轻闭上眼睛，想着光阴这般无情，再过几日便是白露，他上山时碧林初茂，转眼间已是万叶秋声。

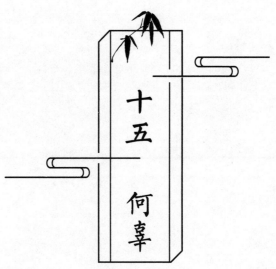

十五　何辜

在栏杆旁待了一会儿，叶九琊问："在南海都看了什么？"

"砺心镜其实是从心魔世到人间世的通路，星罗渊上那个是人间世去心魔世……但心魔世气运炽盛，故而心魔可以用实体出现在人间。"陈微尘说了一下与刑秋在南海的见闻，接着道，"并不是现在它们才出来——至少在锦绣城的时候就已经出现了。它们没有那么聪明，想要那些开生生造化台的宝物，必定是有人驱使……等过几天，开论法会的时候，还有最后开生生造化台的时候，都要小心。"

把事情差不多交代完，便各自回了房，眼下境况，两人是再不能共处一室了。

分开时陈微尘问："修为怎么样？"

——那一滴虚元必定伤他根基。

"破境的时候可以补足。"

"那就好。"

这不是寻常观冥修炼能够恢复的损耗，唯有上三重境界，与天道相接时才能补回来。

陈微尘也明白，叶九琊离那三重天境界，只差一个执念的了结。

他转身要进房，却听叶九琊问："你的修为呢？"

"我没事，"他语气很轻快，道，"毕竟只是你的气息——我还没有怕到那种地步，和你睡一夜受的伤，自己睡上两三夜也就好了。"

该说的话都已说完，又对视一眼，才各自回了自己房里。

接下来的几天，陈微尘和刑秋成了整座指尘寺最闲的两个人。

叶九琊那边，几人日夜钻研怎样对付心魔自不用提，其他僧人的课业也都重了许多，要为不久后的论法做准备。

连路上偶遇的几个小沙弥都在说着相关的事情——他们还没经历过那样大的排场，虽然够不上去参加，但也是心向往之。

陈微尘尚且还能看些典籍，或是观一观冥，让自己仙、佛、魔三家的气机更加贯通自然；刑秋则是修无可修，除去每天和陈微尘讲一些稀奇古怪的魔修功法就没了别的事做。

他俩整日插科打诨，听起来还十分有理有据，三言两语就要撩拨得道行不深的僧人怀疑自己对典籍的领悟走了岔路，去藏书阁重新抄一遍经书；或是去山下招猫逗狗——让住持空山大师很是头疼，他身为德高望重的和蔼长辈，不好出面，而关于这位魔帝的事情，又不敢支使自家的师弟，生怕牵扯出什么要命的东西来。

好在这两人终于玩够了山上山下的东西，跑去人间了。

小凰鸟摇身一变，化成翼展有三丈余的紫凤，载着两人飞出指尘地界。

"今天是我姐要出嫁的日子，"陈微尘拨着凤鸟的羽毛，"送我一根羽毛？"

刑秋拍了拍凤鸟，听它发出一声乖巧的鸣叫，御气到上空去，拔了它一根冠翎。

"虽然带了些气运，能帮你姐姐挡去些灾祸，"刑秋道，"但小凰毕竟不是真正的凤凰，不能像凤凰翎那样能护佑人一生吉祥顺畅，不如咱们去凤巢拔一根……"

陈微尘无奈地看了他一眼："好好待着。"

刑秋想去别的地方游玩："你们仙道听说有许多好地方，我还都没有去过。"

陈微尘挑挑眉："你都听过什么地方？"

"南边沃野的凤巢算一个，还有什么垂星瀑、双月湾、琉璃洞天……西边的小昆仑、白云生处，北边有寒鲸潭、流雪山，中间还有大小龙庭和幻荡山。"

"去扶摇台的路上，可以看一眼大小龙庭，论法会之后如果你还跟着我，就能去幻荡山……只不过会有些危险。其余地方，等论法会后各个门派认得了你，想去便随意去吧。"

刑秋眼睛亮了亮。

陈微尘收起了那根凤翎："天道终究在看着，要得太多，反而不好，我现在只盼他们一生平平安安，不能再奢望别的了。"

"没意思，"刑秋倚在柔软的凤羽中，"天道——实在是没意思得很，我以为自己修魔道到了巅峰，不能再前进一步，接着就是要跟天道作对，结果让那和尚一说，大道归一，白白受了那么多糟糕气运，最终竟然也是在顺天道。只有扯上心魔才算是大逆行事，这下连修炼都懒得修了。"

修炼之路走到尽头，不仅无事可做，还讨了一个大大的没趣，确实很让人无可奈何。

"说起来，魔道和仙道分离，心魔世也和人间世分离，它们……"刑秋望天。

"——都是彼此不容，分出黑白，你是想说既然魔道和仙道最后归一，心魔与人间也能找出殊途同归的地方？"

"是这样，"刑秋道，"我实在无聊时也会翻些书看，那个太极双鱼图，说是讲阴阳相生，此消彼长，各自包含，也有些道理。"

正说着，已经到了地方，新朝定鼎，对这些未经战火的大城来说并无特别的影响，依旧歌舞升平，很是安乐。

他们两个匿去身形，站在陈家宅院里。

穿着喜庆衣服的侍女和小厮拿着东西，往来忙碌。

长女出阁，实在是一件大事。

陈微尘从窗外往里望，侍女们捧着一应用具规规矩矩地在下面站着，新娘坐在铜镜前，已穿上红嫁衣，正被舅母梳着头发。

舅母面相和蔼，眼里是欣慰喜意，拿着红木喜梳，边梳边念："一梳梳到头，富贵不用愁……"

陈微尘带着刑秋溜回自己房间里，拿了一张桃花笺，提笔写了些字，又取了盒子，将凤翎装好。再回到新娘在的房外。

"二梳梳到尾，比翼共双飞；三梳梳到尾，永结同心佩……"

梳好发，端正戴上凤冠，正要将那大红的盖头也盖上，却忽然听窗台一阵轻轻叩声。

新娘抬眼，见一只形似凤凰的瑞紫色小鸟，正啄着不知什么时候出现在窗边的一个细长红木盒子，似是有意要让房里人看见。

舅母先过去，取下盒子，打开看了一眼，拿给新娘。

一根流泛着光芒的紫羽躺在里面，下面压了一张纸。

她认出是自家二弟爱用的桃花笺，轻"啊"了一声，纤纤玉指拿起来，展开读着。

别人隐约能看到那桃花笺上一些情真意切的祝福词，再有"身在方外，一切安康，不必挂念"之类，最后落款"弟微尘遥叩"。

新娘眼眶泛起红色来，像是要落泪，又硬生生忍了回去，对着窗外庭院似嗔似怨地骂了一句："不让人省心的小畜生。"

嘴上骂着，却把东西珍而重之地收了起来。

她披了盖头，由喜婆执着手，拜别父母，出闺阁，出家门。

陈家的大哥等在家门处，将妹妹抱上大红花轿。

她却不知道，在这段路上，另有人伴自己走了一程。

"不让她看看你？"刑秋问。

"或许将来再也见不着了，徒增烦恼，不如不见。"陈微尘笑了笑，道。

此时，门前遥望十里红妆远去的陈家老爷却皱了皱眉，往四周看了许久，对夫人道："我总觉得微尘在咱们身边一样。"

夫人道："老爷，你是太思念吧。"

"不对，不对。"陈家老爷接着往人群看去，"这亲人之间，是连着心的，和别个不同，夫人，你也好好看看。"

他们在人群中找了许久，也没有看出端倪来，还是夫人道："也不知那小畜生现在过得怎样，惯不会照顾自己……"

老爷抚着胡须："前些日子不是有他一封信飞过来，告诉咱们一切平安吗？咱们家的这一个，疯也好，不疯也罢，天生就与别人不同，咱们也知道，总归有一天他是要远走的。"

"话是这样说，"夫人眼眶泛红，拭了一下眼泪，"我到现在还记得那小东西小时候的模样……什么都不懂似的，话也不会说，只紧紧抱着人，真要教人疼死了。"

老爷叹了口气，安抚着把夫人揽到怀里。

陈微尘略垂下眼，声音有些哑，对刑秋道："走吧。"

刑秋没有说话，跟着他默默向城外走去。

走至要转弯处，陈微尘回头看了一眼。

看着远去的大红花轿，看着"陈府"牌匾下站着的这些人，看着街角的桃花树，看着整座城。

仿佛要把这些尽数刻在心里——永久刻下。

要出城时，他却猛地想起来什么一般。"我没看见阿回和小桃，他们该在的，"他随即又蹙了眉头，"我得回去看看。"

回去时，门口的人已经散了，他们到了陈微尘平日所居的院落，刑秋幻化了个小厮模样，拉住一个侍女："这位姐姐，你可见温哥哥和桃姐姐在哪儿？"

那小侍女嗔怪道："你是哪里来的，怎么忘记太太不许提阿回哥了——桃姐姐今天犯恶心，在房里待着呢。"

他们意识到事情严重，敲了小桃的房门。小桃打开门，形容憔悴，这下不能再隐匿了，刑秋给陈微尘解了术法。

小桃一眼看见自家公子，哽咽一声，倒在他怀里哭了起来："公子，你可回来了……"

陈微尘轻轻拍她肩背，等终于平复下来，问："到底怎么了？阿回呢？"

"他疯魔了！"小桃跺一跺脚，"原只是犯了个呆病，时常叫不起来，后来成了癔症，成天说着公子死了，一时说公子被天雷打死了，一时说看见叶剑主拿着剑杀了公子，一时又说公子在一座山上的大宫殿里自杀。我们拿公子的信给他看，却是看都不看的，只说今年八月十五就是公子的死期，又说些别的胡话，我们也听不懂！"

"阿桃，"陈微尘闭了闭眼，深深呼出一口气，对小桃道，"你仔细想想，他都说了什么？他现在在哪儿？"

"他丢了！一个月前不见了，家里人怎么都找不到，我记得他常说一座山，叫幻什么……"

"幻荡山？"

小桃呜咽着，用力点了点头。

小桃终于找到主心骨，开始有条有理地说起事情来，最后道："春天的时候，原本想等公子好起来，再告诉你。未承想公子就走了，只是后来给我们飞了一封信，我也不知道该怎样才能给公子传信，大夫也没有办法，只好一直拖着。"

"是我不好，"陈微尘眉微蹙着，对小桃道，"我会去找他，你在家里等着，照顾好自己。"

小桃点点头："什么时候回来？"

"这月的十五，"他道，"此行凶险，过了十五，不要再等。"

说完这话，他自己先怔了怔，想起许多年前的一天，有个人离开那座终年飘雪的山峰时，也说过这样的话。

——此去十死无生，过了十五，不必再等。

当年灯下的叶九琊还是少年，模样精致又安静，只看着，不挽留也不送别。

"你的剑，还是还给你，"那人将通体漆黑的九琊剑置于桌上，发出一声并不清脆的声响，"用不着了。"

那时的叶九琊拿回剑，将它缓缓握在手里。

外面下着雪，北风刮过窗户，发出压抑的啸声，仿佛来自千里之外无垠的冰原与深谷。

小桃咬紧下唇看着陈微尘，泫然欲泣的模样，只看着他，也不说话。

陈微尘看着这一幕，忽觉前尘今日重叠，命途联结交错，恍如隔世。

他伸手温柔地摸了摸她的头顶："若是没有回来，就忘了吧，不要惦记了。找一个好人，安安稳稳过一辈子。"

小桃却是凄然一笑："公子，你以为这是想忘就忘得了的吗？"

她看着眼前眉目温雅的公子，挣开他的手，向后退了几步。

她不知道到底发生了什么事情，只知道不知从何时起，这些人都卷入了一场不可知亦不可说的大事情里，连带着街头巷尾时时传来的"南街上的阿六也发疯死了"的小道消息一起，织成了一张令人隐约畏惧害怕的巨网。

她也知道自己没有用，徒增拖累，只道："公子，您走吧，我好好留在家里。"

陈微尘走到她身边，为她正了因为方才动作而略有偏斜的发钗："等我们回来，可不要小气，不给喝那埋着的桃花酒了。"

小桃笑了笑："我再多酿几坛，等公子回来，让您喝个够。"

"好。"陈微尘最后摸了摸她的头发，"我走了，不要告诉老爷和夫人。"

小桃点点头，送他出了房门，等面前陈微尘的身影消失，喃喃念了一句"公子"，倚在门框上，望着远方，久久没有动作。

她看不见陈微尘，陈微尘却是可以看见她的。

少年时烟柳满城，十里长街游人如织，她也曾着彩衣、簪新花，折一枝桃花，蝴蝶一样在身边翩翩地飞，或是给公子的画扇系上玉坠，或是嗔骂青梅竹马的玩伴又做了什么错事，以为毕生都可以这样无忧无虑。

"是我欠她。"刑秋听见陈微尘道。

将人置于一场没有希望的等待里，实在是再残酷不过的一种刑罚。

——而当年的叶九琊，又是怎样目送着那人离开？

"你那小厮，到底是怎么回事？是那个迟钧天做的吗？"刑秋问。

"她确实是做了什么，不是用阿回当气运阵法的阵眼，便是借他命格窥探天机，但阿回自己也有特殊之处，"陈微尘眉头微蹙，"他在这之前也有过失神之症。"

那时在南海，温回掉下归墟时，说是被一股力拉扯着，之后叶九琊去岩壁的石洞里寻迟钧天，他对着虚空的时候，也有过一段时间的神思不属。

"我也不知道他身上究竟有什么，不过但凡有一线生机，我都要让他安然回去。"陈微尘道。

刑秋仰面躺在凤鸟背上，看着秋日碧蓝的高天："说来说去，究竟都是些谁都搞不清楚的事情。"

但魔帝陛下也是聪明绝顶的人物，虽然还有许多事情不知道，但也能推知出一个大概来："眼下整个人间世面临危难……叶兄和和尚是一方，要对付心魔，护着苍生；迟钧天那个女人自己是一方，她想要寻得长生之法，可天道昭彰，人是不能长生的，她想要的是逆天；还有一方，在心魔背后，抢你们手中的那些东西，也是要开生生造化台，想要夺天地造化，做些什么事情……但未承想人间有叶兄这样的人物，无情道是心魔的死敌，它们无论如何也拿不到手。我倒是很想知道迟钧天是怎样去逆天道，除去拿你家的阿回当棋子外，会不会假借心魔之手？可她正是指引你们寻那几样关气运的物件的人，故而命令心魔的那一个大抵另有其人，只是我们还都不知道……啧。"

陈微尘坐在他身边，笑了笑："聪明。"

"先别忙着夸我，"刑秋慢悠悠道，"我还没说完，除了这三方，还有一方。"

陈微尘："嗯？"

刑秋望着天："我身边的这一位，也不知道暗地里在做什么。"

陈微尘笑了，展开扇子，轻轻摩挲着扇骨，道："那你可是看错了，我不过是个闲人，算不得数的。"

"可人是与心魔说不上话的，谁能命令它们呢？"刑秋把脑袋枕到他腿上，闭上眼，"我听说越是爱笑的人，越会骗人。不过呢，天下苍生，与我无关，我既管不了你，也不想管你，只是好心提醒你一句……若你是，我能想到的事情，别人也能想到，叶九琊自然更能想到。若你不是，连我都不信你，别人更不会信你，他也不知道会不会信你。"

"晓得了……"陈微尘拍一拍他的脸，"你待我最好。"

刑秋嗤笑一声，别过头去："不过是欺负我孤身一人，没什么朋友，见到一个可以说话的人，就想好好待他，到头来还是免不了都要喂了狗。"

陈微尘知道这不是在说自己，而是借机发一发牢骚，果然听他下一句道："我活了这么久，最后在意的不是魔皇宫里伴着我十年、二十年的那些人，却净是些短短相识的家伙。我自以为可以当你的知交好友，可也不过才认识了几个月，还有那个可厌的和尚——"

陈微尘不说话，静静听着刑秋终于提起的陈年往事。

"天河之役的时候我还小，十五六岁……一不小心走岔路，跟丢了。别人都在打仙道，我一个人在雪原里迷了路，方圆几百里又被设了阵法，修为不够，飞也飞不起来，在雪原里乱走，冷得很，还很饿。"

陈微尘眼里泛上淡淡笑意来，倒是没有想到修为横绝魔界的这位陛下还有这样一桩憋屈的往事。

"最后昏在雪地里，就被和尚捡到了。那时候我耗尽了修为，看不出是魔修，被他抱到了附近一个山洞里，救了回来。

"醒过来，也是半死不活，睁着眼睛昏昏沉沉，万一睡过去就再也醒不来。没有东西生火，他就运功法，身上暖和得很，让我抱着，跟我说话，问我今年多大，家在哪里，是哪门哪派，叫什么名字。"刑秋笑了一下，"我从小被扔进打斗场里，不是杀人就是杀兽，杀光了就被扔进小屋里睡觉，恢复了修为接着来……哪里被人这样对待过。

"我也是现在才知道，他们慈悲为怀的人，哪怕捡到的是一只猫、一条狗，也会待它这样好。"他顿了顿，接着道，"我也只比猫、狗长得好看了些。"

陈微尘问："后来呢？"

"后来的事，你都知道了。"刑秋道。

陈微尘便也没有接着再问，回到指尘后便回了自己的房间，看见桌上留了一封信，是叶九琊的笔迹，说是阵法完成大半，他须回剑阁，几日后扶摇台见。

他拿着信笺，心说这人也晓得留书了，可喜可贺。

风平浪静过了几日，便是去论法会的日子。

刑秋与陈微尘仍是乘凤鸟去。

下面景象先是掠过漫漫黄沙，没了凡人踪迹，再渐渐生长出碧林翠草来，及至最后，前方一道仙门大开，书"扶摇"二字，云霞缭绕，时有鹤鸣。

进去后，入眼便是琼楼玉宇，琉璃瓦，朱玉檐，中央是三个百丈见方的圆平台，白玉为底，浮在半空。亭台楼阁依山而建，错落有致。一道清溪自深谷缓缓来，水面霭霭生烟，溪边皆是温润碎玉。

大小门派来了不少，各自有安顿的地方，现在不是安歇的时候，大部分都在外面，一眼扫过去，清净观人最多，背绣太极的灰色道袍凑在一起，还有不少人带了鹤或小麒麟，十分显眼。

陈微尘环视一圈，看见北边玉楼前有白衣弟子三三两两正在比剑，剑势干脆利落，再向前望，果然见郑师兄在指点弟子剑招，身边是叶九瑯，有年少的弟子捧一本典籍与他说着话，看样子是在求教。

从天上望去，美景与仙君，很是好看。

等那弟子求教完，上空掠过一道紫影，一声凤清鸣后，陈微尘朝下面喊了一声："叶君——"

叶九瑯抬头，正遇上他的目光。

陈微尘小声对刑秋道："你看，他朝我笑了！"

"啊？"刑秋十分困惑，"哪里笑了？"

陈微尘合上手中折扇："是你没有看出来，不是没笑。"

没等刑秋再说话，他纵身从凤鸟背上御气飞了下去。

起初身形舒展，很是潇洒飘逸，飞到半空，却不御气了，直直掉下去，等叶九瑯飞上来接住他，被半抱着落回地面，心满意足地打招呼："叶君，好久不见。"

叶九瑯问他："怎么来找我了？"

他回道："我修为已经全好了——叶君，我以后隔几天来找你一次，好不好？"

叶九瑯确认他身体无碍后，道："好。"

陈微尘便在他身边留下，拿着扇子与他拆了几招，拆完招后没事做，去楼里抱了把琴出来，在溪边弹着。旁边剑阁弟子练着剑，时而去向郑师兄与叶九瑯请教，倒是一派安宁。

傍晚时分，天际红霞漫展，粉白琼林夕晖下笼一层金红，溪中波光粼粼，琴声悠远回荡。

弟子们完成了一天的习剑，上前向叶九瑯行礼，回了楼中住处。

郑师兄留着，又和叶九瑯说了些话，听得不甚清楚。

等人都散了，叶九瑯朝陈微尘处走过来。

陈微尘拉他在身旁坐下："换你给我弹——我记得你会的。"

这些事情叶九瑯向来是惯着他的，拨几下弦，渐渐成曲。

是仙道里的曲子，并非凡间之音，名为《流水》，传言是一位仙人坐观光阴有感，遂成此曲。

光阴连绵不断如流水西去，夕阳在松旷沉远的琴声里渐渐下沉，天际一片暮紫，星子幽微闪烁。

一曲终了，陈微尘道："我还以为你会弹些什么冰冰凉凉的曲子。"

叶九琊道："忽然有感。"

陈微尘看向玉楼，正看见一处窗子上挤了几颗脑袋，不由得笑了出来，碰一碰叶九琊："看那边。"

几个弟子看见自家阁主望过来，顿时散了。他们虽然练最薄凉的剑法，终究还是年纪尚小，没有敌过少年心性，离了窗子又凑在一起叽叽咕咕："那是谁？莫非阁主有了道侣？"

"阁主修无情道——"

"阁主方才还给他弹琴……"

最后这几个不务正业的弟子又被郑师兄发现，冷不防被问了一句："心法可抄完了？"弟子们只好扁了扁嘴，各自回房。

留下郑师兄一个人站在窗前，又沉思琢磨了半天。

"可怜我无门无派，无依无靠，没名没分……"陈微尘装模作样地叹了一声，"要被你门中弟子指指点点，说不得还要被你师兄捉起来拷问。"

前面说的无门无派之类，叶九琊能够听懂，后面却有些陌生："名分？"

"哎呀，我忘了——凡间才有的说辞，你自然没有听到过。"陈微尘道，"总之我现在跟着你，是名不正言不顺的。"

叶九琊虽然最初觉出了些许陌生，但回想一下，还是听过这个词的。

在国都时，陈府对面人家曾发生一些风波，一名女子在正门前拿着丝帕抽泣，被家丁赶了出去。

那时候小桃与另外的侍女说着话："怀了孩子，老爷不给名分，正房又凶恶，进不得门，也是可怜……"

正堂里恰好遇见郑师兄，郑师兄先是唤了声"师弟"，又转头看向陈微尘，语气有些犹疑："……陈公子。"

接着又看向叶九琊。

叶九琊言简意赅："陈公子是我至交好友。"

陈微尘："！"

郑师兄神情复杂，目送两人回房。

直到回了房间，陈微尘还有些发晕，扯一扯叶九琊的衣袖："你方才对郑师兄说我是什么？"

叶九琊依旧声音平静："至交好友。"

见陈微尘还是一副意料之外的样子，他微蹙了眉："你要名正言顺的。"

陈微尘清醒了一些，眨了眨眼睛："你说真的？"

叶九琊："嗯。"

陈微尘看着他，怔怔地笑了起来，正想说什么，却听远方传来一阵钟声。

"召集，"叶九琊看了看窗外，"你跟我来。"

说是"扶摇台"，实则是一片不小的地域，各门各派相互以钟鸣声传信，方才传来的钟声从最高的"云台"上来，正是在召集各派掌门与诸位君侯。

陈微尘嘀咕一句："谁会在这个时候喊人？"

距真正的论法会还有一整天，眼下到的俱是中洲的大派，其余小门派还在路上。

而此时幻荡山无主，以三君为尊，诸门派中，又以剑阁、剑台为大，清净观、指尘寺稍次之。能召集各派掌门的，无非叶九琊、阑珊君、骖龙君与空山大师，再算上一个虽然还未站稳脚跟，可身份为道门之首的谢琅。

他们之前在指尘可谓朝夕相处，早已互通有无，实在没有什么事情值得这样大张旗鼓商议。

叶九琊道："此次论法，天演也到了。"

这却是一件异事，天演避世不出、不问仙道事已有数百年，此时出世，不知为何而来，或许正与心魔之祸有关。

陈微尘先前是去不了这等集会的，然而，方才突然有了叶剑主的认可，与他平起平坐，名正而言顺，理直且气壮，自然可以跟去。

御气飞至云台上，西方是大殿，亮着燃着鲛油的灯火，可明百年而不熄。

他们逐渐走近，看见云台中央的执柄敲钟人，身着灰袍。

——与清净观象征混沌的灰色所差无几，但没有分天地阴阳的太极双鱼图，是天演。

他们走进大殿门内，果然见中央一灰袍白发的老者，并不高，有些胖，面目端正威严，与空山大师的和蔼慈祥截然不同。

陈微尘见他，轻轻"咦"了一声。

叶九琊问："怎么？"

"他是万俟君，"陈微尘眯了眯眼睛，"说是云游四方踪迹不定，原来是天演的人，可天演不是不能存一丝杀机，不做君侯吗？"

陆岚山与谢琅已经落座，另有些其他门派的掌门也在，空山大师与刑秋也是方才刚到，正与老者相互见礼。

"老夫天演万俟浮。"他道。

空山大师单掌竖胸前，与他行平辈礼："贫僧指尘寺空山。"

万俟浮缓点头，转头看向刑秋。空山大师便道："这位是魔界帝君。"又向刑秋道："这位是天演掌门人。"

刑秋并未与他见礼，而是道："天演？"

"吾辈乃推演天机之人，"万俟浮看样子并未因魔帝这一与仙道势不两立的身份而生出敌意，反而客气些，"因缘际会，魔帝陛下竟也来了此处。"

"凑巧。"刑秋微微对他颔了首，算作见礼，随即在一边落座了。他此时全然是作为魔帝的样子，一身华美紫袍，神情冷淡，眉目郁丽，周身气势尊贵——说起来，摒去仙魔之分，他的身份反而是此处最高的一个。

叶九琊进殿，万俟浮打量他，道："应当是叶剑主吧，老朽久闻无情剑意大名，今日一见，果真非同凡响。"

叶九琊向他微颔首："见过前辈。"

万俟浮将目光移向陈微尘。叶九琊："是晚辈好友。"

"哦？"灰袍老者的眼中浮现一丝兴味。

陈微尘："晚辈陈微尘，见过前辈。"

万俟浮问："不像是剑道，你修何道？"

陈微尘："……都会一点。"

万俟浮若有所思地点了点头："后生可畏。"

他们便也落座，陈微尘打量着万俟浮。

天演窥看天机，可以说是能与天意相接，地位超然。看万俟浮对待诸人如对待小辈的模样，他们天演也自以为与众不同。

又过了一会儿，人已齐全，陆岚山道："万俟前辈，您召我等前来，是有何事交代？"

万俟浮在首位上坐了，身后侍立两个灰袍人。

"心魔之祸起于南海，人间、仙道皆临浩劫，我听闻诸君已寻法应对。"他道。

"正是，"陆岚山道，"先前我与叶剑主、阑珊君、骖龙君、琅然侯与指尘寺空山、空明两位大师已制出能克制心魔的阵法，心志坚定者，可免于被心魔侵扰，只待众门派会聚，便将阵法符箓分发。各门派再与清净观联合，将之散至凡间，可助仙道、凡间避祸。"

待他说罢，叶九琊道："人间战火将止，气运可复，仙道重开论法会，待气运亦盛，人间世气运或可与心魔世相抵。"

其余人频频点头，并小声议论，无非是说"此双管齐下""浩劫也并非不能抵挡""阑珊君、叶剑主二人当之无愧为仙道栋梁"云云。

首座上的万俟浮却缓缓摇了摇头，面上显出不易察觉的疲态，道："万万不可。"

此言一出，座上诸人皆疑惑望向他，更有人按捺不住问："此乃万全之法，敢问前辈，为何不可？"

"何谓顺天，何谓逆天？你们都错了，"他声音沉了下去，"诸君所做种种，尽是大逆行事，我此来正是为了阻止。"

叶九琊蹙眉看向他。

陆岚山道："前辈，此话怎讲？"

"此事须从我两个逆徒说起，"万俟浮缓缓道，"老夫座下曾有两徒，一名萧九奏，一名迟钧天，皆是天资百年不遇之人。老夫以为，这两人必会青出于蓝，承我天演衣钵，却未承想他们皆走入歧途。"

座中静寂，唯听得万俟浮声音："我天演推演天机造化，以期与天道同存，于是又有铁律，只可顺天，不可逆天；只可测命，不可改命，否则便是大不敬于天道，将受雷霆加身之刑而死。那两人将推演之术学到极致后，却创另一法门，集命格特异之人，成阵法，汇聚气机，移气运，改天命——此大逆不道之事被老夫发现，当依铁律处刑，此二人却盗出镇门之宝生生造化台，叛出师门，多年来，天演遍寻而不得。"

灰袍老者叹了一口气，接着道："然而当此心魔浩劫临头之时，我天演却不得不借用这两人那时所研禁术，终于窥得天道真意。

"混沌中开天辟地，生出万物，便有心魔世与人间世，此消彼长，正如此图。"他虚虚抬手，半空浮现出太极阴阳双鱼图，缓缓旋转，黑白轮替。

"冥冥之中，自有定数，黑白势均力敌，人间、心魔两世方能各自稳固，若一方独大，则必被打压。

"然而人生天地间，为万物之首，有灵慧，开神智，气运蒸蒸日上，一日胜过一日。天道若要使苍生长存，必得压制自身。于是凡间便有天灾，有人祸，修道便分仙魔，时时相杀，清气、浊气相混，亦无法有人修至最高境界。可人间建王朝，抚民生，仙、魔两道又筑起屏障，不再起争执，清气、浊气相隔，彼此修炼都顺利许多，人间世气运更盛，看似前程似锦，却不知前方杀机暗伏……

"及至天道降下灾祸，战火纷乱，人间衰落。天河之役后，仙道、魔道皆折损许多，才得二十年喘息之机——然而人间又出现大统之势，仙道、魔道亦有人才辈出，是以人间、心魔两界失衡，有心魔入侵，要彻底打压人间世气运。"

他说完，回到阵法之事上来："如道门《真经》所言，天之道，高者抑之，有余者损之。气运零落，是天道要自己零落，战火之中苍生涂炭，是天道要让苍生涂炭，唯其如此，人间世才能长存——天道无情，天道亦慈悲。尔等想尽办法，要匡扶人间世气运，却是反其道而行之。人间越盛，心魔反噬之力便越是厉害，那阵法一出，南海不知要多出多少心魔涌进来，那时情况，只会比现在更加糟糕。"

"若果真如您所言，我们又该怎么办？"有人问。

"不必动作，人间世气运与心魔世相持平时，冥冥中自有秩序使它们回去。"

"那，以后……"话说到一半便没了声音，然而在座之人都能推测——持平之后，人间世气运依旧增长，到了鼎盛，天道依旧要降下灾祸来压制自己的气运，压不住时，心魔便来，重新使两边气运相平，如此……如此往回，周而复始，永不停歇。

——这便是天道吗？这便是"天行有常"的那个"常"吗？

殿中静默，落针可闻。

许久之后，叶九琊直视万俟浮，声音清寒："前辈之意，是要坐视心魔肆虐，凡间、仙道数十万人因此而死吗？"

"物过盛则当杀，"万俟浮叹了一口气，起身走出殿门，"老夫言尽于此。"

他走后，其余诸人也沉默着散了，陆岚山也是一副心事重重的模样，对叶九琊道："离论法还有一天，明日我找你，此事再议。"

叶九琊点头。

回到房里，陈微尘道："按照他的意思，物极必反，盛极必衰。那冥冥中的定数便是天道之上，统管心魔世与人间世两个的'道'。一旦人间世气运过盛，南海通道便会开启，心魔降世大杀四方，直到两边气运相同……"

"你怎么想？要依他所说吗？"他问叶九琊。

"我不知道。"叶九琊看着他。

他说话行事向来果决利落，这是第一次说出"我不知道"这样举棋不定的话来。

陈微尘温和地笑了笑，伸手卸下他的发冠："那便好好想想。"

窗外明月渐升渐高，一片静谧，房中烛火明灭。

夜空深远，横亘一道银河，月亮静静悬着，将千年百年的世事变迁尽收眼底。

锦衣公子声音温润，缓缓道来："无极生太极，太极生两仪，混沌中能够开天辟地，是因为分出了人间世与心魔世。道门有言'乾坤一元，阴阳相倚'，人间世与心魔世虽然对立，但仍然不可分离。若有一方独大，另一方则受到压制，阴阳失和后，会引发一些不可知的混乱，或许就是两世动荡，重归混沌……但是人有灵智，于是世间只会不断兴盛繁华，气运蒸蒸日上——而天道为了使世间长存，必须压制自身，使气运不至于过盛。"

"人初生时与走兽无异，后出有巢氏、燧人氏、伏羲氏、神农氏，构木为巢，钻燧取火，刀耕火种。再有氏族，后造字、成历法。渐有王朝，有儒、道、佛三家。"叶九琊淡淡道。

"是了，"陈微尘拿扇柄轻叩着青玉桌，"有氏族则有征战，《路史》云'自剥林木而来，何日而无战？'不论氏族、王朝，还是各家流派，皆是纷争不断，连仙道也未能幸免。"

一旦繁盛到了顶点，便渐渐有灾祸生出来，数千年间，无数王朝盛而衰，衰而盛，分久而合，合久而分。

与此同时，儒、道、佛三家渐渐繁盛，仙道由此出现。既有仙道，又生出魔道来，又是彼此厮杀，纠缠不休。

"天道立下这物极必反、盛极必衰的规矩，想要使世间长存，却是治标不治本。"陈微尘事不关己，甚至还幸灾乐祸地嘲了嘲天道，"它原意是打压一番，等兴盛起来，再打压一番，就能周而复始地循环往复下去。可人这个东西，聪明得很，是循环往复不起来的。每次被打压下去，再起来时只会比之前更兴盛，不论怎样盛极而衰，都在越来越盛。"

他还颇有些唯恐天下不乱的兴奋："现在又是一个衰极将盛的时候，人间世终于走到危及心魔世、使阴阳失衡的地步了。"

他们如是这般按照万俟浮的话厘了厘思绪，大致清楚了现在的境况。那么叶九琊要选择的，就是到底要不要将阵法公之于众了。

纵使扶摇台中如何安宁，今夜月色如何美妙，都遮盖不住将要面临的选择——一面是深渊，另一面还是深渊。

是要护住凡间与仙道，然后人间世气运更盛，涌进的心魔更多——最后阴阳彻底失序，引发不可知的、更加动荡的局面，还是顺应道法秩序，不再插手，等待心魔蚀尽大半的人间。

刑秋的小凰鸟从窗子里飞过来，停在陈微尘面前——刑秋平时不爱玩它，这小凰鸟更爱找他。

陈微尘伸手拨着柔软微翘的凤翎，道："叶君，若你不想听从万俟君，阑珊君不知道会怎样选，我反正跟着你，陆姑娘必定也要跟着，加上刑秋。那些老头子不能把我们怎么样，至于后来如何，先不作想。如果听天演的，我就跟你回剑阁，在深山里躲上十来年——反正心魔最怕你，至少剑阁出不了事情。"

他看见叶九琊望向窗外，远方亭台楼阁上灯火点点明灭，与天上繁星一同落进溪水与碧潭里。

房间很静，陈微尘忽然走了神。

想自己不在他身边的那些时候，这人该是什么样子。

只见叶九琊长眉轻蹙，不是惆怅，而是隐约的困惑，嗓音一如既往冷冷清寒，却多了些说不出的东西，缓缓道："死者又有何辜。"

陈微尘笑了笑，问："不怕劫数更大，成了千古罪人？"

叶九琊淡淡道："我无愧。"

陈微尘眼里笑意加深，一双眼在他身上来来回回打量。

叶九琊见他不像是很清醒的样子，问："陈微尘？"

陈微尘最后倒是什么也没做，玩闹似的伸手触了触他的眉梢，道："叶九琊，我是越来越欣赏你了。"

叶九琊有些困惑："你不是一直……"

他虽不解红尘，却也能看出，这人执念深种，已经到了不能再深的地步。

"不一样。"陈微尘将鼻端凑近他，嗅着那清寒的、让人想起北国飞雪的气息，声音中有种懒懒的餍足。

"我有时候想，你这个人，没心没情，实在是没有一点好处。"他的手指缠着叶九琊的发丝。

"谁不怕疼呢？你看刑秋，自那和尚说了要成佛后，可有一次主动去找他，去招人嫌？你不过仗着我是他的心魔，才能一次又一次让我难过。假如我只是陈微尘，不记得那些事情，你修为这样厉害，长得这样好看又如何，照旧懒得去理你。"

他轻轻顿了顿，才接着开口："可现在又觉得，即使不记得，若是这样跟着你一路，也还是要仰慕你，想与你同路并行——你哪里都好。"

叶九琊不太能明白他这一番话有何根由，正在思索，却听窗外突然响起一道声音，似笑非笑。

"浩劫当头，你们互剖心事，倒是谈得开心。"

"人生得意须尽欢，"陈微尘慢条斯理地看向窗外，"浩劫当头，迟前辈却来偷听别人秉烛夜谈，也是好兴致。"

"万俟老儿出山，不知又说了什么逆天顺天的糟朽事情。我只是有些事情想要来与叶剑主商议，却不曾想他被你教坏，也不做正事起来了。"

"正事确已谈妥，"陈微尘淡淡道，"倒是晚辈有一件事要问前辈。"

迟钧天隔窗笑了一声："请问。"

"我家的温回自从被前辈掳走，便生了许多变故，不知前辈究竟意欲何为？"

"带他远走，是我不对。然而天演术法，终究只能看命，无法改命，你有你的命，他也有他的命。他到了现在这个地步，究竟几分是因我，几分是因你，几分是因命，你自己又到底是什么东西，应当早有计较。"

她话锋一转，道："就此告辞。徒儿，你且好自为之。"

陈微尘："……"

她飘飘然来，短暂打了这么几句机锋，什么东西都没有告诉二人，只确认了一下叶九琊的意愿——顺带还喊了陈微尘一声"徒儿"。

陈微尘先前不尊师不重道，一声声"前辈"喊得很是生硬，且语气颇为不善，被她这一声不知是有意还是无意的"徒儿"噎得不想说话。

迟钧天轻笑了一声："你二人原本就是好友，如今世事轮回，竟又走到了一处，实在是一桩奇缘。"

她说完这句话，脚步声渐远，走了。

叶九琊听到这话，立刻转身，他知道陈微尘生平最恨与焱帝混为一谈，尤其是在与自己有关的时候——于是首先按住了神情忽然不对劲的陈微尘："别闹。"

陈微尘被他制止，收回就要拿起桌上的怀忧扇、要对迟钧天出手的手，平复了几下呼吸，身体微微抖着。

迟钧天并没有说什么过分的话，甚至站在她的立场上，那是一句再合适不过的话。

只是那话就像锋利的刀尖，划破了一些粉饰太平的假象。

他究竟只是某个人的影子，连朋友的名分也要不得，只不过做了嫁衣，成就那两人的"一桩奇缘"。

单单这句话，他原本也只是有些生气，可听到叶九琊那句"别闹"后，忽然无力下来，眼里有些凄凉的神色。

他笑了一下："你们原来都一样。"

叶九琊知道自己说错了话，不知如何补救，只认错般轻轻垂下眼睫来。

陈微尘转过头去不想看他，身上忽然蹿出丝丝缕缕的黑气，喘息有些不稳，黑气许久才被压制下去，他面无表情道："出去。"

叶九琊最终只道了一声"抱歉"。

直到听到一声轻轻的关门声，陈微尘才嘲讽般笑了一下。

小凰鸟在桌上跳来跳去，最后停在他面前，是在邀宠的姿势。

陈微尘伸手触了触它的冠翎，小凰鸟立刻歪了歪头，惬意地闭了闭眼睛。

"他待我，同我待你是一样的，"陈微尘淡淡道，"若是我朝他撒一撒娇，他也愿意顺着哄一哄；我不高兴了，就是无理取闹，他也会顺着。

"只有命格，迟钧天也不能推测出我是个什么东西。最近发生了这些事情，又看到我与叶九琊亲近，才能猜出——他这样的人，断不能容得外人这样逾矩，除非我与那人有关。

"他们最后在意的仍然是幻荡山浮天宫上的那位，我呢，是个不大不小的、不好丢掉的麻烦，还总爱无理取闹，自己和自己置气……"

小凰鸟一双眼睛无辜懵懂，不知他在说些什么，只知他似是在难过。

陈微尘轻轻吹灭房中烛火，将小凰鸟往帘钩上一放："夜深了，睡吧。"

他说话声音不大也不小，加之修仙人耳目清明，恰能传到并未走远的叶九琊耳畔。

溪边芳树下，有仙子一身羽纱衣，跳着轻轻袅袅的舞，大约是有"散花天女"之称的羽皇侯，见人来，含笑行了一礼，继续挽袖轻旋。

他回头看那房间，温柔暖亮的烛火熄灭，四周归于一片寂静黑暗。

月光飘飘洒洒落在舞着的仙子身上，是极美的——仙家的轻灵疏离，与红尘全然无干的美，使人无论如何也只远远看着，生不出一点儿靠近之意。

他喉中忽然涌上一股腥甜，运功强行压了下去，而身后那扇已黑下来的窗子，却忽地具有了某种不可言说的吸引，在茫茫红尘中伸出一只手来，要拉他回去。

他想起了一些东西，比如陈微尘总是略带凉意的身体，在春夏的时候，也会不由自主地挨近自己来取暖。

想起陈微尘从前曾说，自己常常睡不好。

想起陈微尘听到那一声"别闹"时的眼神。

——想起那个受了许多委屈的人，怎样在黑暗里伸手去抱紧一个枕头。

这时，他的衣袖忽然被一个力道扯动，是那只小凰鸟，不知何时从窗子里飞了出来，"啾啾"叫了几声，接着继续叼住他衣服的一角，扑棱着翅膀向房间的方向扯动。

他的心脏忽然空悬了起来，仿佛在今夜，在离开房间的那一刻，他错失了什么重要的东西。

树下的羽皇侯闭上眼睛，沉浸在这一场舞中，动作越来越舒缓，与整个扶摇山融为一体，舞姿中暗蕴道法，飘然出尘。

他眼中却全然没了这一场精妙绝伦的舞，只剩下一扇寂静的窗与一个未眠的人。

——也许是难眠，也许将彻夜不眠。

小凰鸟看他不动，焦急地"啾"了许多声，甚至开口唤了一句已经不再生涩的"叶君"。

听到那一声唤，他怔了怔，转身去，对着房间。

凰鸟扑棱棱飞起，为他指路。

陈微尘听到脚步声与门响，睁开眼睛，只无神地看着眼前浓郁的、无边无际的黑。

他不想说话，只沉默着任叶九琊把自己抱着的软枕抽出来，怀中一下子空空荡荡起来，冷得很。

叶九琊想要去握他的手腕，被他用力挣开。

"别碰我。"他冷声道。

黑暗里静默了一会儿，听见叶九琊道："是我不好。"

"你没有，"陈微尘道，"是我自己无理取闹，让你不能安生，我知道自己哪里都不好，没有你来认错的道理。"

"在指尘时，你也这样说，"听得叶九琊声音道，"知道你是心魔那时，我是没有把你当作陈微尘对待的。"

陈微尘胸中涌起无边无际的难受。

"我起初分不清，不是不愿，是不能。"

陈微尘别过头去："我知道，这不怪你。"

叶九琊并没有让他把话说完，道："我知道你时常怨恨我。"

陈微尘既受不住他的剖白，也舍不得听他认错，心里抽丝一样疼，不知是为了辩白自己还是为了使叶九琊停下，声音大了些，道："我怎么能怨恨你？我从不会怨恨你，我自生下来便不会怨恨这种东西——"

"你分明生气了，"叶九琊一只手压住他的肩膀，另一只手按住他总是试图结束对话的嘴唇，"微尘，你听我说。"

陈微尘急促地喘了几下，动弹不得。

"但我一直在尝试将你与他分开。我想，你有家乡，有父母兄姊，在凡间过了十九年，早已与心魔不同。你渐渐会怨，会恨，亦不再是他执念的化身。

"你在凡间时，身边人皆万般宠爱，来我身后，却一直受委屈，是我不好。

"我未曾遇见像你这样的人。不会说话，常使你难过，也是我不好。"

陈微尘心口剧痛，用力摇头，想让他不要再说下去，而叶九琊置若罔闻。

"你常爱笑，又善掩饰，我只以为你世事通透，纵然难过，也不过是一时执迷。后来才知，你以心魔之身生在凡间，始终不能与世人相同，如无根之萍，无时无刻不凄惶易伤。

"我短短平生，亦未曾有真正展颜之时。方才失言，要你别闹，非是厌烦，而是想你这一生欢日尚少，戚日苦多，若能放下这桩心事，或许能开怀许多。"

他松开对陈微尘的压制，陈微尘喉头哽了哽，声音已带上了哭腔："你别再说了……我好难过。"

他听见叶九琊轻轻道："都是我不好。"

有了这一句，陈微尘更是受不住，平日里刻意压下的那些委屈与难过一齐涌上，喉间酸涩抽痛，一时间竟然不能言语，只紧紧抱住叶九琊，呜咽了几声。

叶九琊握住他的手臂，只觉得怀中这具躯体，比所有往日里的触感都要真实许多。

叶九琊看过这人太多的样子，外人面前的风流潇洒、温润宁静或亲切随和；以及与自己相处时那些故作轻佻的情真意切，眉梢眼角间淡淡笼着的温柔与满足。

但都不是他。

"陈微尘"唯一最真实的地方，甚至不是情意，而是与生俱来的疼痛。

他心里大约有不见光的一隅，容他在那里时刻茫然地蜷着。

那疼痛时刻告诉他此处非他该来之处，举目所见尽是他乡之客，无处可以诉说。

叶九琊把陈微尘放开。

陈微尘脑海一片空白，茫然感觉到叶九琊与他分开。

"陈微尘，"那道霜雪一样的嗓音轻声道，"你与他的分别，人与心魔的界限，不是我的迷障，是你的执念。"

陈微尘怔了半晌。

"我……"他望着眼前遥不可及的虚空，仿佛被日光照进心中最深、最见不得人的一隅。照进了，撕开了，扯疼了，也清明了。

他说："多谢……多谢你。"

叶九琊道："那好好休息，我去别的房间。"

陈微尘含混不清地"哼"了一声，却是抓住了他的手腕，一副不放人走的样子。

叶九琊思忖一番，觉得这人约莫还是想让他留下。

一时之间又有些拿不准，在他耳边问："想要什么？"

"想……"陈微尘声音里带着些鼻音，又轻轻喘，比寻常绵软许多，羽毛一般落在人心里，还有些哭腔，像是哀求的意思，"想要你以后对我好点儿。"

叶九琊在黑暗中摸索到他的手腕，握住，答应道："好。"

陈微尘仍像少年赌气一般，道："你若再对我不好，就让……"

他说到此，想来自己在仙道并无可倚仗出气的长辈好友，就没了下文。

叶九琊听他没了声音，知道缘由，缓缓道："从今以后，你难过一次，便是在我心头划上一刀。"

陈微尘"嗯"了一声，声音中终于带上了些笑意："在凡间待了一个月，倒把花言巧语学会了。"

叶九琊静了一会儿，道："你若想听，我去学。"

陈微尘笑意又多了几分："还会说什么？说给我听听。"

叶九琊回想起在凡间度过的那段短短的烟火岁月，思绪飞度红尘雾海、万丈迷津，穿过大街小巷、桃梨烟柳。

琵琶弦停，琴瑟声收，渐渐归于寂静。

像是陈微尘相识的所有凡尘中人那样，他在黑暗里唤了一声："公子。"

公子。

陈微尘听得这句话，恍惚了半刻，像是眨眼间过了一生，此时已是隔世，眼前一片烟霞烈火，灼灼烧起来。

"要灯，"他道，"让我看看你。"

恰巧此时月上中天，一道银月成钩，越过窗子的边缘显现出来，淡淡清辉洒落，两相对望之下，如梦似幻。

小凰鸟已睡了，脑袋缩起来，成了胖而软的一团。

陈微尘起了玩心，伸手戳一戳它，却是睡得沉，戳不醒的。

"真好，"他笑道，"若下辈子托生成这样一个无忧无虑的小东西，实在是再好不过了。到时候你养我，每天就让我在你床头这样睡，时常戳一戳，戳醒了就啄你手指……"

他回头看叶九琊，月色朦胧，照在这人脸上，显得他当真有了那么几分温柔。

便只是看着，再无话了。

次日早晨郑师兄望着那边房门，总是不见人出来，只好敲了敲门。

里面传来的自家师弟的声音略有压低："请进。"

仙家的居室摆设不像凡间那样繁复，没有那些曲曲折折的里间外间，进门便能看清全貌。

郑师兄踏进门来，自家的师弟衣衫齐整，已经收拾停当，转头看他："师兄。"

郑师兄："今日……"

他刚想与师弟说话，却见床上陈微尘半睁开了眼睛，欲睡未睡的模样，又把师弟的目光给牵了过去。

"还早，"叶九琊道，"我该走了，你接着睡。"

陈微尘不甚清晰地"嗯"了一声。

叶九琊为他压了一下被角："起了可以去外面找弟子玩。"

陈微尘眼睛已是又合上了，半睡半醒地"嗯"了一声，也不知有没有听清。

出了门，待走远，郑师兄咳了一声："师弟……"

叶九琊："嗯？"

郑师兄心知无情道不应与任何人来往过密，斟酌着措辞，一时没有想出来，转念又想自己的师弟修炼一向稳妥，应当不会不知分寸。

他便好好探看了一番叶九琊的修为。

——一探之下，却是大惊。

"怎么回事？"他双眉紧锁，声音也严肃了许多，"你的修为怎么减了这许多？那个陈——"

叶九琊神色不变，淡淡道："无事。"

将近正午时陈微尘才慢吞吞醒过来。

小凰鸟早已醒了，在外面跳来跳去。他一个人没趣得很，下了玉楼，懒洋洋地倚在溪边小亭里，看那些年轻弟子练剑。

练着练着，弟子们总有些疑惑出来，找不见长辈，又对他实在好奇，三三两两过来，到了跟前，又犯难，不知该喊些什么，最后抓耳挠腮地憋了一声"前辈"出来。

陈微尘一下子笑了出来，扇子悠悠然一展："姓陈，不是仙道人，前辈当不得，喊我一声'公子'就好。"

弟子便问："公子也会用剑吗？"

陈微尘点头道："会一点。"

这些弟子也都是些视剑如命的年轻人，一提到剑便不局促了，没见到他的剑在哪儿，大着胆子问了一句："怎么不见您的剑呢？"

"时运不济，被这扇子认了主，没有自己的剑，"他笑眯眯道，"不过有时也用折竹。"

前一晚还猜测议论的弟子们对视一眼，连阁主的折竹剑都用了——可见交情实在不浅！

弟子们你一言我一语问了起来。

"陈公子,你用剑是哪一派的?"

"没门没派,随手练练罢了。"

"阁主不教你吗?"

陈微尘朝那小弟子挑了挑眉:"他疼我,知道我懒。"

弟子们"嗷"的一声起哄:"阁主怎么不也疼疼我们呢?!"

陈微尘也不说话,只是笑吟吟地摇着扇。

年轻弟子们把他归为"自己人",见他形容可亲,模样又好,又与自己年纪相仿,不一会儿便混熟了,最后还是一个大师兄模样的弟子把人又赶回了练剑的地方:"明日就要与南海剑台论剑了,还不好好温习。"

弟子们看样子也都有些紧张,认认真真习起剑来,未免又碰上了之前的迷惑处,皱了皱眉头。

"天枢主气,将滞时,转天狼。"听得亭中陈微尘的声音。

那弟子思索一番,豁然开朗。

又有一个弟子被困住。

"剑者刚也,"陈微尘慢悠悠指点,"非是剑招有误,是起势不足,后无以继,你出手这样绵软,该去韶山羽皇侯门下舞绫罗。"

"过刚易折,"又是对另一位弟子指点,"无剑气剑意作底,不可轻易仿你们阁主的剑招。"

弟子们都是诚心学剑,困惑处得了提点,自然欣喜不已,一轮剑练完,又围过去与他说话——方才知道了这人对剑之一途决计不是他自己说的那样"随便练练",自然说起了论剑的事情。

陈微尘问:"可准备好了?"

弟子道:"也不知剑台怎么样。"

"你们这两门,向来难分胜负。"

"那若是输了,岂不是给阁主丢人吗?"

"不怕,"陈微尘道,"论剑论法,本就是为了让你们博览众家、明辨道路、反证己身、增进修为,胜负倒是最末。"

弟子们还是有些不安。

"习剑之人,若是连自己的剑道都不信,谈何精进?"陈微尘似笑非笑。

一番话下来,弟子们出了迷津,个个都精神了许多,便再去练剑。

陈微尘在一旁看着，忽有一片红枫自枝头飘落，正落在他桌上，他看着有趣，提笔写了些字，将叶子放在溪里，红叶飘飘悠悠地随水流走了。

他倦意又渐渐上来，一手支颐，慢慢睡了过去。

叶九琊回来，首要去看自家的弟子，指正一些后，见一个平日便活泼的弟子给他使了个眼色，指向一边。

红枫掩映里一座小亭，亭里有人正静静睡着。

秋风已经凉了起来，自然还是要去房里睡。

陈微尘头发本就是随意绾上的，被扶起时，玉带滑脱落地，便散了雪一样的长发下来，要再找出一根乌发，却是难了。

那面容静极了，又被白发衬着，脆弱得惊心动魄，竟然不似生人。叶九琊忽然怔了怔，待看到他胸口微微地起伏，才回过神来。

叶九琊知道他这沉睡也与为自己气息所伤有关，把人放在床上后，便没有留在房里。

云台大殿里，万俟浮却拂袖摔了一排玉杯："自取灭亡！"

他声音中满含怒意："叶九琊！竟执意与心魔相抗，天命循环，岂能逆得！陆岚山一言不发也就罢了，其他人竟也贪生怕死，一听有人相护，立刻上前献媚，将那符箓视作至宝，都当老夫之言是在耸人听闻！

"说什么死者有何辜！天要人为它死，哪怕拖上一年半载，也终是在劫难逃！"

他踱来踱去："天演弟子，即刻随我回山，从此不再过问他们仙道一点事情！"

正说时，他抬头看向外面，看见天际一片黑压压的东西涌来，如同乌云压城。

他拧眉细看，"哈哈"冷笑一声："我倒要看看，你能不能守住这仙道！"

是日，万余心魔围攻扶摇台，自扶摇山最高处下望，举目所见，尽是乌黑汪洋。

人们匆忙在云台聚集。心志不坚者，尚未被其他心魔攻击，便有自己的心魔遥遥对应，神志不清。

先是诸位君侯凌空而起，拱卫云台，再是各门派精锐填补空当。

心魔凌天厉声尖啸，遮天蔽日，有如鸦群。

"这些东西怎么一起来了这里？！"陆红颜挥剑平砍，将数十心魔拦腰斩断，"整个仙道现在几乎都在扶摇台，一旦出事，不堪设想。到底有什么在指挥它们？！"

阑珊君从背后回援，飞光剑变幻万千，与叶九琊联手一击，清出百丈空地来："叶兄，现在该怎么办？"

"南北剑与清净观出精锐殿后，其余门派后退，"叶九琊声音冷静，"退守幻荡山。"

"好，"阑珊君抬手起剑阵，剑气绵延成墙，暂时一阻，"幻荡山上接天道，或许能克心魔，只是——通天路有去无回，谁来开天门？"

叶九琊淡淡道："我。"

一声鸾凤长鸣，笛音凌厉破空，刑秋的魔修术法漫天布下。

"我来帮你们，"他道，"空明也来。"

"多谢。"阑珊君点头，对陆红颜道："骖龙君，你与空山大师带其余门派向幻荡山撤退。"

陆红颜点头，红影掠空而去。

又过半刻，金莲漫天，是空明到了。

"微尘在玉楼。"叶九琊道。

刑秋立时明白，从凰鸟背上跃起，留在战场与心魔恶战，而凰鸟展翼向玉楼俯冲，要把人带过来。

"叶兄，陈公子究竟非我族类，"阑珊君拧眉，"如今境况，他到底属于哪一边，实在使人生疑……"

话未说完，那边凰鸟高鸣了一声，声音焦急。

刑秋神色顿时一变："没找到人？"

八百里外大龙庭，燕王旗猎猎飘扬。

燕家养兵数十年，更兼此时拿下南朝国都，终于有了来到捭阖道前的底气。

小皇帝五六岁，一身厚重朱红衣，肤色莹白，下巴尖俏。庄白函一身青衫，牵他走上捭阖道前，旁边文武百官齐齐下跪，肃然无声。

只待小皇帝走过捭阖道，山呼"万岁"。

因了幻荡山、大龙庭两处非人力所能及的存在，十四洲中，人人皆知世上确有天道。

仙帝走上通天路，登顶幻荡山；人皇走过捭阖道，封帝大龙庭。

"陛下，"青衫书生放开牵着小皇帝的手，"走吧。"

"先生……"小皇帝望着昏沉的天色，脸色略有犹疑。

他前方一条宽阔长路，路旁矗立各式雕像——先贤圣人、潜龙飞凤。

尽头是瀑布深湖，深湖有百余丈，湖中央为一处方台，隐有龙啸声，乃是龙庭，深湖名曰"潜龙之渊"。

"会……会怎么样？"

"陛下只管往前走，"庄白函对小皇帝道，"历代开国之君，但凡已经据有中洲大半，都能走过捭阖道，一旦封帝，列国皆要臣服。"

"我害怕，"小皇帝对着蜿蜒的道路，脸色苍白，攥紧了他的手，"先生陪我。"

庄白函不语，看过下面百官。

为首的将军道："今日我等能站在此处，皆要仰仗军师大德，今日既然陛下出言，先生但走无妨。"

庄白函只得牵了小皇帝的手，缓缓向前。

却听得尖锐啸声，天空中无数心魔掠过，没有伤害他们，而是自头顶向远处飞去。

众人仰望天空，心中都涌起不祥的预感。

小皇帝声音带上哭腔："先生、先生，我害怕。"

庄白函想起昨日接到陈微尘传书，写"心魔"云云，附赠咒符，亦说了现在仙道现状。

说是天道轮回，此时走到了人间式微的地步，若不蛰伏，可能会引来心魔反扑。以此推算，若是封帝，聚气运，则是逆天道轮回而行。

可若不封帝，又何以名正言顺统中洲，熄战火，养民生？

"琰儿，走。"庄白函的语气罕有地严厉起来，可也莫名让人安心，"我护着你。"

他牵着小皇帝，迈上了走上捭阖道的第一步。

一步，风云突变。

大龙庭上阴云密布，雷声激荡，苍白的闪电在天际一闪一闪，潜龙渊的水更是一点一点动荡起来，波浪拍打石台，水深而黑，像是巨口在吞噬这方天地。

小皇帝迈出的脚步受到无形阻力，险些向前扑倒。

庄白函紧紧握住他的手，迈出一步，由原来的在侧变为稍向前。那日他弑帝成圣以后的修为全数激发，环绕住自己和小皇帝，与捭阖道上的一股肃杀荒寂之意抗衡。

他心中明白，历代开国君主亦是凡人，也没有仙人护卫，却都能走过这条道路，如今艰难重重，恐怕是天道不承认小皇帝，或是现下天道本就不许人封帝的缘故。

小皇帝双眼茫然，不知看到了什么，抬头望他："先生，我走不动。"

庄白函半跪在地，平视着小皇帝，与他目光相对。

"琰儿，今时不同往日，天道不需要人皇，"他声音缓缓，"可是中洲百姓需要。先生教你，知其不可而为之，并非执意要做，而是不得不做。"

小皇帝抽噎几下，紧紧握着他的手，在原地一动不动。

他还小，只知道前路很可怕，几近崩溃。

"先生，我不做皇帝了。先生，咱们回都城……"

庄白函站起身来，看着满脸茫然恐惧的小皇帝。他在那一刻想起许多：战火中马蹄踏过的断壁，教书时堂下懵懂迷茫的目光，南都纷攘放纵的繁华，先师在白玉阶下绝望的一跪，以及那一场暴雨中妻子身上洇开的血色。如同狂澜既倒，大厦将倾，升平盛世遥遥无期。

若果真走不完捭阖道，退回都城，以燕党兵力，仍可盘踞为王，百年无虞。

他轻轻闭了眼，再睁开时，已经没有任何柔和的神色，牵着小皇帝，毫不犹疑地一步步向前迈去。小皇帝忽然发觉身上那股深渊一样使人畏惧的压力渐渐轻了许多，抬头看见自己先生苍白的脸色。

他一步一步，逆盛衰轮回行走，此时狂风大作，在震耳欲聋的惊雷声中，已经能看清整座龙庭。

——虽是百年无虞，然而今日若不走这一遭，到底意难平。

此时，扶摇山。天空中万魔呼啸，遥遥望去有如蝠群。仙道众人于云台聚集，正联手抵御。

叶九琊几人直面心魔攻势，挡下大半，而陆红颜一袭红影破空，带领大部分仙道年轻弟子由后方突围而去，直赴八百里外的幻荡山。

此时此刻，扶摇山中却有一处清静地。

小山环抱间，琉璃溪发源之处，有一棵巨大琼树，叶极密，花极繁。

繁花密叶掩映住了树枝上躺着的一人。他身着繁复黑袍，流苏垂落，光影流转间可见暗暗银纹，身边缭绕淡淡的黑气，眼睛望着粉白琼花，却并不是全神贯注，也不像怔然出神。

风停，树叶沙沙声止，一声清脆的"嗒"声自树下响起，是棋子落盘声。

"师兄请。"一道女声冷淡。

随后是苍老的"喀喀"声，缓了一会儿，又道："已然是山穷水尽的绝境，老瘸我是无力回天了。"

那女声笑了一下："四十年前天演云山，师兄摆下一局棋，问世间有谁能一战时的风采，今日何在？"

"老啦……师妹那时从一众弟子中走出来，说'今日便与你一决胜负'时，才是真正风采无双，想必今日比那时棋力更高了。"

棋局之上，忽然传出一声若有若无的叹气。

迟钧天立即警觉："谁？！"

她袍袖向上一挥，气机激荡，一树花叶被狂风生生卷去，纷纷一片后，唯余秃枝，空无一人。

迟钧天环视四周，未发现人影："是师父？"

"应当不是，"老瘸子迟缓道，"他老人家当年的大志向被天道消磨，现在除了能推演天机，已经是个凡人了。"

迟钧天笑了笑，也不在意究竟是谁。

"萧九奏，"忽听一阵衣料摩擦声，随后噼里啪啦，竟是百余棋子被拂在地，"无力回天，便不必再回，我便让你看看这一场天地棋局，怎样收官。"

老瘸子又咳了几声："欸，我看着。"

此时，云台之上。

"他们已经走了，我等也退，将心魔引至幻荡山。"阑珊君道。

幻荡山上接天道，下连地脉，按理可以抵挡心魔，但现今情况，天道是否还会保护人间已不可知，但那里确实是唯一可能的退路。

有二重天境界的陆红颜引着，又有五位仙侯在翼，众人御气向前的速度并不慢，然而心魔近乎没有形体，速度远胜他们，幸而后方有阑珊君、叶剑主筑起一道剑气屏障，使心魔无法接近他们。

他们也渐渐后退，一旦不是死守，压力便减小许多。

在指尘寺的那些日子里，这些人琢磨出了一整套对付心魔的方法，此时渐渐用上，游刃有余了许多，不像之前那样用上全力仍左支右绌。

叶九琊将剑意灌入九琊剑中，抛给刑秋："我去找他。"

刑秋掂了几下九琊剑，朝他咧嘴笑了一下："好剑。"

魔帝陛下已经在仙道面前露面，此时不再压抑修为，兼之神兵在手，剑气如白虹贯日，连陆岚山都不由得向这里多看了几眼。

叶九琊一袭白衣缥缈而下，向玉楼掠去。

仙道修行皆由悟道而出，诸多意象，皆化在招式中。如同南海的浩渺烟波与海市蜃楼养出了千变万化、虚实相生的剑台剑法，极北的呼啸寒风与飘扬大雪也能在剑阁人身上寻到踪迹——如叶九琊御气时的身形，如同一片风中雪。

刑秋尚有余力分心，"啧"了一声："我陈兄弟曾说，人间有话'知好色则慕少艾'，可见美色易误人，像这种，怪不得有人为了他的一点情谊，能赴汤蹈火。"

陆岚山此时正在他身边，却淡淡道："无情道境界最难得、最难守，此时仙道安危多半系于他身，实在不妥。"

"嗯，"刑秋打量了一下剑身冷彻的剑意，"看起来还好。"

陆岚山起手一个阵法，眼睛望着阵法繁复流转的纹路，光华交错，使人目眩，他眼中忽然有了些怔然的意味："世间好物不坚牢。"

叶九琊落在玉楼走廊处，房门前。

他推门进去，昨夜所燃残香未退，扑面淡淡暖香，房门内摆设一切如常，却已然空无一人。

这场景似曾相识。

凰鸟在溪边长鸣一声。

叶九琊走过去，见凰鸟的眼珠正看着溪边转弯处被石头阻住的一片红叶。

红叶上有墨迹，风流雅致，勾画缠绵。

"近日梦中，常觉心悸。二十年飘摇，一生心事，终当了结，只知何去，不知何从。"

叶九琊手指握着叶边，不自觉用力，使那原本就因死而脆的红叶边缘处碎出一道痕迹。

无数浮光片影掠过，或笑或哀，鲜活生动，又扑朔迷离。他一生中也有许多浮光片影般的回忆，因少有牵挂之事，过了便过了，不再记起。

有两人身影最真切。

一人在雪山之巅，说，我教你一剑。

一人在锦绣红尘，说，来陪我喝酒。

唯这两人浓墨重彩，唯这两人捉摸不透。

一个不知生死，一个不知真假。

他记得一年前初见的时候，陈微尘曾认认真真、一字一句立誓："但凡我对你所言，不论昔时、现下、来日，无一字为假。"

只是这人对他而言，始终隔着层层疑雾。

他未说过，未问过，心中却也清楚，即使那人未说过假话，也应有许多隐瞒，譬如那人究竟来自何方，所为何事。

说"只知何去，不知何从"，当是自己离开，而非意外，是第二次不辞而别。

此一别后，不知以何面目再相见。

昔日回忆，尤且触手生温，却是倏忽变化，匆匆聚散。

或像那日指尘大殿中，檀香缭绕不期而遇，或是茫茫人海再无踪迹，又或是他此时已身在万魔丛中。

他眼中忽然有些迷惘，红叶脱手，落回溪流之中，打了几转，向下游去，渐渐远。

脱手那一刻，却好像有什么东西与自己生生分离，眼前倏忽出现无数温柔片景，张开无数只手，在拉扯着自己。

他此刻并非站在溪边，而是立在万丈红尘深渊旁。

许久之前，指尘大殿里，诸人都听过刑秋与空明打的那段机锋。

最后刑秋说："你若不入红尘，又如何能悟破？"

他忽然想，自己现在，算不算入了红尘。

打开房门，看见空荡房间的那一刻，他心中的的确确若有所失——终究是贪恋了那人眼角的一段温柔风流。

万丈惊涛拍岸，涌上绝壁断崖，惊起滔天白浪。

遥遥望见那人身影，撑一叶小舟，坐在船头，载沉载浮。

"叶君，跟我走吧。"他摇着画扇，"不要修仙了，咱们去尘世里，买一座小院，每天琴棋书画，种花种草。"

叶九琊没有动。

浪头推着小舟越来越远，天地间忽然狂风大作，惊涛骇浪中人影忽隐忽现。

"不愿跟我走，"船头的陈微尘一直淡淡笑着，此时却带了一丝嗔怪的意思，"你好无情。"

叶九琊望着他，知道那并非实景，却不知那到底是自己心境动摇后遇到的迷障，还是外物诱出来的幻境。无论心中作何想，叶九琊始终在深渊边缘立定，没有向前一步。

"我要死了，你还不愿意与我同路，我好难过。"锦衣公子画扇轻收，说道。

他立在崖边，望着那人，道："为何要走？"

公子望着他，却没说话，像是被问住了。

他右手按住剑鞘，并非要出剑，而是心神不稳。

他问："你究竟是谁？"

公子仍未回答。

"要做什么？"

依旧无声。

"陈微尘，"他一字一句道，"为何骗我？"

那公子只是道："叶九琊，跟我走。"

叶九琊咳了一口血，轻闭了眼，再睁开，已经是一片空无。

他恍若未闻，一动不动，只是按鞘的手微颤。

公子转过身，衣袂浮荡，惹起一片红粉尘埃，纵身朝浊浪一跃，再无踪影。

——只最后看了他一眼，如怨如慕。

小舟转瞬支离破碎，一片白帆在浪头被高高抛起，片刻之后，被拉扯下了水面。

江河湖海重归宁静，宛若极北雪湖。

叶九琊的灵台亦重归平静，后退一步，眼前幻境潮水退散。

若要见无情，先见有情。

他先前略有动摇的境界重新稳固下来，似有所感地望向黄昏天际，望见自己无情道二重天至三重天的一道屏障。

只是先前所见之景，依然在心中盘旋不去，耳边枫林秋声，像是一场送别。

目力所及之处，尽是心魔身影，唯独他身边天地一片清静。

他忽然想，不知道自己的心魔现在是什么样子。

"叶兄，"陆岚山见他去而复返，自然也注意到修为变化，面上有淡淡笑意，"恭喜。"

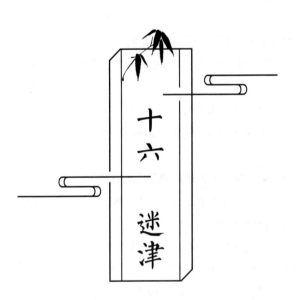

十六 迷津

“欲上天路，先开天门。”

心魔到了幻荡山周围，动作果然迟缓许多，但它们此时并不是漫无目的地游荡，而是缓缓聚集在另一边，黑压压堆积，像在酝酿些什么东西，使人发忧。清净观一位年长道人捋了捋胡须：“喀喀……在山脚下也未必能躲过这些魔物，还须上山，只是谁愿开天门，又有谁能开天门呢？这可是有去无回的一条路……”

幻荡山上通往浮天宫的这条通天路，一旦有人前往，便不能回头，若不能登顶成帝，便是殒身路上，或永世困于迷障中。而仙道绵延千年，殒身者众，登顶者寥寥无几。

若是有仙帝在，幻荡山上的道路则随他心意开闭；没有时，幻荡山则不可接近，若有人涉足，只能硬生生以己身修为开辟道路——是为通天路。仙道诸人便可借着这条道路躲避心魔。

陆红颜此时就在他身旁，回道：“自然有人来开。”

谢琅：“是叶剑主还是阑珊君？”

“阑珊君自然能为仙道牺牲，”陆红颜道，“但是叶九琊能够登顶。”

许多人都看向了她，有人出声问：“数月前我听说叶剑主与阑珊君有过一场论剑，二人修为相持，不分胜负。”

陆红颜遥遥望着云雾缭绕、不见真容的巍峨高山，面具下的眼睛里忽然出现一种偏执的灼热，声音却低了很多：“他不得不登顶。”

人群中忽然传来一阵笑声，灰袍女人越过诸人，来到陆红颜身边。

“骖龙君此言不差。”她道，“诸君，此时若离开幻荡山，便是为心魔所蚀，可若退入山中后，开天门的那个人死在途中，诸君也同样不能回去。”

进退两难，左支右绌，有人叹气出声。更有天演的掌门人万俟浮双目怒睁，胸脯剧烈起伏：“你！逆徒……你怎么会在这里？！”

"喀喀……师父息怒，"老瘸子无声无息出现在了他的身后，"师妹总是有办法的，她说能解决此事，一定能解决。"

"你也……"万俟浮差点喘不上气来。

诸人都十分迷惑，只有一些知晓当时天演两位弟子因为观念相悖、被逐出师门的旧事的人，能猜出这二人的身份。

可是眼下的困境，只要有人能够解决，又怎会有人在乎这一桩陈年往事？

"这样说来，我们岂不是不能入山了？"羽皇侯蹙眉问。

"有人能登顶为帝，大家便暂时安全无虞，"迟钧天环视诸人，道，"但还有一法，或许能彻底绝除后患。"

她手掌中浮现出一座太极刻像，那上面阴阳两鱼交缠，首尾相连，缓缓游动，并且缓缓变大。

"此物名为生生造化台，原是天演禁物，从不动用。"她道，"天道在上，我此时亦不能泄露天机。诸君若能护持一人登上幻荡山顶，我自有方法借天地动荡的契机有一番作为。"

万俟浮看着她手中的生生造化台，面容一刹那又苍老了许多："逆徒，到头来，你还是一意孤行要去做此等事情。"

"师父当年不是也有宏图大志？"

"你未曾触碰天意，自然不知它有何等威势。"

"师父退了，我却不退，打破天地桎梏就在此时。师父，你今日无论如何是不能阻挡了。"

万俟浮不再说话。

诸人听他们此番对话，也听不出什么来，只知道若有人能登幻荡山顶，这场浩劫便有化解的可能。

"仙道存亡，就在今日。"迟钧天道。

说话间，断后的阑珊君几人也来到了山脚下。

"先前叶兄说他来开天门，我还曾想，我与他修为相持，非要较个高下才好，"陆岚山脸上笑意淡淡，使人如沐春风，"不想他又有进境，在下甘拜下风了。"

叶九琊有进境，对仙道众人来说自然是好事，几位长辈纷纷赞许，说着"后生可畏"云云。由叶九琊来开天门之事再无异议，然而幻荡山上凶险重重，终究不可测知。

对面心魔聚集，蓄势待发。

"事不宜迟。"迟钧天看向叶九琊。

九琊剑鞘中长鸣，人们纷纷让开道路，叶九琊上前。云雾翻涌中，仿佛有一座巨大山门的影子，回荡着风声。

整座山弥漫着一种缥缈而阔远的意境，使人们放轻呼吸，安静下来，一时间只能听见老者的咳声。

陆红颜看向叶九琊，使她意外的是，她并未发现叶九琊情绪的波动。这人面上看不出什么异样的情绪，非常平静，大约是一直以来的修养所致——倒像是这一路走来，要复活那个人的执念，在仅余一步之遥时，反而牵不起心境的波澜了。

又或者是无情道的进境，连那一直以来的牵挂，也要渐渐消弭了。

她发现几乎所有人都在看叶九琊。

雪白的衣袂在风中轻轻拂动，飘然出尘。纵然在场的都不是凡人，也不得不承认，这才是真正不染点尘的仙家皓月——只有极北远离尘世的绵延雪山才能养出。

剑出鞘。

这样一个人，用的却是一把漆黑无光的长剑——但似乎也只有这样的剑，承得住那空无一物的无情道法。

叶九琊身形升起来，剑锋朝着那座天门遥遥一划。他的剑一向快而干脆，此时却缓慢，众人无法从他波澜不惊的神色中找到端倪，只好用剑招来推测他挥剑时面对着极大的压力。

终于云雾震颤，排山倒海一般，在众人面前分出一道入口。

踏进一步，便觉得身边景色倏忽变化，来时路变得云雾缭绕，不能回去，而前方同样充满无形阻力。这时，来时的方向又传来一阵震颤，一波未平，一波又起。

"是心魔。"叶九琊道。

"它们也能越过天门吗？"

"天道式微，天门没有完全关闭，能够进来。"

羽皇侯忧心地看了看门下年轻弟子："这可如何是好？"

"留人守在这里，其余随我向前。"叶九琊道。

"我来守。"空明身边环绕着金色佛印，意态从容。

又有几位仙侯与他一同留下，这样一来，即使心魔冲破天门，以他们的力量，也能阻挡许久。

凶险自然是凶险的，或许就要殒身此处了。

刑秋原本对幻荡山颇有一番好奇，一直饶有兴趣地四处打量，跟着叶九琊往前走了几步后，却频频往后望，最后眉头皱了皱："我也留下吧。"

他径自转了身，朝留下的人那里去了。

空明双手合十，向他行一礼："贫僧代仙道谢过陛下。"

魔帝陛下却径自去一边，坐在了一块宽阔山石上，看也不看他："我不跟和尚说话。"

其余人向前走，幻荡山之"幻"实在名副其实，景色几乎一步一变，但最引人注目的是，走过几步后远处忽然出现了一个人——一个倒在地上的人。

他的衣服是宽袍广袖，淡金的底、银白的纹，胸口被鲜血洇了一大片，还有微微的起伏，人还活着。

"为何这里会有人在？"有人问。

叶九琊、陆红颜与阚珊君本就走在前面，此时上前，来到了那人近前。

"是……"陆红颜睁大眼睛。

清清秀秀的一张脸，他们都认得。

——是温回的脸，那个总在陈微尘身边，为他跑前跑后，和他打打闹闹的小厮。

像是感知到了什么，那人缓缓睁开眼睛。

睁开眼后，他又不像温回了。

那是一双很空、很冷的眼，澄金色，不似活人。睁开许久，那眼里才有了一些神色回来。

"扶我起来。"他道。声音没有起伏，有种生涩的古怪。

陆红颜半跪下来，把他上半身扶起，要站起来时，却茫然地望了叶九琊一眼。

"我起不来。"她道。

"再等一会儿。"那人道。

他的目光停在了叶九琊身上，嘴角有一点笑意："我见过你。"

像是艰难回想的样子，他喘了几口气道："在雪山上，你那时候还很小。"

陆红颜心中掠过无数可能。出现在幻荡山，在雪山上，见过叶九琊——

她的声音中有一丝颤抖："你……你没死？焱——"

"不是，"叶九琊道，"他是天道。"

陆红颜再次睁大了眼睛。

天道——仙道中人一直视为至高无上的、迟钧天一心要去打破的、种种推测预言中那个已经式微的天道，以这种方式，用一张熟悉的脸，这样出现在他们面前？

那人虚弱地靠在陆红颜胸前，鲜血汩汩流出，不说话。

叶九琊伸手去看他的伤："为什么会受伤？"

那人依旧不说话，像是已经耗尽了全部的力气，连话也说不出来，任叶九琊拨开左胸处衣物，查看伤口。

叶九琊的动作忽然停住了。

一生与剑相伴，他自然熟悉。

用什么样的招式、什么样的力道、什么样的剑刃，能刺出什么样的伤口，没有人比他更清楚。

是折竹剑的剑锋，是陈微尘的招式。

潜龙渊水潮翻涌，一浪高过一浪，似乎下一刻就会吞没整座龙庭。

纵然有庄白函顶住绝大部分压力，小皇帝还是举步维艰。

他们走得越来越缓慢，那样令人恐惧的天地威压，使小皇帝终于崩溃哭泣出声，若不是因为自小的教养还尚存一丝，他几乎要号啕大哭起来。

他的祖上几代都是威名赫赫的将军，他却完全不像一个戎马世家的后人，使人不由得想，突然暴毙的先王、挑不起大梁的孩子，会不会也是气数将尽的一个预兆？

等到迈上龙庭的那一刻，威压陡然增大，湖水忽然变深了许多——那是一种明显的变化。等惊涛骇浪变本加厉，众人才发现，那不是湖水色彩变深，而是浮上来一只巨兽。

——龙庭，潜龙之渊，龙。

当那狰狞硕大的头颅伴着巨浪浮出水面时，早已失去神志的小皇帝尖叫一声，拼命挣开庄白函的手——他也不知哪里来这样大的力气。

他满脸泪水，神色惊慌，连滚带爬地离开龙庭，最后停在掉阖道上喘着气，险些掉下潜龙渊去。

他望向掉阖道尽头的群臣，却发现此时没有人看着他。

所有人的目光都在龙庭上。

黑金色的龙身彻底浮出，盘在龙庭上，却有许多引人注目的伤痕，有的甚至滴下血来。它体形庞大却虚幻，仿佛并不是实体，样子不像民间流传的图画那样威风凛凛，反而透着一股难言的恹恹虚弱。

一双澄金的眼与庄白函对视，并没有什么凶恶的意味。

庄白函朝小皇帝伸手："陛下，来。"

小皇帝犹疑着，然而——龙缓缓低下了头，伏在庄白函前方，书生的手没有如愿以偿地握住小皇帝的手，而是不得不抚上了龙头粗粝的皮肤。

那一刻，惊涛骇浪平静下来，天空中阴云散去。

所有人都知道这意味着什么，他们一齐下跪，山呼"陛下万岁"。

幻荡山上，那人终于缓过来了一些，他身上那种沉重的威势渐渐收起来，陆红颜得以动作，将他从地上搀起。

"去山顶，"他道，"他已经去了。"

"他是谁？"

"心魔道，"他说。他眉头蹙起来，像在回忆什么，语气仍然怪异，像一个初学说话的人，思考如何措辞才能表达自己的意思，"我借凡人躯体来此，没有……力气再帮你们，但是他也很虚弱。"

人间世的天道既然能以这样的形态出现，那么心魔世的道也就不足为奇了。

而心魔道到底在谁的身上，众人也都隐隐约约能够预料，更何况那人身上有折竹剑造成的剑伤。

叶九琊："他要做什么？"

"万物生灵智，因为有六道轮回，轮回在幻荡山，由生生造化台可开……"那人说得缓慢，也不甚清楚，"假如他拿到生生造化台……在山顶，就可以给所有心魔开灵智，把心魔世变成人间世，人间世变成心魔世。"

阑珊君问："我们上山顶，岂不是将生生造化台交到他的手中？"

"生生造化台也可以用来加固人间世与心魔世的屏障，让我想……"那人恢复得很快，不再是之前气息不稳、随时都会闭上眼睛死去的模样，"我只是一点意念，只能为你们指路，帮不了太多。"

纵然身体状况一直在好转，但他的目光仍然不像常人那样灵活，甚至让人想起那些刚刚修为有成、开启灵智不久的妖物的状态。

天行有常，天道非人。

等他能够正常行走，陆红颜便不再搀扶，而是退到侧后随侍。她的目光微微迷惘，似是透过这张清秀的侧脸，想起那个跑前跑后的小厮来。

谁料凡间一别后，他转眼变成整个仙道敬畏仰望的天道。

所有人都无法否认，因为那股深沉的气息纵然收起了许多，也不能完全消弭，方才陆红颜向他半跪下来之后甚至难以站起——骖龙君的修为在当今仙道，无论如何都不能说低了。

那种气息不带有和蔼或慈爱的味道，只是威严肃穆，像凡间书写刑罚的律典那样黑白分明。

"所以呢？"她看向叶九琊，"陈微尘到底是什么？"

她对陈微尘的身份一直抱有疑惑，但并未找出什么有价值的蛛丝马迹，而陈微尘与叶九琊的关系在旁人眼里也有些不明不白，她明明白白知道一定有什么东西，是只有这两个人彼此知道的。

有了天道走在前面，前路峰回路转，不再是之前迷雾重重的样子，也不需要叶九琊再做什么。他和陆红颜并肩走在侧翼，终于将一些始终不为人知的隐秘道出。

"他起初说自己是一介凡人。"叶九琊道。

"可他知道的那些东西，显然不是凡人能够知道的。"陆红颜原来的急性子此时不知为何竟收敛了些，语气甚至说得上心平气和，在与叶九琊交谈的同时也在梳理自己的思绪。

"后来，我以为是当初焱君魂飞魄散后，有魂魄入了他的魂，他并没有否认。

"我也曾经试探几次，什么都试探不出来。

"封禅之后，他化身心魔的时候被我看到，才明白他并非自人间。"

"从那以后他不怎么避讳自己的身份，我们也都知道，只是他从那以后就不怎么与我们接触了。"陆红颜回忆着，道，"自封禅那天以后，陈微尘昏过去，你带着他回了客栈，谢琅回了清净观……我那时候和阑珊君在一起，他在周围寻找心魔踪迹，再回客栈的时候，就只剩下小桃和温回在客栈里，没有魔帝，你和陈微尘也都不见了。"

"魔帝去了南海，微尘一直在指尘山上。"叶九琊淡淡道，"他带着重伤忽然失踪，我在各处寻他，没有找到。"

"我看到你们都失踪之后，给剑阁飞书，但郑师兄回信说你没有在那里，我那时想着你应当是和陈微尘在一起，便没有再找……原来竟然是你在寻他。"
她道，"东西都齐了，我正在想是去昆仑拜祭师父还是去剑阁借住一段时间，
阑珊君见我无处可去，邀请我去剑台修炼了一段时间，但他也一直在外，没有
回过门派。"

"阑珊君一直与我书信往来，曾说邀你去了剑台，也说那里易使人清心静
气，或许能改改你的心性。"叶九琊道，"两个月以后心魔祸起，我收到他传书，
才与你在指尘山脚下又见面。"

"原来你们两个交情不浅，在指尘寺的时候他那样阴阳怪气地说你的修为，
我还以为他……"陆红颜闷闷道，"我从那以后便没怎么搭理过阑珊君。"

"我与他平辈论交，有时会说一些剑法领悟，未见面时已经有几次书信往
来，"叶九琊似是沉吟了一会儿，最后道，"他有时也关照你。"

"我们还是说回陈微尘，"陆红颜道，"他已经很久没有与我说过话了，我
也不敢去问你。他是心魔，究竟是谁的？到底是不是焱君的心魔？"

"他亲口承认过，"叶九琊道，"只是现在连这一句是真是假也未可知。"

他们不约而同地沉默下来。

公子与他的小厮同年同月同日生，只是一个在正午，一个在子夜。温回既
然能够被天道寄身，那么与他命格相合相反的陈微尘又是什么？这人身上究竟
还有多少未曾出口的秘密？

陆红颜见叶九琊长久没有说话，转头看他，却见他目光望着连绵远山，便
问："你在想什么？"

"想他这次又会说出什么话来解释。"

叶九琊收回目光，看向陆红颜，温柔的夕晖漫过山头，使得她错觉那一贯
冷淡的眼神里有了稍纵即逝的温和。

通天路旁景色春夏秋冬流转变幻，昼夜轮回，诸人时而置身密林，时而陷
身荒漠。

"佛门言'三千世界'，料想便与此类似吧。"清净观的长老抚着胡须这样
说，他身边另一位长老则是赞叹："实在妙不可言。"

正说着，却见前面停下脚步来。

前方已然没有道路，而是被一片雾海笼罩，路的尽头有一方碑刻，上书古
字"幻"。

"我只能帮你们走到这里。"那人道。

"万丈迷津，"陆红颜道，"咱们进去吧。"

叶九琊应了一声，又看向仙道诸人，让大部分年轻弟子与境界尚不够的人就留在这里，其余寥寥几人如郑师兄、阑珊君、空山大师进入雾海——自然也少不了天演中人。

这片雾海"万丈迷津"在仙道有记载，是一道万重幻境，玄妙自不必言。之前走过的道路靠的是修为，修为不够，便力竭而死，这里则要考验心性，若是走不出幻境，只好永世陷于其中。

温回的背影消失在雾海中，率先走进。

叶九琊与阑珊君又简单交谈几句，约定好若是先醒来，则进入对方幻境将其唤醒，再去救其余人。

然后便没有了别的事情要交代，各自走了进去。

在叶九琊面前铺开的是剑阁九百道长阶。

他眼前一阵恍惚后，拾级而上。周边景色影影绰绰，如雾里看花。山势险峻，剑阁景物依然如旧，十几年来除去人事更替，不曾有一点变化。

阶上走来了一行人，为首的老者白发白袍，面容清癯，见他来，笑道："徒儿，你回来了。"

郑师兄就站在老阁主身侧，对他招呼："叶师弟。"旁边还有两男一女，纷纷喊"师弟""叶师弟"。

师徒几人回身朝剑阁山门走去。其中的女子走到叶九琊身旁，眉眼灵动，颊带笑窝："师弟，你在幻境历练的这一年，我们整日练剑，巡查天河，可要无聊死了，好不容易盼你回来，快陪我去切磋。"

老阁主抚着胡须，语气略带责备："莲心，你太不懂事，天池幻境劳累心神，且让琊儿先休息。"

旁边的一位师兄调和道："师妹向来性子跳脱，又喜欢叶师弟得很，师父莫要责备。"

师妹挽住了他的手臂，笑得极开心："还是飞白师兄疼我。"

阶上的脚印很快便被新雪覆盖，留下一些浅浅的痕迹。一行人缓缓前行，在冰天雪地中逸散一些平和逸乐的气息。

显然，在此处，天河之役未曾发生，剑阁门人俱全，整个师门就像所有和睦的门派一样，前去迎历练一番归来的师弟。

师兄师姐自然要关切问道："师弟，此去有进境没有？"

不等回答，师父便笑道："依我看，修为又精进不少，可见从未懈怠修炼，心境也有所增长，必定是勘破了一二心障。"

又是一片真心道贺。

走进山门，又是一袭红衣映入眼帘，陆红颜提着重剑碎昆仑，戴着半边金色面具走过来："叶师兄。"

莲心上去与她亲热："小师妹，你不是跟着离阳剑君在昆仑学艺吗，什么时候回来了？"

陆红颜道："师父前日仙去了，我以后在剑阁长住。"

几人彼此问候一番，安顿下来，半日才散去。

陆红颜道："焱君八月的时候飞书给我，说在剑阁未曾见你，我回他说你去了山下，今天会回来，不知他今日来是不来。"

前路碧松掩映，雪雾弥漫，拨云见日后，只见一人正在石桌前，往杯中斟满酒，语气淡淡："自然是来。"

此人黑衣墨发，容色俊美，纵然在极简素的石桌与青松前持杯斟酒，亦不能减去分毫冷漠雍华的气度。

叶九琊向前的动作有一瞬的犹豫，仿佛近乡情更怯。

陆红颜先上前，端起一盏来一口饮尽，抱臂看着他。

他淡淡道："进境不小。"

"——还要多谢帝君，"陆红颜的声音里还带了些任性又不敢过于任性的嗔怪，尾音拖长，难得有一分少女的娇俏，"您当初没有把我扔下，而是带我来了剑阁，这才有了今天。"

帝君浅浅啜饮罢，道："你根骨适宜用剑。"

"我却不记得你有这般好心，"姑娘牙尖嘴利地反驳了回去，"你那时不论我怎样缠着，都不肯带我的。"

帝君并未立刻答话，而是将目光移向叶九琊："修为如何？"

叶九琊答："尚可。"

三人在一桌旁坐了，偶尔说几句话，无外乎天河屏障如何坚固，仙道安宁，哪里的门派又出了可期待的天才之类。叶九琊逐渐勾勒出此处形势的轮廓：天河之役未曾发生；仙、魔两界各不相扰；帝君安然在世；叶九琊回剑阁，不过一次幻境历练的结束。

陆红颜一路从西境昆仑来，陪他们坐了有一阵子，渐渐生了乏意，离开去歇息。

"深悟幻境，独与道游。"帝君添酒，"此境历练，都遇到了什么？"

叶九琊直视他的眼睛，仿佛要在那双墨黑的眼瞳里寻到些来自这座幻境的破绽，口中仍以平常语气道："遇见一人。"

"独说一人，想来是一桩业障。"帝君似乎笑了一下，"诸多幻境中，这个最难勘破。"

叶九琊忽然想起先前在扶摇台上遇到的迷障中，自己拒绝与陈微尘同去，而他投海的场景。往事桩桩浮现，终究使人怅然若失，他道："不曾看真切。"

帝君道："我早年也曾以幻境砺心，你既然出来，想必已经破除此障。"

此话一出，形势顿时扑朔迷离，说是幻荡山上"万丈迷津"中有万重幻境，又怎样能确定自己是从幻境外来，而非从上一重幻境来到这一重，抑或是现在身处真实，而记忆中的过往才是幻境？

但叶九琊仍然面色不改，将谈话进行下去："我看得不甚分明，也不知是否真正破除。"

帝君淡淡道："我早年入过一次幻境，生为凡世中一公子，红尘游荡二十年，到如今仍未领会境中深意。"

他说这话时，语气随意，只如同寻常闲谈，却使叶九琊心神微动摇。叶九琊一时间觉得前尘种种飞掠而来，如同凡间春日杨花扑面，使人为之目眩，竟分不清所处之地究竟是真是幻。

他问："那时你怎样脱出？"

"我十九岁入道，长于俗世，却不眷红尘。恩怨种种似雪泥鸿爪，不起波澜。"帝君道，"只如走马观花，经历过便罢了。"

帝君又道："想来你此次幻境大约与我一样。"

叶九琊却未答。

回去路上，天地间除去落雪声一无所有，翠松玄石相映成趣，一派安宁，仿佛所有危机都已经结束——直到这毫无破绽的平静被洁白雪地上突然出现的一片轻粉打破。

一片桃花瓣。

在这座幻境中，他平生所遇之人一一出现，到如今，还差一个。他向那片桃花瓣周围望去，果然看见往南的方向又散落几片，像是有意为之，要将人往那个方向引去。

循着踪迹往前，渐渐不再有雪飘落，积雪也越来越少，直到最后转一个弯，山路两旁皆盛开桃花，最后又是一转，进了一片春意盎然的山谷，里面筑着一座精巧别致的庭院。

小桃手里提一只竹篮，正在采花，随后又蹦蹦跳跳到屋子的窗前："公子，今年桃花开得好哪。"

"今年春暖，"声音自窗子里传出，带着微微的笑意，"阿桃，回来吃点心。"

"等我摘满！"她道。

叶九琊穿过横斜的桃枝走到门前，将它轻轻推开。

"这是今年的松子百合酥，快来吃。"桌案前的锦衣公子以为是小桃进来，边说话，边抬眼向这边望来。

他的动作忽然停住，一双眼里泛起某种柔软的喜悦来："你……你来啦。"

他似乎想再说点什么，却转眼看见从门外也走到叶九琊身旁的帝君。

那喜悦的神情淡下去，他轻轻垂下眼，像是被伤了心。

"你是……"锦衣公子重抬起头来，望着叶九琊，收了手里的画扇，笑意盈盈道，"你是叶九琊，我猜得可对？"

"是。"叶九琊答了他，心想，原来在这里，陈微尘与他是不认得的，只是不知为何也在雪山里。

"那这位呢？"陈微尘问。

"在下陈焱，"帝君淡淡道，随后又看向叶九琊："我事已了，暂且别过。"

那华美黑袍的身影消失在桃花掩映间。门刚合上，小桃又进来了。

"阿桃快看，这便是我常和你说的叶剑主了。"陈微尘把她拉到叶九琊面前。小桃"呀"了一声道："公子，你还真把人等来了！"

叶九琊听出了些什么，重复一字："等？"

"仙君，您不知道，我家公子呀，就是为了找您，才到这雪山里来的。"小桃道。

陈微尘似乎不想让她多说，略带责备地道一声："阿桃。"

小桃吐了吐舌头："怎的还不让人说了？"

她不说，叶九琊却要问，一双雪潭样的眼看着含笑的陈微尘："我与公子是否曾相识？"

"仙君自然是不识我的。"那公子眼珠俏皮地转了转，便不再多说了。

"方才我与他进来时，你神色有异。"叶九琊看着陈微尘那双清透明澈、带着些狡黠笑意的眼瞳，内心浮现一丝看不到、抓不着的焦躁，或是知道自己语气过于平铺直叙，又加了一声，"嗯？"

"不瞒仙君，我因仰慕你的风采，千里迢迢从南面来到北国，想着总有一天能见到。"陈微尘乖乖道。

叶九琊："你见过我？"

"我怎么能见到仙君。只是从小便听说书先生提起，心中倾慕，"他把玩着锦扇，又看向叶九琊，"想着有一天能见到仙君一面，便是圆满了。"

叶九琊与他对坐，闻言淡淡道："为何倾慕？"

陈微尘笑得眉眼弯弯，桃花点水一样温柔："先生说，传言叶九琊负绝世武功，有无双姿容，世间无数痴男怨女，一见之下，为之心折，只是他一身无情道修为，心如霜雪，不沾半点红尘。我便一直想，你该是什么样子——现在一见，世上真有这样好的人。"他的笑意却又淡了下去，声音也低落了许多，道，"只是方才你与那人一同来此，我便想，你这样的人物，自然也要那同样风华无双的仙君才配得上同道而行，我这样的凡胎肉体，想望你一眼，就已经是痴心妄想了。"

叶九琊不知要如何回应，只道："不必妄自菲薄。"

"叶君，你既然来了，不如多留几天吧？"公子略歪了歪头，问他。

见叶九琊不答，他又带着些软软的哀求道："我有好多话想和叶君说，如果你无其他事务，就留下来吧。"

——便应了。陈微尘的眼睛立时亮了起来，如同海上生明月。

既留住了人，他便拿出百般撒娇耍赖的本领，加之叶九琊似有似无的纵容，不过半日，便没了初认识的生疏。

"我娘常说，亏得我托生成了第二子，不用继承家业，不然这样的性子，哪比得上我大哥稳重可靠的零头。"

叶九琊往陈微尘面前的杯子里续了茶水，也不打断他，只静静坐着，听他叽叽咕咕要把全部生平都一股脑儿地倒出来。

"我想也是，不然哪有机会跑出来，见到叶君呢。"

——只是这生平说着说着，总是要拐到他身上来。

说累了便寻些琴棋书画的消遣，陈公子学业不精，诗赋不好，偏学了许多旁门左道，因而也并不无聊。

最后终于移到叶九琊身上来——陈微尘摇着锦扇，颇好奇地眨了眨眼睛："叶君，我听说书的周先生说，你曾以一己之力破开剑阁'璇玑'大阵，确有此事吗？"

"有。"

"周先生还说，你曾挡下数千雪妖，护佑北地百姓，也是真的吗？"

"是与两位师兄一起。"

"那也没差。"陈微尘脸上有显而易见的高兴，对着叶九琊的脸左瞧右瞧，"这样看来，那许多故事，也都一应是真的了！"

叶九琊与他对视，问："是真的又如何？"

"其实也不如何，"陈微尘凑近，笑道，"只是你就像刚从那话本上走出来一样，越发挑不出一点儿坏处了。"

此时已然薄暮，用过晚饭后没多久，他面上便笼上淡淡的倦意来。

叶九琊看着他双眼欲合未合的光景，目光柔和几分，道："去休息吧。"

房中侍女也不再悄无声息地站着，转进里间，有条不紊地燃香、铺床、暖被，看来是到了他平日歇息的时辰了。

这困意却甚是凶悍，陈微尘支着脑袋，几乎要睡倒在桌案上。侍女们见轻声细语的喊声并没有任何成效，纷纷望向了叶九琊。

——终是叶九琊把人扶进了里间。

陈微尘只拉着他不放，其余人却碰不得，只好由他去解下这人绣银的发带，脱去外袍与中衣——却是颇为熟练。

小桃掩嘴微微笑了一声："叶仙君原来也会照顾人的。"

陈微尘似乎是睡沉了，叶九琊看着他安心入睡的容颜，耳边回荡着方才小桃那句话，便想——是什么时候学会了？

知道这精致娇贵的公子，非要一切收拾妥当才肯好好睡着，也知道这人怕冷，须压好被角，甚至知道他非要抱着什么，没什么可抱，就要拿一只软枕。

自家的公子死死拽着人不放，小桃也只好道："叶仙君，夜已深了，您不如留宿一晚？"

便应了。

暖热的呼吸轻轻拂着，借着床头一支红烛，恰能将一切看得分明。叶九琊的手指无意识抚上那一头乌黑发丝，想着踏入幻境后遇到的一切。

战祸未生，帝君未死，十分圆满。可若说这幻境映照的是自己内心希望看到的一切，陈微尘出现在这里，又是因为什么呢？

——是在昭示，他对陈微尘的期待，便是这样……让陈微尘确确实实是一个与帝君毫无关联的凡间公子，然后，再与自己相遇相识吗？

陈微尘睡梦中轻轻舔了舔下唇，使得那柔软的唇再添几分润泽。

叶九琊的目光长久停留在陈微尘身上。

这样与仙道并无关联的、毫无烦忧的陈微尘——并且仍然……仍然记得自己的陈微尘，与完好的师门、尚在的帝君一起，出现在这一场幻境之中。

叶九琊一时怔然，不知是为这事实感到讶异，还是因为看到自己此时竟是这样自私——若陈微尘果真成了茫茫红尘中无烦无忧的风雅公子，是应当连叶九琊这人一并彻底忘却，才算得上彻底远离一切苦楚。

香气袅袅浮绕房中，烛火摇曳，身边人呼吸平稳，万籁俱寂。叶九琊原本静静看着陈微尘的睡颜——虚空之中却忽然传来一道声音。

那声音质地十分奇异，与今日温回的嗓音肖似，又像是无数人的声音汇聚而成，道："叶九琊。"

叶九琊微蹙眉，看向窗外。明月高悬，像一只下视的眼睛。

"此乃万丈迷津，助你勘破世间万缘。"

而他心中所想，也变作声音，明明白白响在虚空中："为何助我？"

"危乱之际，仙道不可无帝君。"

叶九琊目光渐渐冷下来。声音的主人必是天道无疑，而他也终于能够问出一个萦绕在心头许久的、无人可以解答的问题："仙道帝君，究竟要做何事？"

凡间不能久无人皇，仙道却可以没有帝君。各门各派相安无事，一应事务都不必由一人来裁决，却又有幻荡山这样一处存在，登上便被奉为仙帝——越过通天路重重险阻，实则只得了一个称号。

二十年前幻荡山顶，万道天雷齐下，使那人灰飞烟灭，却无人知道真正的原因。他知道了什么，又在对抗什么，究竟为何而死——或许迟钧天知晓一些，可也不会透露半字。

声音道："自然是关系世间存亡之事，心魔与人间，诸多奥妙。待你登上山顶，自然明白。"

"既是考验，不应相助。"

那声音笑了一下。"如今境况不同，时不我待，若等你如同之前历任帝君一般，在此处慢慢看破种种尘缘，世间早已天翻地覆。"停顿许久，那声音又说，"何况久则生变。世人说天意难违，却不尽然。你天生仙骨，少年时我用真意入你心神，欲助你一臂之力，不也能被人打乱吗？"

声音说至中途，渐渐不稳，随后戛然而止，再也没了任何动静。

叶九琊眼中是思索之色，许久，眼中冷冷神情退去些许，微蹙的长眉却并未展开。他修长好看的手指在细绸的被面上轻轻画下笔画。

——温、回。

这细微的动作却使原本熟睡的陈微尘不安地动了动，他睁开略带茫然的眼睛来。

"叶君，你还没睡吗？是不是因为不习惯有人在身边？"他眼里还带着浓浓的倦意，眼看要伸手用力揉眼睛，而叶九琊按住了他的手腕。

"并无不习惯，"他道，"只是不曾这样早睡。"

"那就好，"陈微尘眼里泛上淡淡的笑意，随后又变成小心翼翼的请求，"那我……可以离叶君近些吗？"

叶九琊并没有明言答应，而是稍侧过身，与他靠得更近。

陈微尘眼里笑意顿时深了十分，顺势挨挨蹭蹭过来，而叶九琊的手有一下没一下地抚着他散开的乌发。

"叶君，"他道，"你待我真好。"

闻言，叶九琊手上的动作停了一瞬——但那片刻的停止很快便被掩饰了过去。

叶九琊问："有谁待你不好吗？"

陈微尘沉默了许久，最终闷闷道："没有。"

窗棂上响起细小的沙沙声，伴着风声，是雪粒敲在窗上的声音，格外使人感到安宁——只是细想，为何雪山中会出现一座四季如春的桃花谷，而温暖的山谷又会下雪，实在称得上奇异。

陈微尘这次倒没有很快睡着，反而清醒了一些，开始有一搭没一搭地说起话来。

"叶君，你在雪山上都做些什么？"

叶九琊回答："晨起练剑，之后读剑谱，与人切磋，夜晚观冥。"

"每天都这样吗？"

"嗯。"

"我听说道家讲究道法自然，有三清；佛门讲慈悲，有佛祖、菩萨。叶君，你们剑修呢？"

叶九琊道："修心，有剑冢。"

陈微尘叹了口气："别人修仙，最后要长生不老；你们修仙，最后却是彻底成了一把冷冰冰的东西。"

陈微尘看着他，接着问："你这些年一个人，冷清吗？"

叶九琊淡淡道："还好。"

晚香浮在帐中，平白添几分欲说还休。话本中常有这样的场景，古寺，或者是什么偏僻荒废的院落，路过的书生借宿一晚，偶遇一只狐妖或花妖。妖魅总是容颜美丽、温柔解意，在耳边吐着气，柔声说："这位郎君，你孤身一人，冷不冷清？"

等那过路的书生被迷惑，妖魅再露出獠牙来，有的喜欢食人血肉，有的喜欢嚼碎骨头，有的喜欢吸人精魂，即便有真心相爱的，总要出一个道士来棒打鸳鸯，最后双双殉情，总之是要不得好死。

叶九琊也不知那隐约的危险感到底从何而来，只知道不宜再这样下去，他伸手捉住陈微尘的手腕，想要拿开——却不料这一动作使氛围更显融洽。

陈微尘唇角翘了翘，他笑的时候眼睛微微眯起来，里面一泓潋滟的秋水，笑意过后，秋水波澜平静下来，澄净里带着些悠长的温情。

这人一身的风流，怕是有七分都在这双眼里。坊市里行走的时候，若是有哪家的女儿推开小楼的绣窗，恰对上这样的眼神，必定红了两颊，垂眼匆匆合上窗，再回头向闺中密友悄悄打听是谁家的公子。

公子此时笑吟吟地问："叶君，你为何一直看我？"

叶九琊看他强忍睡意的样子，揉了揉他的头发："睡吧。"

陈微尘"嗯"了一声，正要闭上眼睛，昏暗的房间忽然亮了亮，山谷却忽然传来巨大的闷雷轰隆声响，随后是某种隐约的滚落声。

——然后是外间传来侍女的尖叫。

"公子！"小桃撞开房门，"不好了！山崩了！"

叶九琊以剑气击开窗户，果然看见夜空中灰云翻腾，周遭山峰剧烈震颤，大大小小的石头滚落在雪地上，发出沉闷的声响，随后猛地抖了一下，山头全部压向这座原本就不应该存在的世外桃源。

与此同时，守在幻荡山天门的人也都有所察觉，纷纷转头望向雾气弥漫、隐隐传来轰鸣的山路。

下一刻，更大的震颤到来了——这次的震颤来自天门。

虚空的屏障出现连绵不断的涟漪，丝丝缕缕黑气已经渗入。

空明与余下的指尘弟子在面前空地设下层层佛门阵法，能认出的有鼎鼎大名的"慈航""慈悲""度厄"几个，不认识的那些，更是玄奥精深、气息庄严，连一直笼罩前路的迷雾都在庄正佛光下淡去不少。

空明着一身雪白僧袍，半披金红莲衣，身边环绕朵朵佛莲，脚下是繁复的阵法，若那阵法是寻常颜色，必定光芒夺目，然而这阵法内蕴佛门正统，只是呈现淡淡辉光，越发衬得中央的空明眉目沉静，不沾半分凡世尘埃。

刑秋在一旁看着，阵法将成之时，有个小沙弥跑过来，对他行了个礼："这位施主，空明师兄说，你修魔道，不能待在阵法里，还请离远些。"

刑秋看了空明一眼，转身走到了天门正下方。

过了一会儿，小沙弥又过来，说："这位施主，师兄说天门乍被破时，阵法足以应付，您不必离得这样近。"

刑秋瞪了空明一眼，不轻不重地"哼"了一声，拂袖往后方走去。

小沙弥却也跟了上来，盘坐在一块石头上，精神奕奕地看着阵法。

刑秋问："不回去？"

小沙弥尚且天真纯稚，没有那些和尚青灯古佛多年落下的寡言少语的毛病，道："贫僧已经帮不上忙了，不如在这里看着，正好参悟佛法。"

刑秋嗤笑一声，在小沙弥光亮的脑袋上拍了一下："佛法不精深，小小年纪，'贫僧'倒是说得顺口。"

魔帝陛下论起那带着几分妖郁的长相来，自是不输这世间的妖精们的，他一笑，小沙弥哪里见过这样的排场——目光飘忽了几下，默念几句"色不异空，空不异色"，才道："寺里的师叔师兄都是这样自称的。"

刑秋又道："天门一破，咱们这些人九成是要活不了了，你还有心情参悟佛法？"

小沙弥道："佛祖舍身饲虎、割肉喂鹰，尚且面不改色，如今众生临劫，我们这些弟子又怎能惧怕？"

刑秋看那一本正经的样子，偏要捉弄他："人死灯灭，现在离心魔进来，我看也用不了多久，这就要一命呜呼了，纵使参透太多佛法，你说又有什么用？"

小沙弥捻了捻念珠，回答："施主，话不能这样说，眼前迷障只在一念之间，说不定下一刻，我便要立地成佛了呢。"

刑秋笑了起来，从背后搂住小沙弥的肩膀："小和尚，出家人不打诳语，你可记住了。"

小沙弥被魔帝圈着，全身僵硬："贫僧并不是说能够立地成佛……"

刑秋笑了笑，拍了拍小沙弥的肩膀："叫你师兄过来，我有正经事要和他说。"

小沙弥被放开，急匆匆地走了。过了一会儿，空明布完阵法，来到他身边。

"你有何事？"空明问。

刑秋展开手掌，手指修长，指尖剔透，忽地泛出一丝黑气来，黑气迅速蔓延，直到将半个手臂都环绕住。

"你该记得我的那个心魔。我这些天一直想着怎样找到它。"刑秋道，"原本没有什么起色，后来——我想，心魔既然是由心而生，那便追忆往事，去找心魔产生的根由。那样之后，果然能隐约看到一些。

"星罗渊是人间世与心魔世的一个交界，两世交融而并无冲突，生出了那些雾气，凝成九幽天泉。我被泉水淬体，故而与心魔世中自己的心魔有了联系，它附在我身上时，我也不会像其他人那样失去神志而死。"

空明听出了他话中的意味，问："你是想说，人与心魔并非不可以共存？"

"是，"刑秋道，"只是究竟如何共存，我却不知。九幽天泉所在之处乃气运殊异之地，想必是缘故之一。"

空明思索片刻，道："确实如此。"

话音落下，虚空的大门轰然震颤，心魔撞破屏障，潮水一般涌来。

与此同时，幻境之中，闪电撕开天幕，狂风骤雪席卷天地，雪潮与断山转瞬之间淹没了此处。

叶九琊抱着陈微尘飞身而起，堪堪避过。

陈微尘望着下面被夷为平地的山谷，将目光茫然地转向叶九琊："叶君，我们要往哪儿去？"

"剑阁。"

他回身往剑阁方向御气飞去，发现此刻剑阁也是一片混乱。

老阁主见到他来，也顾不得还多带来了一个人，匆匆道："气息有异，快去查看天河屏障！"

话音还未落，就有弟子从山下跑上来，面色焦急道："阁主，有许多魔物从天河对岸过来了！"

远方天际呈现一种诡秘的红紫，无数散发浊气的黑色魔物飞掠而来，似乎全部由黑色雾气凝成。修仙之人目力甚好，能看见黑气中央都有一张狰狞人脸，正在嘶声喊叫。

"这……"一位师兄道，"这分明和记载不符！典籍中说魔修亦是从凡人中脱胎，可这、这……"

"不管这是何物，都危及我仙道与人间，"老阁主眉头紧锁，"莲心，你去传信给各个门派，其余人随我死守天河。"

天河之役就这样突兀开始，而敌人变成了数以万计的心魔，惨烈程度更甚当年。战场上没有兵刃碰撞声，只有心魔的嘶哑声与失去神志的弟子濒临崩溃的惨呼声，即使在远处的剑阁山巅也隐约可闻。

而陈微尘就住在叶九琊在剑阁的居处，他自然是上不了战场，也上不得战场的，每天只是在房里或玩或睡，做些弹琴、画画的事情。叶九琊每隔三五天会从天河回来一次，在山上待几个时辰，一是须调息心神，二是要安排事务，这时他就会回来看陈微尘。

每当叶九琊回来，陈微尘便放下手中的琴棋书画，和他一起待着。某次叶九琊回来，发上沾了点点落雪，陈微尘伸手拂去后，不小心抚触了叶九琊的额角，一触即分过后，彼此对视，竟都怔了怔。

山上也常见帝君的身影，且总是与陈微尘一同出现。不止一次，叶九琊回来的时候，看见两人正在树下对坐，你一子我一子地下棋。陈微尘看见叶九琊进来，这就要放下棋子迎上去，却在被帝君冷冷淡淡看一眼过后，扁一扁嘴，接着不情不愿地看回棋盘。

气氛融洽又诡异，并且帝君毫无参战的意思，只在变故初生时，对叶九琊说过一句话："此役成败，原本便该在你，不在我。"

叶九琊当时并不知道此话何意，直至这一天，老阁主重伤。

老阁主终于不敌，为心魔所伤，在最后关头神志竟然清醒过来，右手抖抖索索，握住叶九琊的手，目光清明："徒儿……"

叶九琊回握住他的手："师父。"

老阁主咳出一口血来，断断续续道："徒儿……为师看出，无情道……无情道三重境界，便是……它们的……克星，你从来……心性最好，只要将那情思、执念，统统抛下，三重境界……又有何难……徒儿，你……究竟有何尘心未净？"

风雪呼啸，老阁主的躯体逐渐僵硬，叶九琊握住他手掌的手亦一同变冷，冰凉的寒气从指尖蔓延，天际显现殷红色，似是终于露出一角的、这幻境的险恶用心。

"徒儿不孝。"他听见自己的声音在风雪声中响起。

"确有尘心未净。"

沉默良久，叶九琊又道："谢师父指点。"

叶九琊此次归来的时候，正遇见陆红颜抱了一捧药草进门。

这药草长在冰原，极为珍贵，采摘也不易。剑阁中的弟子入门时都淬过体，既不生病，又近乎百毒不侵，很少采药，只每年清净观来求取几株为炼丹之用。

陆红颜拿目光指了指房中："风寒。"

进去之后，房中点着几个火盆，看似寻常，却并不是普通火焰，把整间房烧得极暖。而陈微尘散着头发，裹了一张雪白的百年雪狐皮，正跟帝君僵持不下。

"我不喝，你灌我我也不会喝的。"大概是风寒的缘故，他声音里带着鼻音，比平时又软了不少，然而语气十分坚决。

帝君面无表情地把盛药的玉碗朝他面前送去。

陈微尘连连后退，到最后几乎要缩到床角，一边抵死不喝，一边求助似的望向叶九琊。

帝君见确实喂不进去，恰逢叶九琊已经回来，淡淡道："那让他喂你。"

"那也不行，"陈微尘道，"你这是人喝的东西吗？！"

"莫说是凡人，即使仙道的君侯，也求之不得，"帝君微微蹙眉，表情难得有了一丝丝变化，"你竟然不愿喝？"

陆红颜看见帝君如此情形，笑出了声，对陈微尘道："虽说帝君使灵草药性全数激发，是比寻常的药要苦许多。可这药是用了冰原上十几味稀世灵草，由我仙道的帝君用真火给你炼成的，要是说出去，只是为了给你区区治个风寒，仙道中人恐怕都要被气死了。"

"杀鸡……杀鸡焉用牛刀，"陈微尘对帝君道，"您都能纡尊降贵给我熬药了，难道还不能下山找大夫给我抓服药吗？"

帝君："无理取闹。"

陈微尘见此法不奏效，哼哼唧唧地看向叶九琊："叶君，他欺负我。"

帝君也看向叶九琊："你来喂。"

陈微尘绝望地瘫在床上装死。

叶九琊的手臂从他肩下穿过，稍一使力便把人抬了起来，陈微尘顺势滚过去，试图博取一点同情："不想喝。"

帝君把还冒着热气的玉碗递到了叶九琊手里。此时陈微尘被叶九琊圈住，堪称任人宰割，只能眼睁睁地看着他一只手拿碗，另一只手拿勺子，舀出了一勺既黑且浓的汤药来。

一旁的帝君面无表情，而陆红颜抱臂站着，挑了挑眉，一派幸灾乐祸。

汤药在白玉勺里微微晃动，稍稍散去热气，却没有先喂给陈微尘，而是送到了叶九琊自己的唇边。

"真的很苦，你别试——"陈微尘连忙阻止，但是没有奏效。

叶九琊缓缓咽下一口药汁，表情没有什么变化，只是眼中神色总让人无端觉出一种不安的异样来。

陈微尘收起了半是装模作样的不情不愿的表情，微微睁大了眼，问："叶君，你今天怎么了？"

勺子放回碗内，碰到碗壁，轻轻叮当作响。陈微尘没有得到回答，小心翼翼地再问："你今天不高兴吗？是不是天河那边……"

叶九琊淡淡道："无事。"

陈微尘垂下眼，不再说话，从叶九琊手里接过碗来，送到唇边，闭上眼，一口一口地咽了。

陆红颜"嘁"了一声："帝君哄了那么久都不见你再喝第二口，怎么他一来就听话了？"

帝君道："走吧。"随即转身向房门走去，陆红颜跟上。只是到了门边时，帝君忽然回头。

恰巧此时叶九琊抬头望向门外，两人视线相对，目光中有说不清的千百种复杂意味，让陆红颜万分不解，她嘀咕了一声："一个两个的，各有各的古怪。"

房中只剩两人，沉默良久，陈微尘闷闷道："叶君，你到底怎么了？"

片刻之后，见叶九琊不回答，他又径自说下去："既然天河没事，叶君是厌烦我了吗？我也知道，赖在叶君身边，本来便是不对，现在天河危险，又会妨碍你……我明天就——"

话未说完，叶九琊原本按着他肩膀的右手覆上了他的嘴唇，使他无法再出声说话。陈微尘也无法回头看身后的叶九琊，只能茫然望着前方，眼中神色几经变化，最后变成一种空洞深浓的悲伤。

叶九琊亦不说话，另一只手环在陈微尘胸前，并且越发收紧，使他呼吸微微困难。而那原本掩住陈微尘嘴唇的手，也缓缓下移，来到了脖颈处，指尖冰凉，使得这原本亲昵的动作带上了森冷无情的意味。

指尖停在柔软脆弱的脖颈一侧微微跳动着的一处，稍稍使力，那跳动益发明显。

他的声音响在陈微尘耳边，仍是那冰雪的质地，好听而触不可及："师父说我不能平息祸事，是因尘心未净。"

陈微尘说话已经有些困难，故而断断续续："……是哪里……起的尘心？"

他清晰地听到自己的心跳声，伴着叶九琊的一声"你"。

他笑了起来，眉眼微弯："原来叶君在意我吗？"

"在意。"

陈微尘喘了几口气，闭上眼，道："……真好。"

他伸手摸索了一会儿，解下叶九琊所佩的九琊剑来，交到叶九琊手上："我若是……被你勒死，死相未免过于难看。"

叶九琊"嗯"了一声，松开扼住他脖颈的手，从剑鞘中拔出通体漆黑的九琊剑来。陈微尘得以活动，默默解开披着的雪狐皮。

锋利的剑尖刺破衣物，斜抵着他心口，一寸一寸递入。陈微尘缓缓垂下头，发丝自肩前滑落，呼吸渐渐微弱。

叶九琊伏在他肩上，闭上眼，前尘往事，浮上心头。

在下一刻——他忽然手上使力，薄刃穿透陈微尘的身体，刺进自己的胸膛。

冰凉的剑锋滑进温热的血肉，寒意几近刺骨，前尘往事尚未清晰展现故人的音容笑貌，便迅速消弭无踪，剩下一片黑寂。

烛火跳了几跳，在墙上留下交叠的影子，那影子先是一动不动，继而渐渐消解，最后烟消云散，连同房中一切摆设，乃至整座房屋。

叶九琊再睁开眼时，天地间落着小雪。

身着华美黑袍的男人在松树下朝他遥遥一举杯。

他走上前去，那人打量他片刻，嘴角勾出一丝笑意："我方才还在想，你是否已经到三重天了。"

叶九琊并没有与他谈论这个话题，而是道："你是谁？"

帝君道："既然知道此处是幻境，又何必追根究底。"

叶九琊："你非幻境。"

帝君淡淡一笑："从何看出？"

"若此处全是我心中所想凝成的幻境，你既不该在天河之役避而不出，也不该与陈微尘如此亲密。"

"不必深究，"帝君从石桌前起身，黑袍曳地，却不曾在雪地上留下一丝痕迹，"我带你出去。"

路途往前，白茫茫一片，空无一物。也不知道走了多久，身旁的帝君身影渐渐消失，而叶九琊迈出一步，脚下道路变为玉石质地，一道长阶向高处铺开，通往云雾环绕的琉璃群殿。

幻荡山上浮天宫。

他往回看，只见茫茫雾海。万丈迷津之中，世间百态光影浮动，悲欢喜乐轮回交替——只是已掀不起心中一丝波澜。

同来之人已经不知所终，亦无法寻觅，他收回目光，一步步走向幻荡山巅。

在他走出很久之后，雾海中又涉出一人来，一身红衣，手持重剑。

陆红颜环视四周，困惑地自言自语："……为何忽然便醒了？幻境中居然还能看见陈微尘那人，也是奇怪，他又不是我的心魔。"

叶九琊走至紧闭的殿门前，看见用着温回外貌的天道正仰望那"浮天宫"的刻字。

"你来了。"他转过头来，示意叶九琊再看山下。

只见世间万千景象在云海中汇成无法描述的波涛。

"山巅上可见世间万物，从后山走下，是六道轮回，魂归之所。"他道，"你今日上了山，便是新的帝君，可掌管万物，看破轮回。"

他笑了一下："只不过现在不同往日，还须解决心魔之祸。"

天道说着，抬起手来，无形气劲分开大门，殿中景象一览无余。

中央高座上，坐着一人，一手支颐，闭着眼睛，似是在小憩。

他身着华美黑袍，一头雪白发丝，容颜温雅，只是脸色微微苍白，身边缭绕丝丝黑气，平添森寒。

"他是心魔道，世间贪痴嗔怨化身，"天道在叶九琊身后进了大殿，道，"一边欺你、诱你、惑你，使唯一能克制心魔的你困于七情六欲，无法修成无情道三重境界，不能奈他何，一边助你收集关天地气运之物，以待今日开启生生造化台，颠覆天地。"

说话间，那人缓缓睁开眼，眼里无波无澜，淡淡映着一袭白衣胜雪。

十七　暮春

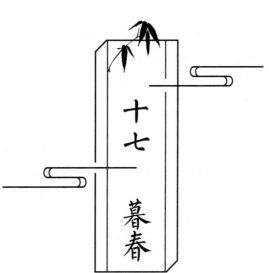

辉煌佛光在天门被破的那一瞬亮起，使心魔的动作瞬间迟滞。

此时夕日已沉，天色渐晚，远山漫上淡烟雾霭，刑秋立在一片树木的阴影中，抚着手中的长笛。

"如今是天道与心魔道相争，结果如何，还要看迟钧天手中的生生造化台落入谁的手中。"他问，"我是想弄清自己和身上那心魔的关系，微尘恐怕有所图谋，而叶兄自然是要站在天道一边，迟钧天则不知道到底想做些什么。和尚，你怎么想？"

"尽绵薄之力。"

刑秋看着空明，忽然出了一会儿神，他晓得指尘寺历代住持修入世道，广度世人，另有一位则修出世道，悟佛法精义。然而空明分明修的是出世道，却屡次下山现世，一次是二十年前天河之役，另一次则是现在。

"要我说，这原本不是你该做的事情。你就该好好在寺里念禅，只等着哪天顿悟成佛，何必来蹚这趟浑水。"刑秋并没有直视空明，而是目光稍稍下垂，看着地面。

"出世、入世本为一体，何必多问。"天门处屏障的动荡越来越剧烈，空明转身欲走。

"我不曾滥杀。"刑秋突兀地来了一句。

空明停下动作，看着他。

刑秋道："……早些年，也杀过人，都是不得不出手的时候，那些人也不是无辜之人。后来，做了魔帝，很少出去，我把九幽天泉分给君侯，他们也都慢慢安稳下来，不再厮杀生事。"

空明原本的神情里有一丝错愕，随着他说下去，渐渐柔和下来，向他双手合十一躬，随后才走向天门。

刑秋望着空明走进那十方莲华的阵法中，眼前还恍惚映着他最后眼中的一点笑意，忽然想到二十年前。

冰原上大雪纷飞，空明背着他，深一脚浅一脚地走在雪地里。

残阳殷红，远方遥遥传来嘶喊拼杀声，并且越来越近。

到了最后，空明把他放下来。

"前方便是魔界驻地，你走吧。"这人轻缓道。

他站在雪地里，伸手拽住空明的袍角："我可以……跟你走吗？"

空明摇头："仙道容不得你。"

他垂下头来，低声道："那，我以后还能见你吗？"

空明沉默良久，最后解下僧袍外的莲衣，披在他身上。

莲衣抵御住呼啸寒风，却使他眼眶微微发热，他惴惴不安地等待着回答。

"你身为魔修，杀伐不可免，"那人最后道，"唯愿你能心存善念，不泯本性，待我大乘以后，能来去仙魔之间，便来看你。"

他得了许诺，立在原地目送空明远去，几次想追，却又放弃，最后看着那道身影消失在风雪中。

——后来他二十年间行走魔界，无边血海中，几度失心，故人之语隐约回响耳畔，吊住一丝清明。

再后来他居于魔皇宫，翻阅典籍，才知道佛门所谓"大乘"，与修仙之人所谓"飞升"一般，全是虚无缥缈的说辞。昔年之约，恐怕只是随口应付。

他此时望着空明的背影，仿佛当年情形重现，万般思绪涌上心头，忽然掩口失声痛哭。

小沙弥抬眼望着他，万分不解——此人之恶劣，且不提方才戏弄自己之举，单单在指尘寺中，与那陈姓公子狼狈为奸，说些歪理妖言的行径，就令人发指。

"妖人！"他脆生生地问，"你哭什么？"

刑秋放下手，却是问："小和尚，你修什么道？"

小沙弥道："跟空明师兄一样，修出世道。"

"那你可要记得，"他把手按在小沙弥的肩膀上，道，"好好待在寺里念经，不要像你师兄一样随随便便下山，随随便便捡人，招了人又不认，死的时候还有人为他哭，走也走得不干不净。"

小沙弥道："可我听寺里其他师兄说，空明师兄这么多年，也就下过一次山。"

"怎么说？"

小沙弥如今怎的看不出他种种思绪，神神秘秘地使了个眼色，踮起脚，附在他耳边说："师兄们说，空明师兄那次回来，自行领了十年的枯禅，我们寺从不曾罚人这样重——我本来不想告诉你，不过既然师兄这就要去死了，告诉你也无妨。"

说罢，小和尚得意扬扬地想看他诧异的神情，却不料刑秋只轻轻道："他心中是怎样，你以为我不知吗？"

小沙弥这次是彻底不解了，他看着刑秋，只见刑秋长睫上虽仍沾着细碎晶莹的水泽，眉间却盈上淡淡的笑意。

山风吹来，紫纱衣轻拂，晃花了小沙弥的眼。

幻荡山巅，浮天宫大殿。

"天道兄，少安毋躁。"陈微尘淡淡道，"如今他们还都身陷迷津之中，我们大可以相安无事一段时间。"

天道向叶九琊传音："如今他身上有伤，不会轻举妄动，你刚至三重天，尚未稳固，也还动不了他，暂且不要动作。"

陈微尘的目光在他们两人身上扫过，道："迟前辈尚且身在迷津中，我们也无事可做，不妨一看。"

他话音刚落，殿中蒸腾起白色雾气，几息过后，使人置身一座繁华城坊。

时正黄昏，街市上各家铺子正在悬挂花灯，花灯中暗含机括，图案变幻，光华流转，美不胜收。

走马观花过后，幻境却停在了灯市的一个黑暗处。

一道女声传来，正在喃喃自语："十三道，阴阳爻，离中虚……"

瞧见侧脸，赫然是尚且年轻的迟钧天，她正坐在老树根上，用炭笔在地上写写画画。看来此处是迟钧天身处的往事幻境。

她身旁是一身着宽袍广袖的俊朗男人，手里却拿一个滑稽的"神机妙算"的幡子，看她写写画画许久后，他开口道："师妹，你还要算到几时？"

迟钧天充耳不闻，许久才道："我虽仍算不出自己命数，却另有发现。"

男人道："哦？"

"天生万物，皆负气运，众生命数交织，成天地气数，"迟钧天死死看着那些外人看来全然是鬼画符的东西，"若我能找出凡人命数与天地气数之间究竟如何联系，便可左右天地、颠倒乾坤。"

"我说，师妹，"那男人懒洋洋道，"为兄饿了，咱们的算命摊子摆了这一整天，怎么就不见有人来求一卦？此时但凡给我一点儿酒钱，我萧九奏保他毕生荣华富贵——"

"萧九奏！你就不想知道我们为何境界无法再高？不想知道再高的境界是什么？"迟钧天拔高了声音，打断师兄的话。

师兄却不在意，而是瞧了瞧街口，道："我看这位兄弟颇有钱，或可招摇撞骗一番。"

萧九奏随即大声念了起来："神算世家，测字看相，逢凶化吉——"

他目光看向的是一辆缓缓驶来的木雕宝车，此种宝车为非富即贵之家赏灯之用，由四匹塞外宝驹所拉，雕刻精致，宽敞可容近十人。

此时上面所坐的是一位锦衣公子，公子身侧坐两位娇艳美姬，美姬玉手剥开鲜橘，分瓣去丝，放在公子面前小桌上的琉璃盘内，公子却看也不看，目光漫不经心地在灯市扫过。

此时此刻，但见街市暗香浮动，行人欢声笑语，独这一人意兴阑珊。

跟车的仆夫道："陈公子，这上元灯市，最是繁华，您看那——"

话未说完，公子便面无表情地稍抬起手，仆夫识相，住口不言。

算命师兄的声音却不合时宜地突兀响起："这位小兄弟，见面是缘，要不要在下为你算上一卦？"

仆夫正要呵斥，却见这位陈公子打量了算命人几眼，道："算什么？"

师兄嘿嘿一笑："我有一百七十三卦，寿数、命途、财运、灾祸，只要您想，我便能算出。"

公子淡淡道："不过无稽之谈。"

师兄又道："我看公子面相，必定生来富贵，无灾无祸，只是面前没有盼头，心中也无所爱，故而有所郁结，这转机，就在在下手中哪。"

公子道："无非察言观色。"

师兄眼珠一转："公子，我们和寻常算命人不同，什么都能算，您既有兴致停下来，何妨一试？"

公子沉吟半晌，道："算姻缘吧。"

身旁的美姬为他抚衣，抚罢低眉，盈盈秋水双目，映着街上繁灯如昼、红尘似海。

师兄笑嘻嘻道："公子且把生辰给我一看。"

另一位美姬缓步下车，向师兄一拜，说出生辰八字来。

算命师兄掐指算来算去，"啧"了一声，道："公子在这条路上怕是不好啊，且让在下用天演九数细细推演……"

这边正用着什么"天演九数"，迟钧天却抬起头来："非真心求算，没有什么可说。"

公子问："为何说我非真心求算？"

迟钧天道："察言观色，并无不可。我观你目光神情，全无牵挂，寂焉不动，竟还未遁入空门，真是奇事。"

师兄赶紧使眼色，迟钧天却不理睬。

公子只不动神色，对身边的仆夫道："走吧。"

迟钧天却叫住了他："留步。"

她道："我有一法，可纵观你毕生命格。"

接下来便是那问生辰年月、出生何地、父母亲人的算命法，她在命格纸上涂涂画画，眼中却渐渐有簇火焰烧了起来，目光灼热，看向公子："你可愿入仙门？"

公子打量她一眼："愿闻其详。"

"以你心性，在尘世间逗留，岂不无趣？"

她语调不怎么客气，而公子从容作答："仙人清修，也是无趣。"

"我不清修，"迟钧天扬起头道，"我要游遍名山大川，看地脉，观气运，推演天机命数，超脱天道桎梏。"

她见公子略有思索之色，接着道："你与其羁留尘世，倒不如拜我为师，去看看尘世外的风光。"

公子思索一会儿，欣然道："好。"

师兄大惊失色："师妹啊，你这是要做什么？"

迟钧天白他一眼，转身便走，公子施施然下车，随迟钧天而去。师兄拿着那一方"神机妙算"的幡子追过去："师妹慢点儿！"

就此翩然而去。

随后场景如浮光掠影匆匆闪过，最后停在闹市之中，在树下对弈的迟钧天与公子身上。

迟钧天边斟酌落子，边道："我近几年，越发觉得陷于困局，总解不开最后一道。"

公子已换了装束，乌发半束，着一身黑袍，神情淡漠，气息萧远。

迟钧天看他一眼，又道："你近日亦有些心不在焉。"

他目光稍动，放在街头的行人身上："十几年前你收我为徒时，曾说我求算姻缘并不真心。"

迟钧天点头道："我记得。"

他说："确是真心求算。"

迟钧天难得笑了出来，道："你这种人，也有此等念想？"

他仍是从容，落下一子，道："有时觉得，世间无趣，忘情也无趣。"

迟钧天摇头："大道难寻，还须求索。这不过是心魔迷障，日后切莫大意。"

公子听了这话，只是道："我已与你同路多年，该走了。"

"也好，"迟钧天并没有挽留，道，"你我有缘再会。"

——随后便又换了场景。

光阴如流水，又是一局对弈，萧九奏懒懒散散地看着棋局，而迟钧天拈子落下："弈棋一道，先布局，进中盘，最后收官，眼下将进中盘了。"

萧九奏道："我天资不如你，师妹在想什么，我总是不懂。"

"我也颇不想同你说呢，"迟钧天难得笑了笑，"自从徒儿向我辞行，自己去游历，我便没有知音了。"

萧九奏："他原本并无一点儿修仙的资质，却悟出直上三重天的道来，实在蹊跷。"

"不蹊跷，"迟钧天道，"天生人，有杀心、莲心、灵犀心三慧根，三心驳杂不纯者，不能修仙，可他三心却生得不偏不倚，原本就是特殊。"

萧九奏摇头："三心不偏不倚之人，当在不痴不慧中。"

迟钧天一笑："师兄总是墨守成规，世人皆困于三心，他却能不受天赋慧根所限，你难道还不明白吗？"

萧九奏不说话。

迟钧天起身离开棋盘，俯望下方苍茫人间："我猜，他生来便在这五行天道之外。"

她继续道："我在天演时阅遍典籍，在人间也研读无数史书，萧九奏，你猜我看出了什么？凡间盛衰映照天道气运，天道衰而人间乱——仙人遗世独立，本应与人间毫无关系，但你可知，凡间盛衰与仙道帝君竟然息息相关？"

萧九奏："天道盛则仙道、人间同盛，仙道繁盛，生出不世天才，登上幻荡山，当然息息相关。"

迟钧天摇头："并非如此。你可知凡间大动乱后，何时止息？"

"我不知。"

迟钧天眼眸中燃起一簇兴味与狂热的火："不是在帝君登上幻荡山后，而是在他居于幻荡山已久，渐渐销声匿迹之时。

"我们都以为天道恒久不移，只是盛衰交替，可为何不能是天道亦有生老病死？假如天道并非衰极而盛，而是换了新天……那么新的天道又从何而来？是幻荡山上的帝君吗？师兄，你想，幻荡山此处，传说上接天道，下连地脉，非要登上幻荡山才能称帝。怕不是只有此处，能让人渐渐变成那至高无上的大道。"

"师妹，够了，"萧九奏深深吐出一口气，"你疯了。"

"我没有。"迟钧天一步步走近他，眼中的灼热甚至逼得萧九奏后退几步。

"我已窥破这天地人间的最大秘密，接下来……"

萧九奏声音罕见地严厉："你忘了天演祖训吗？！我们推演命数，已然是不尊天道，必须终生不得持兵刃，不得造杀孽，不得借推演之术兴风作浪！更不能——不能有你这般痴心妄想！"

"究竟是不是痴心妄想，试过方知，我既想超脱天道，最好的法子难道不是自己去当？既与祖训相悖，离开天演便是，但是那生生造化台有大用处，我不能不要。"迟钧天看着萧九奏，道，"我知道你向来是待我最好的，到时候必定不牵连师兄，只求师兄不要妨碍我行事。"

萧九奏沉默了许久，缓缓闭上眼睛，再睁开时，方才还丰神俊朗、玉树临风的一个人，竟憔悴苍老许多。

叶九琊看到这里，忽然想起了陈微尘，想起了那一杯桃花酒。

初时清清冽冽的香，逐渐绵密浓烈起来，甜得发苦，喝到最后，杯底处最浓也最苦，只留一丝余味是甜的。

陈微尘那时候浅浅啜一口酒，懒洋洋地眯着眼睛道："这酒像人一样，最苦的在最下面，喝到最后才能晓得。我一看老瘸子那样喜欢这个酒，就知道他心里藏着些说不出口的苦东西。"

之后的事情即使不看幻境也能知道，正如传言所说，天演首徒萧九奏与师妹迟钧天窃取镇派之宝生生造化台，叛出师门，从此不知所终。

离开师门的十几年间，他们两人之间也渐渐裂隙横生，最后，萧九奏也不再与往日一般总是在迟钧天左右照料，而是与她彻底分道扬镳。

叶九琊在等。

等这场幻境出现一场变故，就像之前在他幻境中的天河之役一样。

他也在等帝君再次出现。

现在他终于知道迟钧天的野心究竟是什么，也知道她的谋划必定与帝君脱不了干系——二十年前帝君殒身之时，幻荡山巅，或许同样并非只有他一人。

这些年里，迟钧天走了许多地方，见了许多人，做了许多事。青春消磨，鬓角已添了白发。

后来，她收到一封飞书，上书："吾师亲启。"

信上写："近日常觉境界有异，不可言说，或与你多年前所说之事有关，愿与一叙。"

迟钧天看这封信，看了很久。

最后，她将信收好，往幻荡山去了。

这时候正是秋天，木叶萧萧而下，唯有幻荡山花叶繁茂。

浮天宫琉璃大殿外，帝君临风立着，道："我有时觉得，自己大限将至。"

迟钧天道："错觉罢了。"

帝君道："近年也无法在山下久留，一旦离远，便觉得这座山在唤我。"

"看来我所猜不错，"迟钧天笑了一下，"你将渐渐归于天道。"

她望着山下，道："对于此事，我早有猜测，又用生生造化台推演，所差无几。仙道皆知，有一帝三君十四侯，却忘了究竟为何会有。世间有十四洲、三大气机汇聚之地、一处幻荡山，帝、君、侯皆有属地，吐纳气机，滋养修为，受天道眷顾，最终却要化身气机，回哺天道，正是所谓'长生'与'飞升'。只是自先人为使世间不再有仙魔之争，后辈修炼便利，分开仙与魔的清、浊二气，便乱了天地气脉，君侯成了虚名。"

帝君道："便只有我了吗？"

迟钧天道："化身天道，与天地同齐，我该恭喜你。"

帝君语气淡淡："我却不想，而你想。"

人与人之间，自然是有分别的。显然帝君并不能感同身受迟钧天对于此事的偏执，迟钧天却仿佛早已料到。

她道："既如此，瞒天过海、偷梁换柱之法，你愿不愿意？"

帝君不说话，只看着她。

他眼中无波无澜却深不可测，整个人并不锋利，只是淡漠，仿佛对万事万物都毫不关心。

因此即使是迟钧天也不知道他在想什么，是不是同意了。

最终，他道："不妨一试。"

迟钧天却狐疑地问他："你在想什么？"

帝君问她："你对心魔知道多少？"

迟钧天答："是修仙心障。何来此问？"

"我羁留仙道已久，诸般法术都见过，唯独还不知走火入魔的滋味。"

"你这样的性子，若想走火入魔，是不能了。"迟钧天嘲道。

帝君微笑一下，不知何意。他没再多说什么，应了一句，便回去了。

至于迟钧天所谓"瞒天过海、偷梁换柱之法"，却没有成功。

——这法子当然没有成功，否则帝君后来也不会死去，而迟钧天也不会还活着。

只不过，不是迟钧天的法术出了问题，而是帝君本身出了问题。

八月中的圆月既皎且洁，挂在远方的山顶。

帝君忽然道："流雪山此时的风雪很大。"

迟钧天道："怎么？"

"我有个朋友在那里。"

迟钧天道："你竟也有朋友？"

帝君道："只有一个，我很喜欢。"

迟钧天"啧"了一声："真是奇事。"

乌云盖住了月亮，空中有雷声。

古籍记载飞升前有劫雷，大抵是了。

迟钧天继续道："这可与你太上忘情之道不符，抵抗天雷时，千万莫要扰乱心境。"

帝君没有在天雷下活下来，但并不是因为那位他很喜欢的朋友。

——而是因为他根本没有出手抵抗。

他甚至还分神对迟钧天说了一句话。

他说："朝菌不知晦朔，蟪蛄不知春秋。①若你成了天道，却发现天外有

---

① 引自庄子《逍遥游》。

天，该如何？"

迟钧天已经顾不得其他，只死死瞪着帝君，看着他低低地笑了一下，闭上眼睛。万千雷霆轰然而下，炫目白光中，有人化为飞灰。

他必定是自愿的，并且决定已久。

不然，那天在殿外与迟钧天交谈时，他不会有那样无波无澜而深不可测的眼神。

可是没有人知道他为什么会这样做。

迟钧天不可置信地后退了几步。

叶九琊也不知道。

但是有一个人却好像知道。

这个人站在叶九琊身旁，问他："你想不想知道他为何要自绝？"

叶九琊转头，陈微尘不知何时已站在他身边，慢悠悠地摇着锦扇。

叶九琊问："为何？"

陈微尘笑吟吟道："那你恐怕要去他的幻境看一看了。"

他又道："不过他早就死啦，你倒是可以进我的幻境。"

说完，他叹了口气："不过我的幻境里放不下别人，你大概也看不见他了。"

未等叶九琊说话，他再叹一口气："我忘了，你已进三重天境界，我这些花言巧语，是再没有用武之地了。"

他来回打量着叶九琊，眼神像一只狡黠的猫儿，随后拉起叶九琊的手："迟前辈执念太深，是走不出幻境的，我只好等下帮她出来——不过要先带你出去。"

叶九琊没有动。

陈微尘便也不动，只看着他。

叶九琊也看着陈微尘。

他发现陈微尘仍然与当初在沧浪崖下遇见时一模一样。

同样的笑容、同样的眼神，并无一点分别。

他自己却是有变化的。

而陈微尘看出了这个想法——他一贯是个善解人意的人。

陈微尘道："叶兄，人总是要变的。"

叶九琊说："你却没有。"

"因为我不是人。"陈微尘笑道，"叶兄却是，所以叶兄变了。"

他们开始往外走。

雾奇浓，浓且多变，若不是叶九琊一直被陈微尘牵着，怕是早已迷失。

他们也并没有停下交谈。

叶九琊道："是好是坏？"

"对叶兄是好，对我却有好有坏。"

"为何？"

"叶兄从自己的幻境中出来，境界便上了一层，如今从这个幻境中出来，境界便稳固了，只差一点儿，便能最终圆满，自然对叶兄是好。对我自己，冷冰冰的仙君固然好看，却不如现在赏心悦目，此乃好处。可叶兄境界一旦高了，剑自然也锋利，若是刺在了我身上，便要更疼，我定是更吃亏的，此乃坏处。"

叶九琊问："为何是更吃亏？"

"叶兄无病无痛，我的心却无一刻不在痛，兵刃相见时，我自然要吃亏。"

他一直时不时要看叶九琊，像是第一次见到一样。

"叶兄，此时若有一面镜子，我敢保证，你照了，也要对自己一见倾心的。"

陈微尘胡说八道的时候，最好的方法是不理他。

但他这次的胡说八道却不是信口开河，而是有理有据。

一块覆雪的山石与一方剔透通明的冰玉，哪个更好看些？

叶九琊此时便像那冰玉。

冷仍是冷的，但却没有了那分偏执。

叶九琊知道是为什么，陈微尘也知道。

叶九琊心中有一个执念，他要复活帝君。

而现在他虽然没有复活帝君，却知道已不必复活帝君。

叶九琊仍然不知道帝君为何而死，但他已经不再有执念。

幻境之中的事物可以随着陈微尘的心意改变，他大概是也厌倦了浓雾，将这里变成了家乡的街市。

时逢三月，春风和暖，有锦衣少年郎打马过长街。

"古人云'桃花马上，春衫少年侠气；贝叶斋中，夜衲老去禅心'[1]，多年之后，这些少年郎必定不再是如今的好模样。而这里风光如此好，外面却已是深秋了，实在让人想多留一会儿。"陈微尘走在路边，懒洋洋地叹口气道。

---

[1] 引自明代陈继儒创作的小品文集《小窗幽记》。

叶九琊对他道："那便多留。"

"终究不能久留，"陈微尘道，"叶兄从离开剑阁时就想做的事，如今已经不必做，我从离家起便想做的事，却还没有做完。叶兄说我没变，可我走出这里时却要变了。"

长街虽长，行人虽繁，步伐虽慢，却终究有到头的时候。

"天下无不散之筵席，"陈微尘摇扇道，"叶兄先请吧。"

叶九琊在走出幻境的那一刻，回头望了望陈微尘。

陈微尘仍是笑着望向他，眼里是那种他十分熟悉的温柔神情，像是不舍得他离去。

走出幻境的那一刻，眼前如涟漪泛过，又变成浮天宫琉璃大殿的场景。

高座之上的白发人，也在之后缓缓睁开双眼。

那方才还映着桃花的双眼，只余下一片荒芜。

他们二人自幻境走出后，只见陆红颜已经到了，随后是迟钧天、老瘸子、谢琅、陆岚山等人。这些人并不是自己走出幻境的，而是因为陈微尘现在是幻荡山的主人，可以随意操纵此处的一切。

陈微尘一人在上，对着他们。

气氛十分紧张。

山下，天门内的气氛同样紧张，却不是这种寂静的紧张，而是生死关头的紧张。

空明布下的佛家阵法已经抵挡了大半个时辰，此时正在渐渐暗淡下来。

羽皇侯的绫罗已经尽断，身上也带了许多伤，而其他人的状况也与她一样。

只有刑秋没有受伤，他也不能受伤。

他们就要抵挡不住了。

小沙弥在刑秋身旁念完一个法诀，道："我们都已经尽力，现在是师兄再次尽力的时候了。"

空明身上亮起佛光来。

佛祖舍身饲虎、割肉喂鹰，以肉身化一苇之舟，载众生渡滔滔天河、无边苦海。

佛家有发愿文："我若向刀山，刀山自摧折；我若向火汤，火汤自枯竭；我若向地狱，地狱自消灭；我若向饿鬼，饿鬼自饱满；我若向修罗，恶心自调伏。"

整个世间，十四洲之中，也不会有其他哪怕一个门派，有这种以身饲魔的法门。

其他所有门派中，那些以生命为代价的法门，都是为了杀人，而佛门，却是要救人。

空明念着发愿文，他神情宁静，平常得仿佛只是在诵每日的功课。

辉煌但并不刺眼的佛光在他身上浮起，似三千世界莲花开落，使所有人心神忽然安静，伤痛忽然消失，精神为之一振。

他身前出现一道坚固无比的屏障，即使心魔再多一些，也能再支撑一个时辰。

而这并不是一道单纯的屏障，它不仅阻挡了心魔进攻，还将它们全部包裹起来，使它们也不能向后返回，为祸凡间。

而空明的眼睛却渐渐闭上了，那些佛莲也再托不住身体，他自半空中开始下落。

刑秋飞起接住了他。

他落在那块山石上，将空明平放，手是颤抖的。

他的发丝落在空明肩上。

"你愿向刀山，向火海，向地狱，向修罗……"刑秋的眼泪不断地流下来，"为何不再看看我呢？我比刀山、火海、地狱、修罗加在一起，还要可怕吗？"

空明的眼睛缓缓睁开，极清明温和的一双眼，就像他这个人一样。

此时此刻，这双清明温和的眼里，终于映着刑秋的影子。

刑秋虽还落着泪，却笑了起来，他用衣袖匆匆在眼上抹了几下，忍住眼泪，笑着问："我好看吗？"

空明伸手，指尖从他湿润的眼尾触到脸颊。

他道："好看。"

刑秋缓缓闭上眼，身子伏下去，躺在他身侧。

"你看，"他说，"人间事，不过如此。"

"既不过如此，你为何要哭？"

刑秋将腕子压在双眼上，道："我是高兴你横度世人，得偿所愿。"

空明没有说话。

刑秋忍不住拿开手腕，看过去，却看见空明脸上有淡淡的笑意。

"和尚，你笑什么？为何看我时不笑，一说到横度世人，才笑了？"

空明道："你又为何知道我是为世人而笑？"

刑秋被他堵了一会儿，道："……我猜的。"

"你猜错了。"

他们或许还想说些什么，或许不想。

可时间也不允许他们再说什么了。

空明的眼睛缓缓闭上，这一次，是再也不会睁开了。

刑秋伸手为他缓缓抚平衣襟，解下他手腕上的佛珠，缠在自己腕上。

西方天际忽然亮起金红色。

清正庄严的梵音由远及近，笼罩天地。

淡淡的金色自空明身上浮起，他整个人忽然化作点点金芒，光华流转中隐现万千世界。

刑秋怔怔地伸手，那光芒在他指尖流连片刻，向着天际而去了。

"寺中诸位师兄、师叔圆寂，从未有过这种情形，"小沙弥向着光芒消失的地方行一礼，"我想，空明师兄方才那刻已然大乘，立地成佛了。"

刑秋低声道："我想也是。"

——此别无期，更甚于阴阳之隔。

陈微尘说得没有错。

从幻境中走出来后，便要变了。

幻境中一瞬百年，不知日月，外面却是心魔围山，生死关头。

陆岚山看了看外面的辉煌佛光，道："心魔暂时无法进来。"

天道缓缓走上前，道："多谢诸位。"

此时此刻，场中似乎只有四人至关重要，其他人不过旁观。

天道、心魔道的化身、持有据说可以颠倒乾坤的生生造化台的迟钧天，还有叶九琊。

叶九琊是一柄剑，是当仙道需要时，便可出鞘的利剑。

尽管他此时神色淡然，如同置身事外。

"生生造化台开启之后，我便跳入其中，扭转乾坤，诸位若有什么愿望，也可交付与我，生生造化台乃天地造化之枢，自然全部可以实现。"迟钧天道。

"迟前辈……那个，"谢琅苦着脸，"我家清圆……"

陈微尘轻轻笑了一声。

"迟前辈，"他道，"您要用那灵猫窥探气运脉络，在幻荡山周围布下阵法，借猫不还，小道士可是已然惦记了半年有余。"

"那猫自有灵性，"迟钧天冷冷道，"此时或许已经自己回了清净观了。"

她虽解释了猫的去处，却不能解释另一件事情。

从方才陈微尘之言中，人们得知她已在幻荡山周围布下阵法——而且这并非一朝一夕之事。

并且众人上幻荡山这事全部是由迟钧天促成的，这样一来，便显得她别有用心。

天演的门主万俟浮更是怒瞪她道："孽徒！你果然有所筹谋！"

迟钧天却毫不在意，对陈微尘道："你与其在此时挑拨离间，拖延时机，倒不如养好精神。开启生生造化台后，在叶九琊剑下，或可多活一会儿。"

陈微尘只是笑，仿佛早已胜券在握。

迟钧天不由得皱起眉头来。

陈微尘慢悠悠道："我只笑你虽然野心勃勃，却终究不是正统天演传人。"

迟钧天眉头蹙得更紧。

陈微尘接着道："既然万俟前辈也在此处，倒不如由前辈来主持生生造化台。"

仙道众人虽不觉得他怀有哪怕一点儿好意，却也觉得他所说有理，毕竟天演门主德高望重，比起迟钧天来，他们更加信服万俟浮。

迟钧天也并不恼，道："既如此，便交给师父。只需叶剑主挡住那魔物，让他不得在生生造化台上动手脚，师父自然能顺利进入生生造化台中，重固人间世与心魔世的屏障，使心魔不能再从缝隙中出来，扰乱人间世，危机便可解除。"

有人问："那外面的心魔呢？"

"徐徐杀之。"迟钧天目光锐利，道，"而陈微尘这人正是心魔道化身，可惜隐藏过深，使我们今日才刚刚发现。他现在花言巧语，不过是想要拖延生生造化台开启的时机，使得从裂隙中通过的心魔更多，攻破屏障，成为他的助力而已。"

"而所幸叶剑主已至无情道三重天境界，正可对付心魔？"陆岚山开口。

迟钧天道："正是。"

"既如此，事不宜迟，还请迟前辈取出生生造化台。"

迟钧天点头。

只见她以精血画出法阵，不一会儿，半空中出现一丈余的圆盘，上绘太极阴阳双鱼图。

圆盘看起来平凡无奇，然而气势沉郁宏伟。

迟钧天道："师父请。"

人们望向万俟浮，却发现他的神情十分不对。

陆岚山问："万俟前辈？"

万俟浮深深吸了口气，声音也略有发颤，道："开启生生造化台之法，她虽然知晓，却并非全部。生生造化台开启之术乃天演最大隐秘，即使她是我亲传弟子，当时得我喜爱，我也只传她天书残卷，而非全部……"

迟钧天目光一凝。

万俟浮道："幻荡山是气机聚集之地，自然是最好的地点。除去几样承载盛衰气运之物，还需三人。此三人……三慧根之中，须只有一心，护持生生造化台，不得分神。我原以为她已不知怎样得到了全部开启之法，却不知仍有遗漏。"

心念电转间，众人已知道他到底想要说什么。

三心——杀心，莲心，灵犀心。

即使最上乘的资质，也罕有人单有其中之一，而全无其他两样。

不过，眼下偏偏就有这样三人。

陆岚山以莲心入剑道，年纪轻轻成为南海剑台之主，融禅意于剑法中，剑势变幻中，三千世界婆娑开谢。

清净观掌门人谢琅，单有灵犀一心，虽还年少，未成气候，却前途不可限量，不然以一重天境界便当上门主，位列十四侯之一，未免太过儿戏。

而那杀心——自然是叶九琊，他有最上乘的习剑天资，亦习得了最上乘的剑法。

除他们之外，再无一人。

生生造化台有了这三人，自然能够顺利开启，然而在迟钧天的计划中，必须由叶九琊对付陈微尘才行！

陈微尘若无人牵制，岂不是可以为所欲为？

——甚至取代万俟浮进入生生造化台中，这样一来，他们岂不是为敌人做了嫁衣？

大殿中一阵静默。

他们走入了一个死局。

迟钧天看着万俟浮："你……"

万俟浮叹了口气，无奈地摇头。

陈微尘一副饶有兴趣的模样，看着他们。

时间流逝，而成千上万的心魔正源源不断地从剑台砺心镜中来到人间，每时每刻都有无数凡人因神志混乱而死。

心魔有多少？

——世上有多少人，心魔世便有多少心魔。

待它们倾巢而出之时，恐怕就是人间不复存在之日。

然而它们现在降临人间的景象，却比得上世上任何一处拥挤的人潮。

寂静持续了很久，很久。

陈微尘不再看他们，而是看向外面的月亮。

圆月。

迟钧大道："天时地利，缺一不可，子夜之后，便不再是开启生生造化台的时机。"

若不开，便是苍生浩劫。

若开，也是。

明月渐升渐高，辉光遍地，盖过繁星与琉璃殿中明珠的光芒。

月亮每天总要挂在夜空，总要升上中天。

而所有人都有一种强烈的预感，今日圆月走至中天之时，会发生些什么。

气氛凝固，而时间却不会停止，它立刻就要挂到夜空正中了。

一阵脚步声从大殿门口传来。

来人是刑秋。

他似乎失魂落魄，现在却没有人管这些。

万俟浮像是抓住一根救命稻草，问："你的慧根为何？！"

刑秋道："全是杀心。"

这四个字，听在仙道众人耳朵里，不啻救命之音。

他是个魔修。魔修主杀心，与剑修主杀心一样，都是再平常不过的事情。

他还是魔帝——要当上魔帝，总是需要一些异禀的天赋的。

万俟浮长舒一口气："开生生造化台。"

叶九琊在看陈微尘。

陈微尘也在看叶九琊。

一路浮沉坎坷，终到兵刃相见之时。

陈微尘站起身来，向下走了几步。

他白发如雪，黑袍迤逦，手持一把遍体晶莹的冷白色剔透长剑，正是"折竹"。

叶九琊的手按在了九琊剑漆黑的剑柄上。

还有余暇旁观的人们都觉得，这两个人的剑，该对换一下才算合宜。

正这样想着，却听得"当啷"一声响，陈微尘掷剑于地，道："自然不敢在叶剑主面前卖弄剑法。"

恰逢其时，浩荡的冷风吹入殿中。在幻荡山这样一个奇异的地方，风也不同寻常，置身于其中的人们只觉耳边满是木叶纷落、万物萧条之声。

秋风萧萧愁煞人，出亦愁，入亦愁。

座中何人，谁不怀忧。

使我白头。

陈微尘手中不知何时握了一把折扇，此时唰然展开，白纸黑字句句分明，映着那张似笑非笑的脸，十足邪性。

此时此刻，再没有人怀疑这是来自世外的魔魅，要找苍生索命。

万俟浮正在启动生生造化台。

新凤涅槃心头血，名为"开阳"。

东海千百鲸蛟飞龙殒命，凝成寂灭香。

昔日王朝覆灭，太平盛世焚为锦绣灰。

封禅台上，书生剑刺死天子，开辟欣欣新朝。

最后是魔界星罗渊，人间世与心魔世接壤之处，盛而衰，衰而盛，浸入骨血，是为九幽天泉。

原本平凡无奇的生生造化台缓缓变大，穿透整个琉璃大殿，直到目力不可及之处，并放出耀眼光华。

阴阳双鱼图缓缓转动，使人目眩。一种混沌的气息笼罩这片天地，无比深沉厚重。

与此同时，另一道阵法以迟钧天与天道为中心，也在疯狂蔓延开来。

这场景本应使人目不暇接，他们的目光却都停留在殿中央的陈微尘与叶九琊身上。

陈微尘以扇为剑，那轻薄无比的纸扇在他手中变成了锋利逼人的锐器，他招招狠辣，不留丝毫余地。

而叶九琊衣袂翻飞之间，剑光冷寒。剑锋与扇面相触，竟发出金石之声。

这两人之间的过招，已经不是其他人能够看懂的境界，只能看出是势均力敌来。

万俟浮运转法诀，大喝一声："起！"

生生造化台发出沉闷轰隆声。

殿中的两人却停了下来。

陈微尘放下手中扇，道："叶剑主无情剑意，果然臻至巅峰。"

叶九琊却并未收剑归鞘，淡淡道："不及你心狠。"

陈微尘怔了怔。

有人高喊："叶剑主，快诛此妖孽！"

叶九琊向那个方向望了一眼。

那人忽地打了个寒噤。那一眼之中的冰冷凉薄，像是生生拽着人没入无底冰湖中。

此时，叶九琊在下，陈微尘在上。

叶九琊的剑尖缓缓抬起，遥指向陈微尘。

陈微尘并不动，只安静地站着。

过了一会儿，他甚至微笑着品头论足起来："三分剑意，七分杀气，叶剑主果然疾恶如仇，不愧为仙道楷模，想必今日之后入主幻荡山，成为仙帝，当比那位燊帝更加……"

冰凉的二字自色泽浅淡的薄唇中吐出："住口。"

陈微尘垂下眼。

陆红颜看着那两人，忽然听见身旁的老瘸子咳了一下，又笑了一声，道："女娃，你看这两个人，如此关头，还在打那不着边际的机锋，实在有趣、有趣。"

陆红颜不解。

"正所谓世人皆苦，有情皆孽，"老瘸子摇头晃脑道，"不足为外人道也……"

只见叶九琊缓缓步上台阶，每走一步，境界便拔高一分。

这座大殿里，方才还是秋风萧瑟，此时却变成了凛冽寒风，噬人肌骨。

此时叶九琊周身气势已到了仙道众人不可想象的地步，只怕此时殿中所有人合在一起，也挡不住他的一剑。

而迟钧天怔立场中，眼中除了不可置信，只有茫然。

二十年前景象，与此时场景交叠，不分彼此。

帝君独立山巅，神情宁静，天空劫雷滚滚。

她以为他会出手。

——她至今想不明白，为何他任滚滚天雷劈下，而毫无动作。

正如她现在也不明白，剑尖抵住胸口时，陈微尘为何同样安静。

陈微尘看着叶九琊，不仅没有反抗，甚至还微微歪了歪脑袋。

如雪白发落满肩头，不知为何竟有一分乖巧的天真。

他对叶九琊道："叶君，你抱抱我吧。"

叶九琊眼眶却忽然隐现殷红血色。

他手中的剑甚至微微颤抖。

众人屏息，生怕他下一刻拿不住剑。

——那九天之上的仙君，冷冷清清的皓月一样的人，何曾这样失态过？

——但是他没有拿不住剑的机会了。

陈微尘眼中含笑，撞上了九琊剑漆黑的剑尖——那笑意，说不清到底是温柔，还是残酷。

长剑穿胸而过，溅出一泼血，滴在已经落地的怀忧锦扇上，染红了雪白的扇面。

同样的鲜血洇透衣衫，浸在叶九琊的白衣上。

原来的站姿，无论如何流血，总归是流不到叶九琊身上去的，如今白衣染血，自然是因为他赴死前那一句请求的成真。

他如一片离枝的落叶，落在了茫茫雪地上。

陈微尘低声道："你果然还是不在意我，竟然舍得就这样把我杀了。"

"非是不在意，"叶九琊的手抚上了他的长发，在他耳边道，"是恨你。"

"我也是恨你的，"陈微尘笑了笑，道，"不过还是在意你多一些。"

他说着，叹了口气："所以我也不知道，你杀我之后，万一心中痛苦，我是高兴多一些，还是愧疚多一些。不过你既然已经把无情道修到了这样的境界，自然没了这种烦恼。"

从没有过多表情的叶剑主，眼中忽然泛上一种淡淡的笑意。这笑意陈微尘却看不见，只有别人能够看到。

生生造化台光华大盛。

陈微尘道："走吧。"

叶九琊"嗯"了一声，将他打横抱起，走下台阶。

淋漓鲜血落了一路。

陆红颜不可置信地睁大了眼睛，而谢琅发出一声惊讶的抽气声。

——只见叶九琊身上境界层层跌落。

他走下台阶的那一刻，无情道修为散尽。

陈微尘竟笑了起来，嘴角咳出鲜血，断断续续地喘着气："你终究、终究还是——哈，叶九琊，你还记得我说过什么吗？"

"什么？"

"我说，我执念深重，不可自抑。来这世上一遭，要么成就你，要么毁了你。"陈微尘直直看着叶九琊，目光渐渐惘然，像是看着无边无际的虚空。

但见他一头白发如雪，笑意犹存的唇角残存血迹，如雪上一片红枫，凄迷刺目。他伤得太重，声音哑了，低低地喘："独这句话，我没骗你。"

叶九琊不置可否，问他："还有多久？"

陈微尘答："大约能把事情办完吧。"

叶九琊："嗯。"

他抱着陈微尘，穿过下面的众人，来到造化台前，旋涡黑与白交织，轻易便吞没了两人的身影。

天道倚着廊柱，身躯竟在颤抖。

生生造化台是通道，通往生生造化，万物之理尽在那一方天地中。

一步踏入混沌。

陈微尘道："叶九琊，你知道他为何要去死吗？"

叶九琊："不知。"

陈微尘极狡黠地笑了笑，在他耳边说："在他眼里，你不如我重要，他死在天雷里只是想来心魔世见我，看看自己的心魔是什么样子。"

叶九琊淡淡道："他确实喜欢去看自己不知道的东西。"

帝君这人，非善非恶，无欲无求，只有这一个勉强算是特点——不然当初也不会因为迟钧天一句"尘世外风光"，抛下凡尘来修仙了。

最后他登上山巅，又如厌倦尘世般厌倦仙道，发现心魔的苗头后，有那般举动也算说得过去。

陈微尘添油加醋："你看，他为了来见我，连你都不要了。你那时候才那么一点儿大，无依无靠，多可怜。"

叶九琊不与他胡搅蛮缠，换了问题问："你来这里要做什么？"

"还不是因为他，"陈微尘颇有怨念，"也不过是将计就计，既然迟钧天仍然要做天道，就必定打生生造化台的主意，既然如此，我就只好来这里了结些恩怨。"

"恩怨？"

"你家帝君虽然不怎么样，可还是有点挂念师父的，自然不能放任她自作孽。他待我不错，问我想做什么，我告诉他，想看看人间世，他便帮我出来了。"陈微尘道，"心魔之身，自然没有办法在天道眼皮底下进入人间世。但他那时候纵然还不能与天道平齐，也相差无几，更何况还知道迟钧天许多古怪的法子，便把心魔道放在了我身上，使我有了与天道相抗之力。虽然我来人间后吃了许多苦头，过得也不快活，但终究还要谢谢他。"

说着说着，他的声音就小了下去，前言不搭后语地叽叽咕咕着些帝君如何如何不好的话。

叶九琊轻轻摸了摸他的头发。

只这一下，陈微尘整个人顿时消停了。

叶九琊："幻境里是你？"

陈微尘"嗯"了一声，别开眼不看他，闷闷道："我后悔了。"

"后悔什么？"

"本不该这么快放你出去，该好好多折磨你几年。"

叶九琊面无表情，不说话。

只恨光阴太短，纵然是相互折磨，也再没有时间可以消磨了。

他接着问："天道也一直是温回？"

"有时候是。我身为心魔道化身，运数极厄，不可降生，除非有气运相反之人伴生，便有了阿回，故而阿回被迟钧天看上当阵眼，又能当汇聚天道的器具。只不过，老瘸子记挂着我，保了阿回。但阿回毕竟还是凡人，有时会控制不住，被天道占据上风。"陈微尘焦虑地扑腾了几下，"我说，你是怎么看出来的？我原本觉得可以骗你一辈子呢。"

他一动，伤口的血便流得更多，叶九琊捏了一下他的脖子，让人安分下来，道："你骗我太多，无法天衣无缝。"

陈微尘怏怏地看了看自己的伤口："流完也没事的，我又不是活人……其实连路都可以自己走。"

叶九瑯问："疼吗？"

陈微尘眨了眨眼："叶君在身边就不疼了。"

——他被放了下来。

陈微尘站在原地，扁了扁嘴。

不过在下一刻，便有一只手牵他往前走。

他们仿佛走在云中。

下方是混沌世间，一片雾蒙蒙的灰。

"本来是黑白各半，不过现在，所有心魔世的心魔，都去人间世了，才变成灰色。"陈微尘道，"我还没有去南海把它们放出来，它们便先来了人间，是有其他人做了手脚。迟钧天不清楚这件事，以为是我，但我想应当是老瘸所做，他说不定和陆岚山有什么关系……不过，虽然我不知道他是为了什么，左右不会对你有害，出去以后，老瘸和迟钧天各怀鬼胎，还会有些乱子，但你不用在意。"

他说得有些慢，断断续续地喘气："我自然是回不去了，你以后好生照料自己。"

叶九瑯与他在沉默中并肩而行，直到这片地方的中央。

"世上原本不需要心魔道与天道，只是上古洪荒时开悟的先祖不忍世人混混沌沌，便分隔了人间、心魔两世，开世人灵智，凡人才与飞禽走兽不同。后来又有前辈为了修炼便利，分开仙界和魔界，也是一样的道理。"陈微尘对叶九瑯道，"故而才要有一帝三君十四侯，回哺天道，巩固人间与心魔的屏障。"

"你放心魔来到人间，是要打破屏障？"叶九瑯问。

"倒也不是想为祸人间，只不过，若把那屏障放进人心里，总归比现在要好一些。"陈微尘眨了眨眼，"心魔自己也不再困于心魔世，而能与他同感同知。若有人明心见性，能和心魔合二为一，想必又是个新境界。"

原本握着的手，渐渐虚幻轻盈起来。

陈微尘依旧看着叶九瑯，他用自己余生每一刻在看着，无恨也无怨。

"我平日话多，该说的，也都说了，如今唯有一句，"他轻轻道，"叶君，多谢成全。"

叶九瑯身上沾着的陈微尘的血迹，渐渐消失，衣袍重归雪白。

血迹的主人同样，渐渐化为虚无，弥散在整个天地中。

叶九琊望着远方，指尖余温尚在，而四合之内，一片苍茫。

斯人去后，不见来路，不知归途。

陈微尘的幻影又出现了，乌发如墨，环佩叮当，言笑晏晏。再仔细看时，又雾气一样缥缥纱纱地散了。

生生造化台中灰雾聚合，由原本的混沌逐渐有序起来。

以神念往下探，破开层层迷雾，视野便在整个人间飞掠。

心魔世与人间世重合，苍生浩劫。

街市灯火纷乱，心魔飞蹿，一片尖叫声，巷弄中处处横陈尸首，活人十不存一。

不过那飞蹿的心魔已经有一些在渐渐消失，逐渐化为虚无，化为雾气。

其中的缘故，叶九琊自然知道。

那一剑所杀的，不只是陈微尘，更是他寄以存留人世的心魔道。

也只有无情道三重天的一剑，能破心魔道。

那人如此处心积虑，机关算尽，甚至用上温回，处处暗示，所求的，不过是最后那一剑。

叶九琊收回在人间的神念，转而望着面前流转不定的雾气。他抬起手来，指尖与那些雾气相触，仿佛在缓缓描摹着什么。

他目光停在虚空中的一点，心中爱恨，忽然空茫。

又过良久，才离开此处。

走出生生造化台的时候，琉璃大殿上气氛剑拔弩张。

迟钧天的法阵气势大盛，金色光华以她和温回为中心，而无边气运正从温回身上源源不断地涌向她自己。

迟钧天在半年之前带走温回，那时便在他身上布下阵法。温回与陈微尘命格相合相反，若天道欲现世，必借他身体，那时启动早已布下的气运阵法，便可攫天地气运为己用，取天道而代之。

叶九琊想起他初见迟钧天时，她在归墟石洞外凿下的刻字，说是：

山高水阔，谁来此凿开混沌

地远天长，我亦欲粉碎乾坤

步步谋划，时至今日，执念果然即将成真。

然而叶九琊昔日出于帝君之故，与她站在一方，今日却不能了。

陈微尘想做之事尚未完成，世间已无心魔道，亦不能再有天道。

九琊剑缓缓出鞘，漆黑剑身不见一丝光泽。

迟钧天大笑。

"那姓陈的虽然处处阻挠我，却终究做了件好事，"她看着叶九琊，道，"叶九琊，你如今可不再是无情道三重天的境界了——怕是连初入仙门的弟子都不如了吧！"

"你既不知剑，亦不知我，"叶九琊语气淡淡，"不该口出狂言。"

迟钧天回以一笑："我确实不知剑，却也不必亲自出手对付你。"

此时此刻，只听外面一声惊惶至极的大叫："天门破了——"

夜空中乌云滚滚，雷霆炸响。

天道气运濒临抽干，琉璃大殿上，长生烛熄灭，一应摆设俱失去光泽，整座浮天宫归于暗淡，而那靠着天道气运维持的万丈迷津也渐渐散去，只留下淡淡的痕迹。

原本在山门处驻守的百余人得以一路顺利飞掠上山。

他们看着殿中情景，一时不知道究竟发生了什么。而身后千百心魔滚滚呼啸而来，如同黑云压城。

此情此景，俨然是灭顶之灾，无一人可幸免，纵然是这些常年清心养气的修仙人，此时也只如最寻常的凡人一般，满心绝望惊惧。

羽皇侯脸色苍白，瞳孔涣散，几乎稳不住身体，看向叶九琊："叶……叶剑主，如今该如何……"

未等叶九琊说话，迟钧天开口："生生造化台之计，已被叶九琊尽数破坏。"

她眼神疯狂，声音极大："此人与心魔道陈微尘素有瓜葛纠缠，终究倒戈，背弃仙道！如今山下人间，已成心魔地狱！不可挽回！"

羽皇侯不可置信地摇摇头，却又怔住，后退几步："我……我在扶摇台的时候，确见过他们……"

此言一出，本就被迷津幻境影响、神志不甚清明的众人纷纷不可置信地望向叶九琊。

迟钧天此时身负天地气运，一字一句，威压极大："如今他境界跌落，已无反抗之力——诛此叛徒！"

棋盘之上，落子之人不必亲自厮杀。

迟钧天说得没错，她从来不需要自己对付什么人，自有人来做她的刀剑。

正如此时，仙道之人将矛头全部指向叶九琊。

生生造化台已开，而心魔之祸愈演愈烈，是证据之一。

叶九琊无情剑道境界不复，许是用心不再纯一，是证据之二。

迟钧天之语、羽皇侯之言，是证据之三。

更何况此时众人心中唯余绝望，一腔惊惧尽化为惊怒。

不知是谁先拔了剑，只听一片刀刃之声，尽数指向叶九琊。

陆红颜面无表情，提重剑站在他身前："欲杀他，先杀我。"

谢琅叹口气，也上前站在叶九琊身前："天下式微，人心混乱竟至于此，小道做不了什么，这仙，不修也罢。"

刑秋把玩着手中的漆黑长笛，倚在廊柱上，冷冷扫视众人，虽未说话，其中意味却不言自明。

只是他们区区三人，终究显得势单力薄。

——却见老瘸子拍了拍陆岚山的肩膀。

这位南海剑台之主神态仍然自若，走到众人面前："如今我等尚存，诸位不妨暂且休战……"

话音未落，只听人群中一声："覆巢之下，焉有完卵！"

他们重新混乱起来，为首之人刀光一闪，直直向叶九琊攻去。

陆红颜拔剑，却被叶九琊单手按住肩头。

"不必。"他淡淡道。

只见他径直越过欲保护自己的几人，并不出剑，反而收剑归鞘。

那动作，不像是不出手，反而像是觉得面前这百人，根本不值得他出剑。

先是几道闪烁流光的兵刃向他击去。

而他只是轻描淡写地以剑鞘横挡。

兵刃拦腰而断，落在地面。

失去神志的众人刀剑齐出，齐齐攻上。他们手持各色兵器，身着各式衣袍，犹如五光十色的洪流。

只那一抹雪白的影子，迎洪流而上，如螳臂当车。

——竟无一人可上前。

他已无剑意，出招时自然没了那肃杀的冷白剑光。可正是如此，人们才真正看出他一招一式中的意蕴来。

丝毫不花哨，只是极快也极稳，却不可敌。

陆岚山叹道："闻说叶剑主被赞'集剑技之大成，开剑意之宗风'，世人独记得下句，却无人在意前句。"

此时，他便是那把剑，一招一式，无人可敌。

甚至，他的状态越发好了起来，最初只是招架，后来渐渐游刃有余，占据上风。

此时此刻，他身上已无境界之分，因为他便是他手中那把剑。

剑意、剑气尽皆消失，如同千帆过尽后，归于更加广阔的平静。

至此，他的剑剔掉最后一点杂质。

三重天外天外天。

陆红颜屏息看着他的招式——叶九琊的剑向来是招招致命，锋利、冰冷且尖锐，此时却多了几分空灵，那一抹白衣飘飞之间，仿佛有万般繁华尽数谢尽。

先前气势汹汹的众人横倒一地。

唯独叶九琊一袭白衣立于殿中央，背后一轮圆月，微风吹过他的衣袍。

暮春之后，芳信已过，林花凋零满地。

他容颜依旧无瑕，身形依然挺拔，可在那身影中，陆红颜看出一种惊心动魄的孤寂。

一点情衷，平生心事，刚刚落地生根，却已无人可诉说。

"我此生见过无数剑法，却不及叶兄方才招式万一。"陆岚山道，"骖龙君可知这剑法出处？"

"剑阁没有这样的剑法，只不过他之前写过一本心法，想必是了。虽然仍有不同，想是他又有了其他体悟。"陆红颜有些失神，想起在凡间度过的那些日子，轻声道，"那本心法……名为《长相思》。"

温回昏倒在地，在失去意识之前，喃喃念了声"公子"。

迟钧天正抽取着他身上最后一丝气运，并警惕地望向叶九琊。

叶九琊正欲拔剑，却听老瘸子咳了一声："不必劳烦叶小友出手，老夫还有些陈年旧事未与师妹计较。"

他看向迟钧天："师妹，不知昔年之赌，可还算数？"

迟钧天淡漠道："我即将化身天道，得长生，你已败。"

老瘸子哑声笑了一下："师妹，你总被惯着，总以为事事都如你所愿。"

迟钧天道："从无人惯我，而事事确如我所愿。"

老瘸子脸上露出了一种近乎温柔的笑，道："你向来不信天谴。"

迟钧天道："我便是天。"

老瘸子："天外有天。"

迟钧天嗤笑："无稽之谈。"

"演天机者，当畏当惧，"老瘸子叹道，"师妹，天演弟子，须比他人更加谨慎，并非空穴来风。"

迟钧天脸色变得难看起来，并不是因为老瘸子的话，而是她身上的气机已经翻腾奔涌，无法控制。

冷眼旁观的叶九琊终于开口："心魔道与天道相依而生，心魔道已散，天道自然不存。"

"所以他方才看似要杀你，实则是念及你是帝君恩师，要救你。"老瘸子道。

迟钧天神情已有些癫狂："萧九奏，你……"

"不过，"老瘸子说到这里，咳了几下，才勉强接着道，"凡间的长兄，总会护着妹妹，我作为师兄，也该护着师妹些。"

他话音乍落，便见那些汹涌气机，泄洪一般从迟钧天身上倾泻，奔到他的身上。

老瘸子断断续续道："你只不过绑了这孩子几十天，布下了转移气运的阵法……我却在他和陈小子的家乡，待了二十年啦——师妹，你赢我这么多年，总该也要让我赢一次。"

迟钧天咳出一口血来，背倚琉璃柱，脸色苍白。

老瘸子笑了笑："你执念过深，已然入魔，总想着取天道而代之便是打破命数，却不知还有别的法子。"

只见他忽看向了生生造化台，身上气机疯狂膨胀，道："徒儿。"

陆岚山上前，搀住他。

迟钧天愕然。

"只许你收徒，不许我收不成？"老瘸子哈哈一笑，"前些年四海云游，遇见一个好苗子，便领上了仙路，本以为我这徒儿定能当仙道之首，不承想又生了叶小友这样的人物。"

陆岚山扶他走向生生造化台，近了，只见老瘸子手掐法诀，大阵之势尽数归他身上，带着深沉无比又混乱无比的气机，他身化飞星，撞上那生生造化台。

一声巨响后，这件天地至宝分崩离析。

而它消失的地方，被生生撕开了一个口子，雷霆轰响。

通往无尽的、深渊般的虚空。

而那辉光闪烁的飞星，在虚空中蔓延开来。

口子缓缓合拢。

陆岚山对迟钧天道："师父说，生生造化台被破后，定能撕破这天地，他便在这片天地之外，再开辟一片新天地出来。你要做天道，重蹈旧路，终究比不上他破而后立。后世人若修炼到了极致，继而转向心魔，能以己心度化心魔，或与心魔彻底合二为一，便是大圆满。经过破界劫雷，便能去往那片新天地，那处无任何天理命数所限，全凭来者继续开辟，虽然现在荒凉无比，几世之后，定能渐渐繁荣，是为真正飞升。"

迟钧天失去所有力气，一言不发。

向来温润有礼的阑珊君，语气第一次如此生硬，也如此咄咄逼人："你可想过，自己究竟为何如此顺利？你为何恰好便遇上了温回？为何轻易便能在南海打开心魔世的通道？"

迟钧天摇了摇头。

"是师父让我助你，"陆岚山低声道，"心魔世是因他而开，移气运的阵法是因他把温回送到了你手上，连陈微尘来到仙道也是因他指引而起……这样，纵使有因果，有天谴，也全算在他身上，与你无干——纵然你不曾分出一分心思给他，他却向来是爱护你的。"

迟钧天右手抓住自己的脸，白发凌乱，她忽然近乎崩溃地笑起来。

笑中又带了一丝沙哑的哭腔。

她忽然想起许多年前。

她尚且年幼，被师父牵着手，穿过高山密林、深溪幽谷，来到天演门中。殿外是青草翠树，树下设了棋盘，弟子或捧书钻研，或三三两两对坐，或围在一起看人下棋。

并无太多规矩，弟子见了师父，也只是微笑见礼。

下棋的两人入了迷，甚至未能察觉师父到来，直到一人投子认输，叹道："不下了，不下了，大师兄，我实在佩服。"

他们这才察觉师父就在一旁，牵着一个稚龄少女，已不知看了多久，不禁有些赧然。

万俟浮抚了抚胡须，也不恼："九奏，来看看你的小师妹，为师年迈，以后就要你代为教导了。"

萧九奏站起身来，他生得俊，笑得极好看，到了近前，才放低声音，唤道："小师妹。"

——像是害怕声音一旦高了，会惊扰到尚未长成的幼妹一般。

她却不在意这些，扬起头道："我要和你下棋。"

万俟浮抚须笑道："九奏，你这次怕是要遇到对手了。"

先前认输的弟子奇道："还有人能与师兄棋逢对手不成？"

萧九奏笑得温和，拂袖，黑白子尽数落回棋盘内："师妹先来。"

那一局，天演最善推演命盘、纵横运筹的大师兄，竟与新入师门的小师妹棋逢对手，终未分胜负。

后来她年岁见长，二人再摆下棋盘，是赢多输少，萧九奏从不生气，只赞赏："师妹果然是天纵之才。"

及至后来光阴中相互磋磨，风云变幻——

她喃喃自语："是我逼你……"

他自幼长在天演，向来敬爱师父，最后却帮她窃取至宝，叛出师门。

他素来信天命，从不违逆祖训，最后布下错综复杂一场局，将所有她该得的因果天谴背在自己身上。

经年后再见，萧九奏在一棵桃花树下，摆着破烂的算命摊子，垂垂暮矣。

——可他也曾丰神俊朗，温润如玉，惊才绝艳。

迟钧天的笑声渐渐低下来。

执念成魔，一夕破灭，终究为时已晚。

陈年旧事浮上心头，那场胜负不分的棋局，在近百年光阴里徘徊不去，终究是她收官未成，满盘落索。

陆红颜还在思索陆岚山方才的话，"哈"地笑了一声："那次在南海归墟，温回明明已被拉住，却突然坠下，原来是你——还有南海之约、心魔之祸，全部是你牵头，我以为陈微尘便是隐藏最深的那个，不承想你比他还要天衣无缝。"

她想起在南海的种种异状，本有些恍然大悟，却忽然撞上了陆岚山的目光。

那是一种无法形容的目光。

像是在看着什么珍宝。

陆红颜像是被烫了一下，立在原地。

她也想起了许多与自己有关的、蹊跷的事情。

比如自己要跳下归墟的时候，陆岚山出手拦住。

又如封禅那天，遭遇心魔后陆岚山迟迟赶来，放着更加知情的谢琅不问，反而要问自己，甚至在陈微尘失踪，叶九琊亦离开后，邀自己去南海小住。

还有……连叶九琊也不经意提起过的，他与陆岚山书信往来时，陆岚山曾提及自己。

老瘸子方才喊"徒儿"时那句话如晴天霹雳，使她如梦初醒。

她望着陆岚山，一字一句："陆岚……山，陆……陆蓝……"

她的家，只是寻常商贾之家，原本便不是什么书香门第，家中有了孩子，随意取一个小名喊着，闺名、大名、表字之类，长大后再请长辈与先生取。

做绸缎、染织的商人，孩子的小名，便也取得五颜六色。

陆红颜此名，是她后来的师父所取，原本单一个"红"字。

——而兄长的名字单有一个"蓝"字。

陆岚山望着她，眼底无限温柔，比这之前他面对他人时所有有礼的笑容都要真切得多。

陆红颜却摇了摇头，声音里咬着哭腔："整个仙道都知道我在找当年的兄长——"

陆岚山道："师父要走的路过于艰险，稍有不慎，我亦不能活命，若不能成功，苍生涂炭，心魔之祸由我而开，我是最大罪人，故而不认你。现在心魔道与天道俱毁，师父说陈微尘亦有自己的打算，心魔归位后，亡人自会苏醒，才敢认你。"

陆红颜的面具覆在脸上，陆岚山看不见陆红颜的表情，只见有眼泪自边缘渗出来。他伸出手，要摘她的面具，陆红颜哽咽出声，拼命摇了摇头，挣开他，朝殿外跑去。

陆岚山无奈地喊了一声"阿妹"，也追出去了。

殿中重归寂静，迟钧天垂着头，目光空洞，一动不动。

谢琅叹了口气："今日之事，竟比小道读过最难的经书还要难懂。叶剑主，小道回去寻清圆了——不对，现在剑主已上了幻荡山，成了帝君……那陛下，小道先告辞了。"

刑秋拨弄着手上的佛珠，也道："叶兄，就此别过。"

温回蹙起了眉，渐渐转醒，看见叶九琊的脸，怔了怔，片刻之后，竟是满脸泪水。

"公子……"他浑身颤抖，摸索着够到那柄折扇，闭上眼，几乎喘不过气来。

那是失却至亲之极痛。

许久之后，温回才渐渐平静下来。

他此时完全是凡人之躯，耐不住幻荡山之高寒。

叶九瑶解下外袍，披在他肩上。

"公子说，他知道你怨他，"温回道，"公子教我如何掌控天道、与仙人周旋，还要我在幻境中发声，助你勘破心障，到无情道三重天境界，这样才能将他杀死。

"公子说，若你此后真正无情无欲，那便罢了。若还有心，也且慢慢放下，莫要流连尘世，困于红尘苦海。今世欺你、骗你、欠你，来世自会来还。"

明月西沉，天光破晓。

混乱的一夜渐渐平息，无数凡人醒来，发现自己竟躺在街上，或倒在床下，身边也横七竖八地躺尸一般倒了许多人，挨个唤醒，都不知道夜里究竟发生了什么，只觉得自己与之前有些不同了，究竟哪里不同，也说不出个所以然来。

晨雾沾湿了指尘山的石路，寺庙檐角在烟岚里若隐若现。小沙弥走在前头，清脆道："你怎么还不走？"

刑秋笑道："你要我走，我偏要留下。"

"阿弥陀佛。"小沙弥宣了一声佛号，"我得赶紧告诉空山住持，快快把你这妖孽度化，省得扰我佛门清净。"

刑秋跟他拌嘴："若不冥顽不化，怎么算妖孽？"

小沙弥抖了抖禅杖："可我也没见过有妖孽自己往寺里来的。"

刑秋道："自然是要来祸害你们佛门清净的。"

小沙弥气得要跳脚，幸而已到了山门，空山大师正站在门口，道："空觉，戒嗔。"

再看向刑秋，空山大师行了一个佛家见礼："施主来此，可是求度化？"

刑秋："已有人度我。"

"可是为还恩？"

"恩怨已清，不相欠。"

"可是为追思？"

"不可追。"

"可是为发愿？"

"无所愿。"

空山大师慈和微笑道："既如此，施主随我来。"

佛堂深处昏暗寂静，青烟散灭。

佛像前倾，下视世人。

刑秋缓缓抬起手来，指尖隔空虚虚描绘佛像轮廓，眼神里有淡淡迷惘。

又过了许久，他才放下手，缓缓上前去。

紫衣曳地。

——于是佛前一跪。

——从此非魔非仙。

幻荡山后山往下，是六道轮回，魂归之所。

一路走下，草木越发荒疏，最后露出一道漆黑的裂口来。

裂口中，无边无际，又是另一番天地，虽是黑暗寒冷，却并不寂静，也不漆黑。

似乎在哪里有光，十分昏暗，凉凉地浮在各处，只能看清两三丈内的东西。

远处流水声回荡，地上怪石嶙峋，石缝里却开着些瘦弱的白花。空中还浮着些东西，像是人的魂灵，有的飘来荡去，有的喃喃低语。

叶九琊循着水声走去，却忽然被什么拽住了衣角，低头一看，是个丑陋的小鬼，皮肤红黑交错，坑洼不平，生着獠牙与尖角，正瞪大青色的眼珠看着他，口中怪笑，声音嘶哑难听："山上的仙君！你怎么到这里来了？"

它这一声下去，整个地方荡起无数同样的声音来，却不是回音，而是不知从哪儿又冒出许多形貌相似的小鬼来。

它们簇在叶九琊的身旁，一齐尖声问："你来这里做什么？"

叶九琊却也问它们，他看着空中那些白影，问："这是什么？"

小鬼争抢着答道："是人的执念！"

叶九琊又问："为何徘徊不去？"

小鬼们嘻嘻地笑开了，最先拉住叶九琊衣角的那个道："自然是还没有忘干净，进不了轮回的！"

叶九琊再问："魂魄在哪里？"

小鬼你看看我，我看看你，忽然笑倒在地，一时间在地上翻滚不停，等笑够了，才答："魂就在执念里面！"

还没等叶九琊再问，它们齐声问："快说，你来做什么？"

叶九琊道："来找一个人的魂。"

小鬼问："叫什么名字？"

"陈微尘。"

小鬼嘻嘻地笑着，说："姓陈的人不少，叫微尘的也有几个，不知你要找哪一个？"

叶九琊停了一会儿，缓缓道："要找这世上只有一个的那一个。"

小鬼窸窸窣窣地交头接耳一番，站出来了一个道："我们知道是哪一个了！"

叶九琊："他在哪里？"

小鬼们却各处蹦跳尖叫着道："没魂没魄的东西，不归我们管！"

"不归我们管！"

"不归我们管！"

叶九琊道："他许久之前，也曾有魂。"

小鬼道："你找那东西做什么？"

叶九琊道："我答应过来世要寻他。"

小鬼仿佛听见了什么天大的笑话，笑作一团："没了就是没了！他没有来世的！他骗你的！"

他骗你的。

叶九琊轻轻闭了闭眼，声音轻了许多，道："他能骗我，我却不能骗他。"

小鬼转了转眼珠："要想给他个来世，你却要给我们些好处！"

叶九琊道："是付得起的好处，还是付不起的好处？"

小鬼嘻嘻道："只要愿意付，总是付得起的！"

叶九琊点头："好。"

第一个小鬼开始往深处走："他却不在这里，还要再走远些！"

叶九琊跟上小鬼的脚步，向那漆黑而深不可测的轮回深处走去。

其余的数百个小鬼也跟上，起先说着些话，后来是笑，笑着笑着，唱起歌来。

走得越远，身影越发模糊，小鬼已隐在黑暗里，那一点白衣的影子，也渐渐缥缈，消失在深处，只余下歌声还在来回荡着。

唱的是：

> 上天苍苍，地下茫茫。
> 死人归阴，生人归阳。
> 生人有里，死人有乡。
> 至此且住，不得相妨！

陈家的侍女洒扫书房，忽发现书架最上，一本书摆得不甚规整，伸手去够，又一不小心碰到了地上。

晨风入窗，哗啦啦掀起书页，墨笔红批，页页掠过。

至最后那页。

"庚戌年暮春，微尘与叶君合撰于南都知秋别院。窗外皓月，案上明烛，万丈红尘，一场大梦。"

番外

万丈红尘

日月如惊丸，可谓浮生矣。

人事如飞尘，可谓劳攘矣。

中洲平定，倏忽已十六年。

帝师庄白函掌政，亦已十六年，呕心沥血，终成太平盛世。天下之人，凡提及庄白函，必敬称"先生"。坊间秘闻帝师走过大龙庭，当封帝皇，然拒不称帝，仍奉燕族为皇室，不知真假。

从年初起，帝师积劳成疾，已有衰颓之势，皇帝倾尽天下之力，亦无法挽回。

传言先生逝前曾面见白衣故人，道："近日多梦，见爱妻，盈盈下拜，道'妾已候君多年矣'，醒时，泪已满面，当归矣，当归矣！"

传言不知真假，亦不知故人为何人。

只知今年春早，三月乍到，便有绿柳如烟。

长街边是各色商户，卖扇，卖风筝，卖瓜果。

街中一棵桃花树，树下有个算命摊子，摊上的却不是寻常算命先生，是个女人。

但见她一头白发，容颜却也不算很老，桌上签文、罗盘虽说略旧，也算一应俱全，却不见有人来算。

因这位算命人只算命，不改命。

一般的算命先生，算出人有灾祸，总是要收取些钱财，教你如何趋吉避凶，她却只掐指一算，若算你有难，即使待在家里寸步不动，也会飞来横祸到你头上来，实在神异。

因此，除却那些已然了无牵挂的老人，会为心中有数来让她算一算何时寿终外，几无人问津。

左邻右舍谈起来，总会说，知道了这位女先生的本事，才晓得，有时不知命，反比知命过得更快活。

然而这一日，却有一个人在算命摊子旁停下了。

其实这人一进长街，人们的目光便都不约而同地被吸引了过去。

这人着一袭如雪白衣，牵了一匹马，自长街尽头走过来。

他手中已无剑。

他心中亦无剑。

他的容貌十分出众，然而这不是最引人注目的地方。

这个人，整个人的存在，足以让人忘记他的容貌、他的穿着、他牵着怎样一匹马、他的手中或心中是否有剑。

若非要形容，他就像一夜北风，纷纷雪停后，天光乍破的那个清晨，从天边吹来的一阵极清冽的微风。

风自然是从世外而来，在人世走过一遭后，又要回到世外去。

他在算命摊子前停下了。

或者说，摊主叫住了他。

这位算命先生道："竟已十数年未见，故人可安好？"

他答："安好。"

先生道："这些年过去，你容颜仍未改，我却老了。"

他道："心死之人，自然衰老。"

先生笑了，问："这样说来，你的心却是从未死过。"

他淡淡道："我无心。"

先生说："那为何来此？"

他答："路过。"

先生大笑："当真？"

他说："近年游历天下，自然当真。"

先生道："若真是路过，那可实在太巧。"

"为何？"

"这街坊之中，有一件奇事，且让我为你细细道来。"先生拢了拢衣袖，自然也有好奇的路人驻足细听。

"十几年前，此处陈府诞下一位小公子。老来得子，本已稀奇，没想到小公子越长越大，却与十六年前陈家老爷杳无音信的二公子模样毫无二致。为怀念二公子，陈家竟把小公子的名字，也取作当年名字……"

路人啧啧赞叹。

先生看向长街中一处，道："正是无巧不成书，这位公子恰巧现在便在街上。"

众人望去，未见公子形貌，先见楼上红袖正招，再往下看，见一少年公子，身着锦衣，手执画扇，眉目含情，端的温雅风流。

他目光流转间，总带着一分情意，若是看久了，会发现，这情意并不是对着哪一个人，而是对着所有的人。

甚至也不是对着所有的人，而是对着这世间所有的事物。他看一位美丽的女子，与看路边一个褴褛的乞丐，眼中的情意不会有任何改变，而看向沼泽污泥的目光，也与看着一树桃花的目光毫无分别，就仿佛这人生来便深深恋慕整个世间的一切。

所以，能与这位陈公子一起，是件很愉快的事情，有时只看着他，也让人觉得愉快。

算命先生道："叶君，你可觉得眼熟？"

叶九琊点头道："确实眼熟。"

"既眼熟，为何现在才来？"

微风拂过，落几瓣桃花在衣上，只听他淡淡道："我原以为世上只有他骗我。"

"哦？"算命先生笑了一声，"帝君也有被人欺瞒之时？不知谁有这样大的本事。"

她见叶九琊望向那边，他眼中似是有淡淡笑意："六道轮回处，罗刹小鬼曾说需二十年方能养出三魂七魄。"

她道："生生撕去了你一半魂魄，自然比寻常养魂快些。"

话未说完，只见公子看向了这边。

他原本笑意盈盈，忽然就怔在了原地。

身旁的小厮扯了扯他的袖子，浑不在意道："公子啊，我说你这一见美人便发呆的毛病，什么时候才算是好？"

说完再一看，也愣了。

就在这片刻之间，他家公子眼中已落了泪。

小厮顿时慌了手脚，拿丝绢要去擦："公子、公子别吓我，这是怎么了？"

丝绢质地柔软，可完全没有用处，那泪珠方才拭去，新的便已流下来，倒像怎么也流不尽一般。

小厮和家仆都着急起来，一连串问："公子，到底怎么了？"

公子边落泪边摇头："我……不知道。"

路过的一位夫人道："怕不是几辈子没掉过眼泪，今天中了邪，要全哭出来才好。"

公子险些喘不过气来，过了一会儿，才渐渐没了眼泪，抬头对上叶九琊的目光，又红了眼眶。

他望着叶九琊，后退几步："阿念，我好疼，不要……不要看见他。"

小厮为难地看了看叶九琊："这位、这位……"

此人一看便不是凡世中人，他一时不知该称什么，最后灵光一闪："这位仙君……"

"仙君"这一称呼又不知怎么招到了他家公子，方才止住的眼泪又掉了下来。

小厮恨不得打自己一巴掌，却见仙君走了过来。

他家公子一边说着不要看见，一边却站在原地不动了。

最后等人到了近前，公子又试试探探地拽了拽仙君的衣角，见仙君也看着他，干脆扑进人怀里抽抽噎噎起来。

哭了好一会儿，他才仰起脸来问："你是谁？"

小厮："……"

他和几个家仆对了对眼色，都想把自家公子拖走，不要在街上丢人现眼。

但那位白衣仙君不但没有推开公子，反而抬手轻抚着他的头发，道："叶九琊。"

这个名字一出口，听到的人都惊了。

普天之下，名叫叶九琊的，也只有那一个罢了。

公子道："是来找我的吗？"

"是。"

公子眼眶还泛着红，抬头看他："……那你还走吗？"

"不走。"说罢，还用指尖轻轻抹掉了公子眼角的一点泪迹。

公子就那样和他对视了好久，才小声道："我渴了。"

小厮扶额："公子，想是你哭得太多。"

仙君淡淡道："去茶楼。"

公子点了点头，拉着仙君往茶楼方向去。

留下小厮和一众家仆目瞪口呆。

自家公子这是当街哭了一场，然后就……把仙帝陛下拐走了？

茶楼中的周先生说书已经说了许多年，如今仍在继续说着。

"继阑珊君陆岚山度雷劫而飞升，胞妹骖龙君陆红颜接掌南海剑台之后，这清净观谢观主，亦宣布飞升在即，想必一两年之内，便能证大道，得长生——说起这谢观主，趣事实在甚多，单单他闭关前奔波仙道，给爱宠灵猫寻人寄养所碰的壁，就要让人把肚皮笑破……"

凡间与仙道年年有新鲜事，他久讲不厌，看客亦是百听不厌。

据说谢琅谢观主飞升，已渐渐将事务交给了新观主，这位新观主实在迂腐，不甚喜欢门下弟子靠向凡间贩卖仙道消息谋财。原本人们还忧心这样一来，就要没了仙道的故事听，却没想到，故事不但没有断绝，反而越发源源不断了。

——只因今年夏天，叶帝的浮天仙宫，自幻荡山上，移到了月城二百里外的沧浪崖处，仙道门派往来，大都选了月城落脚，一座凡间城池俨然成了仙人常常出没之地。

叶九琊在看一部心法。

公子倚靠着他看话本。

公子只爱看些诗曲话本，纵然浮天仙宫里稀世心法再多，他也是不修仙的。

刑秋难得从指尘山上下来，将几百本佛修与魔修心法摆开，公子也只懒洋洋道："我又没有慧根，不是说我三心不偏不倚吗……不痴不慧，修不出什么名堂的。"

刑秋瞪了叶九琊一眼。

叶九琊从案上诸多的《流云剑》《折意经》《两仪气》中拿起一本《花月记》放到公子面前，对刑秋道："随他。"

又过一年，三月里，谢琅闭关终于出来了，一出关便抱着猫直奔沧浪崖。

"叶剑主，"小道士愁眉苦脸道，"清圆若不能跟我飞升，万一想我想瘦了，这可怎么办——"

叶九琊道："给微尘养。"

谢琅上前压低了声音："……真是他？"

未等叶九琊说话，清圆先"嗷"了一声，挣开谢琅，朝着殿后发足狂奔。

"欸，黑圆姑娘到访？"公子笑眯眯地躲过一爪子，"有话好好说，莫要伤人——"

清圆歪着脑袋，碧绿的眼睛打量着他。

公子朝它眨了眨眼睛，竖起一根手指压在唇上，嘴角弯起，眼中笑意狡黠又神秘。

忽然眼角余光瞥到一抹白影，顿时不笑了。

叶九琊似笑非笑地看着他。

谢琅还不知道发生了什么，只挠头道："陈兄啊，'黑圆'此名，实在不雅，想当年沧浪崖初见，你对我妹子品头论足，它可是记仇到了现在——"

他说着，却发现陈微尘正用"快住口"的目光看着自己。

谢琅一头雾水。

但见陈公子磨磨蹭蹭上前，牵了牵叶九琊的衣袖："不是骗你。"

"我也是在慢慢想起来……"

叶九琊伸手摸了摸他发顶。

少年身量，尚未完全长成，正适合摸头。

陈微尘抬头，弯起眉眼，痴痴地笑了。

沧浪崖边，波涛拍岸，浪花如雪。依稀记得当年海上，有人白衣踏月而来。

——自此，惊起万丈红尘。

渡河

永始十七年，王朝北征西姜，收回旧城池。

自此，中洲大地，金瓯无缺。

"施施，发什么呆？"

淮河，一艘画舫上，船舷站着两个女子，其中一个边用红丝线缠着花枝，边问身旁愣愣看着水面的姑娘。

"何郎前些日子来信，说大军已经班师回朝，我成天算着日子，今明两日，就是他回来的时候了。"那名被唤作施施的姑娘望着水面粼粼的波光，痴痴道，"这三年来，我等得……"

那姑娘缠好一朵花，开始折红纸，笑嗔道："知道你高兴！他七月初七回来，可真是个好日子。"

施施说罢，也捡起花枝，开始缠起红线来。

此地的风俗，每年七月初七备鲜花、瓜果、红纸来拜织女，一则乞巧，二则求团圆。

两人各自做着手中的活计，偶尔抬眼看天色。

"等黑透了，咱们就开始拜仙。"施施道。

另一个姑娘应了一声，忽然一转眼，瞥见岸上有人影，"呀"了一声道："有客人来了。"

淮河乃中洲颇负盛名的风雅之地，这两个姑娘家中做的便是租赁画舫游船的生意，如今有客人，自然将手中东西放下，去招呼客人。

"您几位？"施施道，"游到哪里？"

但见岸上影子一飘，整座画舫在水面上轻轻一荡，船头已多了三个人。

"三位。"中间那人语气平淡，片刻过后，又改了口，"四位，随便去哪里。"

施施抬头瞧这一行人，中间那位，身穿华美紫衣，五官郁丽，旁边是一个眉目风流的少年公子，正抱着一只黑猫。

"温念，"刑秋把人拖进船舱，没好气地问，"你家公子怎么了？"

"公子无聊咯……"眉清目秀、小厮打扮的年轻人一副见怪不怪的样子，耸肩道，"听说终怿山中长一种有毒性、致幻，食之却美味异常、使人如坠仙境的异菇，拉我去采了吃。"

"叶九琊不管？"刑秋道。

"帝君不在嘛，公子这才无聊去采蘑菇。"温念懒洋洋道。

刑秋审视着陈微尘。

这人倚在画舫的雕花椅上，把清圆抱起来，很专注地边顺毛边逗："叶君，你今日怎么不说话了？"

表面上没什么异常，实际上问题很大。

刑秋："……"

清圆连挠都懒得挠他，除去还睁着眼睛之外，一动不动，犹如死亡。

刑秋一脸不高兴，运起真气，这就要给陈微尘解毒。

"哎，别解别解，"小厮道，"帝君还没回来，一会儿解了毒，公子又要出去找事情。今天是七夕，外面就是花街，这么多漂亮姑娘，公子一出去，招猫逗狗的，多不省心。"

刑秋在陈微尘对面坐下，"嗯"了一声："也有道理。"

温念问："陛下，您来做什么？"

"有件蹊跷事情想跟你家公子说，"刑秋半倚雕栏，把玩着手腕上的佛珠，有些心不在焉，懒洋洋道，"谁料遇见他抱着猫逛花街。"

何止是抱着猫逛花街，连神志都不太清楚。

只见他捏起了清圆的一只前爪，眼里的神色很温柔。"叶君，今日七月初七，放花灯，拜仙子呢。"他又叹了口气，"虽说牛郎织女之说不过无稽之谈，但这里的夜色毕竟很好看。"

刑秋抬了抬眼皮，道："你就放他随便吃东西？"

"嘻，"温念道，"帝君总顺着他，公子早被惯坏了。他又不修仙，成日除了和帝君游山玩水，就是看闲书，搞些旁门左道，什么新奇东西都要捣鼓，我哪拦得住。"

说罢，他又转了转眼珠，补充道："总之有帝君在，怎么都吃不着苦头。"

刑秋问："你们帝君什么时候回来？"

"帝君去南海的一个法会，不长，今夜便回。公子懒得听人论道，没去。"

刑秋笑：“他二十年前，仙、魔、佛三家道法倒背如流，现在倒是清闲，连法会也不去了，不错。”

温念："可不是。"

正说着，一人推开船舱镂花木门。

仿佛丝竹管弦霎时消声，只见他白衣胜雪，推开那扇门，背后一轮圆月，十里繁华。

陈微尘尚不知情，揉着黑猫圆滚滚的身体："叶君，你理理我呀。"

叶九琊静静看着他揉捏清圆。

他不太明白，为什么自己仅仅出去一天，陈微尘就开始对着一只猫喊叶君。

恐怕是吃错了东西。

刑秋起身，丢下一句："你们先玩，等会儿我再来。"

温念心虚地咳了一声。

陈微尘抬眼看他。

温念挤眉弄眼地瞥向叶九琊的方向。

陈微尘顺着他的目光看过去，呆了呆。

"叶君。"他小声喊。

叶九琊淡淡道："嗯。"

叶九琊走到他身前，牵住一只手去探他的经脉。

温念小声道："吃了几只毒蘑菇，有点不清醒。"

陈微尘把猫往温念怀里一塞，眼中漫上温柔的雾气，对叶九琊道："你回来了。"

温念："？"

这就恢复正常了？

谁料，陈微尘下一句道："我等你好多年啦。"

叶九琊怔了怔。

他对陈微尘道："我亦是。"

幻荡山一别，二十年后重逢，恍如隔世。

"仙君，"陈微尘笑道，"仙君，你真好看，陪我放花灯吧。"

温念眼睛忽然有点酸。

几年前，长街之上，他家公子遇见叶九琊，甫一照面，便猝然落泪不可止。今日神志不清，再看见叶九琊，仍当他是久别重逢，却如此轻松愉快，不复当初心痛如绞。

漫漫年岁，无限花月，终将陈年旧伤、浮沉往事洗刷而去。自此，红尘无忧。

叶九琊道："好。"

陈微尘牵他往外走，叶九琊将真气流走他全身，散去毒性。

毒性散尽的那一刻，陈微尘沉默了，约莫是想起了自己对着清圆喊叶君的情形。

但陈公子是何等人物，转瞬之间就恢复了脸皮，看着叶九琊，笑眯眯道："那蘑菇实在好吃，只是后劲有点大，不好。"

叶九琊道："下次记住。"

"其实也无妨，"陈微尘道，"我听传言说，这蘑菇吃掉后能使人如坠仙境，便想试一试何谓仙境——也不过是和你日日待在一处罢了。"

他边油嘴滑舌地说些含蓄的俏皮话，边看叶九琊，一双眼里，满是很认真的调皮。

叶九琊看着这人的样子，一时心念微动，伸手拍了拍他的脸。

陈微尘一下子笑开了："叶君，你现在会的花样很多了。"

叶九琊："近朱者赤。"

陈微尘带他走到画舫边，望着对岸，道："那里有一家南秋斋，老板娘做得一手好烧鸭，等放完花灯，我们就去。"

叶九琊看着他略带神往的神色，道："好。"

此时夜幕低垂，繁星点点，一轮上弦月倒映水中，淮河两岸弦歌阵阵，笙箫不歇，极尽繁华。

这些年来，叶九琊走遍大江南北，和陈微尘一处，竟渐渐食了许多人间烟火，且并不抵触。

这万丈红尘，昔年有如万丈迷津，不可横渡，而今与公子世上走一遭，渐渐明亮通透，再无迷障。

陈微尘捧出一盏花灯，道："叶君，写点东西。"

他便蘸墨提笔，写下两行字：

年年有今日，
岁岁有今朝。

"何将迢递作佳期？恐是仙家好别离。"[1]施施在船头望着映满灯影的江水，怅然道，"人生只百年，若长久分隔两地，怎么忍得？天上仙家，寿元无尽，一年一见，也无不可，故而不知想念之苦。"

她身旁的女伴轻叹一声，道："正是这个道理，日日厮守，不过是凡人独有的痴念罢了。"

"却也未必。"她身旁忽然响起一道好听的嗓音，转头看去，是那公子抱了一盏花灯，笑吟吟地看着。

施施好奇地望着他。

陈微尘从施施手旁取了一支蜡，走到叶九琊身旁，点燃了灯里的红烛，一时之间，光华流转，美不胜收。

他抬头看叶九琊，恰对上目光。

你我之间恩怨纠缠，昨日种种，譬如昨日死。

从今往后，唯有月圆花好，年年今日，岁岁今朝。

---

[1] 引自唐代李商隐《辛未七夕》，引用时有改动，原句为："恐是仙家好别离，故教迢递作佳期。"

图书在版编目（CIP）数据

一剑九琊 / 一十四洲著 . — 广州 : 广东旅游出版社 , 2022.9
ISBN 978-7-5570-2770-4

Ⅰ . ①一… Ⅱ . ①一… Ⅲ . ①长篇小说—中国—当代 Ⅳ . ① I247.5

中国版本图书馆 CIP 数据核字 (2022) 第 084516 号

一剑九琊
YI JIAN JIU YA

出 版 人：刘志松
责任编辑：陈 吉
责任技编：冼志良
责任校对：李瑞苑

广东旅游出版社出版发行
地址：广州市荔湾区沙面北街 71 号首、二层
邮编：510130
电话：020-87347732（总编室） 020-87348887（销售热线）
投稿邮箱：2026542779@qq.com
印刷：三河市冀华印务有限公司
（地址：河北省廊坊市三河市杨庄镇杨庄村）
开本：700 毫米 ×980 毫米 1/16
字数：396 千
印张：24
版次：2022 年 9 月第 1 版
印次：2022 年 9 月第 1 次印刷
定价：55.00 元